CU00409127

1. Auflage 2019
Das Geheimnis der Taiga-Pyramiden
© 2019 Xenia & Florian Jungwirth,
Am Herzoggraben 22, 85435 Erding
Umschlaggestaltung: Florian Jungwirth
unter Verwendung eines Motivs von Shutterstock

www.taiga-pyramiden.de

DAS GEHEIMNIS DER
TAIGA
PYRAMIDEN

XENIA & FLORIAN
JUNGWIRTH

1

Igarka, Sibirien, 7. Juli 1979

Der dichte Nebel, der die kleine Hafenstadt Igarka einhüllte, verlieh dem Ort etwas Mystisches. Alles, was weiter als ein paar Meter entfernt war, verschwand in den weichen, weißen Schleiern und blieb dahinter verborgen. Zumindest konnte man sich das einreden. Für Georg A. Beyerbach hatte der Nebel nichts Mystisches. Er war Wissenschaftler, kein Esoterik-Freak. Für ihn war Nebel nichts anderes als kondensiertes Wasser, das einem die Sicht nahm und Igarka ein winziges, heruntergekommenes, russisches Kaff. Kein Ort, an dem man länger als nötig bleiben mochte. Georg lehnte sich an das hölzerne Geländer des Anlegestegs, das unter seinem Gewicht leicht nachgab, und beobachtete ein paar Fischer, die ihre Ausrüstung auf ein ziemlich marode aussehendes Boot schafften. Marode, diese Beschreibung passte auf so ziemlich alles hier, dachte er und suchte in seiner Jackentasche nach seinen Zigaretten. Weiß der Teufel, warum sich Peter Eberius ausgerechnet diesen Ort für seine Expedition ausgesucht hatte! Ein kalter Windhauch ließ ihn frösteln und er klappte den Kragen seines Anoraks nach oben, bevor er gierig an seiner Zigarette zog. Noch war es kühl, aber schon in ein paar Stunden würde sich der Nebel auflösen und es wäre vorbei mit der geheimnisvollen Atmosphäre. Ausgerechnet Sibirien! Was sollte hier schon zu finden sein? Und doch hatte sich Georg dazu überreden lassen. Das lag allerdings weniger an Peter Eberius' Argumenten, sondern an der stattlichen Summe von 12.000 Mark, die ihm der selbsternannte Parapsychologe als Lohn für seine Mühen versprach. 3.000 sofort, die restlichen 9.000 bei ihrer Rückkehr. Und das unabhängig vom Erfolg ihrer »Mission«. Nicht schlecht. Für einen solchen Betrag nahm man doch beinahe gern in Kauf, die nächsten Tage mitten im Nirgendwo herum zu stiefeln. Georg seufzte. Als ob er eine andere Wahl gehabt hätte. Er brauchte das Geld, seine finanziellen Mittel waren mehr als bescheiden, eine Gelegenheit wie diese konnte er sich nicht entgehen lassen. Die Jobs, die er als Geologe ohne nennenswerte Erfolge auf seinem Fachgebiet an Land ziehen konnte, wurden immer weniger. Die nächste Generation an Wissenschaftlern stand schon in den Startlöchern, junge, idealistische Kollegen, die sich für ihre Arbeit noch begeistern konnten. Georg konnte sich gar nicht mehr erinnern, wann ihm sein Beruf das letzte Mal Spaß gemacht hatte und er darin mehr gesehen hatte, als nur ein Mittel zum Zweck. Wann hatte er das letzte Mal geglaubt, wirklich etwas erreichen zu können? Er nahm einen letzten Zug von der Zigarette, schnippte den Stummel ins Wasser und sah zu, wie der Filter auf den Wellen dahintrieb. Hannahs Gesicht tauchte vor seinem geistigen Auge auf. Schmal und blass, mit hohen Wangenknochen, den vollen Lippen und den großen, blauen Augen. Unwillkürlich lächelte er. Wie lange war es jetzt her, fünf Jahre, oder sogar schon sechs? Eine lange Zeit, in der sie keinerlei Kontakt gehabt hatten. Ihre Beziehung war damals unschön zu Ende gegangen und Georg hatte danach versucht, nicht mehr an Hannah zu denken. Bis jetzt hatte das auch recht gut funktioniert. Selbst als sie ihn vor drei Wochen anrief, um ihn von dieser Expedition zu berichten, war Georg der festen Überzeugung gewesen, er wäre über Hannah hinweg und könnte problemlos mit ihr zusammenarbeiten. Doch jetzt war er sich plötzlich nicht mehr so sicher. Vielleicht war es keine gute Idee gewesen, getrennt anzureisen und erst in Igarka aufeinanderzutreffen. Ein erstes Wiedersehen auf neutralem Boden und bei dem jeder schnell wieder seiner Wege gehen konnte, ja, das wäre vermutlich besser gewesen. Aber es hatte sich nicht ergeben, der Termin für die Expedition war zu kurzfristig und außerdem ließ es sich jetzt sowieso nicht mehr ändern.

Hannah. Ob sie sich sehr verändert hatte? Georgs Gedanken kreisten um den Tag, an dem sie ihn verlassen hatte, und fast automatisch griff er nach einer Zigarette. Sie hatten sich wieder einmal gestritten, weswegen auch immer. Es konnte nichts Wichtiges gewesen sein, denn er erinnerte sich nicht an den Grund, aber der Streit hatte damit geendet, dass sie gegangen war. Und dieses Mal war es endgültig. Lange Zeit hatte sich Georg eingeredet, dass eine Trennung unvermeidlich gewesen war und hätte damals nicht Hannah einen Schlussstrich gezogen, wäre früher oder später er es gewesen, der ihre Beziehung beendet hätte.

Georg nahm einen tiefen Zug, als könnte er damit die Gedanken an das unschöne Ende vertreiben und tat das, was er immer tat, wenn ihm lästige Gefühle im Weg standen: er konzentrierte sich auf die Fakten: Hannah Walkows und er waren kein Paar mehr, sie hatten sich seit fast sechs Jahren nicht mehr gesehen und würden jetzt rein beruflich zusammenarbeiten. Punkt. Trotzdem konnte er nicht leugnen, dass ihr Anruf ihn nicht kalt gelassen hatte. »Georg, du musst mich auf eine Expedition begleiteten,«, hatte sie ihn gebeten, nein, aufgefordert, ja fast schon befohlen. Wieder umspielte ein Lächeln Beyerbachs Mund. Hannah konnte sehr energisch sein, wenn sie sich etwas in den Kopf gesetzt hatte, ein Charakterzug, der ihn von Anfang an gereizt hatte. Aber warum hatte sie ausgerechnet ihn angerufen? Sie kannte mindestens ein halbes Dutzend anderer Geologen, gemeinsame Freunde und Bekannte, kompetente Kollegen, die genauso viel von ihrer Arbeit verstanden wie er. Doch Hannah hatte *ihn* gefragt. Georg zog an seiner Zigarette. Ob das etwas zu bedeuten hatte? Vielleicht hatte sie aber auch andere Geologen gefragt und nur er war dumm genug gewesen, bei dieser Sache mitzumachen. Es würde schließlich kein Vergnügen werden, wer-weiß-wie-lange in der sibirischen Taiga umherzuwandern, und das auch noch mit der Ex. Aber zwölf Riesen entschädigten für vieles. Woher Eberius wohl die Mittel für so ein Projekt hatte? Die Expedition, so klein sie auch war, kostete mehrere Zehntausend Mark, eine Summe, die man nicht einfach so übrighatte. Zumindest nicht als Normalsterblicher. Aber normal war Dr. Peter Eberius sowieso nicht. Ein merkwürdiger Typ, klein und schmächtig, mit Brille und schütterem Haar, ein Bücherwurm, der allen gängigen Klischees entsprach und aussah wie aus einem Comic. Dann auch noch Parapsychologe und Doktor der Philosophie! Zumindest behauptete er das zu sein. Eberius war ganz versessen darauf, einer geheimnisvollen Spur nachzugehen, auf die er vor ein paar Monaten gestoßen war: eine verschollene Hochkultur, von der, abgesehen von Eberius natürlich, noch nie jemand etwas gehört oder gesehen hatte. Die »Vergangenen«. Was für ein Name! Bestimmt hatte sich Eberius diesen Schwachsinn selbst ausgedacht. Georg schnaubte abfällig. Er kannte Typen wie ihn. Wissenschaftler, oder solche die sich dafür hielten, die ganz zufällig »Hinweise« entdeckt hatten, um eines der großen Rätsel der Menschheit zu lösen, aber die unerklärlicherweise bisher allen Fachleuten entgangen waren. Atlantis, El Dorado, sogar Asgard wollte einer mal gefunden haben. Die meisten davon Laien, hin und wieder auch fakultätsfremde Dozenten, die sich allesamt einbildeten, klüger zu sein als die Experten, die sich seit Jahrhunderten mit nichts anderem beschäftigten. Er selbst war seit fast 15 Jahren Geologe und war auf nichts wirklich Bedeutendes gestoßen. Da würde ein Spinner wie Eberius mit Sicherheit erst recht nichts finden! Georg schnippte den Stummel seiner Zigarette ins Wasser, hob den Kopf und blickte auf den Jenissei, dessen schmutzig-braunes Wasser sich durch das dichte Grün der umliegenden Wälder wand. Irgendwo in dieser Richtung lagen sie, die »Taiga-Pyramiden«, wie Eberius sie nannte. Keine besonders originelle Bezeichnung. Aber gut, auf dem alten verblichenen Foto, das ihm Eberius freudestrahlend unter die Nase gehalten hatte, konnte man tatsächlich drei Hügel erkennen, die eine beachtliche Ähnlichkeit mit den Pyramiden von Gizeh aufwiesen. Es war nicht von Vornherein auszuschließen, dass sie von Menschenhand erschaffen worden waren, doch als Geologe wusste Georg genau, dass dieser Eindruck täuschen konnte. Es gab genügend seltsam regelmäßige Gesteinsformationen, die ganz ohne das Zutun einer unbekannten Hochkultur entstanden waren, wie beispielsweise den Giant's Causeway in Nordirland. Der »Damm des Riesen«, dessen gleichmäßige, sechseckige Basaltsäulen sich wie ein kunstvolles Pflaster über mehrere Kilometer bis ins Meer erstreckten, war nichts anderes als vulkanisches Gestein und die ebenmäßige Struktur nichts weiter als eine Folge einer verzögerten Abkühlung der Lava. Das hatte er Eberius bei ihrem Treffen auch gesagt, aber der hatte davon natürlich nichts wissen wollen. Mit leuchtenden Augen hatte er berichtet, dass er nicht nur über unumstößliche Beweise für die Existenz der Vergangenen verfüge, sondern auch wisse, wo er zu suchen habe. Seine Berechnungen der Koordinaten habe er mehrfach überprüft und sie führten ihn nach Russland. Mitten in die sibirische Taiga. Unter normalen Umständen hätte Georg dem Parapsychologen mehr oder weniger diplomatisch gesagt, dass er ihn für verrückt hielt, vor allem, da er nicht damit rausrückte, um welche Beweise es sich denn handelte und wie er ausgerechnet auf Koordinaten am Arsch der Welt gekommen war. Aber bei 3.000 Mark bar auf die Hand und weiteren 9.000 nach ihrer Rückkehr, spielte es keine Rolle, wo sie was oder ob sie überhaupt etwas fanden. Eberius hatte es sogar geschafft, die Russen von seinem Projekt zu überzeugen und so hatte ihnen die Regierung fünf Tage Zeit gegeben, sich in der Taiga umzusehen. Georg standen also schlimmstenfalls fünf Tage mit einem Spinner, einer nervigen Ex und einem russischen Wachhund bevor. Das würde er schon irgendwie hinter sich bringen, er hatte schon ganz Anderes mitgemacht.

Aber was, wenn er sich irrte? Nicht zum ersten Mal ertappte sich Georg dabei, sich vorzustellen, wie sie tatsächlich auf Beweise stießen, dass es sich bei den Pyramiden um Bauwerke handelte. Es wäre eine Sensation! Und sein Name wäre für immer mit dieser Entdeckung verbunden…

Georg lächelte und steckte die Zigarettenschachtel zurück in seine Jackentasche.

***

Peter Eberius betrachtete die Gegenstände auf dem Bett. In dem spartanisch eingerichteten Zimmer seiner bescheidenen Unterkunft war das der einzige Ort, an dem er seine Habseligkeiten ausbreiten konnte, einen Tisch oder Ähnliches gab es nicht. Wie ein Händler seine Ware, hatte er seine komplette Ausrüstung sorgfältig aufgereiht und überprüfte nun schon zum dritten Mal, ob er auch nichts vergessen hatte. In der Mitte lag die kleine Holzkiste, in der er seinen wertvollsten Besitz aufbewahrte: das Artefakt – den Schlüssel. Mit angehaltenem Atem nahm Eberius das Kästchen und öffnete vorsichtig den Messingverschluss. Auf dunkelgrünem Samt ruhte eine kleine Metallscheibe, etwa so groß wie die Handfläche eines erwachsenen Mannes. Sie war gleichmäßig rund und flach und von einer grün-braunen Farbe, die an oxidierte Bronze erinnerte. Sanft strich Eberius mit den Fingerspitzen über die gravierte Oberfläche und lächelte. Wie jedes Mal, wenn er das Artefakt berührte, hatte er das Gefühl, dass zwischen ihm und der Scheibe eine besondere Verbindung bestand. Als wäre dieses Stück Metall einzig und allein für ihn geschaffen worden.

Er erinnerte sich noch genau, wie er vor über zwei Jahren auf einem ägyptischen Basar auf die Metallscheibe gestoßen war. Müde von der Hitze und einer anstrengenden Tour zu ein paar für ihn unbedeutenden Ruinen, hatte er eigentlich auf dem schnellsten Weg zurück ins Hotel fahren wollen. Doch dem Wagen war ein Reifen geplatzt und Eberius hatte die Wartezeit bis zur Reparatur genutzt um sich auf einem kleinen Markt in der Nähe der Werkstatt umzusehen. An einem winzigen Stand hatte er schließlich einen Korb entdeckt, in dem unzählige Ketten, Anhänger, Broschen und andere metallene Schmuckstücke achtlos zusammengeworfen worden waren. Normalerweise wäre Eberius desinteressiert daran vorbeigegangen, doch er war stehen geblieben und hatte sich die Ware des Händlers genauer angesehen und inmitten des wertlosen Tands hatte er ihn entdeckt: den Schlüssel. Schmutzig, verkratzt und teilweise angerostet, war die Scheibe dem Händler nicht einmal ausgiebiges Feilschen wert gewesen und er hatte sie Eberius für umgerechnet etwa 20 Mark verkauft. Schon bei der ersten Berührung hatte er erkannt, dass er etwas ganz Besonderes in den Händen hielt. Das Metall hatte zwischen seinen Fingern förmlich vibriert, ganz so, als würde die Scheibe Kontakt zu ihm aufnehmen.

Auch jetzt spürte er wieder das sanfte Beben des Schlüssels, als seine Fingerspitzen die Oberfläche berührten. Eberius ließ seinen Blick über die filigranen Symbole gleiten, die das Artefakt zierten. Sie waren erst sichtbar geworden, als er die Scheibe gesäubert hatte. Ein äußerst schwieriges Unterfangen, denn das Metall hatte sich als erstaunlich resistent gegen alle ihm bekannten Reinigungsmittel erwiesen. Nur durch Zufall war er auf eine Mischung unterschiedlicher Chemikalien gestoßen, die den Schmutz gelöst und schließlich das wahre Gesicht des Schlüssels offenbart hatte. Zufall? Nein, sicher nicht. Nichts, was das Artefakt betraf, geschah zufällig. Eberius war davon überzeugt, dass auch die Reifenpanne in Ägypten nur dem einzigen Zweck gedient hatte, ihn zum Schlüssel zu führen. Er war der *Auser-*

wählte und nur ihm war es bestimmt, die Scheibe an sich zu nehmen. Die Entschlüsselung der feinen Zeichen, die in das Artefakt eingraviert waren, hatte ihn dagegen kaum Zeit gekostet. Eberius lächelte. Es war so einfach gewesen, wenn man seine Gedanken erst einmal von allem Ballast befreit hatte und sich nur auf das Wesentliche konzentrierte. Wie von selbst drückten seine Finger die fünf Symbole und mit einem leisen Knirschen schob sich die obere Hälfte der Scheibe zur Seite. Vorsichtig nahm er den Deckel ab und legte ihn zurück in die Schatulle. Auf seiner Handfläche lag nun der offene Schlüssel, der die Position der Pyramiden verriet. Als er die Scheibe zum ersten Mal geöffnet und den Standort ermittelt hatte, wäre er am liebsten sofort zu den Koordinaten aufgebrochen. Aber er hatte sich noch fast zwei Jahre gedulden müssen, bis er endlich die Mittel und vor allem die nötigen Genehmigungen zusammengetragen hatte, um die Expedition in die russische Taiga in die Tat umzusetzen. Ihm war klar, dass er es nicht allein schaffen konnte und doch wollte Eberius den Kreis der Teilnehmer so klein wie möglich halten. Er brauchte die Unterstützung von »echten« Wissenschaftlern auf den Fachgebieten der Archäologie und Geologie, wenn er die Anerkennung bekommen wollte, nach der er sich seit seiner Jugend sehnte.

Als Parapsychologe, den niemand richtig ernstnahm, würde seine Entdeckung, so großartig sie auch sein würde, nicht gebührend geschätzt werden. Dabei handelte es sich um eines der größten Geheimnisse der Menschheit: eine uralte Hochkultur, fortschrittlicher als alle bisher bekannten Kulturen und dabei älter als alle anderen Zivilisationen. Die *Vergangenen*, wie Eberius sie voller Ehrerbietung getauft hatte, waren die Krone der menschlichen Schöpfung und er würde Beweise für ihre Existenz vorlegen.

Zu Beginn seiner Forschungen hatte er mehrfach versucht, andere Wissenschaftler von der Idee einer solchen Hochkultur zu überzeugen, aber sie hatten ihn alle ausgelacht. Nach Atlantis könne er getrost alleine reisen, und andere, ähnliche Sprüche hatte er sich anhören müssen. Eberius' Miene verfinsterte sich. Er setzte die Scheibe wieder zusammen und verschloss die kleine Holzkiste. Was für Narren! Aber er würde es ihnen schon zeigen. Er packte das Kästchen in seinen Rucksack und verstaute Stück für Stück auch die restlichen Gegenstände. Prüfend hob er den Rucksack hoch und seufzte. Er war ziemlich schwer, das würde mit Sicherheit kein Spaziergang werden. Aber was war schon ein geschundener Rücken bei der Aussicht auf die größte Entdeckung der Geschichte. Nur ein Gegenstand lag noch auf dem Bett: der Kompass seines Großvaters. Ein schönes Stück mit filigran verziertem Messinggehäuse. Eberius' Gesichtszüge entspannten sich. Nach dem Artefakt war dies das Wertvollste, was er besaß. Sein Großvater war der einzige gewesen, der an ihn geglaubt und seine Leidenschaft und die Neugier auf alles Unbekannte geteilt hatte. Er lächelte und strich er über das goldene Gehäuse und das zerkratzte Glas. Das kleine Gerät funktionierte längst nicht mehr, aber Eberius hatte es immer bei sich. Es war mehr als nur ein Glücksbringer, denn wenn er den Kompass bei sich trug, hatte er das Gefühl, nicht allein zu sein, dass es jemand gab, der ihn verstand und unterstützte. Behutsam steckte er den Kompass in seine Brusttasche und überlegte. Hatte er wirklich an alles gedacht? Hoffentlich hatte er vor Aufregung nichts vergessen! Das Gebiet, zu dem die Koordinaten ihn führten, lag vollkommen abgeschnitten von jeglicher

Zivilisation etwa 250 Kilometer süd-östlich von Igarka. Das nächste von Menschenhand geschaffene Gebäude war ein schon lange verlassener Stützpunkt, etwa sechs Kilometer vom Zielort entfernt. Die erste Etappe konnten sie noch mit dem Boot zurücklegen, Eberius hatte zwei Fischer überreden können, sie den Jenissei hinunterzufahren, danach mussten sie auf einen Geländewagen umsteigen und das letzte Stück schließlich zu Fuß gehen. Eberius seufzte. Ja, es würde sehr anstrengend werden, aber dann würde er sie endlich zu Gesicht bekommen: die Pyramiden.

Bei dem Gedanken daran bekam er eine Gänsehaut. Unwillkürlich suchten seine Finger nach seinem Portemonnaie und zogen das kleine, vergilbte Foto heraus. Er betrachtete die etwas unscharfe Aufnahme der drei von Pflanzen überwucherten Hügel. Das einzige Foto von den Taiga-Pyramiden. Es hatte ihn viel Geld und noch mehr Zeit gekostet, diese Aufnahme zu beschaffen, deren Herkunft sich nicht genau nachvollziehen ließ. Vermutlich hatte ein Soldat in den späten 50er Jahren das Foto gemacht und danach war es jahrzehntelang verschollen. Auch wusste niemand, wo sich die drei Hügel befanden und ob es sie überhaupt noch gab. Niemand außer Eberius. Er kannte die Koordinaten und er fühlte, nein *wusste*, dass die Pyramiden noch existierten. Sie waren Zeugnisse einer höheren Kultur, erschaffen von Wesen, die mit nichts und niemandem zu vergleichen waren, was je auf dieser Welt gelebt hatte. Eberius konnte immer noch nicht fassen, wie blind all die anderen waren. Kluge, studierte Köpfe, die Tag und Nacht über ihren Büchern hockten und glaubten, so ihr Wissen zu vergrößern. Dabei brauchten sie doch nur die Augen aufzumachen und die Zeichen sehen, die sich überall um sie herum befanden!

Eberius seufzte und schüttelte den Kopf. Nein, er wollte nicht zornig auf sie sein, sie wussten es einfach nicht besser. All das Wissen, dass sie sich in jahrelangem Studium angeeignet hatten, nützte ihnen nichts, es machte sie nur hochmütig und arrogant, es blendete sie, so dass sie die Wahrheit weder sehen noch verstehen konnten. Aber er würde ihnen helfen. Er hatte gesehen, was sie nicht sahen und dank ihm würden sie endlich verstehen.

Lächelnd verstaute Eberius das Foto in seinem Portemonnaie, nahm den Rucksack und seine Jacke und ging zur Tür. Dann drehte er sich um und verließ nach einem letzten prüfenden Blick das Zimmer seiner Herberge.

***

Igarka, 7. Juli 1979

Nach unglaublichen 28 Stunden bin ich gestern Abend endlich in Igarka angekommen, und was soll ich sagen, hier sieht es genau so aus, wie ich es mir vorgestellt hatte. Kleine Häuser, Fischer mit ihren Booten, eine Kneipe, in der es außer Wodka kaum etwas anderes gibt und das war's dann auch schon. Aber ich bin schließlich nicht zum Sightseeing hier. Peter Eberius habe ich noch nicht getroffen, aber der Mann an der Rezeption hat mir eine Nachricht gegeben, laut der sein Flug Verspätung hatte und wir uns erst heute Morgen treffen. Er ist schon ein seltsamer Typ, dieser Eberius. Nennt sich selbst Parapsychologe und glaubt, das wäre eine ernst zu nehmende »Wissenschaft«. Er behauptet, er hätte eindeutige Hinweise auf eine uralte Hochkultur, die sich vor ungefähr 25.000 Jahren in der sibirischen Taiga niedergelassen hatte. Als er mir davon erzählt hat, musste ich mich wirklich zusammenreißen, um nicht laut loszulachen. Wie kommt man denn auf sowas, ausgerechnet dort?! Aber je mehr ich darüber erfahren habe, desto neugieriger bin ich geworden. Selbst ein Fantast wie Eberius sucht sich nicht ohne Grund einen so entlegenen und schwer zugänglichen Ort aus. Ganz abgesehen von dem Geld, das ihn die Expedition kostet. Vielleicht ist es ein Fehler, dass ich mich darauf eingelassen habe, aber falls wir irgendetwas finden, das bisher unentdeckt geblieben ist, wäre dies mein Durchbruch als Archäologin. Wer Erfolg haben will, muss Risiken eingehen. Leider hält sich Eberius mit seinen Quellen ziemlich bedeckt, so dass ich erst an Ort und Stelle herausfinden werde, ob er sich das alles nur zusammenspinnt, oder ob er tatsächlich eine heiße Spur hat.

Da sind sie wieder, die Zweifel. Aber wenn ich ehrlich bin, ist es nicht die Frage, ob die Expedition Erfolg haben wird, was mich beschäftigt. Es ist Georg. Obwohl ich es nicht zugeben möchte, bin ich nervös, wenn wir uns nach der langen Zeit wieder begegnen. Und ja, ich hätte sein Angebot, sich VOR der Expedition auf einen Kaffee zu treffen, annehmen sollen. Sozusagen als Generalprobe, wie wir miteinander umgehen… habe ich aber nicht, und das lässt sich jetzt auch nicht mehr ändern.

Trotzdem: Wie konnte ich auch nur auf die grandiose Idee kommen, ausgerechnet meinen Ex zu fragen?! Aber was blieb mir denn anders übrig, Eberius brauchte einen Geologen, der erstens: innerhalb weniger Tage verfügbar war, und zweitens: sich darauf einlässt, ohne vernünftige Hinweise eine möglicherweise nicht existente Hochkultur im russischen Niemandsland aufzuspüren. Tja, da war die Auswahl dann mehr als dürftig, nicht jeder ist schließlich so verrückt wie ich!

Hannah zögerte kurz, dann strich sie das Wort »verrückt« durch und schrieb in kleinen Buchstaben »entschlossen« darüber. Viel besser. Sie klappte das dünne, in dunkelrotes Leder gebundene Tagebuch zu und legte es zur Seite. Dann ließ sie sich zurück aufs Bett fallen und starrte an die Decke des kleinen, ungemütlichen Zimmers. Die dunklen Holzbalken hatte man hell gestrichen, wohl um den Raum freundlicher und größer wirken zu lassen, doch die zahllosen Stellen, an denen die Farbe abblätterte, bewirkten das genaue Gegenteil. Auch der Rest des Zimmers war heruntergekommen, die Tapete rissig und verblichen, die Möbel beschädigt und nur notdürftig repariert. Wie alles in Igarka, dachte Hannah und ihre Entschlossenheit wich erneut leisen Zweifeln. Hatte sie das Richtige getan? Obwohl sie dagegen ankämpfte, kreisten ihre Gedanken um Georg, an jenem Abend, als sie ihn verlassen hatte. Doch je mehr sie versuchte, die Erinnerung an ihren letzten Streit zu vergessen, desto klarer wurden die Bilder, und seine Worte hallten in ihren Ohren: »Du kannst doch deine Arbeit nicht mit meiner vergleichen, Hannah! Von mir hängen oft genug Menschenleben ab, während du dich mit kaputten Tontöpfen und Vasen beschäftigst!« … Mit trotzig vorgeschobenem Kinn richtete sich Hannah auf. Dieses Mal nicht, Georg, dachte sie. Es war genau richtig gewesen, dass sie ihn ausgewählt hatte, sie zu begleiten! So würde er dabei sein, wenn sie einen der bedeutendsten Funde in der Geschichte der Archäologie machte und sein Name wäre dabei nur eine kleine Randnotiz: Ebenfalls bei der Entdeckung anwesend: Georg A. Beyerbach, Geologe, der allerdings nichts Relevantes zu diesem spektakulären Fund beitragen konnte. Sie schmunzelte und schüttelte dann den Kopf. Jetzt wirst du albern, Hannah, schalt sie sich selbst und zwang sich zur nötigen Ernsthaftigkeit. Noch hatten sie schließlich nichts gefunden.

Das leise Piepen ihrer Armbanduhr riss sie aus ihren Gedanken. Sieben Uhr. Es wurde Zeit. In einer Viertelstunde wollten sie sich am Anlegesteg treffen: Peter Eberius, Georg und sie. Und natürlich ihr Aufpasser des KGB. In Russland durfte niemand einfach so durch die Gegend marschieren, geschweige denn eine Expedition unternehmen, ohne dass der Kreml genauestens darüber Bescheid wusste. Eberius hatte sie schon vorgewarnt, aber durchblicken lassen, dass ihnen der Beamte bei ihren Forschungen nicht in die Quere kommen würde. Ja, mit Geld konnte man sich vieles kaufen, wenn es sein musste auch die Verschwiegenheit des KGB. Aber das sollte nicht ihr Problem sein.

Hannah stand auf und packte ihr Gepäck zusammen. Viel war es nicht, schließlich musste sie die Sachen mehrere Tage durch die Taiga schleppen. Schlafsack, Waschzeug, ein paar Kleidungsstücke zum Wechseln, natürlich ihre Kamera, die Taschenlampe – Batterien! Hannah vergewisserte sich, dass sie sie auch wirklich eingesteckt hatte und packte dann als letztes ihr Tagebuch in den Rucksack. Gut, das war alles. Wie jedes Mal, wenn Hannah zu einer Forschungsreise aufbrach, stellte sich die Aufregung genau in dem Moment ein, sobald sie ihren Rucksack schloss, als ob das Klicken der Schnalle signalisierte, dass nun die letzte Gelegenheit war, es sich anders zu überlegen. Und wie jedes Mal schob Hannah diesen absurden Gedanken zur Seite. Sie atmete tief durch, zog ihre Jacke an, schnallte sich den schweren Rucksack um und verließ die Herberge.

Schon von Weitem erkannte Hannah die große, schlanke

Gestalt, die an dem hölzernen Geländer am Anlegesteg lehnte. Georgs rote Jacke bildete einen starken Kontrast zum Grau und Braun der alten Hafengebäude, außer diesem leuchtenden Fleck gab es nichts Buntes hier. Noch hatte er sie nicht bemerkt. Er beobachtete ein paar Fischer und rauchte. Hannah seufzte. Natürlich. Diese lästige Angewohnheit hatte sie ihm schon während ihrer zweijährigen Beziehung nicht abgewöhnen können, warum also hätte er inzwischen damit aufhören sollen? Aber es war seltsam, dass sie das immer noch störte. Der Anblick der Zigarette verärgerte sie, als ob sie sich noch immer um ihn sorgte, dass er es übertrieb, mit der elenden Qualmerei. Was für ein Unsinn, es konnte ihr doch völlig egal sein, ob Georg sich seine Gesundheit ruinierte! Sie waren nicht mehr zusammen, ja nicht einmal befreundet, sollte er doch so viel rauchen wie er wollte, was kümmerte sie das? Eine Windböe zerzauste sein dunkles Haar, in dem erste graue Strähnen schimmerten und auch sein Gesicht hatte sich in den sechs Jahren verändert. Er sah müde aus und älter als Ende Dreißig, aber nicht weniger attraktiv, wie Hannah irritiert feststellte. Sie presste die Lippen aufeinander und ging langsamer. Dutzende Male war sie in Gedanken die erste Begegnung mit Georg nach der Trennung durchgegangen, hatte sich vorgestellt, wie sie souverän auf ihn zuging, ihn nur als Kollegen sah, der sie auf der vielleicht wichtigsten Expedition ihrer Karriere begleiten sollte. Und nun hatte sie ein Blick auf ihn völlig aus dem Konzept gebracht. Sie ärgerte sich, dass es Georg selbst nach acht Jahren gelang, sie zu verunsichern. Reiß dich zusammen, Hannah, du wolltest ihn ja dabeihaben, jetzt werde auch damit fertig! Sie blieb stehen und konzentrierte sich auf das, was wirklich zählte:

finde die Pyramiden, beweise dass es diese ominöse Hochkultur gibt und versetze die Wissenschaft in Staunen. Wie ein Mantra wiederholte sie in Gedanken diese drei Punkte und sie spürte, wie sie ruhiger wurde. Georg und sie – das war vorbei, und zwar ein für alle Mal! Hier und jetzt ging es nur um die Expedition. Sie würde wie gewöhnlich exzellente Arbeit abliefern und mit etwas Glück endlich den Erfolg haben, der ihr zustand. Was auch immer es war, was sie zu fühlen glaubte, es waren nur die Erinnerungen an eine längst beendete Beziehung. Gut, jetzt war sie bereit für das große Wiedersehen. Sie setzte ein freundliches Lächeln auf und ging mit festen Schritten zu Georg hinüber.

***

»Hallo Georg.«

Georg drehte sich überrascht um und blickte in Hannahs lächelndes Gesicht. Er war so in Gedanken versunken gewesen, dass er sie gar nicht hatte kommen hören.

Sie hatte sich kaum verändert. Ihr dunkelbraunes Haar war nun länger und ihre Figur war weiblicher geworden, sie wirkte immer noch sehr mädchenhaft, aber er erkannte auch etwas Neues, eine gewisse Reife und Selbstbewusstsein. Es stand ihr ausgesprochen gut.

»Hannah. Schön dich zu sehen.« Er zögerte, dann machte er einen Schritt auf sie zu und umarmte sie. Es war eine kurze, rein freundschaftliche Umarmung und trotzdem reichte diese flüchtige körperliche Nähe aus, um genau die Erinnerungen in Georg zu wecken, die er am liebsten aus seinem Gedächtnis gestrichen hätte. Er fühlte sich von ihr angezogen, doch er würde es sich auf keinen Fall anmerken lassen.

Hannah löste sich aus Georgs Armen. »Ist lange her. Wie geht es dir?«

Georg zuckte mit den Achseln. »Gut«, antwortete er knapp. »Ich kann nicht klagen.« Mit einem so großzügigen Honorar gab es wirklich nichts, worüber er sich beschweren konnte. Zumindest seine Geldprobleme waren in der nächsten Zeit kein Thema mehr.

»Und du? Was machst du so, wenn du nicht gerade in Russland unterwegs bist?«, erkundigte er sich und war froh, dass sich ihr Gespräch auf die berufliche Ebene verlagerte.

»Ich habe ein Projekt in Nebra, das ist ein kleiner Ort in Sachen-Anhalt, wo man Anfang der 60er diese kleinen Venusfiguren gefunden hat. Ich bin mir sicher, dass es dort noch mehr gibt. Vielleicht auch aus anderen Epochen. Wenn wir hier fertig sind, möchte ich eine Ausgrabung vorbereiten.«

»Sachsen-Anhalt?« Georg gab sich keinerlei Mühe, sein spöttisches Grinsen zu unterdrücken. »Klingt ja wahnsinnig interessant.«

Für einen kurzen Moment verengten sich Hannahs Augen zu Schlitzen, dann hatte sie sich wieder unter Kontrolle.

»Du hast dich wirklich kaum verändert, Georg«, sagte sie lächelnd, aber Georg kannte sie gut genug um zu wissen, dass seine Reaktion sie verärgert hatte. Amüsiert stellte er fest, dass sie sich von ihm provozieren ließ. Seine Meinung war ihr also immer noch wichtig. Er wappnete sich gegen einen Angriff auf seine beruflichen Errungenschaften, aber Hannah beließ es dabei.

»Was meinst du, was werden wir bei den Pyramiden finden?« wechselte sie stattdessen das Thema und stellte sich neben Georg an das Geländer. Das kleine Fischerboot setzte sich langsam in Bewegung und fuhr den Fluss entlang.

Georg zog ein letztes Mal an seiner Zigarette und warf die Kippe achtlos ins Wasser.

»Wahrscheinlich gar nichts. Dieser Eberius ist ein Spinner.«

»Pessimistisch wie immer.«

»Ich würde mich eher als realistisch bezeichnen.« Zumindest war er kein solcher Träumer wie Eberius. Schritte näherten sich, begleitet von einem leisen metallischen Klirren, und ein Blick nach rechts verriet Georg, dass ihr Auftraggeber im Anmarsch war.

Wenn man vom Teufel spricht, dachte der Geologe und richtete sich auf.

»Frau Walkows! Herr Beyerbach!« Peter Eberius' Stimme schallte zu ihnen hinüber. Er war klein und schmächtig, Mitte Vierzig, mit schütterem, mausbraunem Haar und einer silbernen Nickelbrille, die ihm fast von der Nase rutschte, als er auf sie zugeeilt kam. Seine khakifarbene Jacke schien ihm zwei Nummern zu groß zu sein und mit dem riesigen Rucksack auf seinem Rücken wirkte er wie die Karikatur eines Pfadfinders. Auf seiner blassen Stirn standen Schweißperlen und als er keuchend neben ihnen zum Stehen kam, musste er zuerst einmal seine angelaufenen Brillengläser putzen.

»Wenn Sie jetzt schon so ins Schwitzen kommen, sollten wir uns vielleicht besser ein anderes Ziel suchen, Eberius«, begrüßte Georg den Parapsychologen.

Hannah warf ihm einen bösen Blick zu und streckte Eberius die Hand hin. »Guten Morgen, Dr. Eberius.«

Eberius setzte sich die Brille auf die Nase und schüttelte ihr lächelnd die Hand. »Frau Walkows, schön dass sie da sind. Tut mir leid, dass wir uns nicht schon gestern getroffen haben, aber der Flug…ich sage es Ihnen, eine Katastrophe! Aber jetzt bin ich ja endlich hier.« Dann wandte er sich an Georg und sein Tonfall kühlte merklich ab. »Herr Beyerbach.« Er nickte ihm zu, ohne ihm die Hand zu reichen. Georg grinste amüsiert und nickte ebenfalls. »Und um Ihre Frage zu beantworten, wir werden natürlich genau zu den Koordinaten fahren, die ich berechnet habe. Ich…ich muss mich nur an das Gewicht meines Gepäcks gewöhnen, das ist alles.«

»Aber sicher doch.« Georg bedachte Eberius' Rucksack mit einem abschätzigen Blick. Das Ding wog bestimmt an die 30 Kilo, der Parapsychologe würde seine wahre Freude daran haben.

»Sind Sie sicher, dass Sie alles brauchen, was Sie eingepackt haben? Notfalls könnten Sie ja auch einen Teil in der Herberge zurücklassen«, schlug Hannah vor.

»Nein, vielen Dank, Frau Walkows. Dies ist nicht meine erste Expedition und alles, was ich in diesem Rucksack habe, wird benötigt. Es wäre unvorstellbar, wenn wir die Pyramiden betreten und ich kann nicht die Untersuchungen anstellen, die ich geplant habe, weil mir ein bestimmtes Instrument fehlt.« Er lächelte Hannah an. »Aber ich weiß ihre Fürsorge sehr zu schätzen.«

Georg verdrehte die Augen und griff nach seiner Zigarettenschachtel. Bevor er sich eine Zigarette anzünden konnte, näherten sich Schritte und ein großer Mann kam auf sie zu. Sein Gang und seine Haltung, sowie die dunkle, uniformähnliche Kleidung ließen keinerlei Zweifel daran, dass er ihre »Reisebegleitung« war, der KGB-Mann, den die russische Regierung abgestellt hatte, damit er ihnen auf die Finger schaute. Alles an dem blonden Hünen wirkte respekt-einflößend, was mit Sicherheit beabsichtigt war. Die Russen wollten schon genau wissen, was drei Deutsche mitten in der Taiga zu suchen hatten und sie nicht vergessen lassen, wer hier das Sagen hatte. Sie waren keine Gäste hier, son-dern wurden bestenfalls geduldet.

»Guten Tag, mein Name ist Dimitri Semyonov, ich werde Sie begleiten.« Sein Deutsch war gut, aber der russische Ak-zent unüberhörbar. Er musterte erst Georg, dann Hannah, aber seine Gesichtszüge blieben unbewegt und verrieten keine Regung.

»Oh wie schön, dann sind wir ja vollzählig.« Eberius strahlte und

schüttelte Semyonov die Hand. Er unterhielt sich kurz auf Russisch mit ihm und wandte sich dann wieder an Georg und Hannah.

»Das Wetter ist zwar nicht optimal, aber das bisschen Ne-bel wird uns von unserer Mission nicht abhalten, nicht wahr?« rief Eberius vergnügt. »Dann mal los!« Er machte ein paar Schritte vorwärts, zögerte und blieb stehen. Un-schlüssig sah er sich um. »Äh, wohin müssen wir noch gleich?«, wandte er sich hilfesuchend an Semyonov. Wortlos und mit versteinerter Miene deutete der Russe nach rechts.

»Dorthin also, sehr schön.« Eberius lachte verlegen und ging in die angezeigte Richtung.

Georg verdrehte die Augen und zündete sich nun doch eine Zigarette an. »Das kann ja heiter werden«, sagte er leise zu Hannah und folgte Eberius und Semyonov.

12.000 Mark, dachte Georg und zog gierig an der Zigaret-te. Denk an das Geld, dann wirst du das hier schon irgend-wie durchstehen. Sein Blick fiel auf Hannah, die mit versteinerter Miene neben ihm herging. Sie tat ihm leid, im Gegensatz zu ihm hatte sie sich von der Expedition bestimmt mehr versprochen. Aber so lief es nun mal in der Welt der Wissenschaft, nicht alles in das man Zeit und Mühe steckte lohnte sich, und irgendwann sah man ein, dass es nur noch darum ging, wie viel Kohle dabei heraussprang.

**

Das Boot, dass die drei Forscher und ihren Begleiter nach Norden bringen sollte, war eine Mischung aus Fähre und Fischerkahn. Es machte keinen besonders vertrauenerweckenden Eindruck. Alt und notdürftig repariert, lag es am Ende des Hafens an einem kleinen Kai, dessen verfaulter Holzzaun kaum den nächsten Sturm überstehen würde.

»Wir fahren mit einem Boot?«, fragte Hannah leise und musste schlucken. Sie hatte eine gewisse Abneigung gegen sämtliche Wasserfahrzeuge, seit sie als kleines Mädchen bei einem Ruderausflug gekentert war. »Sie sagten doch, dass wir uns hier nur treffen und dann einen Geländewagen nehmen.«

Eberius strahlte über das ganze Gesicht. »*Das* war der ursprüngliche Plan. Aber ich habe eine Möglichkeit gefunden, die uns einen halben Tag einsparen wird!« Er deutete auf zwei alte Männer in schmutzigen Parkas und zerzausten Haaren, die eine provisorische Rampe zum Steg legten. »Diese beiden kompetenten Herren hier, waren mit ein bisschen Überredungskunst bereit, uns den Jenissei hinunterzufahren. Das ist doch großartig, nicht wahr? Wir werden die Pyramiden schneller zu Gesicht bekommen, als erhofft.«

Eberius stimmte den üblichen Vortrag über seine Entdeckung an, doch Hannah hörte nicht zu. Sie beäugte misstrauisch die beiden Männer, die ebenso wenig seetüchtig aussahen wie ihr Gefährt. Von allen Booten hier am Hafen war dieses hier mit Abstand im schlechtesten Zustand. Ein eiskalter Schauer lief ihr über den Rücken und sie erinnerte sich lebhaft an den Schock und die Kälte, als sie als Kind ins Wasser gefallen war. Nur waren sie damals auf einem viel befahrenen See unterwegs gewesen, so dass sie nicht lange auf Hilfe hatten warten müssen. Wer würde ihnen helfen, wenn sie mitten auf dem Jenissei kenterten?

»…Außerdem ist Igarka eine Hafenstadt, da wäre es doch unsinnig, diesen Umstand nicht auszunutzen…«, fuhr Eberius unbeirrt fort.

»Hast du das gewusst?«, zischte Hannah Georg zu. Er zuckte mit den Schultern. »Woher denn?«, antwortete er leise. »Außerdem, wenn wir uns dadurch Zeit sparen, ist mir alles recht.« Er legte den Kopf zur Seite und sah Hannah prüfend an. »Hast du immer noch Angst vor Booten? Das ist doch Jahre her, außerdem–«

»Nein, natürlich nicht!«, unterbrach ihn Hannah so laut, dass Eberius sie verwundert ansah. »Was meinen Sie?«

»Ich? Nichts, ich… vergessen Sie es.« Nun gut, dann eben ein Stück mit dem Boot. So schlimm würde es schon nicht werden, sprach sich Hannah Mut zu und hoffte, dass der alte Kahn erst auseinanderbrach, nachdem sie von Bord gegangen waren. Sie hob den Blick und sah, dass Semyonov zu ihr herübersah. Der Russe grinste hämisch, sagte aber nichts. Idiot!, dachte Hannah und drehte sich weg.

Als die Rampe fertig war, rief einer der beiden Männer etwas auf Russisch. Eberius antwortete knapp und wandte sich dann an Semyonov. »Wären Sie bitte so nett, den Wagen zu holen?« Der Russe drehte sich wortlos um und ging zu einem durchaus gut erhaltenen Geländewagen, der nur wenige Metern entfernt parkte.

»Nach unserer kleinen »Kreuzfahrt« werden wir unsere Reise selbstverständlich mit dem Auto fortsetzen. Zumindest so lange es die örtlichen Gegebenheiten zulassen. Danach werden wir wohl oder übel zu Fuß gehen müssen.«

Semyonov fuhr mit dem Wagen langsam auf die Rampe. Die Bretter ächzten und knarrten unter dem Gewicht des Fahrzeugs, aber sie hielten. Geschickt lenkte der Russe den UAZ-469 auf die Fähre. Dann stieg er aus und bedeutete Georg, ihm beim Sichern des Fahrzeugs zu helfen. »Beyerbach, packen Sie mit an!«

Georg nickte und kletterte mühelos an Bord.

»Gut, dann fehlen nur noch wir beide.« Eberius machte eine einladende Handbewegung. »Bitte, Frau Walkows, nach Ihnen.«

Hannah nickte und folgte Georg auf das Boot. Kaum hatte Eberius das Deck betreten, wurde die Rampe auch schon eingeholt und die Leinen gelöst. Knappe zehn Minuten später setzte sich die Fähre in Bewegung.

Hannah stand unsicher an Deck und sah sich um. Am Bug hatten sich Georg und Eberius über eine Karte gebeugt, der Parapsychologe deutete abwechselnd flussabwärts und dann auf den Plan, offensichtlich erklärte er die Route. Ein Windstoß ließ das Papier flattern und der kleine schmächtige Mann hatte sichtlich Mühe, die Karte ausgebreitet zu halten. Georg beobachtete ihn amüsiert, machte aber keinerlei Anstalten ihm zu helfen. Schließlich gelang es Eberius, den Plan wieder auseinanderzufalten und ihn mit Händen, Armen und Kinn festzuhalten. »Nun helfen sie mir doch endlich, Beyerbach!«, trieb der Wind Eberius' empörten Ausruf zu Hannah herüber und sie konnte sich ein Schmunzeln nicht verkneifen. Der Parapsychologe war wirklich ein schräger Vogel! Auf der anderen Seite des kleinen Fischerkahns lehnte Semyonov lässig an der Reling und rauchte. Als sich ihre Blicke trafen winkte er sie zu sich heran. Hannah zögerte. Semyonov war ihr mehr als unsympathisch, aber sie wollte ihm nicht die Genugtuung verschaffen, das zuzugeben und so ging sie langsam zum Heck und stellte sich neben ihn.

»Ich will Ihnen etwas zeigen«, sagte Semyonov in freundlichem Ton, der Hannah keine Sekunde täuschen konnte. Er deutete mit einer Kopfbewegung neben sich. »Sehen Sie die Kiste hier?«

Hannah nickte. »Eine Kiste. Sehr interessant.«

»Darin sind die Schwimmwesten. Ich dachte, das würde sie vielleicht beruhigen.«

»Warum sollte es das? «, fragte Hannah kühl.

»Damit Sie keine Angst haben, hier an Bord.« Er lächelte noch eine Spur breiter und sah aus wie ein Raubtier, das die Zähne fletschte.

»Ein Boot dieser Größe sinkt innerhalb weniger Minuten, wussten Sie das? Da muss man schnell sein…bevor es einen in die Tiefe zieht.«

Hannah rührte sich nicht. Es kostete sie einiges an Kraft, aber es gelang ihr, die Erinnerungen aus ihrer Kindheit zurückzudrängen. Sie lächelte Semyonov an und schüttelte den Kopf.

»Das ist sehr nett von Ihnen, aber ich habe keine Angst. Weder davor mit diesem Boot hier unterzugehen, noch vor sonst etwas.«

Semyonov nahm einen Zug und blies eine weiße Rauchwolke in die Luft. »Das sah vorhin aber ganz anders aus. Sie hätten ihr Gesicht sehen sollen, wie ein verängstigtes, kleines Mädchen.«

Hannah verlor langsam die Geduld. »Ich bin kein kleines Mädchen, Semyonov«, presste sie hervor. »Ich bin Teil dieser Expedition. Und im Gegensatz zu Ihnen, werden meine Dienste auch wirklich benötigt.«

Semyonov grinste böse. »Ohne Begleitung würden Sie keine Stunde in der Sibirischen Wildnis überleben. Wissen Sie eigentlich, was Sie erwartet? Jetzt im Sommer ist es tagsüber schwül und heiß, es wimmelt nur so von Insekten, die darauf warten, ein Stückchen nackte Haut zu finden. Das Gelände ist tückisch, die Bäume stehen so dicht, dass eine Orientierung fast nicht möglich ist. An einigen Stellen gibt der Boden einfach nach und Sie stürzen. Sie sterben zwar nicht, aber Sie brechen sich den einen oder anderen Knochen und nachts, wenn es dunkel und kalt ist, liegen Sie da, frierend und unfähig sich zu bewegen. Und dann kommen die Wölfe. Oder die Bären.«

Hannah straffte die Schultern. »Ich wiederhole es noch einmal: Sie machen mir keine Angst. Schon gar nicht mit diesen Schauermärchen. Sie denken wohl, weil ich eine Frau bin, bin ich zwangsläufig schwach oder fürchte mich vor ein paar wilden Tieren.«

Semyonov schüttelte den Kopf. »Nein, nicht weil Sie eine Frau sind.« Er machte eine bedeutungsvolle Pause. »Sondern weil Sie keine Russin sind.«

E lachte noch einmal und drehte ihr dann den Rücken zu.

***

Eberius stand am Bug des Bootes und schaute ans Ufer. Der Karte nach müssten sie in etwa einer Viertelstunde den Anlegeplatz erreicht haben. Seine Aufregung wuchs. Die erste Etappe war nun fast geschafft, wenn sie sich ranhielten und die dreistündige Fahrt mit dem Geländewagen reibungslos verlief, könnten sie am späten Nachmittag schon die Pyramiden sehen. Wie immer, wenn er an die Felsformation dachte, bekam Eberius eine Gänsehaut. Er bückte sich und wollte seinen Rucksack öffnen, als das Boot wankte und er mit der Seite gegen die Reling stieß. Es gab ein leises, kratzendes Geräusch und die oberste Strebe sprang aus ihrer Verankerung. Eberius taumelte kurz, fand dann aber wieder Halt und richtete sich auf. Erschrocken sah er sich um. Keiner der anderen hatte etwas bemerkt. Dann begutachtete er die Metallstange. Sie war verrostet und ein Stück war herausgebrochen. Eberius zog die Stange zurück auf die Verankerung. Es hielt, doch vermutlich nicht besonders lange. Er würde dem Kapitän Bescheid geben müssen, nicht dass sich jemand dagegen lehnte und sich verletzte oder gar ins Wasser fiel. Er trat einen Schritt zur Seite und holte das kleine hölzerne Kästchen aus seinem Rucksack. Behutsam öffnete er den Deckel und betrachtete das Artefakt. Es schimmerte im Tageslicht und Eberius glaubte, ein leichtes Vibrieren zu spüren. Der Schlüssel zeigte ihm an, dass er näherkam.

»Was haben Sie da?« Semyonov stand wie aus dem Boden gewachsen neben ihm und lugte über seine Schulter.

Eberius erschrak und das Kästchen rutschte ihm aus der Hand. Wie in Zeitlupe sah er, wie die kleine Kiste durch die

Luft segelte, an der Reling abprallte und zu Boden fiel. Dort rutschte es über die glatten Planken in Richtung Kante.

»Nein!« Eberius schrie auf und stürzte nach vorn und wusste im selben Moment, dass er nicht schnell genug sein würde.

Aber Semyonov war es. Blitzschnell trat er nach vorne und stellte seinen schweren Stiefel vor die Kante. Das Kästchen prallte dagegen und blieb liegen. Der Russe bückte sich und hob es auf.

Eberius Herz schien in seiner Brust förmlich zu zerspringen. Er spürte, wie alle Farbe aus seinem Gesicht wich und seine Hände eiskalt wurden. Mit weichen Knien rappelte er sich auf und streckte Semyonov die Hand entgegen.

»Geben Sie es mir zurück!«, verlangte er mit zittriger Stimme.

Der Russe dachte nicht daran. Stattdessen klappte er sie auf und zog das Artefakt heraus.

»Was soll das sein?«

»Ein…etwas, das mir sehr wichtig ist«, antwortete Eberius ausweichend. Er würde dem Russen niemals verraten, dass dies der Schlüssel zu den Pyramiden war. Semyonov würde ihm das Artefakt abnehmen, Meldung machen und Eberius könnte die Expedition vergessen. Der Kreml hatte sich nur deswegen so kooperativ gezeigt, weil sie nicht an einen Erfolg des Projekts glaubten und Eberius für einen Spinner hielten, der bereit gewesen war, eine beachtliche Summe zu bezahlen. Sollten die Russen den Schlüssel in die Hände bekommen, würden sie früher oder später ebenfalls das Rätsel lösen und eine eigene Expedition auf die Beine stellen. Aber das würde der Parapsychologe niemals zulassen.

Semyonov drehte die Metallscheibe hin und her, zuckte dann mit den Schultern und stopfte sie zurück in das Kästchen.

»Ein Talisman, wie?« Semyonov schnaubte verächtlich und warf Eberius die Kiste zu, der sie auffing und erleichtert an sich drückte.

»Sie sollten besser auf Ihre Sachen aufpassen, Professor«, lachte der Russe und holte ein Päckchen Zigaretten aus der Jackentasche.

Der Parapsychologe presste die Lippen aufeinander. Die Erleichterung verflog schlagartig und Wut stieg in ihm hoch. Noch nie hatte er solchen Zorn gefühlt. Was bildete sich dieser verdammte Bastard eigentlich ein? Der Russe war damit beschäftigt, trotz des Windes seine Zigarette anzuzünden. Immer wieder verlöschte die Flamme des Feuerzeuges. Er ist vollkommen abgelenkt, dachte Eberius. Und er hat keine Ahnung, dass die Reling hinter ihm kaputt ist. Ein kleiner Schubs und der Russe landete im Wasser. Die Kleidung würde sich schnell vollsaugen und das Gewicht ihn nach unten ziehen. Selbst ein guter Schwimmer konnte sich in der Ausrüstung, die Semyonov trug, nur mühsam über Wasser halten. Er würde es nicht schaffen, rechtzeitig vom Boot wegzukommen. Die Strömung würde ihn erfassen und in Richtung der Schiffsschraube ziehen… Eberius hatte die Szene genau vor Augen, jedes einzelne grausame Detail, so realistisch und echt, dass er nicht mehr zu unterscheiden wusste, ob das, was er sah nur seiner Fantasie entsprang oder sich tatsächlich abspielte. Ein Lächeln stahl sich auf seine Lippen.

»Na endlich!«, rief Semyonov und nahm einen tiefen Zug. Der Rauch wehte dem Parapsychologen ins Gesicht und er musste husten. Das entsetzliche Bild von Semyonovs im Wasser treibenden Körper verschwand und er blinzelte verwirrt. Es war, als wäre er aus einer Art Trance erwacht. Erschrocken sah Eberius den Russen an, als hätte er dasselbe gesehen wie er. Ein eiskalter Schauer lief ihm den Rücken hinunter. Diese Gedanken, das waren doch nicht seine eigenen gewesen! Er fand keinerlei Gefallen an Gewalt, das hatte er noch nie!

Eberius fühlte sich, als hätte ihm jemand oder etwas diese entsetzlichen Bilder in den Kopf gepflanzt. Eine beängstigende Vorstellung. Doch was den Parapsychologen am meisten erschütterte war, wie gut es sich angefühlt hatte, dabei zuzusehen, was mit Semyonov geschah. Er hatte jede Sekunde genossen.

»Was ist los, Eberius, haben Sie einen Geist gesehen?«, fragte der Russe spöttisch und lehnte sich an die Reling. Die Metallstange brach ab und stürzte ins Wasser. Semyonov schwankte, fand aber schnell das Gleichgewicht wieder und fluchte. »Verdammtes Drecksboot!«

In diesem Moment ertönte der Ruf des Kapitäns. In fünf Minuten würden sie anlegen.

»Endlich runter von diesem verfluchten Kahn«, schimpfte Semyonov und warf die Zigarette ins Wasser. Er schrie dem Kapitän etwas auf Russisch zu, doch Eberius verstand nicht, was er sagte. Es spielte auch keine Rolle. Wie gebannt starrte er auf die kaputte Reling. Beinahe hätte sich seine schreckliche Vision bewahrheitet und Semyonov wäre ins Wasser gestürzt. Der Parapsychologe schüttelte heftig den Kopf um die Bilder aus seinen Gedanken zu vertreiben. Es war nicht echt, Peter, versuchte er sich zu beruhigen. Doch ganz gelang es ihm nicht. Zwei Fragen konnte er nicht be-

antworten: Woher war plötzlich diese seltsame Gewaltfanta-
sie gekommen und was hatte das zu bedeuten?

2

Georg war froh, als der marode Fischerkahn ohne sie ablegte und sie endlich in ein voll funktionstüchtiges Fahrzeug umsteigen konnten. Das Abladen des Geländewagens war reibungslos verlaufen und nun lenkte Semyonov den UAZ mit sicherer Hand durch die noch spärlich mit Bäumen bewachsene Landschaft. Es war jetzt früher Nachmittag, kurz nach halb zwei und wenn sie weiter so gut vorankämen, könnten sie heute Abend noch einen Blick auf die Pyramiden werfen, bevor sie ihr Lager in dem alten Stützpunkt aufschlugen. Aus irgendwelchen Gründen hatte sich Eberius geweigert vorne bei Semyonov einzusteigen und so saß Georg auf dem Beifahrersitz. Der Parapsychologe unterhielt sich angeregt mit Hannah, doch ein Blick in den Rückspiegel verriet ihm, dass sie nur mit einem halben Ohr zuhörte. Mit gedankenverlorenem Blick schaute sie aus dem Fenster. Plötzlich drehte sie den Kopf und ihre Blicke trafen sich. Sie lächelte gequält und verdrehte die Augen. Georg grinste und war froh, dass er nicht neben Eberius sitzen musste, auf die Dauerbeschallung durch den Parapsychologen konnte er gut und gerne verzichten. Außerdem konnte er die Gelegenheit nutzen ihren russischen Begleiter genauer unter die Lupe zu nehmen. Georg schätze ihn auf Anfang Dreißig, er war durchtrainiert und seine Art sich zu bewegen verriet die militärische Ausbildung. Seine Kleidung schrie ebenfalls »Soldat«, doch welcher Einheit Semyonov angehörte oder welchen Rang er bekleidete, konnte Georg nicht erkennen. Weder die schwarze Jacke noch das olivgrüne Hemd war mit irgendwelchen Abzeichen oder Symbolen verziert. Er war Raucher, wie Georg, und es machte ihm Spaß, Eberius und Hannah zu ärgern. Zumindest hatte es auf dem Boot den Anschein gehabt, aber was genau abgelaufen war, hatte er nicht mitbekommen. Georg musste schmunzeln. So ganz unähnlich waren sie sich also gar nicht. Vielleicht verstanden sie sich ja ganz gut, und die Expedition würde besser laufen als befürchtet.

Die Monotonie der Landschaft langweilte Georg zunehmend und er griff nach seinen Zigaretten. Semyonov schaute zu ihm herüber und nickte.

»Schlechte Angewohnheit, aber gute Idee. Kann ich mir eine – wie heißt das – ausborgen?«

Georg grinste. »Geht aufs Haus«, sagte er und reichte Semyonov eine Zigarette.

Der Russe ließ das Lenkrad los und steuert mit den Knien, während er sich die Zigarette anzündete. Er nahm einen tiefen Zug. »Ahh…die sind gut. Amerikanische?«

Georg nickte. Dann reichte er Semyonov die Schachtel.

»Sie können die Schachtel haben, ich habe genügend. Meine halbe Ausrüstung besteht aus Kippen.«

Der Russe lachte und nickte zum Dank. »Sie sind ein wahrer Freund, Beyerbach.«

»Georg«, bot der Geologe ihm an und Semyonov nickte noch einmal. »Dimitri.«

Der Russe nahm ein paar Züge und deutete dann mit dem Kinn in Richtung Eberius. »Wie kommt ein vernünftiger Kerl wie du eigentlich zu so einem wie dem da?«, fragte er mit gedämpfter Stimme.

Georg seufzte. »Hannah hat den Kontakt hergestellt.«

Dimitri grinste breit. »Ihr kennt euch also.«

»Ja.«

Das Grinsen des Russen wurde noch breiter. »Ich verstehe. Ihr kennt euch *gut*.«

»Ist schon ein paar Jahre her…«

Dimitri schüttelte den Kopf. »Arbeit und Ex-Frauen, das geht niemals gut. Ich spreche aus Erfahrung«, erklärte er. »Bevor du dich versiehst, hast du ein Messer an der Kehle.«

Georg lachte. »Ich glaube nicht, dass Hannah irgendwelche Waffen dabei hat. Aber wenn ich nicht aufpasse, attackiert sie mich womöglich mit einem ihrer Pinsel.«

Der Russe lachte schallend.

»Was gibt es denn so Unterhaltsames?«, wollte Eberius von der Rückbank aus wissen.

»Schon gut, Professor. Nur ein Witz.«

»*Doktor*, Semyonov. Ich bin Doktor der Philosophie. Kein Professor. Ich habe mich nicht habilitiert«, erklärte Eberius ausführlich aber vergeblich, wie Georg von Dimitris Gesicht ablesen konnte. Der Russe hatte offensichtlich keinerlei Interesse an der akademischen Laufbahn des Parapsychologen. Stattdessen schaute er nach oben und runzelte die Stirn. »Das Wetter schlägt um.«

Georg folgte seinem Blick. Er erkannte einen grauen Streifen am Himmel. Regenwolken.

»Wenn es regnet, müssen wir den Wagen stehen lassen und zu Fuß weitergehen. Wir können es nicht riskieren, stecken zu bleiben.«

»Aber es regnet doch gar nicht«, meldete Eberius sich von

hinten. Seine Stimme klang besorgt. »Wir müssen noch mindestens 40 Kilometer zurücklegen, sonst schaffen wir es nicht mehr vor Anbruch der Dunkelheit. Ich muss die Pyramiden heute noch sehen!«

»Die Wolken sind doch noch ziemlich weit weg, geht das denn so schnell?«, erkundigte sich Hannah.

»Hier schon. Sibirien ist nicht Deutschland.«

Georg beobachtete eine Weile das graue Wolkenband, das sich ihnen unaufhaltsam näherte. Der dunkle Streifen wurde immer breiter und auch die Luft wurde kühler. Nach einer Weile verlangsamte Dimitri den Wagen, die Bäume standen nun dichter und der Russe musste nun deutlich langsamer fahren.

»Warum fahren wir so langsam?«, drängte Eberius. »Ich dachte, es fängt gleich an zu regnen?«

»Wollen Sie, dass wir gegen einen Baum fahren? Ich halte das aus, aber bei Ihnen bin ich mir nicht so sicher.«

Der Parapsychologe schnaubte und schwieg.

Inzwischen war es merklich dunkler geworden, der Himmel hatte sich verfinstert und das dunkle Wolkenband war nicht mehr weit entfernt. Mit einem leisen Klopfen fielen die ersten Regentropfen auf das Dach des Wagens.

Dimitri fluchte und fuhr etwas schneller, doch innerhalb weniger Minuten verwandelten sich die einzelnen Tropfen in heftigen Regen, so dass der Russe die Geschwindigkeit stark drosselte. Die Scheibenwischer des UAZ arbeiteten auf Hochtouren, trotzdem konnte man den Weg kaum erkennen.

Sie kamen jetzt nur langsam voran, die Räder versanken mehr und mehr im aufgeweichten Boden. Plötzlich brach der Wagen aus, das Heck schlingerte und scherte nach rechts aus. Dimitri riss das Lenkrad herum und steuerte dagegen, doch der Wagen rutschte unkontrolliert weiter. Auf der Rückbank schrie Hannah erschrocken auf. Georg sah aus dem Seitenfenster. Das Fahrzeug steuerte genau auf einen Baum zu. Reflexartig riss er die Arme vors Gesicht. Gleich würden sie gegen den Stamm prallen!

Plötzlich gab es einen heftigen Ruck, der Wagen drehte sich und schlitterte einen knappen Meter an dem Baum vorbei. Dann kam er zum Stehen. Der Russe machte den Motor aus. Schweiß stand auf seiner Stirn.

»Alles in Ordnung?«, keuchte er.

»Ja, nichts passiert, sagte Georg und spürte seinen Puls rasen. Das war ganz schön knapp!

Dimitri hatte eine Glanzleitung hingelegt und den Aufprall in letzter Sekunde verhindert. Der Russe musste über wahre Bärenkräfte verfügen.

Dann drehte Georg sich zu Hannah um. Die Archäologin saß blass und mit vor Schreck geweiteten Augen auf dem Rücksitz. »Geht es dir gut?«

»Alles okay«, sagte sie mit leiser Stimme.

»Wir steigen hier aus«, befahl Semyonov und stieg aus.

»Das ist eine gute Idee.« Hannah schnallte sich ab und öffnete die Tür.

»Was ist mit Ihnen, Eberius?«, fragte Georg, als er in das bleiche Gesicht des Parapsychologen blickte. »Sind Sie in Ordnung?«

Eberius presste die Lippen aufeinander und nickte. Er sah erschrocken aus, doch Georg bildete sich ein, dass das nicht alles war.

Obwohl der Regen unablässig auf sie niederprasselte, war Georg froh, aus dem Geländewagen auszusteigen. Er begutachtete den Baum, den sie nur dank Dimitris Fahrkünsten verfehlt hatten und spürte einen dicken Kloß im Hals. Ein Aufprall hätte zweifellos verheerende Folgen gehabt. Hannah und Eberius wären schwer verletzt oder gar tot und Dimitri und er hätten sich wenigstens ein paar Knochen gebrochen. In dieser abgelegenen Gegend kam das einem Todesurteil gleich.

»Wir lassen den Wagen hier. Bei diesem Regen können wir nicht weiterfahren«, verkündete Dimitri, als sie alle ausgestiegen waren und sich vor dem UAZ versammelt hatten. »Es ist zu gefährlich.«

Georg nickte zustimmend. »Von mir aus gern.« Er sah zu Hannah, die noch immer etwas blass aussah, aber langsam wieder Farbe bekam. »Ich habe auch nichts gegen einen Fußmarsch«, sagte sie und lächelte matt.

»Das wird uns aber eine Menge Zeit kosten«, warf Eberius ein und

die Wut in seiner Stimme war unverkennbar.

Dimitri zuckte mit den Schultern. »Lieber kommen wir später bei Ihren seltsamen Felsen an als gar nicht.«

»Aber –«

»Wir lassen den Wagen stehen.« Der Russe holte sein Funkgerät aus der Jackentasche und sprach hinein. Nach einer knappen Antwort nickte er und öffnete die Tür der Ladefläche des UAZ und wandte sich an Eberius. »Holen Sie Ihr Gepäck.«

Der Parapsychologe hatte die Lippen aufeinander gepresst und umklammerte den Riemen seines Rucksacks so fest, dass die Fingerknöchel weiß hervortraten. »Der Zeitverlust ist wirklich äußerst bedauerlich...«, zischte er und hievte sein Gepäck aus dem Wagen.

Hannah tat es ihm gleich, doch Georg zögerte. Er beobachtete Eberius, der sich mit versteinerter Miene den Rucksack umschnallte. Der Typ war wirklich nicht ganz dicht, oder? Um ein Haar wären sie gegen einen Baum geprallt, was ihm höchstwahrscheinlich das Leben gekostet hätte und alles, worüber er sich Sorgen machte, war ein Zeitverlust von ein paar Stunden? Ungläubig schüttelte er den Kopf und holte dann als Letzter seine Ausrüstung aus dem Wagen.

***

Hannah stapfte mit zittrigen Knien hinter Semyonov her, den Blick fest auf die dunkle Gestalt vor ihr gerichtet. Ihre Füße versanken immer häufiger in dem aufgeweichten Waldboden und es fiel ihr zunehmend schwerer, vorwärts zu kommen. Der Schrecken über den Beinahe-Unfall saß ihr noch in den Knochen. Mit so etwas hatte sie nicht gerechnet. Unangenehme Wetterbedingungen, unwegsames Gelände, wenig und schlechter Schlaf, ja, das kannte sie zur Genüge von anderen Expeditionen, aber ein Autounfall mitten im Nirgendwo? Sie erschauerte bei dem Gedanken. Selbst eine leichte Verletzung wäre in dieser Einöde keine Bagatelle. Sie hatten in ihrer Ausrüstung zwar alles für eine medizinische Notversorgung, aber bis Hilfe einträfe, würde es dauern. Das Fischerboot kam erst in fünf Tagen wieder zur Anlegestelle, außerdem waren sie ja rund 35 Kilometer mit dem Wagen gefahren… Nein! Unwirsch wischte sich Hannah eine nasse Haarsträhne aus dem Gesicht. Es war nichts passiert, warum sich also weiter darüber Gedanken machen! Sie hatten zwar nicht die geplante Strecke zurückgelegt, aber lieber wanderte sie zwei Tage länger durch die

Taiga als noch einmal einen Unfall zu riskieren. Semyonov hatte per Funk ihre Position durchgegeben und die restlichen Kilometer bis zu den Pyramiden würden sie schon hinter sich bringen.

Die dunkle Silhouette des Russen verschwand hinter ein paar Bäumen und tauchte ein Stück weiter rechts wieder auf. Hannah folgte ihm. Auf dem Boden hatten sich große Pfützen gebildet, sie hatte keine Lust, bis zu den Knöcheln im dreckigen Matschwasser zu versinken. Dimitri mochte ein Idiot sein, aber er führte sie sicher durch die immer dichter wachsenden Bäume. Und er war ein ausgezeichneter Fahrer.

Hinter ihr ertönte ein erschrockener Ausruf und als sich Hannah umdrehte, sah sie Eberius, dessen linkes Bein bis zum Knie im Morast eingesunken war. Er ruderte wild mit den Armen und wenn Georg ihn nicht an der Schulter gepackte hätte, wäre der Parapsychologe mit dem Gesicht voran im Schlamm gelandet. Hannah konnte sich ein Grinsen nicht verkneifen.

»Ich… ich stecke fest«, erklärte Eberius verlegen.

»Was Sie nicht sagen.« Georg seufzte und zog an Eberius' Arm.

»Aua, nicht so fest! Sie kugeln mir ja den Arm aus!«

»Wollen Sie lieber hier im Dreck bleiben?«

»Nein, natürlich nicht.«

»Dann stellen Sie sich nicht so an.«

»Trotzdem müssen Sie nicht so grob sein!« beharrte der Parapsychologe.

Georg verdrehte die Augen. Dann streifte er seinen Rucksack ab und packte Eberius mit beiden Armen.

»Warte, Georg, ich helfe dir!« Hannah stapfte zu ihnen,

vorsichtig, um nicht auch zu versinken.

Gemeinsam zerrten sie an dem Parapsychologen und nach ein paar endlos erscheinenden Sekunden gab das Schlammloch Eberius' Fuß mit einem schmatzenden Geräusch frei.

»Oh, vielen Dank! Das ist viel besser!« Eberius begutachtete sein Hosenbein, das bis über das Knie mit braunem Schlamm bedeckt war. Er wischte ein wenig davon weg, ließ es aber dann, als er merkte, dass es keinen Sinn machte.

»Passen Sie ab jetzt besser auf, brummte Georg. »Sie halten uns sonst nur auf.«

»Das werde ich.« Eberius nickte eifrig. Dann sah er Georg über die Schulter. »Äh Semyonov? Warten Sie! Nicht so schnell!« Der Parapsychologe beeilte sich zu dem Russen aufzuschließen. »Sind Sie sicher, dass diese Richtung stimmt?«

Hannah schüttelte lachend den Kopf. »Mit dem werden wir noch so Einiges erleben«, sagte sie und wartete, bis Georg sich wieder den Rucksack umgeschnallt hatte.

»Ja, mit Sicherheit«, stimmte der Geologe nachdenklich zu und sein ernster Tonfall ließ Hannah aufhorchen. Sie sah ihn stirnrunzelnd an.

»Was ist los?«, fragte sie.

Georg zuckte mit den Schultern. »Ich weiß nicht, irgendein komisches Gefühl.«

»Was meinst du?«

Georg deutete mit einer Kopfwendung in die Richtung, in die Eberius und Semyonov vorausgegangen waren. »Unser lieber Doktor…ich glaube, mit dem stimmt etwas nicht. Er ist schizophren oder verrückt oder sowas.«

Hannah hob die Augenbrauen. »Er ist Parapsychologe,

welcher *normale* Mensch ist das schon?«

»Nein, das meine nicht. Er benimmt sich seltsam… Vorhin zum Beispiel, nach dem Beinahe-Unfall. Er war erschrocken, so wie wir alle.«

»Und das zu Recht, das war ziemlich knapp«, warf Hannah ein.

»Aber Eberius war nicht *nur* erschrocken. Er war richtig wütend.«

»Wütend?« wiederholte Hannah und verstand immer noch nicht, worauf Georg hinauswollte.

»Ja, wütend. Dass Dimitri nicht weiterfahren wollte und wir dadurch Zeit verlieren. Als ob es auf die paar Stunden ankäme! Er würde lieber sein und unser aller Leben riskieren, nur um so früh wie möglich bei diesen Felsen zu sein. Wenn es um diese verdammten Pyramiden geht, ist er, ich weiß auch nicht, wie besessen!«

Hannah schüttelte den Kopf. »Wäre das nicht jeder, der eine solche Expedition auf die Beine stellt? Er hat einen Haufen Kohle in das Projekt gesteckt, das muss er ja felsenfest davon überzeugt sein, etwas zu finden. Vielleicht sogar besessen, wenn du so willst.«

Georg seufzte. »Ja, vielleicht. Aber ich werde ihn im Auge behalten. Mit dem Typen stimmt etwas nicht.«

»Wie du meinst.«

Hannah wollte losmarschieren, aber sie konnte weder Eberius noch Semyonov entdecken. »Wo sind sie hin?«, fragte sie besorgt.

Bevor Georg antworten konnte, hörten sie Eberius Stimme: »Aua, verdammt! … Nichts passiert!«

Georg zeigte in die Richtung, aus der die Rufe kamen. »Ich würde sagen, dort entlang.«

***

Peter Eberius fühlte sich schlecht. Nicht nur, dass er müde war und bis auf die Haut durchnässt, sein linkes Hosenbein hatte sich mit Schlamm vollgesogen und klebte unangenehm am Körper. Was ihn aber am meisten störte war, dass sie es nicht mehr schaffen würden, die Pyramiden vor Einbruch der Dunkelheit zu erreichen.

Sie wanderten jetzt schon seit vier Stunden durch die Taiga, hoffentlich hatte dieser Gewaltmarsch bald ein Ende! Wie weit war dieser Stützpunkt denn noch entfernt? Seine anfängliche Wut über die verlorene Zeit war inzwischen Frustration gewichen. Natürlich waren diese widrigen Umstände allesamt Prüfungen, die ihm auferlegt worden waren, immerhin musste er beweisen, dass er auserwählt war, doch langsam meldeten sich leise Zweifel. Würden die *Vergangenen* ihn wirklich auf diese Weise auf die Probe stellen? Mit Schlammpfützen, nasser Kleidung und schmerzendem Rücken? Eberius seufzte. Seine Hand wanderte in die Jackentasche und umklammerte den Schlüssel. Er trug das Artefakt jetzt immer am Körper, einen Vorfall wie auf dem Fischerkahn wollte er nicht noch einmal riskieren. Die runde Metallscheibe fühlte sich warm an, seine Finger tasteten über die filigranen Muster und mit einem Mal waren alle Zweifel wie weggeblasen. Als hätte der bloße Kontakt ihm zu neuem Mut verholfen. *Du schaffst es, gib nicht auf*, meinte er das Artefakt in seinem Kopf raunen zu hören, und Eberius fühlte sich nicht mehr ganz so müde, der schwere Rucksack wirkte leichter und selbst das Gehen auf dem sumpfigen Waldboden schien nicht mehr so beschwerlich.

»Was ist so lustig?«, hörte er plötzlich Beyerbach neben

sich und zuckte ertappt zusammen. Erst jetzt bemerkte Eberius, dass er lächelte.

»Äh, nichts, ich…ich hatte nur eine schöne Erinnerung.« Rasch zog er die Hand aus der Tasche und rückte seine Brille gerade. Wie lange hatte Beyerbach ihn schon beobachtet? Hatte er etwas bemerkt?

»Hier? Jetzt?«

»Ja, ja…mein…mein Großvater«, log er. »Ich dachte gerade an meinen Großvater.«

Beyerbach hob die Augenbrauen, sagte aber nichts. Er musterte ihn misstrauisch und Eberius spürte, wie ihm der Schweiß ausbrach. Ganz ruhig, Peter, das ist das perfekte Thema. Völlig unverdächtig und harmlos, außerdem kannst du stundenlang von Großvater erzählen.

»Was ist mit ihm?«, wollte Hannah wissen, die zu ihnen aufgeschlossen hatte.

»Er war ein großartiger Mann. Ein Forscher, so wie ich«, erklärte er und beobachtete Beyerbach aus den Augenwinkeln. Der Geologe verdrehte die Augen.

»Ich glaube, Dimitri braucht neue Zigaretten«, verabschiedete er sich hastig und beschleunigte seine Schritte. Eberius und Hannah blieben hinter ihm zurück.

Sehr gut, dachte der Parapsychologe und richtete seine volle Aufmerksamkeit auf Hannah. Sie war ganz anders als Beyerbach. Freundlich und interessiert, und vor allem, sie hatte Visionen. Natürlich konnte sie nicht ahnen, wie groß das Geheimnis war, das die Pyramiden hüteten, aber sie glaubte daran, dass es dort etwas zu entdecken gab. Und sie würde nicht enttäuscht werden. Mit Hannah Walkows hatte er eine gute Wahl getroffen. Beyerbach hingegen war ein notwendiges Übel.

»Auf welchem Gebiet hat Ihr Großvater geforscht?«, fragte die Archäologin.

»Oh, naja, ihn interessierte eigentlich alles, was außergewöhnlich ist. Oft waren es Orte, Gegenstände oder auch Personen, in denen niemand außer ihm etwas Besonders sah. Aber er wusste es besser.«

»Dann haben Sie die Leidenschaft für das Besondere also von ihm.« Hannah sprach ohne Spott. Das gefiel ihm.

»Ja, das könnte man so ausdrücken. Es ist wirklich schade, dass er nicht mehr miterleben kann, was wir bei den Pyramiden entdecken werden.«

»Sie sind sich absolut sicher, oder? Dass dort etwas ist.« Sie sah ihn durchdringend an.

»Aber selbstverständlich, Frau Walkows!« Eberius war erstaunt. Hatte er sich doch in ihr getäuscht?

»Gut, dann bin ich wenigstens nicht allein«, sagte sie und lächelte.

Eberius erwiderte ihr Lächeln. »Auch wenn es heute nicht mehr zu schaffen ist, morgen werden wir sie sehen.« Und dann werden Sie verstehen…, fügte er in Gedanken hinzu.

Hannah nickte und schaute nach vorn.

»Sieht so aus, als wären wir bald da.«

Eberius folgte ihrem Blick. Beyerbach stand auf einer kleinen Anhöhe und winkte ihnen zu. »Da unten liegt der Stützpunkt, es ist nicht mehr weit.« Er deutete hinter sich, wo Semyonov bereits geschickt den Hügel hinabstieg.

»Oh! Gottseidank!«, rief Eberius erleichtert. Die Aussicht auf eine trockene Unterkunft und darauf, den schweren Rucksack abzulegen war fast so schön wie der Gedanke an die Pyramiden. Er kicherte. Aber nur fast!

Der Stützpunkt bestand nur aus zwei flachen Gebäuden und

hatte den Namen nicht wirklich verdient. Das Größere war nicht mehr als eine Baracke, deren Mauern stellenweise bis zum Dach von Pflanzen überwuchert waren. Daneben standen die Reste einer Garage, in der ein uralter Geländewagen vor sich hin rostete.

Trotzdem war Eberius froh, aus dem Dauerregen herauszukommen, auch wenn die Tropfen nun nicht mehr ganz so dicht vom Himmel prasselten. Semyonov öffnete die Tür, die erst nach dem Einsatz roher Gewalt mit einem hässlichen Knirschen nach innen schwang. Drinnen roch es nach feuchtem Mauerwerk und Erde, durch die zerbrochenen Fensterscheiben fiel nur wenig Licht und tauchte den Raum in ungemütliches Halbdunkel. Der Boden war mit Schmutz und Staub bedeckt, ebenso die Möbel, und an den Wänden hingen verblichene Landkarten und Dokumente. Auf den Tischen standen zahlreiche Geräte und benutzte Trinkgläser, deren Inhalt schon lange verdunstet war, dazwischen lag stapelweise vergilbtes Papier. Es sah aus, als wären die früheren Bewohner ganz plötzlich aufgebrochen, oder sie hatten es einfach nicht für nötig gehalten, das Quartier aufzuräumen, bevor der Stützpunkt aufgegeben wurde.

In einer Nische gab es eine kleine Küche, in deren Wandschränken sich noch ein paar Konserven stapelten. Kühlschrank und Herd starrten vor Dreck und Rost, die Spüle war halbvoll mit undefinierbarem, braunem Schlick. Eberius verzog angewidert das Gesicht. Hier würde sicherlich niemand etwas zu essen zubereiten.

»Gemütlich, wie?« Semyonov lachte und steuerte eine Tür im hinteren Teil des Raumes an. Auch diese ließ sich nur widerstrebend öffnen und gab dann den Blick in einen schmalen Flur frei.

»Dort hinten sind drei Schlafkammern mit Stockbetten. Aber ich würde nicht empfehlen, sie zu benutzen.« Er wandte sich an Hannah. »Nach den Löchern in den Matratzen zu urteilen, sind die Ratten, die darin hausen, mindestens so groß.« Er zeigte eine Spanne von etwa dreißig Zentimetern.

»Nur so groß?«, fragte Hannah spöttisch. »Sie waren noch nicht in Australien, da sind die Ratten um einiges größer. Und erst die Spinnen.«

Der Russe machte ein enttäuschtes Gesicht und fuhr dann mit seiner Führung fort. »Am Ende des Flures gibt es ein Badezimmer. Ich kann nicht dafür garantieren, dass alles funktioniert.« Er lachte. »Anderseits ist das immer noch besser als draußen von ein paar Wölfen überrascht zu werden. Oder einem Bären.«

Eberius lächelte schief. Das waren ja schöne Aussichten. Er betrat eine der Schlafkammern und bemühte sich, die löchrigen Matratzen zu ignorieren. Auf dem Boden gab es genug Platz, sollten die vierbeinigen Nager ruhig ihr Revier behalten.

»Wohin führt diese Tür?«, erkundigte sich Hannah und deutete zum Ende des Flures.

»Das war das Büro des Kommandanten. Und jetzt ist es meins.« Er öffnete die Tür und machte eine einladende Geste.

Eberius betrat nach Hannah und Beyerbach den Raum und runzelte die Stirn. Natürlich, kein Wunder, dass Semyonov sich dieses Zimmer ausgesucht hatte. Im Gegensatz zu den anderen Räumen, war es hier einigermaßen ordentlich. Ein großer Schreibtisch stand an der gegenüberliegenden Wand, daneben hohe Regale in denen nur noch vereinzelt Aktenordner und Bücher herumlagen. An der rechten

Wand stand ein Bett, dessen Matratze offensichtlich nicht von Ratten heimgesucht worden war. Auf der anderen Seite gab eine schmale Tür den Blick auf ein Waschbecken frei.

»Wie sieht es mit Strom aus?«, fragte Beyerbach und schaute zur Decke.

Als Antwort betätigte der Russe den Lichtschalter, doch außer einem leisen Klicken passierte nichts.

»Der Generator scheint kaputt zu sein. Kein Strom.«

»Soll ich mir das mal ansehen? Vielleicht kriegen wir ihn zum Laufen.« Der Geologe holte eine Schachtel Zigaretten aus der Jackentasche und Semyonov grinste.

»Gute Idee.« Die beiden Männer verließen das Büro und gingen nach draußen.

Eberius wandte sich verlegen an Hannah. »Es tut mir leid, Frau Walkows, ich hatte gehofft, unser Basislager wäre ein wenig komfortabler.«

Sie lachte. »Das ist schon in Ordnung, Dr. Eberius. Ich habe schon Schlimmeres gesehen. Nicht oft, aber ein-, zweimal. Es ist trocken und wir sind vor Wölfen und Bären geschützt, das ist das Wichtigste.«

»Eh, ja, das ist schön, dass Sie das so sehen.«

»Was halten Sie von einer Tasse Tee?«

»In dieser Küche?« Eberius hob abwehrend die Hände.

Hannah lachte. »Nein, um Gottes willen! Ich habe Kochgeschirr in meinem Rucksack.«

Eberius lächelte erleichtert. »In diesem Fall, sehr gerne. Kann ich Ihnen zur Hand gehen?«

Hannah stellte den Rucksack ab und kramte eine Aluminiumkanne hervor. »Sie könnten Wasser holen.« Sie reichte ihm die Kanne und grinste. »Aber bitte nicht aus dem Badezimmer.«

Eberius verzog das Gesicht. »Das hatte ich auch nicht vor.«

»Ich würde ungern schon jetzt an unsere Vorräte gehen, bestimmt gibt es hier noch irgendwo anders Wasser. Fragen Sie doch Semyonov, der müsste es wissen.«

»Ja, gut. Ich kümmere mich darum.«

Er ging nach draußen und sah sich um. Der Regen hatte weiter nachgelassen, aber die Feuchtigkeit reichte noch immer aus, um den Parapsychologen zum Frösteln zu bringen. Wasser, dachte Eberius und überlegte, wo er in diese Ruine Wasser für eine Kanne Tee herbekommen könnte. Neben der Garage stand eine große Tonne, in der sich Regenwasser angesammelt hatte, doch nach einem kurzen Blick auf die schmierig-grüne Innenwand verwarf er seine Idee sofort wieder. Als er die Rückseite der Baracke erreichte, sah er Beyerbach und Semyonov neben einem großen, grauen Kasten stehen. Sie unterhielten sich und rauchten.

»Konnten Sie den Generator reparieren?«, fragte Eberius hoffnungsvoll.

Der Russe schüttelte den Kopf. »Nichts zu machen. Nicht einmal Grigori konnte ihn zum Laufen bringen.« Das breite Grinsen in Semyonovs Gesicht strafte sein Bedauern Lügen.

Grigori! Wie albern, dachte Eberius. »Ehm…wo könnte ich denn Wasser bekommen? Frau Walkows möchte Tee kochen.«

Der Geologe deutete nach oben zum Himmel. »Reicht das nicht?«

Eberius schüttelte verärgert den Kopf. »Ich meine es ernst, Beyerbach!«

Semyonov zündete sich eine neue Zigarette an und stieß eine Rauchwolke aus. Dann deutete er mit einer Kopfwendung in Richtung einer Baumgruppe, die ein gutes Stück von der Baracke entfernt stand. »Etwa zweihundert Meter in diese Richtung fließt ein Bach. Versuchen Sie es dort. Aber geben Sie Acht, dass Sie sich nicht verlaufen.« Semyonov lachte schallend.

»Oder stecken bleiben«, fügte Beyerbach spöttisch hinzu.

»Danke, ich werde schon zurechtkommen«, zischte Eberius und machte sich auf den Weg.

***

Georg sah dem Parapsychologen nach, wie er mit unsicheren Schritten auf den Bachlauf zustapfte. Er konnte ihm fast leidtun, aber nur fast. Immerhin hatte er sie hierhergeführt.

Dimitri folgte seinem Blick und lachte böse.

»Was ist so komisch?«, fragte Georg.

»Zweihundert Meter, oder zweitausend Meter, was sind schon so geringe Entfernungen inmitten der endlosen Taiga…«

Georg hob die Augenbrauen. »Zwei Kilometer? Du hast den armen Teufel zwei Kilometer in die Taiga geschickt? Ganz allein?«

»Nein, es sind nur etwa eineinhalb Kilometer. Von hier aus.« Er deutete hinter sich. »Von der anderen Seite aus sind es nur knappe zweihundert, da macht der Bach nämlich eine Kurve.« Semyonov lachte. »Aber er hat ja nicht nach dem kürzesten Weg gefragt.«

Georg sah der schmächtigen Gestalt nach, die sich der Baumgruppe näherte. »Was, wenn ihm was passiert?«

»Was soll schon passieren? Es geht immer gerade aus.«

»Und die Wölfe? Und Bären?«

Dimitri schüttelte den Kopf. »Nicht in dieser Gegend. Hier hat man schon ewig keine Bären mehr gesehen. Und Wölfe auch nicht.« Er zog an seiner Zigarette und grinste. »Aber genug von wilden Tieren, was ist eigentlich mit deiner kleinen Ex-Freundin?«

»Du solltest sie nicht unterschätzen. Hannah ist tougher als sie aussieht.«

»Ach ja? Erzähl mal.«

»Nein, nicht solange ich nüchtern bin.«

»Hm. Mal sehen, ob wir das ändern können.« Dimitri bückte sich und öffnete das Generatorgehäuse. Neben der Maschine standen vier Flaschen, die mit einer klaren Flüssigkeit gefüllt waren.

»Auf den alten Sorokin ist Verlass. Immer dieselben Verstecke.« Der Russe schraubte eine der beiden Flaschen auf und roch an dem Inhalt. Dann nahm er einen kräftigen Schluck.

»Ahh! Und sein Geschmack ändert sich auch nicht. Noch immer das gute Zeug.« Er hielt Georg die Flasche hin. Das von Hand beschriftete Etikett war verblichen, und die wenigen Buchstaben, die er entziffern konnte in kyrillischer Schrift, doch es handelte sich zweifellos um Wodka. Fragte sich nur, wie lange die Flaschen dort schon herumstanden.

»Trink schon, Grigori. Wodka verdirbt nicht. Und Selbstgebrannter erst recht nicht.«

Georg beäugte misstrauisch die Flasche. Eine Methanolvergiftung war kein Spaß, aber es war nass und kalt und er war müde. Außerdem, ein Schluck würde ihm kaum schaden.

Der Wodka war stark und brannte wie Feuer in seiner

Kehle. Doch er wärmte ihn und ließ den Regen und den Matsch und alles andere gleich viel angenehmer wirken.

»Das ist ja ein wahres Teufelszeug«, sagte er und trank gleich noch einmal. Na also, brannte schon viel weniger!

Dimitri lachte und nahm die andere Flasche. Er leerte fast ein Viertel des Wodkas, schüttelte sich und wischte sich über den Mund.

»Also, raus mit der Sprache. Was ist so besonders an Hannah Walkows?«

**

Hannah begutachtete den Herd. Er war alt und an vielen Stellen verrostet. Ihren kleinen Gaskocher konnte sie hier drinnen nicht benutzen, und draußen regnete es noch immer. Aber vielleicht funktionierte der alte Herd ja noch. Sie drehte den Schalter, aber es passierte nichts. Offenbar hatten Georg und Semyonov den Generator noch nicht repariert.

Sie ging nach draußen und umrundete die Baracke. Auf der Rückseite gab es einen kleinen Unterstand, nicht mehr als ein paar Balken mit einem windschiefen Wellblechdach, darunter stand ein großer grauer Kasten, in dem sich wohl der Generator befand. Georg und Semyonov lehnten mit dem Rücken daran, jeder eine gutgeleerte Flasche in der Hand, die klare Flüssigkeit darin, war ganz bestimmt kein Wasser. Hannah tippte auf Wodka. Als sie sie sahen, lachten sie und winkten sie zu sich.

»Hannah! Komm her und trink mit uns!« lud Georg sie ein und ein Blick in seine glasigen Augen bestätigte ihren Verdacht.

»Nein danke, ich wollte nur wissen, ob ihr den Generator

reparieren konntet.«

»Den Generator reparieren, richtig! Das wollten wir…«

»Du hast ihn dir noch gar nicht angesehen, oder?«

Georg grinste. »Doch. Er ist da drin.« Er klopfte auf den Kasten. »Zusammen mit dem Wodka…aber es sind nur noch zwei Flaschen da.«

»Grigori hat mit erzählt, dass–«, begann Semyonov, doch Georg stieß ihm mit dem Ellbogen so heftig in die Seite, dass er mit einem Keuchen abbrach.

Hannahs Augen verengten sich zu Schlitzen. »Georg hat was erzählt?«, fragte sie.

»Nichts«, antwortete Semyonov und hielt sich die Seite. »Gar nichts…« Er grinste sie an und Hannah glaubte ihm kein Wort. Was immer Georg ihm erzählt hatte, sie würde schon noch dahinter kommen. Sobald der Geologe wieder nüchtern war.

Georg stellte schnell die Flasche ab und wandte sich dem Generator zu. »Dann wollen wir uns das gute Stück einmal ansehen. Hm. Scheint alles in Ordnung zu sein…Benzin ist drin…ah, hier!« Er hantierte an einem der Kabel und drück-te dann einen Knopf. Mit einem leisen Summen erwachte die Maschine zum Leben.

»Läuft.« Georg nahm die Flasche und prostete ihr zu.

Hannah schüttelte ungläubig den Kopf. Wie konnte man nur so betrunken sein und trotzdem einen Generator repa-rieren? Egal, Hauptsache, sie hatten wieder Strom! Sie wollte wieder hineingehen, doch dann stutzte sie.

»Wo ist Eberius?«, fragte sie und hatte augenblicklich ein ungutes Gefühl. Der Parapsychologe war schon ziemlich lange fort. Zu lange, immerhin wollte er nur ein wenig Was-ser holen.

»Wasser holen«, antwortete Semyonov knapp.

»Das weiß ich. Aber müsste er nicht schon längst wieder da sein? Wo ist er hin?«

»Zum Bach.« Georg kicherte. »Mehr oder weniger.«

Hannah verdrehte die Augen. »Und wo ist dieser Bach?«

»Dort hinten, keine zweihundert Meter von hier.« Semyonov deutete hinter sich.

»Warum braucht er dann so lange?«

»Er hat die Panorama-Route genommen«, lachte Georg und der Russe fiel mit ein. »Genau. Das dauert ein bisschen länger.«

Hannah stemmte empört die Hände in die Hüften. »Wo habt ihr ihn hingeschickt?«

»Zum Bach, das sagte ich doch schon.«

»Aber eben den langen Weg…« Georg zeigte auf eine kleine Baumgruppe einige hundert Meter von ihnen entfernt.

»Er irrt jetzt also ganz allein durch den Wald.«

»Oder er steckt fest…wenn wir leise sind, können wir ihn vielleicht jammern hören…« Georg legte den Kopf zur Seite und lauschte. »Nein, ich höre nichts.«

Hannah hatte genug. »Wir müssen ihn suchen!«

Georg nickte. »Ja, du hast recht.« Er machte einen Schritt nach vorn und fasste sich an den Kopf. »Geh schon mal vor, ich warte, bis der Boden aufgehört hat zu schwanken.« Er lehnte sich wieder an das Gehäuse.

Semyonov machte erst gar keine Anstalten, sich an der Suche zu beteiligen. »Tun Sie, was Sie nicht lassen können. Aber sehen Sie zu, dass Sie vor Einbruch der Dunkelheit zurück sind, Sie wissen ja, die Bären…«

»Hör auf sie zu ärgern, Dimitri…« Georg wandte sich an

Hannah. »Hier gibt es keine Bären. Und keine Wölfe.«

»Spielverderber!«, zischte Semyonov.

Hannah warf ihm einen wütenden Blick zu, dann drehte sie sich wortlos um und ging zurück in die Baracke.

Was für Idioten!, dachte sie und kramte nach ihrer Taschenlampe. Hoffentlich hatte Eberius sich nicht verlaufen, oder war gestürzt und hatte sich verletzt. Wütend schleuderte sie ihr Tagebuch auf das Bett und suchte weiter. Wie kann man nur so verantwortungslos sein, zwei erwachsene Männer! Verdammter Wodka! Wenn ich zurück bin, muss ich die beiden restlichen Flaschen unauffällig entsorgen, sonst läuft das die nächsten vier Abende so! Endlich fand sie die Lampe. Sie steckte sie ein und verstaute ihr Tagebuch wieder im Rucksack.

Bevor sie die Baracke verließ, schaltete sie das Licht ein. Die Deckenlampe flackerte kurz, dann tauchte sie den Raum in kaltes, weißes Licht. Wenigstens das hatte Georg hinbekommen. Sie ließ die Lampe brennen. Sollte es dunkel werden, bevor Eberius und sie zurückkamen, würden sie das Licht schon von weitem sehen können.

Ohne Georg oder Semyonov eines Blickes zu würdigen, ging sie an ihnen vorbei in die Richtung, in die der Geologe gezeigt hatte.

Sie folgte Eberius Spuren, dessen Stiefelabdrücke deutlich im feuchten Waldboden zu sehen waren. Hannah kochte noch immer vor Wut, anstatt mit einer schönen Tasse Tee im Trockenen zu sitzen, stapfte sie hier durch den Wald und musste Eberius suchen. Wenigstens hatte es aufgehört zu regnen. Plötzlich hörten die Spuren auf. Hannah schaute sich um, doch sie konnte nicht erkennen, wohin der Parapsychologe gegangen war. Sie schaltete die Taschenlampe ein, um besser sehen zu können, doch auch das half ihr nicht weiter.

»Dr. Eberius?«, rief sie und wartete.

Keine Antwort.

»Dr. Eberius? Wo sind Sie?«, wiederholte sie.

Verdammt! Wo konnte er nur sein? Hannah beschloss, der angegeben Richtung zu folgen bis sie zu dem Bach kam, falls sie ihn dort nicht finden sollte, würde sie den kürzeren Weg zurück zum Stützpunkt nehmen. Vielleicht war der Parapsychologe auf die gleiche Idee gekommen.

Sie marschierte weiter durch den Wald. Die Bäume und Sträucher trieften vom Regen und wenn Hannah nicht schon vollkommen durchnässt gewesen wäre, wäre sie es spätestens jetzt. Ihr Zorn wich mehr und mehr der Sorge um Eberius. Was, wenn er nicht wieder auftauchte? Unsinn, Hannah! Irgendwo musste er ja stecken. Und wenn sie ihn nicht fand, mussten Georg und Semyonov nach ihm suchen, sie würde ihnen schon Beine machen!

Plötzlich hörte sie ein Rascheln ein paar Meter rechts von ihr. Das war nicht die Richtung, in der der Bach verlief.

»Dr. Eberius?«, rief sie.

Doch niemand antwortete. Hannah bekam eine Gänsehaut. Vielleicht ein Vogel, versuchte sie sich einzureden. Doch sie wusste, dass das nicht stimmte. Die Geräusche stammten eindeutig von etwas Größerem. Hier gibt es keine Bären oder Wölfe, klangen Georgs Worte in ihrem Kopf. Hoffentlich hatte er recht! Ihr Herz begann noch schneller zu schlagen und sie packte die Taschenlampe fester. Das Rascheln wurde lauter, was immer sich durch die Sträucher kämpfte, es kam näher.

Plötzlich teilte sich das Gebüsch und Eberius stolperte

auf die kleine Lichtung. »Hannah! Sie sind das! Gottseidank, ich dachte schon, Sie wären ein Bär!« Er lächelte sie erleichtert an.

Sie musterte den Parapsychologen. Sein Haar war zerzaust, an seiner Jacke klebten kleine Äste und Blätter und die frischen Flecken auf seinen Knien verrieten, dass auch dieser kurze Ausflug nicht ohne Sturz abgelaufen war.

»Sie haben mich auch ganz schön erschreckt. Warum haben Sie nicht geantwortet als ich nach Ihnen gerufen hab?«

»Ich habe nichts gehört, tut mir leid!« Der Parapsychologe zuckte entschuldigend mit den Schultern. »Aber ich habe das Wasser!« Er strahlte sie an und schwenkte die Aluminiumkanne triumphierend, als wäre sie kostbare Kriegsbeute.

Hannah pflückte ihm die Kanne aus der Hand und deutete mit einer Kopfwendung in Richtung des Stützpunktes.

»Lassen Sie uns schnell zurück gehen, ich will endlich ins Trockene.«

»Steht Ihr Angebot mit dem Tee noch?« fragte Eberius als er ihr folgte.

»Sicher. Georg hat den Generator repariert. Falls der Herd noch funktioniert, spricht nichts dagegen.«

»Hat er das«, presste Eberius zwischen den Zähnen hervor.

»Ja, war nur ein loses Kabel oder so etwas.«

»Soso. Nur ein loses Kabel.« Der Parapsychologe klang richtig wütend, so dass Hannah sich zu ihm umwandte.

»Ist alles in Ordnung?«

»Sicher, alles bestens.« In seinen Augen blitzte es und er hatte seine Hände zu Fäusten geballt. Das sah eindeutig nicht nach »alles bestens« aus. Eberius kochte vor Wut. Hannah konnte verstehen, dass er verärgert war, immerhin hatten Semyonov und Georg ihn in die falsche Richtung geschickt, aber das war doch kein Grund, so zornig zu werden. Ein leichter Schauer lief ihr über den Rücken und sie musste an Georgs Bemerkung von vorhin denken, als er meinte, dass Eberius nach dem Unfall seltsam reagiert hatte. *»Mit dem Typen stimmt etwas nicht…«*

***

Als Eberius und Hannah beim Stützpunkt ankamen, dämmerte es. Der Unterstand mit dem vor sich hin summenden Generator war verlassen, Semyonov und Beyerbach hatten sich offensichtlich nach drinnen verzogen. Kein Wunder, mit Einbruch der Dunkelheit kühlten die Temperaturen stark ab und es wurde kälter und kälter.

»Sie können schon vorgehen, Dr. Eberius«, meinte Hannah und wandte sich dem grauen Kasten zu. »Ich habe noch eine Kleinigkeit zu erledigen. Sie könnten schon mal das Wasser für den Tee aufsetzen.«

»Ist gut.« Eberius und nahm die Kanne entgegen. Er konnte sich nicht vorstellen, was die Archäologin ausgerechnet jetzt bei dem Generator wollte, aber es war ihm eigentlich egal. Seine Kleidung war durchnässt, er fror und eine schöne Tasse heißer Tee war im Moment das Einzige, was ihn interessierte. Nein, das stimmte natürlich nicht. Da gab es etwas, was er zuerst tun musste.

Eberius betrat sein Zimmer und holte seinen Rucksack hervor. Vom Ende des Flures drangen gedämpfte Stimmen und Gelächter zu ihm herüber, es klang, als feierten Beyerbach und Semyonov eine Privatparty im Büro des Kommandanten. Die beiden passten hervorragend zueinander, dachte Eberius und er spürte, wie die Wut in ihm aufstieg. Sie behandelten ihn schlecht, machten sich über ihn lustig und brachten ihn sogar in Gefahr! Ihm einfach einen falschen Weg zum Bach zu zeigen, was hätte ihm nicht alles zustoßen können! Dabei war er doch der Kopf dieser ganzen Mission und nicht zu vergessen: er stellte die Schecks aus. Allein deswegen hatte er gebührenden Respekt verdient! Er schnaubte und warf seine Wechselkleidung auf das Bett. Ganz unten im Rucksack lag die kleine Holzkiste. Eberius holte sie heraus und wollte gerade den Deckel aufklappen, als er hörte, dass sich die Tür des Büros öffnete. Schnell legte er das Kästchen zurück in den Rucksack.

Beyerbach ging an seinem Zimmer vorbei, ohne hineinzusehen. Dann kam er zurück und stellte sich in den Türrahmen.

»Ah, Eberius! Sie sind wieder da!«

»In der Tat.«

Der Geologe hatte zweifellos getrunken, er schwankte leicht und musste sich festhalten.

»Wollen Sie auch ein wenig mit uns feiern? Ich bin gerade auf dem Weg, um etwas zum Anstoßen zu besorgen.« Er lachte.

»Nein, Danke. Ich trinke nicht. Außerdem wüsste ich nicht, was es zu feiern gäbe.«

»Wir sind schon fast bei Ihren Felsen angekommen, ist das kein Grund?«

»Sie sagen es, fast. Wenn überhaupt, sollten wir morgen feiern. Heute haben wir es ja leider nicht mehr geschafft, die *Pyramiden* zu erreichen«, betonte Eberius.

Der Geologe zuckte mit den Schultern. »Dann eben Pyramiden…wird sich zeigen, wird sich zeigen.« Er drehte sich um und ging. »Gute Nacht, Professor!«, rief er über die Schulter.

»Doktor. Ich bin Doktor«, knurrte Eberius, stand auf und schloss die Tür. Und jetzt zurück zu dir… Er holte erneut das Kästchen aus dem Rucksack und öffnete es. Das Artefakt ruhte auf seinem samtenen Kissen und selbst in dem kalten, künstlichen Licht schien es, als würde es leuchten. Vorsichtig legte er die offene Kiste auf das Bett. Wenn die Ankunft bei den Pyramiden sich schon verzögerte, wollte er die Zeit wenigstens effizient nutzen und das Artefakt noch einmal untersuchen. Seit er Igarka verlassen hatte, wuchs in ihm mehr und mehr der Verdacht, dass er der kleinen Metallscheibe noch nicht alle Geheimnisse entlocken konnte. Es war ein unbestimmtes, vages Gefühl, doch Eberius hatte gelernt, auf seine Intuition zu vertrauen. Das unterschied ihn von anderen, sogenannten »echten« Wissenschaftlern, sie verließen sich voll und ganz auf Fakten und ignorierten alles, was sich nicht eindeutig erklären ließ. Wie dumm von ihnen, dachte Eberius. Er holte ein paar seiner Ausrüstungsgegenstände aus seinem Rucksack und legte sie neben die Kiste auf das Bett. Ein Fernglas, das ein befreundeter Feinmechaniker nach seinen Vorgaben modifiziert hatte. Ein Radiästhoskop, ein dünner Metallstab, dessen Spitze sich gabelte, ähnlich einer Wünschelrute. Zuletzt legte er den Kompass seines Großvaters daneben. Eberius erinnerte sich noch genau an seine Verwunderung, als er ihn damals zum ersten Mal geöffnet hatte: die Nadel zeigte nicht nach Norden, sondern auf ihn. »Das ist kein gewöhnlicher Kompass, Peter«, hatte sein Großvater erklärt und gelacht. »Er hilft dir nicht, die Richtung zu finden, sondern etwas Besonderes.« Peter war begeistert gewesen und hatte über das ganze Gesicht gestrahlt. Das war das tollste Geschenk, das er je bekommen hatte! In diesem Moment hatte er sich geschworen, seinen Großvater nicht zu enttäuschen. Er würde etwas Besonderes finden, etwas das so außergewöhnlich war, dass der Kompass nie wieder wo anders hinzeigen würde!

Ein paar Tage später, als Peter wieder einmal mit zerrissenen Hosen und Schrammen im Gesicht von der Schule nach Hause gekommen war, hatte ihm sein Vater mit kalter Stimme erklärt, dass der Kompass mithilfe eines Magneten manipuliert worden war. Sein Großvater hatte ihn anfertigen lassen, um Peter aufzumuntern und sein Selbstbewusstsein zu stärken. Doch stattdessen habe er dem Jungen nur noch mehr Flausen in den Kopf gesetzt. Peter sei nichts Besonderes, sondern ein Außenseiter, den niemand mochte und den niemand verstand. Das sei das einzige, was der Kompass anzeigte.

Eberius presste die Lippen aufeinander. Noch heute spürte er einen Stich in der Brust, wenn er an die harten Worte seines Vaters dachte. Er hatte lange gebraucht, um sich davon zu erholen und ganz war es ihm nie gelungen. Aber er hatte nicht aufgegeben, nur seine Taktik geändert. Peter Eberius hatte eine vorbildliche aber vollkommen unauffällige akademische Laufbahn eingeschlagen, Alte Geschichte und Philosophie studiert und promoviert. Er war ein unbedeutender Wissenschaftler, doch kompetent und zuverlässig, und verdiente genug um ein bescheidenes, aber angenehmes Leben zu führen. Für ihn zählte nicht der Luxus, den ein großzügiges Gehalt mit sich brachte, sondern Zeit. Jede freie Minute widmete er seiner wahren Bestimmung, von der ihn selbst sein strenger Vater nicht hatte abhalten können: die außergewöhnlichste Entdeckung der Menschheit. Sein Blick wanderte über die Instrumente. Gut, es war alles bereit. Zeit, anzufangen. Wie stets bei seiner Arbeit, glaubte Eberius fest daran, dass ihm die Instrumente mitteilen würden, mit welchem er die Untersuchung durchzuführten hatte. Er hielt die ausgestreckten Hände über die Werkzeuge und schloss die Augen. Konzentriere dich, Peter. Fühle die Energie…

Es klopfte. Eberius öffnete die Augen und schnaubte frustriert.

»Dr. Eberius?« drang Hannahs Stimme durch die geschlossene Tür.

Der Parapsychologe klappte die Holzkiste zu und verbarg sie unter dem Kleiderstapel.

»Ja, kommen Sie herein.«

Hannah öffnete die Tür. Sie trug einen dampfenden Becher in der Hand.

»Der Tee ist fertig«, sagte sie und lächelte ihn an.

»Oh, natürlich.« Er erhob sich und nahm ihr das Getränk ab.

»Vielen Dank, Hannah. Ich meine, Frau Walkows«, verbesserte er sich schnell und wurde rot.

Sie lachte und winkte ab. »Bleiben Sie ruhig bei Hannah.« Neugierig sah sie an ihm vorbei auf das Bett. »Ist das Ihre Ausrüstung?«

Eberius wandte sich um. »Ja, das heißt, nur ein Teil davon, sozusagen leichtes Gepäck. Die größeren Apparate habe ich selbstverständlich zu Hause gelassen.«

»Darf ich sie mir einmal ansehen?«

Eberius lächelte und nickte. »Natürlich, bitte sehr.«

Hannah kniete sich vor das Bett und nahm das Fernglas. Es gefiel ihm, wie behutsam sie damit umging. Sie schien echtes Interesse an seiner Arbeit zu haben.

»Ich kann nichts sehen.« Sie drehte den Kopf hin und her und nahm schließlich das Fernglas herunter.

Eberius schüttelte den Kopf. »Das Licht ist zu schwach. Um das Fernglas zu benutzen, muss es hell genug sein. Sie können es morgen bei Tageslicht noch einmal versuchen, wenn Sie möchten.«

»Und was ist das?« Sie zeigte auf den Kompass.

Eberius hob ihn auf und betrachtete ihn. »Das ist ein Kompass.« Er klappte ihn auf und hielt ihn Hannah hin. »Mein Großvater hat ihn mir zu meinem achten Geburtstag geschenkt. Ich trage ihn immer bei mir. Er ist eine Art Glücksbringer. Und ein Andenken an ihn. Mein Großvater ist leider vor einigen Jahren gestorben.«

»Das tut mir leid.«

»Ach naja, so ist das Leben. Der Tod gehört dazu«, sagte Eberius gefasst.

»Er zeigt nicht nach Norden, sondern nach rechts unten. Warum nach Südosten?« Hannahs Stimme riss ihn aus seinen Gedanken.

»Wie bitte?« Er sah auf die Kompassrose und erstarrte. Das war unmöglich! Noch nie hatte die Nadel woanders hingezeigt als nach Süden, in Richtung desjenigen, der den Kompass in der Hand hielt. Sein Blick folgte der Kompassnadel, vorbei an Hannah zu der Kleidung, die er achtlos auf das Bett geworfen hatte, und unter der die Holzkiste mit dem Artefakt lag!

»Dr. Eberius?«

»Eh, ja?«

Hannah sah ihn fragend an.

»Oh! Warum er nicht nach Norden zeigt, ja, also, mein

Großvater war immer zu Scherzen aufgelegt, er hat den Kompass umgebaut, äußerst raffiniert. Er zeigt überall hin, nur nicht nach Norden!« Er lachte nervös und hoffte, dass sich die Archäologin mit dieser Erklärung zufriedengab. Jetzt galt es nur noch, sie so schnell wie möglich loszuwerden, damit er das Artefakt untersuchen konnte.

»Sie und Ihr Großvater, Sie haben sich sehr nahegestanden, nicht wahr?«, fragte Hannah mitfühlend.

»Ja, das haben wir. Ich vermisse ihn sehr...« Er wischte sich über die Augen. »Würde...würde es Ihnen etwas ausmachen, mich kurz allein zu lassen? Ich glaube, ich brauche jetzt etwa Ruhe...« Er beobachtete Hannah aus dem Augenwinkel.

Sie nickte verständnisvoll und gab ihm den Kompass zurück. »Aber natürlich. Wir sehen uns morgen früh. Schlafen Sie gut, Dr. Eberius.«

»Danke, Sie auch.«

Kaum hatte Hannah die Tür hinter sich geschlossen, riss Eberius die Kleidungsstücke von der Holzkiste und warf sie achtlos zu Boden. Er öffnete das Kästchen und hielt den Kompass daneben. Tatsächlich. Die Nadel wies exakt auf das Artefakt. Er nahm es heraus und veränderte seine Position. Fasziniert sah er zu, wie die Kompassnadel der Metallscheibe folgte.

Er legte den Kompass weg, nahm das Artefakt und hob den Deckel ab. Dann hielt er es mit beiden Händen dicht vor sein Gesicht. Was willst du mir sagen, dachte er und fixierte die runde Platte. Sie begann zu vibrieren, erst leicht, dann so heftig, dass er das Zittern am ganzen Körper spüren konnte. Das Licht in seinem Zimmer begann zu flackern und verlosch. Es war stockdunkel. Ein leises, metallischen Knirschen ertönte, dann fiel etwas in Eberius' Schoß. Plötzlich ging das Licht wieder an. Für einen kurzen Moment war er geblendet, dann gewöhnten sich seine Augen an die Helligkeit und er schaute hinunter. Eine kleine, quadratische Metallplatte lag auf seinen Beinen. Sie maß vielleicht drei auf drei Zentimeter und schimmerte silbern im Licht der Deckenlampe. Feine, kaum wahrnehmbare Linien waren in die Oberfläche eingeritzt und bildeten ein kompliziertes Muster. Eberius starrte das Plättchen an. Dann blickte er auf die runde Scheibe in seiner Hand. Sie sah unversehrt aus, doch als er sie genauer betrachtete, erkannte er einen schmalen Spalt an der Seitenkante. Dort musste die Metallplatte herausgefallen sein. Eberius legte die runde Scheibe weg und nahm das kleine Quadrat an sich. Es war warm und zitterte leicht, doch es kam schnell zur Ruhe und kühlte ab.

Jetzt lag es kalt und bewegungslos auf seiner Handfläche. Eberius' Blick fiel auf den Kompass, der noch immer neben ihm auf dem Bett lag. Die Nadel zeigt nun nicht mehr auf die runde Scheibe, sondern auf das kleine Quadrat aus Metall.

***

Georg sah in das Generatorgehäuse und traute seinen Augen nicht. Die beiden Wodkaflaschen waren verschwunden. Er schloss die Tür und wartete einen Moment. Dann machte er sie wieder auf, aber das Ergebnis war dasselbe: Leer. Bis auf den Generator. Verwirrt kratzte Georg sich am Kopf. Hatte er sich nur eingebildet, dass es vier Flaschen Wodka gewesen waren? Oder hatten Dimitri und er schon alles ausgetrunken? Nein, das konnte nicht sein, er war noch durchaus in der Lage zu gehen, wenn auch nicht ganz gerade, hätte er zwei volle Flaschen Wodka intus, läge er jetzt irgendwo komatös herum. Aber wo waren die Flaschen dann hingekommen? Dimitri würde nicht begeistert sein, wenn er ohne Nachschub zurückkam, aber wenn kein Wodka mehr da war, konnte er auch keinen mitbringen. Seufzend schloss Georg das Generatorgehäuse und wandte sich um. In diesem Moment erlosch das Licht im Inneren der Baracke und er blieb erstaunt stehen. Hinter ihm konnte er deutlich das Summen der Maschine hören, am Generator lag es also nicht. Kein Wodka, kein Licht…was hatte das zu bedeuten? Doch bevor er sich weiter den Kopf darüber zerbrechen konnte, flackerten die Lampen des Stützpunktes auf und spendeten wieder Licht. Georg schüttelte den Kopf. Scheiß Taiga, dachte er und machte sich auf den Rückweg.

Als er wenig später an Hannahs geöffneter Zimmertür vorbeikam, saß sie auf dem Boden und schrieb in ihr Tagebuch. Sie hob den Kopf und sah ihn stirnrunzelnd an.

»Stimmt etwas nicht mit dem Generator?«, fragte sie. »Das Licht war kurz aus.«

»Jetzt geht es ja wieder. Aber der Wodka ist weg.«

Ihre Mundwinkel zuckten. »Das ist wirklich bedauerlich.«

Georg musterte sie. »Du hast nicht zufälligerweise etwas damit zu tun?«

Hannah hob die Augenbrauen »Wieso ich? Ich mag keinen Wodka, das weißt du doch.«

»Stimmt. Vielleicht hat Eberius ihn genommen?«

»Ja, vielleicht wollte er sich aus lauter Frust betrinken, weil ihr ihn in die falsche Richtung geschickt habt.«

Oh oh. Das klang nach einer Standpauke. Zeit zu gehen.

»Ich hau mich jetzt besser aufs Ohr, morgen haben wir viel vor. Gute Nacht, Hannah.«

»Gute Nacht, Georg.« Sie widmete sich wieder ihrem Buch. Vielleicht hatte sie das Ganze ja bis morgen vergessen. Nein, Frauen vergaßen sowas nicht und Hannah schon gleich gar nicht. Dann war es wirklich besser, schlafen zu gehen. Ausgeruht war ein Moralvortrag aus dem Hause Walkows eindeutig besser zu ertragen. Er ging weiter zu seiner Kammer und breitete seinen Schlafsack aus.

**

Sibirische Taiga, süd-östlich von Igarka, 7. Juli, 1979

Der Beginn der Expedition läuft nicht ganz so reibungslos wie ich gehofft hatte, aber das war nicht anders zu erwarten. Auch wenn ich zugeben muss, dass die Schwierigkeiten, mit denen ich zu kämpfen habe, von anderer Natur sind, als befürchtet. Aber alles der Reihe nach.

Die Begegnung mit Georg war seltsam, ich finde kein passenderes Wort dafür. Wie oft hatte ich mir unser erstes Treffen nach der Trennung vorgestellt, was ich fühlen oder denken würde, doch es war völlig anders. Georg ist mir fremd und vertraut zugleich und im Moment weiß ich noch nicht, wie ich mit diesem seltsamen Gefühl umgehen soll. Ich hoffe nur, es lenkt mich nicht zu sehr von den wirklich wichtigen Dingen ab…

Zu unserer Gruppe ist ein viertes Mitglied gestoßen, die Russen haben uns einen Aufpasser geschickt, der uns auf die Finger schauen soll: Dimitri Semyonov. Er ist ein KGB-Mann wie aus einem schlechten Agentenfilm: groß, muskulös und gehässig, die perfekte Besetzung für einen James-Bond-Schurken. Und er mag mich nicht, was im Übrigen auf Gegenseitigkeit beruht.

Jetzt aber endlich zum Wesentlichen, dem bisherigen Verlauf der Expedition.

Unsere erste Etappe haben wir doch tatsächlich an Bord eines maroden Schifferkahns hinter uns gebracht. Eberius hatte kurzfristig seine Pläne geändert und uns zwecks Zeitersparnis dieses »Fortbewegungsmittel« eingebrockt. Mit einem Satz: es war furchtbar! Ich hatte sofort wieder die Bilder meines Bootsunfalls vor Augen, die Angst, die Kälte... am liebsten hätte ich mich umgedreht und wäre davongelaufen, aber das kam natürlich nicht in Frage! Also habe ich mich zusammengerissen und siehe da – wir sind nicht gekentert, sondern heil an der Anlegestelle angekommen. Ich freue mich jetzt schon auf den Rückweg, wenn uns das sogenannte »Boot« in fünf Tagen wieder abholt!

Danach ging es mit dem Geländewagen weiter, bis uns heftiger Regen zum Anhalten zwang. Diese Formulierung ist stark untertrieben, wir wären nämlich um ein Haar mit einem Baum kollidiert, und es ist nur den Fahrkünsten Semyonovs zu verdanken, dass ich diese Zeilen überhaupt schreiben kann. Es war wirklich verdammt knapp, mir zittern die Knie, wenn ich daran denke!

Da sich Semyonov – völlig zu Recht – weigerte weiterzufahren, haben wir unseren Weg zum Basislager zu Fuß fortgesetzt. Ein Vorschlag, der bei unserem Parapsychologen auf wenig Gegenliebe stieß. Georg meinte, mit Eberius stimme etwas nicht, er solle lieber froh darüber sein, dass alles so glimpflich abgelaufen ist, anstatt wütend über den Zeitverlust. Aber ich kann ihn verstehen, Eberius hat nicht nur sehr viel Zeit *und Arbeit in dieses Projekt investiert, sondern auch viel Geld. Diese Expedition ist sein Lebenswerk, da reagiert man vermutlich nicht immer rational, wenn Schwierigkeiten gibt. Und diese Verzögerung stellt durchaus ein Problem dar, schließlich ist unser Aufenthalt in der Taiga zeitlich begrenzt. Durch den verlängerten Fußmarsch verlieren wir einen halben Tag, das kann im schlimmsten Fall das Ende unseres Abenteuers bedeuten, so etwas habe ich selbst schon erlebt. Unsere Expedition scheint unter keinem guten Stern zu stehen, ich kann nur hoffen, dass es morgen besser wird.*

Hannah klappte das Tagebuch zu und verstaute es sorgsam in ihrem Rucksack. Dann stand sie auf und blickte aus dem Fenster. Draußen war es dunkel, doch der Schein der Außenlampe beleuchtete einen kleinen Teil des Waldrandes, bevor sich das Licht in den Schatten der Bäume verlor. Der letzte Satz ihres Eintrages ging ihr nicht mehr aus dem Kopf. Sie hatte ihn geschrieben, ohne lange darüber nachzudenken, doch jetzt wurde ihr die Bedeutung ihrer Worte bewusst. Stand ihr Projekt wirklich unter keinem guten Stern? Selten verliefen Expeditionen völlig reibungslos, und mehr als einmal war sie ohne den erhofften Erfolg zurückgekehrt. Aber bei diesem Projekt war es anders. Sie hatte ein unbestimmtes Gefühl, als wäre nach dieser Reise nichts mehr so wie vorher. So hatte sie bei noch keiner ihrer Exkursionen empfunden. Ob es an diesem seltsamen Ort lag? Die sibirische Taiga, fremd und wild und so weitläufig, dass sie fast grenzenlos schien. Welche Geheimnisse lagen in dem dichten Grün verborgen? Doch die Taiga schwieg.

Hannah seufzte und ging zur Tür. Sie schloss ab und breitete den Schlafsack auf dem Boden aus. Auf die Matratze würde sie sich auf gar keinen Fall legen, lieber tat ihr morgen der Rücken weh, als dass ihr im Schlaf eine Ratte Gesellschaft leistete!

Sie löschte das Licht und legte sich auf den Boden. So schlimm war es gar nicht, die paar Nächte würde sie es hier unten schon aushalten. Unbewusst lauschte sie in die Dunkelheit, ob sie nicht doch ein Rascheln hörte, aber es blieb alles ruhig. Vielleicht hatten sich die Ratten ja ein anderes Zimmer ausgesucht. Am besten das von Semyonov! Sie grinste, dann kuschelte sie sich in ihre Decke und schlief ein.

***

Peter Eberius lag in seinem Schlafsack und wälzte sich unruhig hin und her. Nicht nur dass die Untersuchung der kleinen Metallscheibe völlig ergebnislos verlaufen war und er sich frustriert schlafen gelegt hatte, jetzt träumte er auch noch schlecht. Ein seit Jahren immer wiederkehrendes Szenario, meist nach einem Rückschlag wie diesem. Sein Versagen verfolgte ihn auch noch im Traum und obwohl ein Teil von ihm wusste, dass er schlief, konnte er nichts tun, um die quälende Episode vorzeitig zu beenden.

Er stand im Arbeitszimmer seines Vaters. Die hohen Bücherregale aus dunklem Holz wirkten viel größer und dunkler, als in der Realität. Auch sein Vater war ein Riese. Er saß hinter seinem überdimensionalen Schreibtisch und starrte ihn mit kalten Augen an. Eberius hatte das Gefühl, noch kleiner zu werden. Sein Blick fiel auf den großen Wandspiegel und er erkannte sich selbst. Doch nicht als erwachsener Mann, sondern als kleines Kind, von acht oder neun Jahren.

Seine Kleidung war schmutzig und die Hose an den Knien zerrissen.

»Peter!« dröhnte die dunkle Stimme seines riesenhaften Vaters. »Du bist ein Versager! Du wirst es nie zu etwas bringen!«

Eberius hatte diesen Traum schon oft geträumt. Er wusste, was jetzt kam. Sein Vater würde gleich aufstehen und ihn packen, ohne dass er sich wehren konnte. Er würde ihn anschreien und schütteln, so lange, bis er endlich aufwachte.

Unfähig sich zu bewegen sah er zu, wie sich die hünenhafte Gestalt hinter dem Schreibtisch erhob. Schweiß trat ihm auf die Stirn. Langsam umrundete sein Vater den Tisch und schritt auf ihn zu. Eberius zitterte. Erst jetzt spürte er, dass er etwas in der Hand hielt. Er sah nach unten und erkannte die kleine quadratische Metallscheibe. Das Artefakt. Es erwärmte sich und begann zu vibrieren. Sein Vater hatte ihn fast erreicht. Eberius spürte die Wärme und die Energie, die seinen Körper durchströmte. Als sich die riesige Hand seines Vaters seinem Kragen näherte, streckte er ihm das Artefakt entgegen. »Du irrst dich, Vater«, sagte er und für einen kurzen Moment wunderte er sich, dass er nicht mit der Stimme eines Kindes gesprochen hatte. Er sah zur Seite und im Spiegelbild stand er, Dr. Peter Eberius, als erwachsener Mann. Als er sich zurück zu seinem Vater umdrehte, hatte dieser plötzlich seine normale Größe. Auch das Arbeitszimmer war nicht mehr überdimensional groß. Sein Vater sah ihn verunsichert an, dann fiel sein Blick auf das Artefakt in Eberius' Hand. Er schüttelte den Kopf und wich ängstlich zurück. Eberius machte einen Schritt vorwärts, doch sein Vater zog sich weiter vor ihm zurück. »Nein, bleib hier, ich will es dir zeigen!«, rief der Parapsychologe und trat vor. Sein Vater, der Tisch, ja das ganze Arbeitszimmer, alles drängte zurück, weg von ihm. Je näher er kam, desto weiter entfernten sie sich. Schließlich blieb Eberius stehen. Er sah zu, wie das Zimmer mit seinem Vater immer kleiner und kleiner wurde, bis es schließlich in der Ferne verschwand.

Verwirrt starrte der Parapsychologe auf die Stelle, an der er einen letzten Blick auf seinen Vater werfen konnte. Er war weg. So hatte der Traum noch nie geendet. Er betrachtete das Artefakt in seiner Hand. Die kleine Metallplatte, sie musste das bewirkt haben! Wie als Antwort begann sie zu leuchten. Sie wurde heller und heller, so dass Eberius die Augen schloss und die freie Hand schützend vor das Gesicht hielt. Als er sie wieder herunternahm und vorsichtig blinzelte, war das gleißende Licht verschwunden. Er stand auf einer Lichtung in einer kleinen Senke. Der Mond trat hinter den Wolken hervor und beleuchtete drei hohe, spitze Felsen, die genau in der Mitte der freien Fläche emporragten. Die Pyramiden! Ehrfürchtig sank Eberius auf die Knie, ohne den Blick von den mächtigen Bauwerken zu wenden. Langsam erhob er sich und trat einen Schritt vor, doch sein Fuß verfing sich in einer Wurzel. Im Fallen riss er instinktiv die Arme nach vorne, um sich abzufangen. Das Artefakt entglitt seinen Fingern und er stürzte zu Boden.

Eberius öffnete die Augen. Er lag er auf dem Rücken, um ihn herum war es dunkel und feucht. Ein Tropfen fiel auf seine Stirn und er wischte ihn weg. Wasser? Ein Geruch wie von nasser Erde stieg ihm in die Nase. Na wunderbar! Dieser Stützpunkt war offensichtlich noch maroder als er aussah. Als ob von Ratten zerfressene Matratzen und ein nicht funktionstüchtiges Badezimmer noch nicht ausreichten, war augenscheinlich auch noch das Dach undicht. Mit einem frustrierten Seufzen setzte er sich auf. Zuallererst brauchte er Licht. Im Dunkeln tastete er nach seinem Rucksack, die Taschenlampe hatte er in die kleine Vordertasche gepackt. Doch seine Finger griffen ins Leere. Wo war dieses blöde Ding denn nur? Er tastete weiter, bis seine Hand etwas Feuchtes, Weiches berührte. Erschrocken zog er sie zurück. Das hatte sich angefühlt wie…Gras! Verwirrt sah er sich um, aber es war zu dunkel, um mehr zu sehen als nur ein paar Schemen. Eberius strengte sich an, um irgendetwas in seiner Umgebung zu erkennen. Diese hohen Schatten, sie sahen beinahe aus wie Bäume, und die niedrigeren wie Sträucher… Ungläubig schüttelte er den Kopf. Das war nicht möglich. Noch einmal blickte er sich um. Jetzt war er sich ganz sicher: er befand sich nicht in seinem Zimmer. Er war in überhaupt keinem Zimmer mehr, er war draußen, im Freien! Panik stieg in ihm hoch. Wie war er hierhergekommen? Und wo war *hier* überhaupt?

Vorsichtig stand er auf. »Hallo?« rief er, doch in den Bäumen rauschte nur der Wind. Ganz ruhig, Peter, es hilft dir gar nichts, wenn du jetzt in Panik verfällst, ermahnte er sich selbst und atmete tief durch. Er musste etwas finden, das ihm half sich zu orientieren. Langsam drehte er sich einmal um die eigene Achse und suchte die Umgebung ab. Was sah er? Bäume, viele Bäume. Und Sträucher. Sonst nichts. Verdammt! Das half ihm kein bisschen weiter, die ganze Taiga bestand schließlich aus Bäumen und Sträuchern! Er sah nach oben in den Himmel, doch es war bewölkt, so dass er weder den Mond noch die Sterne sehen konnte. Wieder stieg die Angst in ihm hoch, doch Eberius riss sich zusammen. Wenn er schon nichts sehen konnte, musste es ihm auf andere Weise gelingen, seinen Standort zu bestimmen. Er lauschte. Was konnte er hören? Hm. Das Einzige, was an seine Ohren drang, war das Rauschen des Windes. Nein, das stimmte nicht. Das war nicht der Wind, er hätte den Luftzug auf der Haut gespürt und auch die Bäume bewegten sich nicht. Also musste das Rauschen eine andere Ursache haben. Wasser? Ein Bach? Er konzentrierte sich auf das Geräusch. Es kam von rechts. Vorsichtig tastete sich Eberius vorwärts in die Richtung, aus der das Rauschen kam. Feuchte Zweige versperrten ihm den Weg und er kroch mehr, als dass er ging. Schließlich wurde das Rauschen lauter. Eindeutig ein Bach, dachte Eberius aufgeregt und wäre am liebsten losgestürmt, doch es war besser vorsichtig zu sein, nicht dass er aus Versehen hineinfiel. Er schob sich durch die Sträucher vor sich und teilte das Blattwerk. Da! Ein schwacher Lichtschein funkelte durch die Zweige dahinter.

3

Hannah fröstelte und zog sich die Decke über den Kopf. Für einen kurzen Moment wunderte sie sich, warum es so kalt war und ihr Bett so unbequem, dann fiel es ihr wieder ein: sie war in Sibirien, auf dem Weg zu den Taiga-Pyramiden. Sie öffnete die Augen und schaute aus dem kleinen Fenster, das an der gegenüberliegenden Wand lag. Draußen dämmerte es, graues Licht fiel durch die verschmutzte Scheibe und lud nicht gerade zum Aufstehen ein. Hannah sah auf die Uhr. Kurz nach fünf. Pünktlich bei Sonnenaufgang wollten sie aufbrechen, Eberius hatte darauf bestanden, wahrscheinlich irgend so ein parapsychologischer Aberglaube. Bis dahin blieb ihr noch ein wenig Zeit. Sie holte sich ihre Taschenlampe und ihr Tagebuch aus dem Rucksack, klemmte sich ihren Anorak hinter den Rücken und lehnte sich an die Wand. Nicht die bequemste Art zu schreiben, aber es würde schon gehen.

Verlassener Stützpunkt, süd-östlich von Igarka, 8. Juli, 1979

Es ist kurz nach 5 Uhr morgens und bald geht es los: die letzte Etappe. Klingt dramatisch, aber mit ein bisschen Glück legen wir das letzte Stück ohne größere Schwierigkeiten zurück. Das wäre doch einmal eine gelungene Abwechslung zum bisheri-

gen Verlauf der Expedition. Wenigstens ist es von hier aus nicht mehr weit. Laut Karte befinden wir uns noch etwa 7 Kilometer von den Zielkoordinaten entfernt, was die Lage optimal macht, aber das war's dann auch schon mit den Vorzügen unserer Unterkunft. Ohne zu hart zu urteilen, das hier ist ein Drecksloch. Alles ist versifft und vergammelt, in den Matratzen befinden sich vermutlich mehr Mäuse als Füllung und die sanitären Anlagen sind...unbeschreiblich. Dann lieber der Bach, der 200 Meter vom Stützpunkt entfernt vorbeiplätschert.

Georg und der russische Wachhund haben sich übrigens angefreundet, zumindest haben sie mit zwei Flaschen Wodka Brüderschaft getrunken und den armen Eberius in die Wüste – nein die Taiga – geschickt. Ein unnötiger Scherz, und ganz und gar nicht lustig, immerhin hätte er sich beim Umherirren verletzen können. Mit bösen Folgen, nicht nur für Eberius' Gesundheit, sondern für das ganze Projekt! Glücklicherweise ist ihm nichts passiert, von ein paar Schmutzflecken abgesehen. Bevor die beiden besten Freunde Grigori und Dimitri im Alkoholrausch noch auf andere »lustige« Ideen kommen, habe ich mich um die verbleibenden zwei Wodkaflaschen gekümmert (Georgs Gesicht, als er vergeblich danach suchte, war zu komisch!).

Hannah grinste und klappte das Buch zu. Genug für den Moment, später würde sie mit Sicherheit Interessanteres zu berichten haben, als Georgs Verwunderung über den auf mysteriöse Weise verschwundenen Wodka.

Ob die anderen schon wach waren? Sie lauschte, doch es war alles ruhig. Offenbar noch nicht. Gut, dann konnte sie sich in Ruhe frischmachen. Sie stand auf und streckte sich, dann holte sie ihr Waschzeug aus dem Rucksack, schlüpfte in Stiefel und Anorak und öffnete die Tür zum Flur. Zu ihrer Verwunderung brannte Licht und sie sah Peter Eberius, der vor seiner Zimmertür stand und gerade im Begriff war, hineinzugehen. Er hob den Kopf und fuhr erschrocken zusammen, als Hannah auf den Flur trat.

»Guten Morgen, Dr. Eberius«, begrüßte sie ihn freundlich. »Sie sind schon wach?«

»Hannah! Ja…ganz offensichtlich.« Er lachte nervös. »Ich bin kein Schlafwandler, falls Sie das meinen.«

Hannah musterte den Parapsychologen. Seine Kleidung war schmutzig, in seinen Haaren hingen ein paar Blätter und an seinen Händen klebte Erde.

»Aber Sie waren schon draußen.«

»Ich? Wie kommen Sie darauf?«

Hannah deutete auf seine Knie, wo der feuchte Waldboden dunkle Flecken hinterlassen hatte.

»Ach so, ja. Ich war… am Bach! Ich wollte, also ich musste…und auf dem Rückweg bin ich gestürzt. Dieses Gelände hier liegt mir wirklich nicht.« Er lächelte schief.

»Sieht so aus«, nickte Hannah und schmunzelte.

Eberius legte seine Hand auf die Klinke. »Und deshalb wollte ich mich umziehen, und äh…das mache ich jetzt auch. Bis später, Hannah.« Damit trat er eilig in sein Zimmer und schloss die Tür hinter sich.

Hannah sah ihm stirnrunzelnd nach. Eine merkwürdige Begegnung, dachte sie und ging weiter. Aber Eberius *war* merkwürdig, sein Verhalten sollte sie daher nicht allzu sehr verwundern. Dennoch hatte sie das Gefühl, dass er gerade *besonders merkwürdig* reagiert hatte. Seine Eile, in sein Zimmer zu kommen und seine beinahe an Erschrecken grenzende Überraschung, dass sie ihm über den Weg gelaufen war…als hätte er nicht gesehen werden wollen. Wirklich merkwürdig, wiederholte Hannah in Gedanken. Als sie die Tür ins Freie öffnete, schlug ihr kalte Luft entgegen. Rasch zog sie den Reißverschluss ihres Anoraks zu und verließ die Baracke.

Draußen war es empfindlich kalt, Hannah konnte sehen, wie ihr Atem kondensierte. Trotz der Kälte atmete sie tief ein. Die Luft war rein und klar, wie sie es noch an keinem anderen Ort erlebt hatte, und es roch nach Wald und nassem Stein. Schon nach wenigen Atemzügen war jeder Rest von Müdigkeit verschwunden. Am Horizont zeigte ein rötlicher Streifen am Himmel an, dass auch an diesem Tag mit Regen zu rechnen war, doch im Moment war es trocken, abgesehen vom Raureif, der die Sträucher überzog. Der Pfad, der auf direktem Weg zum Bach führte, war gut zu erkennen, und Hannah wunderte sich, warum Eberius ihn übersehen hatte und stattdessen Semyonovs unnötigem Umweg gefolgt war. Der Parapsychologe war wirklich ein Unikum, wie konnte man nur so tollpatschig sein? Wenn er so weitermachte, brauchte er seine Kleidung gar nicht mehr zu wechseln, sie würde ja doch nur innerhalb kürzester Zeit wieder voller Erde sein! Plötzlich blieb Hannah stehen. Die Begegnung von vorhin war noch einmal vor ihrem geistigen Auge abgelaufen und erst jetzt bemerkte sie, dass etwas nicht stimmte. Eberius' Kleidung. Er hatte keine Jacke angehabt. Nachts herrschten in der Taiga Temperaturen jenseits des Gefrierpunktes, und solange die Sonne noch nicht aufgegangen war, war es viel zu kalt um ohne Anorak nach draußen zu gehen. Trotzdem hatte Eberius auf eine Jacke verzichtet? Hannah suchte nach einer Erklärung, doch etwas anderes, als dass der Parapsychologe in seiner Schusseligkeit schlichtweg vergessen hatte, sich warm anzuziehen, fiel ihr nicht ein. Aber hätte er dann nicht durchgefroren sein müssen? Ihr war nichts dergleichen aufgefallen, nur seine Nervosität…Ach was soll's!, dachte sie. Ob er nun gefroren hat oder ständig dreckig ist, kann mir doch egal sein, solange er fit genug für die Expedition ist! Sie schüttelte den Kopf und setzte ihren Weg zum Bach fort.

***

Eberius lehnte mit dem Rücken an seiner Zimmertür und wartete, bis sich sein Puls wieder beruhigte. Das war knapp gewesen. Ob Hannah Verdacht geschöpft hatte? Die Erklärung mit dem Bach klang doch wirklich plausibel, und das mit dem Sturz auch. Und es war nicht einmal gelogen. Er war tatsächlich in der Nähe des Baches aufgewacht und hatte sich dann quer durchs Unterholz zurück zum Stützpunkt geschlagen. Gottseidank war die Außenbeleuchtung eingeschaltet gewesen, sonst hätte er die Baracke nie gefunden! Aber wie war er dorthin gekommen? Was war gestern Abend geschehen? Angestrengt dachte er nach. Er erinnerte sich, dass er sich schlafengelegt hatte, hier, auf den Boden. Sein Blick fiel auf den Schlafsack, der mit geöffnetem Reißverschluss vor dem Bett lag. Ja, das schien zu stimmen. Aber was war dann passiert? Er schloss die Augen und ging die Ereignisse der letzten Nacht noch einmal in Gedanken durch. Es hatte mit seinem Albtraum angefangen, Vaters Arbeitszimmer. Bei der Erinnerung daran krampften sich Eberius' Hände zusammen. Dann…ja, dann hatte sich die Szene aber verändert. Das Artefakt, die kleine Metallplatte, die er gestern entdeckt hatte, er hatte sie plötzlich in der Hand gehabt und zum ersten Mal seinem Vater die Stirn geboten. Ein Lächeln huschte über Eberius' Gesicht. Dann war sein Vater verschwunden und die Pyramiden aufgetaucht. Er hatte sie klar und deutlich sehen können, so…so als ob er tatsächlich vor ihnen stünde! Doch dann war er gestürzt und aufgewacht, aber nicht hier, sondern in der Taiga. Er musste in der Nacht tatsächlich aufgestanden und zu den Pyramiden gegangen sein, aber wie war das möglich? Das Artefakt, natürlich! Es hatte ihn geführt und ihn beschützt und – er hatte es verloren! Eberius riss die Augen auf. Sein Magen zog sich zusammen, als hielte ihn eine eiskalte Faust umklammert. Es war fort! Es war ihm bei dem Sturz aus der Hand gerutscht! Panisch schaute er sich im Zimmer um. Vielleicht lag es hier irgendwo, und es war ihm heruntergefallen, bevor er nach draußen gegangen war. Doch auf dem Fußboden war nichts. Panisch stürzte er zum Bett und zerwühlte seine Kleidung und die Decken, schaute unter seine Instrumente und kroch sogar unter das Bett, doch das kleine Quadrat blieb verschwunden. Nein, nein, nein! Das konnte nicht sein! Er musste es doch draußen verloren haben, im Wald…wo er es niemals wiederfinden würde. Eberius ließ sich aufs Bett sinken und spürte, wie ihm Tränen in die Augen stiegen. Er war seinem Ziel so nahegekommen und jetzt hatte er alles verloren. Er wischte sich über das Gesicht und die Erde auf seinen Fingern verschmierte. Geistesabwesend griff er in seine Hosentasche und kramte nach seinem Taschentuch. Plötzlich fühlte er etwas Kaltes, Hartes. Er zog die Hand hervor und öffnete die Finger. Auf seiner Handfläche lag die kleine Metallplatte. Wieder liefen ihm Tränen übers Gesicht, aber dieses Mal vor Erleichterung. Er presste das Artefakt an seine Brust und lächelte glücklich. Du hast mir einen ganz schönen Schrecken eingejagt, dachte er und betrachtete die kleine Metallplatte. Ab jetzt werde ich dich nicht mehr loslassen. Sanft strich er über die feinen Linien. Wie als Antwort, erzitterte das Artefakt und erwärmte sich kurz, dann wurde es wieder kühl.

***

Hannah tauchte die Hände in das eiskalte Wasser. Tausend kleine Nadeln durchbohrten ihre Haut, doch sie biss die Zähne zusammen und ignorierte den Schmerz. Sie wusch sich Hände und Gesicht, bis die Kälte unerträglich wurde, dann trocknete sie sich ab und füllte eine ihrer Wasserflaschen auf. Sie erhob sich und drehte sich um – und wäre beinahe gegen eine große, dunkle Gestalt geprallt.

»Semyonov!« rief sie und ließ vor Schreck die Flasche fallen.

Der Russe bückte sich und hob sie auf. Mit einem breiten Grinsen auf dem Gesicht reichte er ihr die Wasserflasche »Habe ich Sie erschreckt?« In seinen Augen blitzte es schadenfroh.

»Was wollen Sie?«, ignorierte Hannah seine Frage und pflückte Semyonov die Flasche aus der Hand. Wie lange stand er da schon? Sie hatte ihn nicht kommen hören und die Vorstellung, dass der Russe sich völlig geräuschlos an sie anschleichen und sie beobachten konnte, gefiel ihr überhaupt nicht.

Semyonov deutete auf den Bach.

»Zum Wasser, wenn Sie nichts dagegen haben. Sie wissen doch, die Sanitäranlagen des Stützpunktes sind in einem furchtbaren Zustand. Außerdem ist die Aussicht hier um einiges schöner.«

Hannah wusste genau was er meinte und bedachte den Russen mit einem verächtlichen Blick.

»Tun Sie, was Sie nicht lassen können.«

»Oh, das werde ich, keine Sorge.«

Hannah wollte gehen, doch Semyonov rief sie zurück.

»Links oder rechts?«

Sie schaute ihn verständnislos an. »Ich weiß nicht, was Sie meinen.«

Er trat einen Schritt auf sie zu und musterte sie unverhohlen. »Der Schmetterling. Die Tätowierung. Auf welcher Seite ist es?«

Hannah war so überrascht, dass sie nicht sofort antworten konnte. Woher wusste Semyonov von ihrem Tattoo auf dem Schulterblatt? Sie hatte es sich zu ihrem 21. Geburtstag stechen lassen. Georg hatte es albern gefunden, aber…*Georg*! Natürlich, er und Semyonov hatten über sie geredet! Wut stieg in ihr hoch.

»Und?«, fragte Semyonov noch einmal.

»Das geht Sie überhaupt nichts an!«, fauchte sie.

Der Russe lachte spöttisch. »Wie Sie meinen.«

Für einen Augenblick dachte Hannah daran, ihm die Wasserflasche an den Kopf zu werfen, doch stattdessen drehte sie sich um und stapfte zurück zum Stützpunkt. Was für ein Widerling, warum hatte die russische Regierung ausgerechnet *ihn* als Aufpasser für sie abstellen müssen? Er hatte sie schon wieder provoziert und sie war ihm auf den Leim gegangen! Wütend trat sie einen Strauch zur Seite. Warum hatte sie nicht souverän reagieren können, stattdessen hatte sie sich aufgeführt wie ein blöder Teenager! Sie mochte sich gar nicht vorstellen, was Georg dem Russen noch alles erzählt hatte, dieser Idiot!

***

Georg wurde wach, als ihn jemand an der Schulter rüttelte. Er öffnete die Augen und grelle Blitze zuckten durch seinen Kopf. Mit schmerzverzerrter Miene rieb er sich die Stirn und schaute hoch. Hannah stand neben ihm und lächelte ihn an.

»Guten Morgen, Georg. Gut geschlafen?«

»Naja, es ging.« Er versuchte aufzustehen, doch das verschlimmerte das Ganze nur. »Scheiße, mein Kopf…«

»Oh, da hab ich etwas für dich.«

Sie hob die Hand und bevor Georg reagieren konnte, ergoss sich ein Schwall eiskaltes Wasser über seinen Kopf.

»Was…spinnst du?« Er sprang auf und bekam prompt die Quittung. Sein Kopf fühlte sich an, als würde er platzen und ihm wurde schwindlig. Prustend wischte er sich über das Gesicht und als er wieder klarsehen konnte, fiel sein Blick auf Hannah, die nun gar nicht mehr freundlich aussah.

»Besser?«

»Nein, was…wieso?«

»Schmetterling?«

»Was?« Georg überlegte einen Augenblick, dann dämmerte ihm, worum es hier ging. Dimitri, du verdammter Idiot! Warum hatte der Russe nicht seine blöde Klappe gehalten?

»Was hast du ihm noch alles erzählt?«, wollte Hannah wissen und hob drohend die Wasserflasche.

Georg wich zurück und hob abwehrend die Hände.

»Nichts…gar nichts.« Das war beinahe die Wahrheit, denn er konnte sich an kaum etwas von gestern Abend erinnern.

Hannah verschränkte die Arme vor der Brust. »Ich habe dich auf diese Expedition mitgenommen, weil ich einen Geologen brauchte, und nicht, damit du einem Wildfremden von unserer Beziehung erzählst.«

»Aber ich habe doch…«

Hannah funkelte ihn wütend an und Georg verstummte. Besser, er sagte jetzt nichts, sonst bekam er außer Wasser noch die Flasche an den Kopf.

»Du solltest dich beeilen, in 15 Minuten wollen wir aufbrechen«, fuhr sie in ruhigerem Ton fort und Georg nickte gehorsam. »Und zieh dir etwas Trockenes an. Draußen ist es kalt.« Damit wandte sie sich um und ging aus dem Zimmer. Das Zufallen der Tür hallte schmerzhaft in Georgs Kopf wider. Er massierte seine Schläfen und verzog das Gesicht. Wow, das war heftig. Offensichtlich hatte sich Hannah mehr verändert, als er gedacht hatte. So viel Temperament hatte sie früher nicht an den Tag gelegt. Er zerrte an seinem nassen T-Shirt und kämpfte sich aus dem feuchten Stoff. Wie eine Wildkatze. Grinsend warf er das Shirt in eine Ecke und kramte in seinem Rucksack nach trockener Kleidung.

Zehn Minuten später betrat Georg den Aufenthaltsraum. Hannah und Eberius saßen an dem großen Tisch in der Mitte und betrachteten eine große Landkarte.

»Ah, Beyerbach, da sind Sie ja. Haben Sie Ihre Ausrüstung?« begrüßte ihn Eberius freundlich.

Hannah hob nur kurz den Kopf, dann widmete sie sich wieder der Karte.

Georg hielt den Rucksack hoch.

»Sehr gut, sehr gut.« Er zeigte auf eine Stelle auf der Karte. »Ich habe Hannah gerade unsere Route gezeigt, wenn wir zügig marschieren, müssten wir in etwa zwei Stunden bei den Pyramiden sein.«

»Gut, dann werden Sie Ihre Felsen ja endlich zu Gesicht bekommen.«

Eberius' Lächeln gefror. »Das sind keine Felsen, Beyerbach. Die Pyramiden sind Bauwerke. Geschaffen von einer Hochkultur, deren Errungenschaften Sie sich nicht einmal in Ihren kühnsten Träumen ausmalen können.« Seine Stimme klang kalt, fast schon bedrohlich.

Georg zuckte mit den Schultern. »Ich träume nicht von Hochkulturen, und den Rest werden wir sehen, wenn wir da sind.«

Die Tür öffnete sich und Dimitri kam herein.

»Ah, Semyonov!«, wandte sich der Parapsychologe an den Russen. »Dann sind wir also vollzählig.«

Georg fing einen vorwurfsvollen Blick von Hannah auf. »Musste das sein?« zischte sie.

»Was?« Georg verstand nicht, was sie meinte. Aber offensichtlich hatte sie immer noch schlechte Laune, also würde er sie besser noch eine Weile in Ruhe lassen.

»Dann können wir ja aufbrechen.« Eberius erhob sich und faltete die Landkarte notdürftig zusammen. Er drückte sie Georg in die Hand.

»Bitte sehr. Sie sind der Kartenexperte. Ich hole nur noch meine Ausrüstung.« Er verschwand im Flur.

Georg blickte verwirrt auf das Papierknäuel in seiner Hand, dann begann er die Karte ordentlich zusammenzufalten.

»Wenn wir Glück haben, bleibt es für die nächsten Stunden trocken«, meinte Dimitri. »Das Wetter scheint sich gebessert zu haben, am Bach hab' ich sogar einen Schmetterling gesehen.«

Hannah funkelte Georg böse an, dann stand sie auf, nahm ihren Rucksack und ging zur Tür. »Ich warte draußen.«

Dimitri lachte laut.

»Das war nicht komisch, Dimitri«, meinte Georg. »Du solltest sie in Ruhe lassen.«

»Vielleicht. Vielleicht aber auch nicht.«

»So, ich habe alles«, sagte Eberius und kam mit seinem riesigen Rucksack auf dem Rücken zurück. Er musterte Semyonov. »Wo ist Ihre Ausrüstung?«

Der Russe klappte seine Jacke auf. In der rechten Innentasche steckten ein Funkgerät und ein kleiner silberner Flachmann. An seiner linken Seite saß ein Holster mit einer Pistole.

»Mehr brauche ich nicht«, erklärte er und zog den Reißverschluss zu.

Obwohl Georg damit gerechnet hatte, dass eine Waffe zu Dimitris Standardausrüstung gehörte, war sie zu sehen doch etwas anderes. Mit einem Mal wurde ihm bewusst, welche Funktion Semyonov hatte. Er war nicht sein Freund, sein Kumpel, mit dem man abends Wodka trank und über die Ex redete. Dimitri war Soldat, und er war nicht zum Vergnügen hier. Georg, du bist ein Idiot, dachte er. Reiß dich zusammen und verhalte dich endlich wie ein Profi! Ab jetzt würde er angemessenen Abstand zu Semyonov halten. Und er würde nicht vergessen, dass er bewaffnet war. Ein ungutes Gefühl machte sich in Georg breit und als der Russe vor ihm ins Freie trat, fragte er sich, inwiefern die Pistole zu einem Problem werden könnte.

***

Eberius ging voraus und suchte unablässig den Boden ab. Ganz gewiss hatte er bei seinem nächtlichen Ausflug zu den Pyramiden Spuren hinterlassen und genau die musste er beseitigen, bevor die anderen sie sahen. Obwohl er sich nicht mehr an die Geschehnisse erinnern konnte, bestand für ihn überhaupt kein Zweifel daran, dass er tatsächlich dort gewesen war. Das Artefakt hatte ihn geleitet und ihm für einen kurzen Augenblick gezeigt, was ihn erwartete. Und dieses Wissen war erst einmal nur für ihn bestimmt. Er besaß den Schlüssel. Er griff in seine Jackentasche und umfasste die kleine Metallplatte. Das Artefakt gehörte ihm ganz allein und nur er würde entscheiden, mit wem er sein Wissen teilte. Sollten Semyonov und die anderen herausfinden, dass er mehr wusste als sie, würden sie lästige Fragen stellen und womöglich hinter sein Geheimnis kommen. Das durfte er unter gar keinen Umständen zulassen. Aus diesem Grund war es so wichtig, sie im Glauben zu lassen, er ginge diese Strecke zum ersten Mal. Nun ja, im Prinzip tat er das sogar, denn bewusst hatte er den Weg zu den Pyramiden ja nicht zurückgelegt. Ein paar Meter vor ihm entdeckte er eine dunkle Stelle auf dem Boden. Er verlangsamte seine Schritte und ließ den Fleck nicht aus den Augen. War das ein Stiefelabdruck? Eberius war sich nicht sicher, aber es war besser, kein Risiko einzugehen. Er blieb stehen und drehte sich zu den anderen um.

»Sind wir noch auf dem richtigen Weg, Beyerbach?«

Der Geologe sah ihn verwundert an. »Wir sind seit zehn Minuten nur geradeaus gegangen, also werden wir uns kaum verlaufen haben.«

Eberius lächelte ihn liebenswürdig an. »Wären Sie trotzdem bitte so nett und würden kurz die Karte überprüfen?«

Der Geologe seufzte und holte die Landkarte aus der Tasche. Er faltete sie umständlich auseinander und erst als Hannah ihm zur Hand ging, gelang es ihm, sie auszubreiten. Semyonov nutzte die Gelegenheit und zündete sich eine Zigarette an.

Sehr gut, dachte Eberius zufrieden und ging langsam bis zu der dunkeln Stelle. Es war tatsächlich ein Stiefelabdruck und als er seinen Fuß daneben setzte, passte die Spur perfekt dazu. Mit einer raschen Bewegung wischte er über den Boden und zerstörte den Abdruck.

***

»Hier geht es jedenfalls nicht weiter«, stellte Hannah fest, als sie eine halbe Stunde später am Ufer eines Baches standen. Über eine Breite von knapp fünf Metern kreuzte trübes, grünlich-braunes Wasser ihren Weg und hinderte sie am Weiterkommen. Eberius beäugte den kleinen Fluss und fragte sich, wie in Dreiteufelsnamen er es nachts geschafft hatte, dort hinüber zu kommen. Er blickte am Ufer entlang. Mehrere Hundert Meter in beide Richtungen war an eine Überquerung nicht zu denken, der Bachlauf war zu breit und die Strömung zu stark. Hier konnte er also nicht auf die andere Seite gelangt sein. Aber wo dann? Vorsichtig tastete er nach dem Artefakt. Es hatte ihn schon einmal über das Wasser geführt, es würde ihm mit Sicherheit wieder helfen. Unmerklich drehte er sich zuerst nach rechts, dann nach links und mit tiefer Genugtuung stellte er fest, dass sich die kleine Metallplatte erwärmte. Nach Westen also.

»Was machen wir jetzt?«, fragte Eberius und überlegte, wie er plausibel erklären konnte, dass sie in Richtung Westen weiter gehen mussten.

»Die Strömung ist zu stark, Schwimmen scheidet also aus.« Beyerbach betrachtete nachdenklich den Bach.

»Oh, das ist bedauerlich.« Und absolut unnötig, fügte Eberius in Gedanken hinzu.

»Lasst uns zuerst am Ufer entlang gehen, ob wir nicht doch noch eine Stelle finden, an der wir hinüber können«, schlug Hannah vor.

Eberius nickte zustimmend. Das war eine hervorragende Idee! So konnte er ungestört etwaige Spuren verwischen! »Das klingt sehr vernünftig. Wir sollten uns aufteilen, dann geht es schneller.« Er wandte sich nach links. »Ich gehe hier entlang und –«

»Ich begleite Sie«, fiel ihm Semyonov ins Wort. Eberius starrte ihn an. So hatte er sich das nicht vorgestellt. Es war wichtig, dass er allein ging. »Besten Dank, Semyonov, aber ich schaffe das sehr wohl allein.«

Doch der Russe schüttelte den Kopf und lächelte. »Heute gehen Sie nirgendwo allein hin.« Er trat einen Schritt näher und sein Blick wurde eiskalt. »Nirgendwo. Ist das klar?«

Der Parapsychologe presste die Lippen aufeinander und kämpfte gegen die aufsteigende Wut. Er hatte nicht die geringste Lust sich auf Semyonovs Machtspielchen einzulassen, aber jetzt war nicht der richtige Zeitpunkt für eine Konfrontation. Es war besser, nicht zu widersprechen, außerdem würde der Russe vielleicht Verdacht schöpfen, wenn Eberius darauf bestand, allein zu gehen. Für den Moment blieb ihm daher nichts anderes übrig als zu tun, was Semyonov wollte, auch wenn es ihm ganz und gar nicht gefiel.

»Ganz wie Sie wollen«, antwortete er schließlich.

Mit einem zufriedenen Lächeln wandte sich Semyonov an die anderen. »Grigori und Hannah, ihr geht nach Osten und seht euch dort um.« Er zog ein Funkgerät aus der Tasche und warf es Beyerbach zu, der es geschickt auffing. »Die Frequenz ist schon eingestellt. Gib Bescheid, wenn ihr etwas gefunden habt.«

Der Geologe nickte und steckte das Funkgerät in seinen Rucksack, dann ging er mit Hannah in entgegengesetzter Richtung davon.

Semyonov wandte sich wieder an Eberius. »Nach Ihnen, Doktor.« Sein Lächeln war so falsch wie seine Liebenswürdigkeit. Mit einer ausladenden Geste ließ er dem Parapsychologen den Vortritt.

Wenigstens durfte er vorangehen, das war immerhin etwas. Blieb nur noch zu hoffen, dass er außer ein paar Stiefelabdrücken keine weiteren verräterischen Spuren hinterlassen hatte.

***

Der Bach machte eine kleine Kurve, doch auch dahinter konnten weder Hannah noch Georg etwas entdecken, das ihnen weiterhalf. Die Strömung wurde zwar schwächer und das grün-braune Wasser floss nun viel langsamer, dafür wurde das Bachbett breiter.

»Hier könnte man schwimmen«, meinte Georg ohne jegliche Begeisterung. »Die Strömung hat nachgelassen.«

»Ich weiß nicht, ob unsere Ausrüstung das mitmacht«, warf Hannah ein. Von mir ganz zu schweigen. Sie verspürte keinerlei Lust durch diese trübe Brühe zu schwimmen. Au-

ßerdem wären sie dann nass und bei der hohen Luftfeuchtigkeit würde es Stunden dauern, bis sie wieder halbwegs
trocken wären.

»Nein, vermutlich nicht. Außerdem habe ich keine Lust
auf ein Bad. Die kalte Dusche heute Morgen hat mir ge-
reicht.« Er grinste sie an.

»Du weißt, dass du das verdient hattest.«

»Naja, vielleicht ein bisschen.«

Hannah blieb stehen und musterte den Geologen. »Georg
A. Beyerbach gibt – zumindest teilweise – einen Fehler zu?
Bist du sicher, dass das in den Flaschen wirklich Wodka
war?«

»Dimitri hat gemeint, das wäre das Beste, was man in der
Gegend bekommt.«

»Wohl eher das Einzige. Wir sind hier in der sibirischen
Taiga, Georg.«

»Wär' ich nicht drauf gekommen.«

Hannahs Blick wanderte zum gegenüberliegenden Ufer.
Die dicht nebeneinander gewachsenen Bäume und das hü-
gelige Gelände machten es unmöglich zu erkennen, was
weiter entfernt war. Ob sich die ganze Mühe wirklich lohnte?

»Was meinst du, werden wir dort drüben finden?«, fragte
sie, mehr sich selbst als Georg.

Der Geologe zuckte mit den Schultern. »Keine Ahnung.
Nichts, vermutlich.«

Hannah sah ihn erstaunt an. »Du glaubt nicht, dass dort
etwas ist? Warum bist du dann überhaupt mitgekommen?«
Ihr Ton wurde laut und vorwurfsvoll.

Georg schwieg und sah zu Boden.

Hannah schnaubte verächtlich. »Ich verstehe. Wegen des

Geldes«, antwortete sie leise an seiner Stelle.

Er hob den Blick und betrachtete das dichte Grün des gegenüberliegenden Ufers. Hannah konnte sich nur zu gut vorstellen, was er dachte. Sie kannte Georg und bezweifelte, dass er sich in den letzten Jahren sehr verändert hatte. Er war und blieb Realist, er glaubte nicht an den Erfolg der Expedition. Warum sollten ausgerechnet *sie* etwas von Bedeutung finden?

»Du irrst dich«, sagte sie schließlich mit fester Stimme. »Du wirst schon sehen.« Ihr Blick war weiterhin auf die andere Seite des Baches gerichtet. »Ich weiß, dass wir dort etwas finden werden.«

Georg schüttelte den Kopf. »Du klingst schon fast wie Eberius«, meinte er. »Aber im Ernst: dort ist nichts. Finde dich damit ab, dann ist die Enttäuschung nicht so groß.«

»Und woher willst du das so genau wissen?«

»Weil ich nicht daran glaube, dass gerade wir eine sensationelle Entdeckung machen.«

»Warum nicht?«

»Weil…« Georg brach ab, doch dann überlegte er es sich anders und wandte sich an sie. »Weil ich kein Träumer bin«, vollendete er den Satz, ohne ihrem Blick auszuweichen.

Seine Worte trafen Hannah an einem empfindlichen Punkt. Sie fühlte sich wieder zurückversetzt, an jenen Abend vor fast sechs Jahren, als ihr letzter Streit zum Ende ihrer Beziehung geführt hatte.

Schon damals hatte Georg sie nicht ernst genommen, hatte sie oft genug spüren lassen, dass er sich ihr überlegen fühlte, was Erfahrung und Erfolg betraf. Er hatte nie verstanden, wie sehr sie das verletzt hatte. Und jetzt tat er es schon wieder. Für einen kurzen Augenblick wollte sie weglaufen, wie damals, nur weg von Georg und dem Schmerz, den er verursachte. Doch Hannah war nicht mehr das junge Mädchen, das davonlief, sobald es Probleme gab. Dieses Mal würde sie ihm die Stirn bieten.

Sie straffte die Schultern und hielt Georgs Blick stand.

»Du hältst mich also für eine Träumerin?«, begann sie und glaubte, Überraschung in seinen Augen zu erkennen. Sie schüttelte den Kopf. »Du hast dich wirklich kein bisschen geändert. Sitzt immer noch auf deinem hohen Ross und hältst dich für den Größten und belächelst alle, die ein wenig Hingabe für ihren Beruf zeigen. Dabei ist genau das dein Problem: So lange du nicht daran glaubst, wirst du nie Erfolg haben.«

»Glaube ist für die Kirche, in meinem Job zählen nur Fakten. Wenn ich einen Fehler mache –«

»Schon gut, ich weiß, was jetzt kommt«, unterbrach ihn Hannah. »Von deiner Arbeit hängen Menschenleben ab, während ich mich nur um zerbrochene Tontöpfe kümmere.« Sie lachte spöttisch. »Du bist Geologe, Georg, kein Hirnchirurg.« Dann trat sie an ihn heran, bis ihre Gesichter nur noch wenige Zentimeter voneinander entfernt waren, und sah ihn herausfordernd an. »Bei dieser Expedition geht es aber nicht um irgendwelche Stollen und Tunnel, es geht um Geschichte. Wenn Eberius Recht hat, sind wir einer unbekannten Hochkultur auf der Spur, deren Entdeckung möglicherweise alles bisher Bekannte in Frage stellt. Und das zu beweisen, fällt eindeutig in *mein* Fachgebiet. *Deine* Expertise dient lediglich der Unterstützung.« Sie lächelte ihn triumphierend an.

***

Dies war einer der wenigen Augenblicke im Leben des Georg A. Beyerbach, in denen er nicht wusste, was er sagen sollte. Hannah hatte ihm soeben mehr als deutlich zu verstehen gegeben, dass sie ihn für arrogant hielt, dazu unfähig, aus seinen Fehlern zu lernen. Außerdem besaß er keinerlei berufliche Ambitionen und durfte ihr bei der ganzen Sache hier lediglich assistieren. Das war genug Stoff, um einen gewaltigen Streit vom Zaun zu brechen und eigentlich hätte Georg jetzt wirklich wütend sein müssen. Er war es aber nicht. Zum einen, hatte sie nicht ganz Unrecht, aber das würde er auf gar keinen Fall zugeben. Wie sie schon richtig festgestellt hatte, lag ihm das ganz und gar nicht. Und zum anderen imponierte ihm ihr Selbstbewusstsein. Schon zum zweiten Mal an diesem Morgen hatte sie ihm gehörig die Meinung gegeigt, etwas, dass sie während ihrer gemeinsamen Zeit, nur sehr selten getan hatte, und dann auch nicht mit einer solchen Leidenschaft. Offensichtlich hatte *sie* sich sehr wohl geändert und dieser neue Zug an ihr gefiel ihm außerordentlich gut.

»Warum grinst du?« fragte Hannah misstrauisch. »Ich meine das ernst, Georg!«

»Ja, okay.« Georg hob abwehrend die Hände und bemühte sich um ein ernstes Gesicht. »Besser?«

Hannah verdrehte die Augen und wandte sich um. Aber Georg war sich sicher, dass ihre Mundwinkel gezuckt hatten.

»Du machst mich wahnsinnig!«, schimpfte sie und stapfte los. »Lass uns weitersuchen, sonst finden wir nie einen Weg über diesen blöden Bach!«

Du machst mich auch wahnsinnig, dachte Georg grinsend und folgte ihr.

**

Eberius marschierte am Ufer entlang, die Augen unablässig auf den Boden gerichtet. Bis jetzt hatte er Glück gehabt, nur an zwei weiteren Stellen hatte er Stiefelabdrücke entdeckt und war einfach darüber gelaufen, bevor Semyonov sie bemerken konnte. Doch er wusste immer noch nicht, wie er über diesen verdammten Bach gelangt war! Das Artefakt hatte ganz eindeutig in diese Richtung gewiesen, also gab es eine Stelle, an der man das Gewässer überqueren konnte, aber wo? Als der Bach eine leichte Biegung machte, bekam der Parapsychologe seine Antwort. Etwa zwanzig Meter vor ihm ragte ein umgestürzter Baum weit über das Wasser. Das musste es sein!

»Sieh mal einer an!«, rief Semyonov hinter ihm. »Sie haben Glück, Professor, das könnte unsere Brücke sein!«

Der Stamm der Fichte war alt und verwittert, saftig grünes Moos bedeckte große Teile der Rinde und Wurzeln, die wie verkrüppelte Finger in alle Richtungen abstanden. Die Spitze war abgebrochen, so dass der Baum nicht ganz bis an die gegenüberliegende Seite reichte. Eberius starrte ungläubig auf die Äste. Bis zum anderen Ufer fehlten etwa anderthalb Meter, und dort war er hinübergesprungen? Mitten in der Nacht, ohne Licht? In seiner Jackentasche erwärmte sich das Artefakt, wie um zu bestätigen, was er vor wenigen Stunden geleistet hatte.

»Er ist alt, aber nicht morsch.« Semyonov betrachtete prüfend den Baumstamm.

»Ich denke, er wird uns tragen.«

Das wird er ganz sicher, dachte Eberius, aber die Stabilität bereitete ihm keine Sorge. Wohl aber, dass man auf dem Stamm nur schwer Halt fand, ganz abgesehen von dem Sprung ans andere Ufer. Aber er hatte es einmal geschafft, ihm würde es auch ein zweites Mal gelingen, mit Hilfe der kleinen Metallplatte. Zuerst galt es aber, auf den Baumstamm hinauf zu kommen, von hier aus würde es schwierig werden. Der Parapsychologe ging um die Wurzel herum. Ja, von der anderen Seite aus konnte man viel leichter auf den Stamm klettern. Sein Blick wanderte über das moosbewachsene Holz. Oh nein. Eberius spürte, wie das Blut aus seinem Gesicht wich. Etwa einen halben Meter von den untersten Wurzeln entfernt, war das Moos von der Rinde gerissen und hing herunter. Deutlich zeichnete sich das dunkle, feuchte Holz darunter ab, und selbst ein unerfahrener Fährtenleser hätte keinen Zweifel daran gehabt, dass etwas – oder besser *jemand* – erst vor Kurzem auf dem Stamm abgerutscht war. Das durfte Semyonov unter keinen Umständen sehen!

»Haben Sie was Interessantes entdeckt?«, fragte der Russe prompt und kam neugierig näher.

Bevor Eberius lange nachdenken konnte, was zu tun war, stolperte er vorwärts und fiel gegen den Stamm. Die Finger seiner linken Hand streiften über die Rinde, als wolle er Halt suchen und rissen dabei ein großes Stück Moos ab. Er landete auf den Knien und sein Rucksack prallte unsanft gegen seinen Kopf. Kräftige Hände packten ihn und zogen ihn auf die Beine. Der Parapsychologe blinzelte verwundert und erkannte Semyonov, der ihn spöttisch angrinste. »Sie verbringen mehr Zeit auf Ihren Knien als auf Ihren Füßen, Professor.« Er löste seinen Griff, blickte an Eberius verdreckter

Kleidung hinunter und schüttelte mitleidig den Kopf.

Eberius war noch immer verwirrt. Was war da eben passiert? Er war einfach hingefallen, ohne erkennbaren Grund. Instinktiv versicherte er sich, dass er bei dem Sturz nicht das Artfakt verloren hatte. Nein, es war noch da. Das Metall in seiner Hand war warm, kühlte aber merklich ab. Dann streifte sein Blick den Baumstamm. Die Spur seines Stiefels war nicht mehr zu sehen. Mit einem Mal verstand Eberius was geschehen war. Er machte ein verlegenes Gesicht und wischte sich die schmutzigen Hände an den Hosenbeinen ab. »Oh, naja, ich war leider schon immer ein wenig ungeschickt.« Er lächelte entschuldigend und Semyonov seufzte.

»Wir sollten die anderen herholen, etwas Besseres werden wir nicht finden.«

Semyonov griff in seine Jackentasche und holte das Funkgerät heraus. »Grigori? Kommt her, wir haben etwas gefunden.«

Nach einer kurzen Pause ertönte Beyerbachs verzerrte Stimme aus dem Lautsprecher. »Wo seid ihr?«

»Etwa fünfhundert Meter von der Stelle entfernt, an der wir uns getrennt haben.«

»Verstanden«, bestätigte der Geologe. »Wir sind auf dem Weg.«

Semyonov steckte das Funkgerät wieder weg und nickte Eberius zu. Der Parapsychologe tastete nach dem Artefakt, er umklammerte es und lächelte zufrieden.

∗∗∗

Hannah und Georg hatten die angegebene Stelle noch nicht erreicht, da hörten sie Eberius schon von weitem rufen.

»Hannah! Beyerbach! Kommen Sie her, dort drüben können wir hinüber!«

Georg sah sie an und grinste. »Bestimmt hat er eine andere Stelle zum Schwimmen gefunden.«

Hannah verzog das Gesicht. »Oh nein, bitte nicht!« In Gedanken sah sie sich jedoch schon triefnass durch das Unterholz stapfen.

Sie folgten Eberius den Bachlauf entlang, bis hinter einer Biegung Semyonov auftauchte, der bereits ungeduldig auf sie wartete. Der Parapsychologe blieb stehen und deutete mit einer ausladenden Geste auf einen umgestürzten Baumstamm. »Unsere Brücke!«, verkündete er stolz, als hätte er den Baum höchstpersönlich gefällt.

Hannah musterte den moosbewachsenen Stamm. Der Baum sah breit und stabil genug aus um sie zu tragen, allerdings reichte er nicht bis ans andere Ufer. Es fehlten etwa anderthalb Meter. Keine große Distanz auf ebenem Boden, aber von einem rutschigen Baumstamm aus, könnte es schwierig werden.

»Ich mache den Anfang«, sagte Semyonov und kletterte geschickt über die Wurzeln auf den Stamm. Beinahe mühelos balancierte er bis zum Ende. Er taxierte kurz die Entfernung, stieß sich ab und landete sicher am anderen Ufer.

»Das ist ein Kinderspiel«, verkündete er und winkte aufmunternd. »Das schafft sogar ein Schmetterling.« Er lachte.

Hannah ballte die Fäuste. »Ich gehe als Nächste.« Sie versuchte zuversichtlich zu klingen, obwohl es in ihrem Inneren ganz anders aussah. Aber vor Semyonov wollte sie sich keine Blöße geben. Sie schaffte das!

»Soll ich deine Ausrüstung nehmen?« bot Georg an und streckte ihr die Hand entgegen.

»Nein danke, ich kann das schon«, antwortete Hannah trotzig und stieg auf eine Wurzel. Sie würde das ganz ohne Hilfe schaffen. Das Holz war rutschig und sie musste sich mehrmals mit den Händen abstützen, um nicht das Gleichgewicht zu verlieren, aber schließlich stand sie oben auf dem Stamm. Oben bin ich schon mal. Sie sah hinunter auf den Bach. Keine gute Idee. Das trübe Wasser schien plötzlich viel schneller zu fließen, als noch vor wenigen Augenblicken. Das Rauschen klang lauter und mit einem Mal bedrohlich, oder war das nur das Blut, das in ihren Ohren pulsierte? Ein falscher Schritt und sie würde hineinstürzen, kaltes dreckiges Wasser ihre Kleidung durchdringen und ihr Rucksack sie erbarmungslos in die Tiefe ziehen. Hannah nahm einen tiefen Atemzug und die aufkeimende Panik verschwand. Du wirst nicht hineinfallen, Hannah Walkows, machte sie sich selbst Mut und setzte vorsichtig einen Fuß vor den anderen. Sie konnte Semyonovs Schuhabdrücke erkennen, dunkle Stellen, an denen das Moos zusammengedrückt und weniger rutschig war. Sie folgte ihnen und schaffte es ohne Probleme bis zum abgebrochenen Ende des Stammes. Jetzt kam der schwierigste Teil. Aus dem Stand einen guten Meter zu springen, war kein Kinderspiel.

Hannah sah auf das Wasser, das vor ihr vorbeirauschte und dann an das gegenüberliege Ufer. Dort stand Dimitri, mit verschränkten Armen und beobachtete sie. Wut stieg in ihr hoch. Oh nein, sie würde Semyonov ganz bestimmt nicht den Gefallen tun und vor seinen Augen ins Wasser fallen! Hannah spannte ihre Muskeln und konzentrierte sich. Jetzt oder nie! Sie trat ein Schritt zurück, stieß sich vom Baumstamm ab und sprang.

Nach einer endlos erscheinenden Sekunde in der Luft,

landete sie auf der anderen Seite. Doch der Schwung reichte nicht aus, um ihren Schwerpunkt nach vorne zu verlagern. Etwas zerrte an ihrem Rücken. Der Rucksack! Sie hatte vergessen, ihn abzulegen und sein Gewicht zog sie nun nach hinten. Mit einem entsetzten Aufschrei kippte Hannah um. Sie ruderte wie wild mit den Armen, um doch noch das Gleichgewicht zu halten, doch sie spürte, dass es vergeblich war. Sie wappnete sich gegen den Aufprall, wie das kalte Wasser über ihr zusammenschlagen und ihre Ausrüstung sie unbarmherzig nach unten ziehen würde, als Semyonov blitzschnell nach vorne sprang und sie mit hartem Griff zu sich heranzog. Reflexartig umklammerte sie seine Arme und hielt sich an ihm fest. Dimitri zog sie noch ein Stück näher, bis ihre Füße endgültig festen Halt gefunden hatten. Hannahs Knie waren weich und sie zitterte. Semyonov hatte sie immer noch am Kragen gepackt, ihre Gesichter trennten nur wenige Zentimeter.

»Danke«, sagte Hannah leise.

Der Russe ließ sie los und bedachte sie mit einem abschätzigen Blick. »Doch kein Schmetterling«, sagte er mit einem bösen Lächeln. Dann trat er zurück um zuzusehen, wie Eberius unsicher über den Baumstamm balancierte.

***

Diese Uferseite war viel dichter bewachsen, die Sträucher und Büsche ragten an mehreren Stellen bis weit über das Wasser. Sie standen auf einem schmalen Streifen von wenigen Metern, der den Bach vom Unterholz trennte, dahinter stieg das Gelände an und hohe Tannenbäume krönten die Hügel.

»Das war ganz schön knapp, vorhin«, sagte Georg, der als letzter den Bach überquert hatte. »Alles okay?«

Hannah nickte, in ihr blasses Gesicht kehrte langsam wieder Farbe zurück. »Ja, alles gut.«

Er war froh, dass ihr nichts passiert war. Semyonovs Reaktion war bemerkenswert gewesen, er wusste nicht, ob er so schnell hätte eingreifen können.

»Du hättest dich leichter getan, wenn du deine Ausrüstung vorher rüber geworfen hättest«, dachte Georg laut.

Hannah funkelte ihn an. »Vielen Dank für den Tipp, Herr Beyerbach, das nächste Mal denke ich selbst dran.« Sie ärgerte sich sichtlich, dass sie nicht daran gedacht hatte.

Georg wusste, dass es keine gute Idee war, Hannah noch weiter zu reizen, aber er konnte es nicht lassen.

»Ein Glück, dass Dimitri so schnell reagiert hat«, meinte er beiläufig.

»Ja, das ist großartig, jetzt hat er auch noch was gut bei mir«, knurrte Hannah.

Georg schmunzelte. »Du kannst dich bei ihm ja mit einer Flasche Wodka bedanken.«

»Ja, das ist eine sehr gute Idee. Sind euch nicht eh zwei Flaschen abhandengekommen? Was damit nur passiert sein mag…«

»Ich wusste es!«, rief Georg mit gespielter Empörung. »Was hast du damit gemacht?«

»Mutter Erde übergeben. Sozusagen als Opfergabe für den Erfolg unserer Expedition.«

»Beide Flaschen? Das war ein sehr großzügiges Opfer. Hätte nicht eine genügt? Oder eine halbe?«

»Nein.«

Georg seufzte. Schade um den Wodka. Auf der anderen

Seite war es vielleicht wirklich besser, er hielte sich davon fern. Auf einen weiteren Kater wie heute Morgen hatte er keine Lust.

»Ich störe Sie ja nur ungern, aber könnten Sie uns bitte zur Hand gehen?«, unterbrach Eberius sie ungeduldig. »Wir müssen unsere Brücke ein wenig optimieren.«

Der Parapsychologe stand neben Semyonov, der gerade ein Seil an einem weiteren Baumstamm befestigte. Georg begriff sofort. Ein Sprung vom Ufer aus auf den rutschigen Stamm war nicht zu schaffen, mit einem zweiten Stamm jedoch, hätten sie eine behelfsmäßige Brücke.

»Wir legen den Stamm hier ins Wasser«, erklärte der Russe und zog den letzten Knoten fest. »Die Strömung drückt ihn gegen den anderen Baum und wir müssen die Stämme nur noch mit Seilen verbinden und stabilisieren.«

Georg nickte und packte mit an. »Ja, das könnte klappen.«

Semyonovs Plan funktionierte reibungslos. Nach einer halben Stunde hatte sie die beiden Stämme mit Seilen zu einer halbwegs stabilen Brücke verbunden. Der Rückweg war gesichert.

Georg wischte sich den Schweiß von der Stirn. Sie gingen jetzt schon eine knappe Stunde durch hügeliges Gelände und obwohl der Himmel bewölkt war, heizte sich die Luft im Unterholz des Nadelwaldes auf wie in einem Gewächshaus. Um ihn herum schwirrte und summte es, die feucht-warme Luft war ein Paradies für Insekten. Doch nicht nur die Hitze trieb ihm den Schweiß aus den Poren. Jetzt, da sie ihrem Ziel immer näherkamen, spürte Georg zum ersten Mal seit Beginn der Expedition so etwas wie

Spannung und Aufregung. Es war beinahe wie früher, als er noch studierte und sich für jede noch so kleine Exkursion begeistern konnte. Vor langer Zeit hatte er seinen Beruf tatsächlich einmal geliebt, war voller Zuversicht gewesen, Großes zu leisten und Erfolg zu haben – doch irgendwann war ihm dieses Gefühl abhandengekommen. Seine Arbeit war nur noch ein Job, der Geld brachte damit er seine Rechnungen bezahlen konnte. An große Entdeckungen glaubte er schon lange nicht mehr. Bis jetzt. Je weiter sie durch das undurchdringlich wirkende Grün der Taiga marschierten, desto mehr wuchs seine Unruhe. Langsam begann er zu verstehen, was Hannah meinte: Irgendetwas lag hinter den Bäumen verborgen, etwas Unbekanntes, etwas, das möglicherweise sein ganzes Leben veränderte.

Sein Blick wanderte zu Hannah, die in ein paar Metern Entfernung neben ihm ging. Ihr Gesicht war angespannt, Schweißperlen standen ihr auf der Stirn und ihre Finger umklammerten die Träger ihres Rucksacks. Sie bemerkte nicht, dass er sie beobachtete und konzentrierte sich vollkommen auf den schmalen Pfad, auf dem Dimitri sie durch die dichtstehenden Bäume führte. Georg musste unwillkürlich lächeln. Er kannte diesen Gesichtsausdruck nur zu gut. Hannah war in Gedanken ganz bei ihrem Projekt. Wie ein Spürhund verfolgte sie die Fährte, ohne sich ablenken zu lassen, in dem festen Glauben, dass sich ihre Mühe am Ende auszahlen würde. Er bewunderte ihre Ausdauer und Entschlossenheit, das hatte er schon immer. Zwei Eigenschaften, die ihm oft fehlten, und der Grund dafür waren, dass sein Leben nicht so verlaufen war, wie er es sich als junger Student vorgestellt hatte. Was hatte er nicht alles erreichen wollen…Doch es war anders gekommen und es brachte ihn kein Stück weiter, verpassten Gelegenheiten nachzutrauern. Trotzdem ertappte sich Georg dabei, dass er versuchte sich vorzustellen, wie sein Leben aussehen würde, hätten er und Hannah sich damals nicht getrennt: Ein Lehrstuhl für ihn, selbstverständlich hätte er promoviert, sich vielleicht sogar habilitiert…sie würden viel reisen, Hannah zu ihren Ausgrabungsstellen, er hielte Vorträge in der ganzen Welt…ob sie wohl Kinder hätten?

»Da sind sie!« Eberius Ausruf riss ihn aus seinen Gedanken. Er schaute auf und sah, dass er die höchste Stelle der Hügel schon fast erreicht hatte. Der Parapsychologe stand ein paar Meter von ihm entfernt und winkte und deutete immer wieder vor sich.

»Nun beeilen Sie sich doch!« Seine Stimme überschlug sich fast und Georg hätte sich nicht gewundert, wenn Eberius vor lauter Aufregung den Hügel hinabgestürzt wäre. Dimitri schien von der Aussicht weniger begeistert. Er stand neben dem Parapsychologen und schaute missbilligend zwischen dem zappelnden Eberius und der Senke hin und her.

Georg war nun fast oben angekommen, nur noch wenige Schritte, dann würde sich zeigen, ob sich die Strapazen gelohnt hatten.

***

Eberius konnte es kaum erwarten, die Hügelkette hinabzusteigen. Am liebsten wäre er losgelaufen, doch vor ihm endete der Pfad an einer Felskante. Gut zwanzig Meter ging es steil nach unten, sie würden einen anderen Weg in die Senke finden müssen. Es musste einen geben, denn heute Nacht hatte er es bis zum Fuße der Pyramiden geschafft. Vor seinem geistigen Auge tauchte das Bild auf, die drei Spitzen, vom silbernen Mondlicht beschienen. Er war ihnen so nah gewesen, dann – ach, das spielte jetzt doch keine Rolle mehr! Sie hatten es beinahe geschafft, nur noch wenige Meter, dann würde er sie wirklich sehen können, sie berühren… und vor allem: ins Innere gelangen. Anstatt weiter seinem Traumbild nachzutrauern, richtete er seine Aufmerksamkeit auf den Anblick zu seinen Füßen. Die drei Felsen lagen auf einer Lichtung, kein Baum stand näher als 30 oder 40 Meter, als hätten sie es nicht gewagt, im direkten Umfeld der Pyramiden empor zu wachsen und den Blick darauf zu stören. Niedrige Büsche und Sträucher säumten die Formation, deren Oberfläche von dichtem Grün bedeckt war. Trotz des üppigen Bewuchses war die regelmäßige Form der Pyramiden deutlich zu erkennen, kein Mensch würde glauben, dass diese Felsen natürlichen Ursprungs waren. In der Nacht hatte Eberius die Erhabenheit dieser Bauwerke bereits erahnt, doch nun, da er sie bei Tageslicht endlich in ihrer vollen Pracht sehen konnte, fühlte er sich so überwältigt, dass es ihm beinahe körperlich wehtat.

»Das ist es?«, hörte er Semyonov neben sich fragen. Enttäuschung und Spott lagen in seiner Stimme. Eberius sah den Russen entgeistert an. Er musste sich verhört haben. Wie konnte man diesen Anblick denn nicht großartig finden?

»Ja, sind sie nicht wunderbar?«, versuchte er Semyonov zu überzeugen. Doch als er den Russen musterte, konnte er keinerlei Begeisterung erkennen. Verärgert sah Eberius wieder zu den Pyramiden und dann zu Semyonov. Sah dieser Einfaltspinsel es denn nicht?

Hannah hatte die Felskante ebenfalls erreicht und stellte

sich neben sie. »Wow« sagte sie leise, als sie die Pyramiden erblickte.

Eberius lächelte zufrieden. Wenigstens sie hatte verstanden, was da vor ihnen lag!

Hannah streifte ihren Rucksack ab und holte ihr Tagebuch heraus. »Können wir kurz warten, ich möchte gerne eine Skizze machen.«

»Sicher, Hannah, ich kann verstehen, dass Sie diesen grandiosen Anblick festhalten möchten.«

Sie hatte die ersten Striche gezeichnet, als auch Beyerbach neben sie trat. »Aha«, sagte er knapp und seine Miene verriet, dass es ihm genauso erging wie Semyonov.

»Wenn wir erst unten angekommen sind, werden Sie begeistert sein«, prophezeite Eberius.

Beyerbach und Semyonov tauschten einen vielsagenden Blick aus, der Eberius wütend machte. Diese Narren! Sie werden schon sehen, dass ich recht habe!

»Sind Sie bald fertig?«, fragte er Hannah gereizt. Er wollte jetzt nicht länger warten und endlich hinuntersteigen.

»Einen Moment noch. Sie können schon vorgehen, ich komme gleich nach«, antwortete sie, ohne aufzublicken.

»Lassen Sie sich ruhig Zeit. Wir warten, bis Sie fertig sind«, sagte Semyonov mit seiner falschen Liebenswürdigkeit, die Eberius das Blut in den Kopf schießen ließ. Langsam hatte er endgültig genug von ihm! Zorn wallte in ihm auf und drohte ihn zu ersticken, wenn er nichts dagegen tat.

Der Parapsychologe trat vor und packte den Russen am Kragen. »Es reicht! Ich habe genug von Ihnen!« brüllte er. Aus dem Augenwinkel sah er, wie Beyerbach und Hannah ihn mit einer Mischung aus Staunen und Entsetzen anstarrten, doch keiner von beiden wagte es, sich einzumischen. Er hob den Arm und ließ Semyonov eine Handbreit über dem Boden baumeln. Für einen kurzen Augenblick wunderte er sich, woher er die Kraft nahm, den viel größeren Mann so mühelos hochzuheben, aber es war nicht weiter wichtig. Semyonov wand sich wie ein Wurm am Haken und Eberius genoss es, wie hilflos sich der Russe gegen den eisernen Griff wehrte. »Na, wer bestimmt jetzt, wo es lang geht?« Semyonov schwieg und schlug nach dem Parapsychologen, doch der hielt ihn weit genug von sich weg. »Wissen Sie was, Semyonov, wir brauchen Sie jetzt nicht mehr«, sagte Eberius und lachte. Mit einer fast schon lässigen Bewegung schleuderte er ihn über die Felskante. Der Russe hatte keine Chance. Er fiel die zwanzig Meter in die Tiefe, riss Äste und Steine mit und blieb am Fuße der Felsen regungslos und mit verdrehten Gliedern liegen. Sein Kopf stand in einem unnatürlichen Winkel ab, so dass kein Zweifel bestand: sein Genick war gebrochen. Dimitri Semyonov war tot.

»Ich bin fertig.« Hannah klappte ihr Tagebuch zu und verstaute ihre Stifte. Sie lächelte Eberius an. »Danke, dass Sie gewartet haben.«

Eberius blinzelte irritiert. »Was?«

»Sehen Sie, Professor, das hat doch gar nicht lange gedauert.« Semyonov lachte spöttisch und klopfte ihm auf die Schulter.

Eberius starrte erst ihn an und dann nach unten. Keine Leiche. Semyonov war quicklebendig und machte sich nach wie vor über ihn lustig.

»Ist alles in Ordnung?« erkundigte sich Hannah besorgt.

Eberius verstand nicht, was gerade passiert war: Er hatte Semyonov doch getötet, ihn mühelos über die Kante geworfen! Verwirrt blickte er zu Hannah. Dann riss er sich zusammen und zwang sich zu einem Lächeln. »Ja, ja, alles bestens«, versicherte er rasch. »Ich war nur völlig in Gedanken.«

»Hier geht es nach unten«, verkündete Semyonov, der ein paar Meter voraus gegangen war.

Eberius stand regungslos am Rand des Felsens. Er schaute noch einmal über die Kante und dann zu Semyonov, dessen massige Gestalt gerade zwischen den Bäumen verschwand. Es war ein Traum, oder Einbildung gewesen, nichts weiter! Aber es hatte sich so echt angefühlt…und so *gut.*

Ein Schauer lief ihm über den Rücken. Erst jetzt bemerkte er, dass sich seine Finger um die kleine Metallscheibe in seiner Tasche gelegt hatten.

4

»Genau das meine ich«, sagte Georg leise und deutete mit einer Kopfwendung auf den Parapsychologen. »Mit dem stimmt etwas nicht. Hast du seinen Blick vorhin gesehen?«

Hannah sah Eberius nach, der kopfschüttelnd und etwas zu sich murmelnd Semyonov auf dem Pfad nach unten folgte, und nickte dann zustimmend. »Ja, das war wirklich seltsam. Er schien mit seinen Gedanken ganz woanders zu sein.«

»Vielleicht ist er krank, schizophren oder sowas,« überlegte Georg. »Oder er nimmt irgendwelches Zeug.«

Hannah zuckte mit den Schultern. »Vielleicht ist er aber einfach nur ein komischer Kauz. Er ist schließlich Parapsychologe, das allein sagt schon einiges aus.« Hannah fand Eberius' Verhalten auch merkwürdig, aber nicht wirklich gefährlich. Ihr gegenüber war er stets freundlich gewesen, dass er mit Semyonov nicht klar kam, konnte sie sehr gut nachempfinden und auch die Zurückhaltung Georg gegenüber war ihrer Meinung nach berechtigt. Die beiden Männer machten es Eberius schließlich nicht leicht. Ständig zogen sie ihn auf oder nahmen ihn nicht ernst.

»Vielleicht musst du einfach nur netter zu ihm sein.«

»Ich? Ich *bin* nett. Immer.«

Hannah lachte. »In deinen Träumen, Beyerbach!«

»Was soll das denn heißen, wann war ich denn nicht nett?« Georgs Empörung klang beinahe echt.

»Soll ich dir eine Liste schreiben?«

Georg verzog das Gesicht. »Wir sollten besser den anderen folgen, diese Unterhaltung gefällt mir nämlich gar nicht.«

»Ja, Kritik vertragen konntest du auch noch nie«, stichelte Hannah amüsiert weiter, doch Georg ging nicht darauf ein. »Können wir jetzt bitte damit aufhören?«

Hannah seufzte theatralisch. »Schade, gerade fing es an, mir Spaß zu machen.«

Er blieb stehen und sah sie ernst an. »Dass mit Eberius etwas nicht stimmt, meine ich ernst, Hannah. Sei bitte vorsichtig.« In Georgs Stimme lag echte Sorge. In Hannahs Brust gab es einen kleinen Stich. Ohne es zu wollen, löste seine Besorgnis Gefühle in ihr aus. Gefühle, die sie längst für erloschen gehalten hatte.

»Ist gut. Ich werde aufpassen«, sagte sie leise und hoffte, dass Georg das Zittern in ihrer Stimme nicht bemerkte.

Er lächelte sie an und nickte. Dann beschleunigte er seine Schritte um die anderen einzuholen.

In Hannahs Kopf schwirrten die Gedanken und Gefühle durcheinander. Die Expedition, die Pyramiden, alles trat in den Hintergrund, nur weil Georg sich um sie sorgte. Bis jetzt war sie sich so sicher gewesen, dass ihre Beziehung abgehakt und ihre Trennung damals das einzig Richtige war, doch er hatte es in wenigen Stunden geschafft, sie völlig durcheinander zu bringen. Das kann ich jetzt überhaupt nicht brauchen! schalt sie sich selbst und ging mit raschen

Schritten hinter Georg und den anderen her. Sie hatte Mühe sie einzuholen und als sie es endlich geschafft hatte, waren sie bereits am Fuß des Hügels angekommen.

Hannah keuchte, obwohl sie nur eine kurze Strecke zurückgelegt hatte. Sie wischte sich den Schweiß von der Stirn und zwang sich ruhig und gleichmäßig zu atmen. Normalerweise war sie fitter, doch die stickige, feucht-warme Luft machte aus jeder Anstrengung eine körperliche Höchstleistung, dazu kamen noch das Gepäck und die Aufregung. Sie hatten es fast geschafft.

Semyonov schlug die letzten Sträucher zur Seite, immer heller schimmerte das Licht durch das Unterholz.

***

Jede Faser in Eberius' Körpers schien vor Anspannung zu vibrieren, als er Semyonov folgte, der sich mit kräftigen Schlägen durch das Unterholz kämpfte. Offenbar war dies nicht der Weg, den er gestern Nacht genommen hatte, denn die Sträucher wiesen weder umgeknickte Zweige noch sonstige Spuren auf, dass hier vor Kurzem jemand durchgegangen war. Die Erleichterung darüber reichte aber nicht aus, um seine Aufregung zu dämpfen. Mit jedem Schlag kamen sie den Pyramiden näher. Das Ziel, auf das Eberius die letzten Jahre, ach was, sein ganzes Leben lang hingearbeitet hatte, war zum Greifen nah.

Doch noch etwas anderes beschäftigte den Parapsychologen. Was war vorhin auf dem Hügel geschehen? Eine Vision? Eine Halluzination? Er war wütend gewesen, auf Semyonov, und hatte sich tatsächlich ausgemalt, wie es wäre, den Russen zu töten. Doch es war nicht nur Einbildung gewesen. Er hatte gespürt, wie er ihn gepackt hatte, sein Gewicht, die vergeblichen Versuche des Russen sich freizukämpfen, und wie er ihn schließlich mit einem Gefühl der absoluten Befriedigung von der Kante geworfen hatte. Eberius erinnerte sich an die Episode auf dem Fischerkahn, als er sich vorgestellt hatte, wie der Russe ins Wasser fiel und die Schiffsschraube ihn zerfetzte. Dies war schon die zweite schreckliche Vision gewesen, in der er Semyonov tötete, und beide Male hatte ihn ein unglaubliches Gefühl der Stärke und Macht durchströmt.

»Ha!«, riss ihn Semyonovs triumphierender Ruf aus seinen Gedanken. »Ich bin durch!«

Eberius' Herz raste in seiner Brust. Die Pyramiden! Er schob alle anderen Gedanken beiseite und konzentrierte sich auf das, was vor ihm lag. Mit zitternden Knien folgte er dem Russen und trat auf die Lichtung.

Der Anblick war überwältigend. Erst jetzt, von Nahem, konnte Eberius die wahre Erhabenheit der Felsformation begreifen. Über hundert Meter ragten die drei Hügel in den grauen Himmel, der Mittlere etwas höher als die beiden anderen, und etwas zurückgesetzt, so dass sie von oben betrachtet ein Dreieck bildeten, das zweidimensionale Pendant zu einer Pyramide. Die Felsen waren größtenteils von Pflanzen bedeckt, als versuchte die Natur, die Gebäude zu unterwerfen, sich zurückzuholen, was ihr vor so langer Zeit genommen worden war. Eberius stockte der Atem. Mit diesem Anblick hatte er nicht gerechnet. Langsam schritt er auf die mittlere Pyramide zu, sein Blick prüfend über die Oberfläche gleitend, damit ihm auch nicht die winzigste Kleinigkeit entging. Dies war das Herzstück, daran bestand für ihn kein Zweifel. In ihr würde er finden, wonach er schon so lange suchte. Mit jedem Schritt, den er näherkam, glaubte er die Macht der *Vergangenen* deutlicher wahrzunehmen. Wie eine Aura hüllte sie die Pyramiden ein und er konnte es kaum erwarten, bis er sie endlich berühren und ihre ganze Kraft spüren konnte. Vor Aufregung zitternd streckte er die Hand aus, die Finger nur noch wenige Zentimeter von dem uralten Stein entfernt –

»Gratuliere, Eberius. Wir sind angekommen.« Beyerbach klopfte ihm auf die Schulter.

Das Gefühl von Erhabenheit verschwand augenblicklich. Eberius konnte es nicht fassen. Wie konnte dieser unwissende Flegel ihn ausgerechnet *jetzt* stören? Der erste körperliche Kontakt zum Heiligtum der Vergangenen, der Moment auf den er jahrelang gewartet hatte, und dann das! Eberius biss die Zähne zusammen und zwang sich zur Ruhe. Nein, er würde den Geologen nicht zurechtweisen, jetzt zählten nur die Pyramiden. Er schluckte seinen Unmut hinunter und setzte ein freundliches Lächeln auf. »Danke, Beyerbach. Ich bin…überwältigt. Ich muss mich erst einmal sammeln«, sagte er und hoffte, dass der Geologe ihn richtig verstand. Beyerbach nickte gönnerhaft und trat ein paar Schritte zurück, den Kopf in den Nacken gelegt, und begutachtete die Pyramide.

Zufrieden wandte sich Eberius wieder dem Felsen zu. Er atmete tief durch und streckte erneut die Hand aus. Sie zitterte nicht mehr, dieses Mal würde er sich durch nichts mehr ablenken lassen. Seine Finger berührten den Stein. Die Oberfläche fühlte sich kühl und rau an, ganz anders als die des Artefaktes. Irritiert zog er die Hand zurück. Das war nur Fels! Ganz gewöhnlicher Fels! Er hatte fest damit gerechnet die Energie und Kraft zu spüren, schließlich stand er vor einem Bauwerk der *Vergangenen*, doch selbst als er die ganze Handfläche auf den Stein legte, fühlte er – nichts. Unwillkürlich umklammerte er mit der anderen Hand die kleine Metallscheibe in seiner Jackentasche. Es dauerte nur einen kurzen Moment, dann spürte er, wie das Artefakt von Energie durchströmt wurde. Es wurde wärmer und begann kaum wahrnehmbar zu vibrieren.

***

Georg war ein paar Schritte zurückgetreten und betrachtete die Pyramiden. Sie waren kleiner, als er sie sich vorgestellt hatte, aber das hatte er schon vom Hügel aus sehen können. Sein erster Eindruck war enttäuschend gewesen, doch jetzt, da er näher herangekommen war, musste er seine Meinung revidieren. Die geometrische Regelmäßigkeit fiel deutlich stärker ins Auge, als von dem erhöhten Blickwinkel aus. Seltsam, dachte er, denn bei den meisten scheinbar unnatürlich entstanden Objekten dieser Art schwand der Eindruck der Perfektion mit jedem Schritt, den man sich näherte. Man erkannte mehr und mehr Unregelmäßigkeiten, die von Weitem so nicht sichtbar waren. Doch hier verhielt es sich anders. Der Eindruck, die Pyramiden waren von Menschenhand geschaffen worden, war auch von Nahem nicht von der Hand zu weisen.

»Ich habe es Ihnen doch gesagt: wenn Sie erst vor ihnen stehen, werden Sie es verstehen«, sagte Eberius triumphierend. »Geben Sie es zu, jetzt sind Sie doch beeindruckt.«

»Ja«, gab Georg zu, ohne den Blick von den Pyramiden abzuwenden. »Aber das heißt nicht, dass Ihre These stimmt.«

»Natürlich stimmt sie. Es *sind* Bauwerke.« Eberius trat

näher, den Blick wie hypnotisiert auf die Pyramiden gerichtet. »Können Sie es denn nicht fühlen? Die Kraft, die diese Gebäude umgibt? Wie eine Aura, die immer stärker wird, je näher man ihnen kommt…«

Georg betrachtete die drei Hügel und wartete.

Dann schüttelte er den Kopf. »Nein, tut mir leid, Eberius, ich spüre gar nichts. Die Pyramiden sind in einem gewissen Maß interessant, aber eine Kraft oder Aura?« Er zuckte mit den Schultern.

Der Parapsychologe war sichtlich enttäuscht. Dann lächelte er milde und klopfte Georg auf die Schulter wie ein Lehrer, der es mit einem besonders begriffsstutzigen Kind zu tun hatte. »Auch Sie werden das noch spüren, das verspreche ich Ihnen.«

Bevor Georg protestieren konnte, wandte sich der Parapsychologe um und ging mit eiligen Schritten auf die östliche Pyramide zu. »Jetzt aber an die Arbeit!«

»Spinner!«, murmelte Georg und sah ihm nach. Aura! Kraft! Wofür hielt dieser selbsternannte Experte die Felsen denn? Die Pyramiden waren außergewöhnlich, ja, aber was es damit auf sich hatte, würde er mit echten, wissenschaftlichen Methoden untersuchen, nicht mit irgendwelchem spirituellen Hokuspokus.

»Sie sind wirklich unglaublich, oder?« Hannah trat neben ihn.

Georg verdrehte die Augen. »Jetzt fang du bitte nicht auch noch an!«

Sie sah ihn erstaunt an. »Wie bitte?«

»Spürst du auch diese Aura und die Kraft?« Georg bemühte sich, Eberius' verklärten Gesichtsausdruck zu imitieren.

Hannah runzelte die Stirn. »Ich hoffe, das sind nur die Nachwirkungen des Wodkas. Ansonsten solltest du besser einen Arzt aufsuchen.« Sie schüttelte den Kopf und ging weiter, auf die mittlere Pyramide zu.

Georg grinste und ließ den Rucksack von der Schulter gleiten. Er sollte sich besser auf seine Arbeit konzentrieren anstatt sich noch länger mit Eberius' parapsychologischem Unsinn zu beschäftigen. Schließlich war er Geologe, ein Wissenschaftler und seine Aufgabe bestand darin, die Beschaffenheit dieser Steinformation zu untersuchen und gegebenenfalls zu beweisen, dass es sich bei den drei Hügeln um Bauwerke handelte, nicht mehr und nicht weniger. Die Geschichte der Pyramiden, ihre »Kraft« und »Aura«, dafür waren Hannah und Eberius zuständig. Gut, sagte er zu sich selbst, beginnen wir mit den Fakten. Er holte Stift und Notizblock aus seinem Rucksack, dazu ein Maßband und einen Geologenkompass. Dann begann er, die rechte Pyramide zu vermessen.

Die Mittlere war etwas niedriger als die Große Pyramide von Gizeh, ca. 113 Meter und die quadratische Basis besaß eine Seitenlänge von knapp 190 Metern. Die beiden äußeren Hügel schienen identisch bezüglich Höhe und Breite zu sein, Georg hatte 170 Meter in der Länge gemessen und die Höhe auf etwa 101 Meter berechnet. Die Neigungswinkel der Pyramiden betrugen exakt 50 Grad. Die Basen waren so angeordnet, dass sie ein beinahe perfektes Dreieck bildeten, die zweidimensionale Abbildung einer Pyramide …

Das sind sie also. Hannah betrachtete nachdenklich die Pyramiden. Waren sie so beeindruckend, wie sie es sich erhofft hatte?

Jetzt, da sie ihr Ziel endlich erreicht hatten, stellte sich seltsamerweise nicht das Hochgefühl ein, das sie von ihren bisherigen Ausgrabungen gewohnt war. Kein »Wir sind endlich da!«. Und trotzdem strahlten die Felsen etwas aus, dem sie sich nicht entziehen konnte. Es war ein anderes Gefühl, fremd und unerwartet. Sie ließ ihren Blick über die Konturen schweifen und stellte fest, dass die Regelmäßigkeit der Kanten kein bisschen unter dem Wildwuchs der Pflanzen gelitten hatte. Also ob das Moos und die Ranken Bestandteil der Architektur waren. Etwas Vergleichbares hatte sie bisher noch nie gesehen. Sonst empfand sie den Versuch der Natur, sich bebautes Territorium wieder zurückzuholen immer als störend, dachte an die Schäden durch Pflanzen und Erosion, aber hier schien es fast, als wären sie beabsichtigt. Nein, das traf es nicht ganz. Hannah hatte Mühe, eine passende Beschreibung für das zu finden, was sie sah. Die Pyramiden waren überwuchert, ohne dass die ursprüngliche Form beeinträchtigt wurde … als hätte die Natur eine Art Schutzmantel über die Felsen gelegt – ja, das traf es am besten! Hannah stellte ihren Rucksack ab und holte ihr Tagebuch heraus. Mit wenigen geübten Strichen zeichnete sie eine Skizze der drei Hügel und hielt ihre Gedanken fest.

Die Pyramiden sind auf ganz seltsame Art beeindruckend, und ganz anders, als ich sie mir vorgestellt hatte. Nicht ihre Ausmaße sind bemerkenswert, sondern wie klar die Pyrami-

denform trotz des starken Bewuchses zu erkennen ist. Wenn ich an die unzähligen Ruinen und verfallenen Gebäude denke, die ich bisher gesehen habe, hatte ich immer den Eindruck eines ungleichen Kampfes zweier Elemente, bei dem das künstlich Geschaffene unterliegt und schließlich verschwindet. Doch hier ist das nicht so. Die Pflanzen schmiegen sich fast wie eine zweite Haut an die Oberfläche der Pyramiden, ohne ihre Gestalt zu beeinträchtigen oder gar zu zerstören. Die Natur und das Unnatürliche – sollte es sich bei den Hügeln tatsächlich um Bauwerke handeln – sind ebenbürtig, ja bilden sogar eine Einheit: als hätte man die Felsen mit lebendigem Gewebe überzogen.

Während ihr Bleistift Linie für Linie die Umrisse und Struktur der Pyramiden auf das Papier übertrug, versuchte Hannah, die Hügel möglichst unvoreingenommen zu betrachten, ohne Eberius' These von den Bauwerken im Hinterkopf. Was waren diese drei Felsen wirklich? Doch so sehr sie sich um eine objektive Betrachtung bemühte, ihr erster Eindruck blieb: diese drei Hügel waren nicht natürlichen Ursprungs.

Georg stellte sich neben sie und machte ein paar Fotos. Das Klicken der Kamera wirkte seltsam unpassend und Hannah packte irritiert das Tagebuch zurück in den Rucksack. Sie würde ihre Eindrücke später weiter aufschreiben. Stattdessen trat sie an die mittlere Pyramide heran und untersuchte eine Stelle des Felsens, der nicht von Pflanzen überwuchert war. Der Stein war von einer grauen, leicht bläulichen Färbung. Hannah strich über die Oberfläche und wunderte sich, wie rau der Fels sich anfühlte. Außerdem erschien er ihr zu warm. Sie blickte nach oben. Seit heute Morgen war die Sonne hinter einer dichten Wolkenschicht verborgen, was konnte den Stein dann erwärmt haben? Ihre Hand wanderte ein Stück weiter und sie griff unter eine Ranke. Hier war der Stein ebenfalls warm. Möglicherweise lag es an den Pflanzen.

»Georg?«

Der Geologe ließ die Kamera sinken und kam zu ihr.

»Was ist das für ein Gestein?«, fragte Hannah.

Georg strich mit der Hand über die Oberfläche und runzelte dann nachdenklich die Stirn. »Ganz grob, eine Art Sandstein. Für eine genaue Einschätzung müsste ich aber eine Probe nehmen und die Zusammensetzung analysieren.«

»Findest du den Stein nicht auch irgendwie seltsam?«

»Nein, warum?«

»Er sieht so glatt aus, ist es aber nicht. Und dann ist er warm.«

Georg trat einen Schritt näher, betrachtete die Stelle, tastete unter die Pflanzen und schüttelte dann den Kopf.

»Das liegt an den Pflanzen. Sie wirken wie eine Isolierung. Unter dem Gestrüpp bildet sich eine Luftschicht, die verhindert, dass der Stein auskühlt. Bei entsprechend niedrigen Temperaturen hilft das aber auch nichts mehr, dann wird der Fels so kalt wie du ihn haben möchtest.« Er grinste sie an.

»Vielen Dank für Ihre Expertise, Professor Doktor Beyerbach.« Hannah schmunzelte und wandte sich wieder dem Stein zu. Georgs Erklärung klang einleuchtend, und trotzdem konnte sie sich nicht ganz damit abfinden. Diese drei Hügel waren etwas Besonderes, daran bestand für sie kein Zweifel mehr.

***

Eberius folgte dem Signal des Artefakts in seiner Tasche. Schnell hatte er bemerkt, dass ihn die kleine Metallplatte von der mittleren Pyramide weglenkte, nach Westen zu der links gelegenen. Zuerst verstand er nicht, weshalb, war es doch stets das Zentrum, dem die größte Bedeutung zugemessen wurde, war es daher nicht logisch, dass sich auch dort der Eingang befand? Doch als ihm die Wärme und das Vibrieren des Artefakts anzeigte, dass sein Weg ein anderer war, glaubte er zu verstehen: man konnte die Pyramiden nicht einfach so betreten, man musste erst beweisen, dass man würdig war. Die *Vergangenen* würden nicht jedem Suchenden Eintritt gewähren, zuerst musste ein Pfad beschritten werden, an dessen Ende dann der Lohn für alle Mühen wartete. Bilder, flüchtige Gedanken tauchten in rascher Folge vor seinem geistigen Auge auf, kurze Einblicke in das, was ihn im Inneren erwartete, doch stets verschwanden die Visionen viel zu schnell wieder, als dass er sie komplett erfassen und begreifen konnte. Du bist noch nicht so weit, Peter, aber wenn du dem Pfad folgst, wirst du es sein, schienen ihm die Bilder zu sagen. Nur eines verweilte lange genug, dass er seine Bedeutung begriff: das Abbild einer kleinen, silbrig glänzenden Metallplatte, ganz ähnlich dem Artefakt, eingelassen in grauen Stein und umgeben von dichten Ranken. Eberius lächelte zufrieden. Das war es also. Danach musste er suchen.

***

Georg ging an den Pyramiden entlang und machte Fotos. Semyonov hatte sich aufgemacht, das Areal zu erkunden und war hinter der westlichen Pyramide verschwunden und noch nicht wieder aufgetaucht. Eberius stand nur da, als kommunizierte er telepathisch mit den Felsen, während Hannah sich Notizen machte. Georg hatte ihr zwar gesagt, dass die Temperatur des Sandsteins nicht ungewöhnlich war, aber er hatte verschwiegen, dass auch ihm die Oberfläche aufgefallen war. Nur hielt er sie für zu glatt. Der Fels sah aus wie Sandstein, aber er fühlte sich nicht so an. Allerdings musste er zugeben, dass er sich irren konnte. Er hatte sich nicht wirklich gut auf diese Expedition vorbereitet, sich nicht ausreichend mit den geologischen Besonderheiten Sibiriens befasst und vollkommen darauf vertraut, dass er sich schon gut genug auskennen würde. Wie sich jetzt herausstellte, war das ein Fehler gewesen. Vor Hannah musste er natürlich den unfehlbaren Experten spielen, sie würde sonst seine fachliche Kompetenz in Frage stellen, und das wollte er auf gar keinen Fall. Was sollte es schon anderes sein, als Sandstein? Dann war er eben ein wenig glatter als gewöhnlich, na und? Sobald er eine Probe genommen und sie untersucht hatte, konnte er ihr bis ins kleinste Detail erklären, woraus dieser verdammte Fels bestand, und bis dahin tat er einfach so als ob er es jetzt schon wusste. Er schoss zwei weitere Fotos, als Dimitri endlich wieder auf der Bildfläche erschien. Sein grimmiger Gesichtsausdruck verhieß nichts Gutes.

»Was ist los?«, erkundigte sich Georg.

»Es gibt ein Problem. Eigentlich sind es zwei Probleme.«

Bei dem Wort »Probleme« erwachte Eberius aus seinem tranceähnlichen Zustand und sah alarmiert zu ihnen herüber. »Was meinen Sie, Semyonov?«

»Zum einen, habe ich mir die Felsen jetzt von allen Seiten gründlich angesehen und nirgendwo gibt es so etwas wie einen Eingang«.

»Das kann nicht sein, Sie irren sich. Es muss einen Eingang geben! Sie haben nur nicht richtig hingesehen«, regte sich Eberius auf. »Wir suchen jetzt alle gemeinsam, dann werden wir schon etwas finden.«

»Das geht nicht.«

»Ach. Und warum nicht?«

»Problem Nummer zwei.« Er deutete nach Westen und nun sah auch Georg was Dimitri meinte. Ein dunkle Wolkenfront zog auf sie zu. Das sah ganz nach einem heftigen Gewitter aus.

»Was, die paar Wolken? Das ist doch nicht Ihr Ernst!«, empörte sich Eberius.

»Glauben Sie mir, Professor, Sie möchten ganz bestimmt nicht hier sein, wenn dieses Gewitter hier ankommt. Erinnern Sie sich an unsere Fahrt mit dem UAZ?«

Hannah hatte sich erhoben und gesellte sich zu ihnen. Sie sah sie mit fragendem Blick an.

»Ach was, so schlimm wird es schon nicht werden.« Der Parapsychologe winkte ab. »Wir werden ein bisschen nass, das kennen wir ja schon.«

»Sie sind jetzt also Experte für das Wetter in Sibirien?«

»Das habe ich nicht gesagt, aber –«

»Hört auf!«, fiel ihm Hannah ins Wort. »Das hat doch keinen Zweck. Wenn wir weiter hier rumstehen und streiten, vergeuden wir nur wertvolle Zeit.« Sie wandte sich an den Russen. »Was meinen Sie, wie lange wird es dauern, bis das Gewitter hier ist?«

»Ich schätze, eine knappe Stunde. Aber so lange können wir nicht warten. Wir müssen rechtzeitig zum Stützpunkt zurückgehen, unser Weg führt durch dichtbewachsenes Gebiet. Außerdem dürfen wir den Bach nicht vergessen. Wenn es so regnet wie gestern, wird die provisorische Brücke den Wassermassen nicht Stand halten.«

»Zurückgehen?« Eberius' Stimme überschlug sich fast. »Das kommt überhaupt nicht in Frage! Wir bleiben hier!«

»Semyonov hat recht, Eberius«, versuchte Georg den aufgebrachten Parapsychologen zu beruhigen. »Wir warten im Stützpunkt, bis sich das Wetter gebessert hat. Dort ist es sicher.«

»Wir können aber nicht warten!« Eberius zitterte vor Wut. Er wandte sich an Semyonov. »Ihre Regierung hat mir lächerliche vier Tage Zeit gegeben, um die Pyramiden zu untersuchen, vier Tage!« Eberius schrie so laut, dass Hannah unwillkürlich einen Schritt zurücktrat. »Wir haben bereits einen halben Tag verloren, noch einmal lasse ich das nicht zu!« Seine Hände zuckten.

Georg musterte den Parapsychologen misstrauisch. Schon wieder einer dieser Gefühlsausbrüche, die man dem kleinen, schmächtigen Mann gar nicht zutraute. Dimitri ließ sich von Eberius' Wutanfall nicht im Geringsten beeindrucken.

»Wir werden nicht hierbleiben,« sagte er kalt und schaute auf seine Uhr. »Ich gebe ihnen 30 Minuten, dann gehen wir zurück.«

»Aber ... aber das ist viel zu kurz!«

»Beruhigen Sie sich, Dr. Eberius.« Hannah legte ihm beschwichtigend eine Hand auf den Arm. »Wir werden uns hier eine halbe Stunde umsehen und dann zum Lager zurückgehen, wo wir sicher sind. Sobald das Unwetter vorbei ist, kommen wir wieder hierher.«

»Das ist…« In Eberius' Augen funkelte solch heftiger Zorn und Georg befürchtete, der Parapsychologe könnte die Beherrschung verlieren. Doch der schmächtige Mann riss sich von Hannah los und stapfte fluchend davon.

Dimitri grinste amüsiert und drückte einen Knopf an seiner Armbanduhr. Ein leises Piepen ertönte. »30 Minuten ab jetzt, Professor«, sagte er und lachte.

Georg war nicht nach Lachen zumute. Er schaute dem immer noch wütend vor sich hin schimpfenden Parapsychologen nach, der an der Flanke der westlichen Pyramide entlangschritt und schließlich aus seinem Blickfeld verschwand. Eberius hatte erneut übermäßig heftig reagiert und Georg war sich sicher, dass nicht viel gefehlt hätte, und er wäre dem Russen an den Kragen gegangen. Nicht dass er auch nur eine Sekunde glaubte, dass sich Semyonov nicht gegen einen schmächtigen Mann wie den Parapsychologen wehren konnte, was ihn beunruhigte war, dass Eberius einen Streit riskiert hatte, bei dem er zweifellos den Kürzeren gezogen hätte. Und das auch noch zu Unrecht. Er blickte nach oben, wo sich immer mehr dunkle Wolken zusammenballten. Das Gewitter kam näher.

***

30 Minuten! Was bildete sich dieser russische Kampfhund eigentlich ein! Semyonov hatte nicht die geringste Ahnung, *wo* sie sich gerade befanden! Eberius zwang sich, langsamer

zu gehen und atmete ein paar Mal tief durch. Er wurde tatsächlich etwas ruhiger, aber der Zorn über die Anmaßung des Russen blieb. Und dann behauptete er auch noch, dass es keinen Eingang gab! Natürlich gab es den, bloß konnte der nur von einem Würdigen gefunden werden, und *würdig* war dieser ungebildete Rohling sicherlich nicht! Außerdem fehlte Semyonov etwas ganz Entscheidendes: der Schlüssel. Nur wer das Artefakt an die richtige Stelle setzte, konnte die Pyramiden betreten, so hatte es ihm die Vision gezeigt. Leider hatte er die zweite Metallplatte noch immer nicht gefunden. Und er musste vorsichtig sein, die anderen durften auf gar keinen Fall von der Existenz des Artefakts erfahren. Es gehörte ihm, ihm ganz allein, er würde entscheiden, wann er sein Wissen mit ihnen teilte!

Eberius blieb stehen und wandte den Kopf gerade so weit, dass er sehen konnte, was die andere taten, ohne dass sie merkten, dass er sie beobachtete. Dimitri ging gemächlich an der Front der östlichen Pyramide entlang, ohne auch nur einen Blick auf die Felsen zu werfen. Hannah und Beyerbach hatten ihre Taschenlampen ausgepackt und suchten die westliche Seite derselben Pyramide ab. Gut, sie waren beschäftigt. Ein Lächeln stahl sich auf Eberius' Lippen. Dann konnte er endlich tun, wozu er gekommen war. Er ging ein paar Schritte zurück und betrachtete die Vorderseite der westlichen Pyramide. Er versuchte, so genau wie möglich die Mitte abzuschätzen und trat dann an den von Pflanzen überwucherten Felsen heran. Seine linke Hand umschloss das Artefakt und es erwärmte sich mit jedem Schritt, den er näherkam. Als er mit der rechten Hand behutsam die Ranken beiseiteschob und den blanken Stein berührte, spürte er das ihm wohlbekannte Vibrieren in seiner

128

linken Handfläche. Seine Finger glitten über den Stein und tasteten nach Unregelmäßigkeiten. Hier irgendwo musste die Stelle doch sein… Aber so sehr er auch suchte, er fand nichts. Auch das Vibrieren veränderte sich nicht. Eberius zog enttäuscht die Hand zurück. Was machte er falsch? Er schloss die Augen und ließ die Bilder von vorhin vor seinem geistigen Auge vorüberziehen. Sicher hatte er einen Hinweis übersehen. Etwas Kaltes tropfte auf seine Nase und riss ihn aus seinen Gedanken. Eberius hob den Kopf und ein paar Regentropfen fielen auf seine Brille. Es regnete noch nicht stark, aber das würde sich bestimmt bald ändern. Die Wolken über ihm waren bereits stahlgrau und regenschwer und leises Grollen in nicht allzu weiter Ferne kündigte das Gewitter an. Hastig wandte sich Eberius wieder der Pyramide zu. Er musste sich beeilen. Der Parapsychologe überlegte. Er hatte es doch ganz klar gesehen, was machte er falsch? Wieder berührte er den Felsen und ließ seine Hand langsam weiter nach rechts wandern, während er mit angehaltenem Atem auf das Vibrieren des Artefakts achtete. Wurde es schwächer? Eberius war sich nicht sicher, er ging ein paar Schritte nach rechts und griff durch die Ranken. Das Grollen ertönte erneut, dieses Mal um einiges lauter und der Himmel verfinsterte sich immer mehr. Der Wind frischte auf, die Temperatur fiel merklich, immer wieder zerrten Böen an seiner Kleidung und peitschten Eberius eiskalten Regen ins Gesicht. Doch der Parapsychologe achtete nicht darauf, er konzentrierte sich nur auf das Signal. War es hier nicht eindeutig schwächer als in der Mitte?

»Schon was gefunden, Professor?«

Eberius zuckte zusammen und fuhr herum. Reflexartig ließ er das Artefakt in seiner Tasche verschwinden.

Semyonov stand hinter ihm und grinste.

»Nein«, antwortete Eberius knapp. Hoffentlich hatte der Russe nichts bemerkt. Wie lange stand er da schon? Hatte er das Artefakt gesehen? Eberius spürte, wie seine Handflächen feucht wurden.

»Dann sollten Sie sich besser beeilen. Ihnen bleiben noch höchstens –« er sah auf seine Uhr »– 14 Minuten. Eher weniger, wenn ich mir den Himmel so anschaue…« Wieder dieses bösartige Grinsen. Eberius ballte die Faust, am liebsten hätte er dem Russen das Lachen aus dem Gesicht geschlagen. Aber er musste sich zusammenreißen. Er durfte sich nicht auf Semyonovs Provokation einlassen und kostbare Zeit verlieren.

»Dann mache ich mich besser wieder an die Arbeit«, presste er hervor und wandte sich wieder den Felsen zu.

»Tun Sie das, Professor.« Semyonov machte keinerlei Anstalten, weg zu gehen.

Eberius kochte innerlich vor Wut. Dieser Idiot! Solange er da stand und ihm zuschaute, konnte er nicht weiterarbeiten! Er musste ihn irgendwie ablenken. »Haben Sie eigentlich die mittlere Pyramide schon vollständig untersucht?«

»Nein.«

»Gut, dann könnten Sie das doch jetzt machen?« schlug Eberius vor und hoffte, den Russen so loszuwerden.

»Ist nicht meine Aufgabe. Ich überwache nur.«

»Natürlich.« Eberius knirschte mit den Zähnen und versuchte etwas anderes. »Wollen Sie nicht schauen, ob Beyerbach und Hannah schon was entdeckt haben?«

Semyonov beugte sich zurück und sah an Eberius vorbei zur westlichen Pyramide. »Nein, die suchen noch. Das sehe ich von hier aus.«

Eberius schloss die Augen und hatte alle Mühe, den aufwallenden Zorn zurückzuhalten. Nicht jetzt. Nicht so kurz vor dem Ziel! Er atmete tief durch und zwang sich zu einem freundlichen Lächeln.

»Hören Sie, Semyonov, ich kann mich nicht konzentrieren, wenn Sie mir über die Schulter schauen. Können Sie mich – *bitte* – allein lassen?«

Der Russe machte ein betroffenes Gesicht. »Oh, ich störe Sie? Warum haben Sie das denn nicht gleich gesagt.« Er ging demonstrativ vier Schritte von der Pyramide weg. »Ist es so besser?«

Eberius' Fingernägel gruben sich so tief in seine Handfläche, dass er spürte, wie die Haut aufriss. Dann explodierte die Wut in seinem Kopf. Er wollte vorstürzen und den Russen am Kragen packen, ihn schlagen, treten, nur damit er endlich wegging und ihn in Ruhe ließ – doch sein Körper reagierte nicht. Der Impuls, den sein Gehirn an Beine, Arme und Fäuste schickte, kam nicht an. Eberius hatte keinerlei Kontrolle über seine Muskeln, er fühlt seine Gliedmaßen zwar, auch den Regen und den Wind, er konnte sehen und hören und denken – aber er konnte nichts *tun*.

»Gehen Sie weg«, hörte er sich sagen, ruhig und mit einer Stimme, die seltsam fremd und nicht wie seine eigene klang.

Semyonovs Blick wurde leer. Für einen kurzen Augenblick wirkte der Russe wie hypnotisiert, dann blinzelte er und setzte sich in Bewegung. »Ich sehe nach, was Grigori so treibt«, rief er Eberius zu und steuerte die östliche Pyramide an.

Eberius blinzelte und das merkwürdige Gefühl war vorbei. Langsam hob er die Arme und betrachtete seine Hände, die noch immer zu Fäusten geballt waren. Sein Körper gehorchte ihm wieder. Als er seine linke Hand öffnete blickte er auf das Artefakt. Die kleine Metallplatte lag warm auf seiner Handfläche und vibrierte sanft.

Eberius war verwirrt, keine Kontrolle über seinen Körper zu haben, hätte ihn eigentlich zutiefst ängstigen müssen, doch dem war nicht so. Er war dabei gewesen, einen Fehler zu begehen, ein Angriff auf Semyonov hätte höchstwahrscheinlich den Abbruch der Expedition bedeutet, doch irgendetwas hatte das verhindert. Eberius hob den Kopf und sah die Pyramide an. Nein, natürlich nicht irgendetwas. *Sie* waren es gewesen, *sie* hatten Semyonov weggeschickt damit es zu keinem Streit kam. Er lächelte und nickte. Die *Vergangenen* hatten ihm geholfen, sie wollten, dass er den Eingang fand. Eberius' Blick wanderte die Pyramide entlang bis zu einer Stelle in der Mitte, knapp zwei Meter über dem Boden und plötzlich verstand er. Er schüttelte den Kopf und lachte. Natürlich! Wie dumm von mir! Wie konnte mir nur so ein lächerlicher Fehler unterlaufen! Eberius' Augen begannen zu leuchten. Er streckte sich und schob die Ranken zur Seite. Eine kleine quadratische Fläche wurde sichtbar, nicht aus Stein, sondern aus Metall. Eberius' Herz schlug wie wild, er konnte kaum atmen vor Glück und Aufregung. Er hatte es gefunden. Das Artefakt in seiner Hand wurde heiß, es bebte und summte, als der Parapsychologe den Schlüssel auf das Quadrat im Stein legte. In diesem Moment erhellte ein gewaltiger Blitz den Himmel, gefolgt von ohrenbetäubendem Donner.

***

Hannah zuckte zusammen. Aber nicht wegen des Donners, sondern weil sie etwas gesehen hatte, das es so eigentlich nicht geben durfte: einen Lichtblitz an der westlichen Pyramide, genau über Eberius' Kopf.

»Was war das?«, fragte sie Georg, der neben ihr die Ausrüstung zusammenpackte.

Der Geologe richtete sich auf und wischte sich über das regennasse Gesicht. »Was denn?«

»Der Lichtblitz.«

»Hannah, wir stehen hier mitten in einem Gewitter, da blitzt es andauernd!« Wie um seine Antwort zu unterstreichen, zuckte ein weiterer Blitz am Himmel.

»Nein, das meine ich nicht.« Sie deutete zur westlichen Pyramide. »Dort drüben. Bei Eberius.«

Georg hob den Kopf und schaute hinüber.

Eberius stand mit seligem Lächeln vor der Pyramide und rührte sich nicht.

»Vielleicht hat er ein Foto gemacht«, erklärte Georg genervt. »Jetzt lass uns endlich hier fertig werden, der Regen wird immer schlimmer!« Er fluchte und beeilte sich, die letzten Gegenstände zu verstauen. »He, Dimitri!« rief er Semyonov zu, der ein paar Meter entfernt mit verschränkten Armen da stand und ihnen beiden beim Zusammenpacken der Ausrüstung zuschaute. »Du könntest uns ruhig helfen!«

»Ich an eurer Stelle hätte dieses ganze Zeug gar nicht erst ausgepackt. Es war doch klar, dass es sich nicht lohnt.« antwortete der Russe und grinste hämisch.

Idiot! dachte Hannah und zog den Riemen ihres Rucksacks fest, ohne den Blick von Eberius und der Pyramide zu wenden. Nichts passierte. Der Parapsychologe stand immer noch da und starrte auf die Felswand, während der Regen unaufhörlich auf sie niederprasselte.

»Ich weiß doch, was ich gesehen hab«, murmelte Hannah, aber ganz sicher war sie sich nicht mehr. Vielleicht hatte sie sich das Leuchten doch nur eingebildet? Sie war inzwischen völlig durchnässt und zitterte vor Kälte, vermutlich hatten ihre Sinne ihr nur einen Streich gespielt. Sie wischte sich den Regen von der Stirn, was völlig zwecklos war, denn innerhalb weniger Augenblicke war sie wieder nass. Es war wirklich besser, sich auf den Weg zu machen.

Es blitzte erneut und an der Felswand der Pyramide leuchtete ein heller Lichtpunkt auf.

»Da!«, rief Hannah. »Schon wieder!«

»Verdammt Hannah, das bildest du dir ein, hast du alles –« Der Geologe klang hörbar genervt.

»Nein, Grigori«, unterbrach ihn Semyonov. Der Russe starrte mit zusammengekniffenen Augen zur Pyramide. »Ich habe es auch gesehen.« Er marschierte los und Hannah zog Georg hastig am Arm. »Los, beeil dich, ich will wissen, was das ist!«

Hastig nahm Georg seinen Rucksack und folgte ihr.

Hannah lief Semyonov hinterher, was angesichts des mittlerweile stark aufgeweichten Bodens gar nicht so einfach war. Dem Russen dagegen schien der rutschige Untergrund keinerlei Probleme zu bereiten. Als Hannah endlich aufgeschlossen hatte, stand Semyonov vor Eberius, beide Arme in die Hüften gestützt und verlangte lauthals eine Erklärung.

»Was haben Sie gemacht?«

»Wovon sprechen Sie?«

»Halten Sie mich nicht zum Narren, Eberius!« der Tonfall des Russen wurde noch schärfer.

»Was hat da so geleuchtet?« schaltete sich Hannah ein und hoffte, dass Eberius den Russen nicht weiter provozierte indem er den Unwissenden spielte. Bei zwei Zeugen konnte der Parapsychologe kaum leugnen, die Lichterscheinung ebenfalls gesehen zu haben, immerhin stand er genau davor.

Eberius strahlte sie an. »Sie haben es also auch gesehen.«

»Das haben wir alle«, bellte Semyonov.

»Ich nicht«, brummte Georg.

Eberius kicherte leise. »Oh, das wird Ihnen gefallen.« Dann machte er eine Pause und verkündete feierlich: Ich habe den Eingang gefunden.«

»Was?« Der Russe sah den Parapsychologen an, als hätte er behauptet, mit bloßen Händen einen Bären erlegt zu haben.

Eberius nickte und schob die Ranken vor sich zur Seite.

Ein Felsspalt kam zum Vorschein, etwa einen halben Meter breit und vier Meter hoch. Die Ränder waren scharfkantig und rau, als wäre der Felsen gerade eben erst auseinandergebrochen. Nichts deutete darauf hin, dass die Öffnung beabsichtigt oder gar bearbeitet worden war, es gab weder Hinweise auf Mauerwerk noch auf Werkzeugspuren. Der Spalt wirkte wie zufällig entstanden, aber er war groß genug, dass sogar ein Hüne wie Semyonov hindurch passte.

»Das da? Das ist doch kein Eingang!« Semyonov deutete auf die Öffnung im Felsen. »Das ist ein Loch!« Der Russe lachte abfällig.

Eberius verzog das Gesicht und verschränkte die Arme vor der Brust. »Ein Eingang ist strenggenommen immer ein Loch in einer Wand«, zischte er leise. Offensichtlich hatte er mit mehr Begeisterung gerechnet.

Hannah holte ihre Taschenlampe aus dem Rucksack und leuchtete in den Felsspalt. Der Lichtstrahl glitt weit in die Pyramide hinein und traf erst nach etlichen Metern wieder auf eine Wand. Hannah folgte dem Verlauf der Wand und schon nach wenigen Metern reichte das Licht der Lampe wieder weiter in den Felsen hinein.

»Da geht es tatsächlich rein«, sagte sie und spürte, wie sie eine Gänsehaut bekam. Ihre Aufregung wuchs. Sie starrte in das Dunkel und versuchte, irgendetwas zu erkennen, doch der Strahl der Taschenlampe beleuchtete nur Felsen und verlor sich dann in der Tiefe.

»Es tut mir leid, Semyonov, dass ich Ihnen kein kunstvoll verziertes Portal präsentieren kann, aber ob Sie es sich nun so vorgestellt haben, oder nicht, das hier ist unser Eingang.« Der Parapsychologe klang beleidigt.

Hannah achtete nicht darauf. Sie konnte es kaum erwarten, die Pyramide zu betreten. Was spielte es da für eine Rolle, wie der Eingang aussah?

»Also ich geh da jetzt rein,« sagte sie und trat ohne eine Antwort abzuwarten in die Öffnung. Sofort schien der Regen leiser zu werden, und auch die Stimmen der anderen wirkten, als wären sie plötzlich viel weiter entfernt. Hannah ging langsam vorwärts.

»Genau«, sagte Eberius draußen, seine Stimme klang dumpf, als hätte jemand einen dicken Vorhang zwischen sie geschoben. »Angesichts der widrigen Wetterverhältnisse würde ich auch vorschlagen, hineinzugehen. Das ist außerdem viel kürzer, als wenn wir zum Stützpunkt zurückkehren. Äh, Moment mal, Frau Walkows! Sie können doch nicht einfach da reinmarschieren, das ist meine Expedition!

Ich gehe zuerst!« Der Protest des Parapsychologen drang nur noch ganz leise an Hannahs Ohr. Sie ignorierte ihn, den Blick wie gebannt auf den Lichtkegel gerichtet, der Boden und Wände des Ganges abtastete.

Die Felswände, die links und rechts neben ihr steil nach oben ragten, waren schroff und unregelmäßig. Sie sahen absolut natürlich aus, keinerlei Anzeichen dafür, dass dieser Gang künstlich angelegt worden war. Auch an Decke und Boden fand Hannah nichts, was die These der Pyramide als Bauwerk stützen konnte, es gab nichts als blanken Fels.

Sie folgte dem gewundenen Gang, der sie immer weiter ins Innere der Steinformation führte. Die Luft war feucht und drückend, es roch nach Regen und Stein, doch das Gewitter draußen war nicht mehr zu hören. Hannah hatte das Gefühl, in einer Röhre zu stecken, oder unter Wasser. Bei diesem Gedanken bekam sie eine Gänsehaut. Sie schüttelte die aufkeimende Erinnerung an ihren Bootsunfall ab und konzentrierte sich wieder auf den Weg.

5

Warum quetschen wir uns durch diesen verdammten Felsspalt? fragte sich Georg und zwängte sich mit seinem Rucksack an einer besonders engen Stelle vorbei. Wenn das hier
ein Eingang in ein Gebäude sein soll, waren die Erbauer ent-
weder völlig unfähig oder nicht besonders gastfreundlich!
Der raue Felsen zerrte an seinem Ärmel und erst als er heftig daran zog, gab ihn der Stein mit einem leisen Ratschen
frei. Na toll, knurrte der Geologe, als das Licht seiner Taschenlampe einen etwa fünf Zentimeter langen Riss im Stoff
beleuchtete. Aber immerhin war der Gang nun wieder breiter, so dass Georg weitergehen konnte, ohne zwischen den
Felsen stecken zu bleiben. Er folgte Hannahs Schuhabdrü-
cken, die in regelmäßigen Abständen im Lichtkegel der
Lampe auftauchten. Der Boden war stellenweise mit Lehm
bedeckt, so dass sich das Profil der Stiefel deutlich abzeich-
nete. Mehrmals hatte er nach ihr gerufen, aber sie antwortete nicht. Die dicken Felswände verschluckten sämtliche Geräusche, sobald man mehr als ein paar Meter entfernt war.
Ob Hannah schon das Ende des Ganges erreicht hatte? Sie
hatte einen Vorsprung und einen deutlich kleineren Rucksack zu tragen, das erleichterte ihr das Vorwärtskommen.
Sie hätte auf uns warten müssen! dachte Georg. Es gefiel
ihm nicht, dass sie einfach vorausgegangen war. Er war

schließlich der Geologe im Team, es wäre seine Aufgabe gewesen, zu prüfen, ob der Gang – wenn man diesen Felsspalt überhaupt als solchen bezeichnen konnte – sicher war. Hoffentlich war ihr nichts zugestoßen!

»Können Sie schon etwas sehen?«, fragte Eberius hinter ihm ungeduldig. Georg seufzte. Der Parapsychologe klebte ihm zappelnd am Nacken und wollte alle zwei Minuten wissen, ob der Gang schon zu Ende war.

»Ja, Felsen. Und Steine.«

»Sehr witzig, Beyerbach! Ich meine natürlich, ob wir bald durch diesen Gang hindurch sind!«

»Woher soll ich das denn wissen? Außerdem ist Gang wohl ein bisschen übertrieben.« Georg stieg vorsichtig über ein paar Felsbrocken. »Das ist ein Riss in einem Felsen.«

»Was ist mit Frau Walkows? Können Sie sie sehen?«

Georg blieb stehen und ließ Eberius gegen sich prallen.

»Du meine Güte, Beyerbach!«, beschwerte sich der Parapsychologe und schob seine Brille zurück auf die Nase. »Sie können doch nicht einfach so stehen bleiben, ohne Vorwarnung!«

»Um Ihre Frage - *erneut* – zu beantworten: Ich sehe nichts außer Felsen. Ich weiß weder, wie lang dieser »Gang« ist, noch wo Hannah steckt, okay?«

»Seien Sie doch nicht so gereizt, ich habe doch nur gefragt!«

»Ja, und das zum zehnten Mal!«

»Sind wir schon durch?«, schallte Dimitris Stimme von hinten durch den Gang und der Russe trat hinter einem Felsvorsprung hervor.

»Nein!«, antworteten Georg und Eberius gleichzeitig.

Semyonov hob die Augenbrauen. »Warum bleiben wir

dann stehen?«

Georg setzte zu einer Antwort an, ließ es dann aber doch. Stattdessen drehte er sich um und ging weiter. Er wollte endlich raus aus diesem verdammten Gang. Irgendwann musste er doch ein Ende haben! Er ärgerte sich, dass er seine Schritte nicht mitgezählt hatte, aber weit konnte es eigentlich nicht mehr sein, die Basis der Pyramide maß schließlich nur 170 Meter. Sie hatten bis jetzt drei Stellen passiert, an denen der Felsspalt in eine andere Richtung abbog, und möglicherweise verlief der Gang an sich nicht ganz gerade, so dass sie durchaus eine längere Strecke zurücklegen konnten, als die Pyramide breit war. Trotzdem kam Georg der Weg, den sie bis jetzt zurückgelegt hatten, sehr lang vor. Normalerweise hatte er einen guten Orientierungssinn, aber hier, im Dunkel der Felsen, konnte er unmöglich sagen, wo sie sich befanden. Georgs Hände wurde feucht. Er hatte schon etliche, Stollen, Tunnel und Höhlen untersucht, aber so desorientiert wie jetzt, hatte er sich noch nie gefühlt. Woran das wohl lag? Er ließ den Strahl der Taschenlampe über die Felswände gleiten. Das Gestein sah nicht ungewöhnlich aus, vermutlich Sandstein, also nichts Besonderes. An die Dunkelheit hatte er sich in seinem Beruf auch schnell gewöhnt, aber was verursachte dann dieses seltsame Gefühl absoluter Orientierungslosigkeit? Die Geräusche. Es war zu ruhig. Sicher, massiver Fels blockierte alles von außen, und auch Hannah konnten sie nicht hören, aber Georg fiel auf, dass auch die Laute in seiner unmittelbaren Umgebung immer leiser wurden, je weiter er in die Pyramide vordrang. Vorhin hatte er Eberius deutlich gehört, seine Schritte, das schwere Atmen und natürlich die quengelnden Fragen. Doch jetzt war alles still. Sogar seine eigenen Schritte waren kaum noch zu hören. Es schien so, als ob die Außenwelt mit jedem zurückgelegten Meter verblasste, bis sie schließlich gar nicht mehr existierte…Der Gedanke war so beunruhigend, dass Georg unvermittelt stehen blieb. Er drehte sich um, leuchtete in den Gang hinter sich und rechnete fest mit Eberius' Prostest. Doch hinter ihm war nichts außer Fels und Stein.

»Eberius!«, rief Georg. Der Parapsychologe konnte nicht weit weg sein, sicher war er wieder irgendwo hängen geblieben oder gestolpert.

Keine Antwort. Georg wartete, eine Minute, zwei, doch im Gang rührte sich nichts.

»Dimitri! Wo seid ihr?«

Stille.

Georg wurde unruhig, Schweiß trat ihm auf die Stirn. Wo blieben die beiden denn nur, sie waren doch direkt hinter ihm! Georg wartete, doch weder der Parapsychologe noch der Russe tauchten auf. Das war doch nicht möglich! Erst vor wenigen Minuten hatte er mit ihnen gesprochen und seitdem war der Gang immer gerade verlaufen, ohne Abzweigung. Ob sie umgekehrt waren? Nein, wozu? Und außerdem hätten sie ihm Bescheid gegeben. Georg lief ein paar Schritte zurück und rief noch einmal. Niemand antwortete ihm. Verdammt, das gibt es doch nicht! Georg leuchtete hektisch den Boden nach Fußspuren ab, doch alles, was er sah waren seine eigenen Abdrücke und Hannahs kleinere Spuren. Es gab keinen Zweifel, hier waren nur zwei Personen entlang gegangen. Georg wischte sich den Schweiß von der Stirn.

»Verdammt!« brüllte er und seine Stimme klang dumpf und hohl. Er setzte die Ausrüstung ab und zog seine Jacke aus. Dann atmete er ein paar Mal tief durch und überlegte.

Es hatte keinen Sinn, den ganzen Weg zurückzugehen, nicht ohne Hannah gefunden zu haben. Für Eberius' und Dimitris Verschwinden gab es bestimmt eine einfache Erklärung. Wahrscheinlich hatte er nur eine Abzweigung übersehen und die beiden hatten einen anderen Gang genommen. Sein Blick fiel wieder auf Hannahs Stiefelabdrücke. Sie war denselben Weg gegangen wie er, also musste er ihren Spuren folgen und sie finden, dann könnten sie zu zweit nach den anderen suchen. Das klang nach einem Plan! Georg schlüpfte in seine Jacke, schnallte sich die Ausrüstung um und leuchtete den Boden ab. Er war erleichtert, die Abdrücke von Hannahs Schuhen auch noch nach einigen Metern deutlich erkennen zu können. Wenigstens waren die nicht einfach so verschwunden!

»Sehen Sie schon etwas?«

Georg fuhr herum und hätte vor Schreck beinahe die Taschenlampe fallen lassen. Der Lichtstrahl fiel auf Eberius, der etwa zwei Meter hinter ihm stand und sich schützend die Hand vor die Augen hielt.

»He, was soll das?« schimpfte der Parapsychologe.

»Eberius!« rief Georg heiser. »Wo zum Teufel kommen Sie denn her?«

»Was soll diese seltsame Frage, ich war die ganze Zeit hinter Ihnen!« Der Parapsychologe sah ihn überrascht an. »Wenn auch mit ein wenig Abstand, für den Fall, dass Sie wieder einfach stehen bleiben.«

»Was?« Georg schüttelte ungläubig den Kopf. »Aber Sie waren weg, Sie und Dimitri! Ich habe nach Ihnen gerufen, aber Sie haben nicht geantwortet.«

Eberius musterte ihn stirnrunzelnd. »Ich weiß nicht, wovon Sie sprechen, Beyerbach.«

»Was ist los? Warum bleiben wir schon wieder stehen?«
meldete sich nun auch Dimitri, der nur wenige Schritt hinter Eberius gegangen war.

Georg starrte den Russen an. »Ihr wart weg, alle beide«,
wiederholte er.

»Herr Beyerbach glaubt, wir wären abhandengekommen«, unterbrach ihn der Parapsychologe amüsiert.

»Abhandengekommen?« Dimitri lachte spöttisch. »Wohin denn? Dieser Gang führt nur in eine Richtung und bisher gab es keine Abzweigungen. Außerdem habe ich deine
Taschenlampe gesehen, Grigori, die ganze Zeit.«

Georg trat erneut der Schweiß auf die Stirn. Wie war das
nur möglich? Er war allein gewesen, in der Dunkelheit, völlig abgeschnitten von der Außenwelt und ohne Kontakt zu
den anderen…

»Ich…also, ich weiß auch nicht«, stammelte er, noch immer unfähig zu verstehen, was eben geschehen war.

»Vielleicht sollten Semyonov und ich Sie besser in die
Mitte nehmen, dann können wir alle sicher sein, dass niemand verloren geht. Wenn Sie erlauben –«

Eberius trat an Georg vorbei und winkte ungeduldig.
»Und nun lassen Sie uns weitergehen, meine Herren. Wir
wollen Frau Walkows nicht länger warten lassen. Bestimmt
hat sie alle Hände voll zu tun und weiß gar nicht, was sie zuerst untersuchen soll!«

Georg nickte wie betäubt. Er konnte nicht fassen, dass ihn
seine Sinne so getäuscht haben konnten. Noch nie in seinem
Leben hatte er etwas Derartiges erlebt.

»Los jetzt, Grigori!« forderte Dimitri ihn auf.

»Ja ja, ich geh schon«, antwortete Georg geistesabwesend.
Mechanisch folgte er dem Parapsychologen in der Dunkel-

heit. In seinem Kopf drehte sich alles, doch so sehr er sich auch bemühte, er konnte sich das vermeintliche Verschwinden der anderen nicht erklären.

***

Eberius' Herz fing an schneller zu schlagen, als er einen grünen Lichtschimmer im Gang vor ihm entdeckte. Das konnte nur bedeuten, dass er das Ende fast erreicht hatte! Wenig später erschien im Lichtkegel seiner Taschenlampe tatsächlich ein Durchgang. Rauer, unbehauener Stein, kein gemauertes Tor oder Portal, doch das spielte keine Rolle. Nur noch wenige Meter trennten ihn vom Inneren der Pyramide. Mit jedem Schritt, den er näherkam, wuchs seine Aufregung. Am liebsten wäre er losgelaufen, doch das erschien ihm nicht angebracht. Der Eintritt sollte würdevoll und bedachtsam erfolgen, da konnte er nicht hineinstürmen wie ein kleines Kind in einen Spielzeugladen. Die letzten Meter kamen dem Parapsychologen ungewöhnlich lang vor, als ob die Pyramide das Betreten des Inneren hinauszögern wollte. Entfernungen waren hier drinnen nicht dasselbe wie draußen, das hatte er ziemlich schnell festgestellt. Als er Beyerbach durch den Gang gefolgt war, hatte er den Lichtschein von dessen Taschenlampe mal näher, mal weiter weg wahrgenommen, obwohl sie sich mit nahezu gleichbleibender Geschwindigkeit durch den Felsspalt bewegt hatten. Auch die Geräusche veränderten sich permanent, aber stets so, dass er den genauen Zeitpunkt der Veränderung nicht bestimmen konnte. Unmerklich vergrößerte sich der Abstand zu den anderen, drangen die Geräusche plötzlich gedämpfter an sein Ohr, nur um wenige Augenblicke wieder ganz nah zu erscheinen. Beyerbach hatte dieses Phänomen auch bemerkt, doch im Gegensatz zu ihm, wusste er keine Erklärung. Aber ich verstehe es, dachte Eberius und lächelte. Es ist die Pyramide, sie testet unsere Sinne. Wie als Bestätigung erschien der Weg vor ihm wieder kürzer. Nur noch drei Schritte, gleich ist es geschafft. Eberius erreichte den Durchgang. Er atmete tief ein und trat dann hindurch.

Das grüne Licht war nun heller, auch wenn es nicht ausreichte, um den ganzen Raum zu beleuchten und stammte von einem Leuchtstab, der direkt neben dem Eingang auf dem Boden lag. Eberius ließ den Lichtkegel seiner Lampe wandern, er glitt über graues, schroffes Gestein, nur ab und zu fand sich eine Stelle, die mit Lehm bedeckt war. Langsam ging der Parapsychologe weiter. Im Abstand von mehreren Metern spendeten weitere Leuchtstäbe schwaches Licht und beleuchteten raue, unbearbeitete Felswände. Der Parapsychologe blieb stehen und ließ die Taschenlampe sinken. Die Enttäuschung war so überwältigend, dass er sie regelrecht körperlich spüren konnte. Das hier war nicht das prunkvolle Heiligtum, das er sich erhofft hatte, es war nicht einmal ein Raum. Es war nur eine ganz gewöhnliche Höhle!

»Das…ist alles?« stieß er hervor. »Keine Mauern, keine Malereien – nichts?«

»Nicht ganz das, was Sie sich vorgestellt haben.«

Eberius fuhr erschrocken herum. Das Licht seiner Taschenlampe fiel auf Hannah, die in einer Ecke auf dem Boden saß, halb verdeckt von einer Felsnische.

Sie hob die Hand vors Gesicht um den Lichtstrahl abzuschirmen. »Wären Sie vielleicht so freundlich…«

»Oh! Ja, natürlich.« Eberius senkte die Lampe.

»Nicht sehr beeindruckend, oder?« Die Archäologin

lachte bitter. Ihre Enttäuschung war offensichtlich und weckte in Eberius einen gewissen Trotz, wie es schon oft der Fall gewesen war. Je mehr andere versuchten, ihn von der Sinnlosigkeit seines Handelns zu überzeugen, desto entschlossener war er, es ihnen doch noch zu beweisen. Er packte die Taschenlampe fester und suchte noch einmal die Wände ab. »Hier muss etwas sein! Es muss!«

»Endlich! Mann, das hat ja ewig gedauert!« Beyerbach tauchte in dem Durchgang auf und betrat die Höhle.

»He, Eberius! Warum haben Sie nicht auf uns gewartet?«, fragte er missmutig.

»Ich dachte, Sie wären direkt hinter mir«, antwortete Eberius abwesend, während er Zentimeter für Zentimeter den Boden beleuchtete.

»Das ist es also?« Semyonov war hinter Beyerbach in die Höhle getreten und sah sich um.

»Ja, spektakulär, oder?« Hannah erhob sich und ging zu Georg hinüber. »Du hattest recht, hier ist gar nichts.«

»So schnell wollen wir nicht aufgeben, Frau Walkows!« Eberius konnte und wollte sich nicht damit abfinden, dass es in dieser Höhle keinen Hinweis auf die *Vergangenen* gab. Er hatte doch selbst gespürt, dass die Pyramide von ihrer Macht erfüllt war!

»Ich bin seit einer halben Stunde hier, Dr. Eberius, und habe alles dreimal abgesucht. Glauben Sie mir, hier gibt es nichts, rein gar nichts zu entdecken.«

»Eine halbe Stunde?« Beyerbach sah sie ungläubig an. »Das kann nicht sein. Wir können nicht länger als zehn Minuten gebraucht haben.«

»Das ist dir vielleicht so vorgekommen, aber meine Uhr sagt mir etwas anderes.«

»Waren Sie schon dort drüben?«, wandte sich Eberius an Hannah und leuchtete in eine der Ecken.

»Mehrmals. Sie können mir ruhig glauben, hier ist nichts.«

Die Archäologin deutete nach rechts. »75 Schritte Felswand in dieser Richtung, 65 Schritte Stein in dieser und da drüben dasselbe.«

»Bist du sicher?«, fragte Beyerbach nach.

Hannah seufzte. »Dreimal abgelaufen.«

»Dann war's das wohl. Tut mir leid, Eberius.«

»Unsinn, Beyerbach! Sie geben viel zu schnell auf!« Der Parapsychologe setzte seinen Rucksack ab und kramte in seiner Ausrüstung. »Ich weiß, dass hier noch mehr ist und ich werde es Ihnen beweisen.«

Der Geologe stellte seinen Rucksack ab und ließ sich neben Hannah auf einen Felsbrocken nieder. »Tun Sie, was Sie nicht lassen können, aber ich kann Ihnen gleich sagen, dass Ihre Mühe umsonst sein wird.«

»Mit Sicherheit nicht!« Eberius zog einen dünnen Metallstab aus dem Rucksack und hielt ihn in die Höhe. Er schob die Metallhülse zurück und das Ende der Rute fächerte sich in drei Drahtspitzen auf.

»Was ist das?«, fragte Semyonov und beäugte skeptisch das Instrument in Eberius' Händen.

»Das ist ein Radiästhoskop. Damit kann ich verborgene Schwingungen aufspüren«, erklärte Eberius knapp und marschierte zur Felswand.

»Durak!«, zischte Semyonov und lachte abfällig. Dann setzte er sich neben Beyerbach.

Eberius sah aus dem Augenwinkel, dass die drei ihn beobachteten. Er hob das Gerät und ließ die Spitzen wenige

Zentimeter entfernt die Steinwand entlang gleiten. Das sollte genügen, um ihre Aufmerksamkeit darauf zu richten. Er rechnete nicht damit, dass die Spitzen tatsächlich ausschlugen, denn normalerweise verwendete er das Radiästhoskop ausschließlich bei emotional aufgeladenen Objekten, wie etwa Medaillons, Tagebüchern oder Ähnlichem, es konnte also gar nicht funktionieren. Aber das brauchte es auch nicht. Es diente nur zur Ablenkung und sein Plan schien ausgezeichnet zu funktionieren. Während er mit der linken Hand elegante Schwünge vor dem Felsen vollführte, umklammerten die Finger seiner Rechten das Artefakt in seiner Jackentasche und registrierten jede kleine Veränderung der Metallplatte. Er spürte, dass er sich weiter nach links bewegen musste und folgte der Anzeige.

»Wie lange brauchen Sie noch?« fragte Semyonov nach einer Weile.

»Würden Sie mich bitte in Ruhe meine Untersuchungen durchführen lassen? Sie könne gerne schon mal zurück zum Stützpunkt gehen, falls es Ihnen nicht schnell genug geht.« Noch weiter links. Eberius spürte deutlich, wie sich die Metallplatte weiter erwärmte.

Semyonov grunzte etwas Unverständliches und schwieg.

Der Parapsychologe hatte nun fast die Mitte der Rückseite erreicht, als das Artefakt plötzlich wieder abkühlte und das Zittern schwächer wurde. Hier musste es sein. Unauffällig markierte er die Stelle auf dem Boden, indem er mit der Stiefelspitze eine kleine Kuhle in den Lehm bohrte. Dann ließ er die Spitzen des Radiästhoskops weiter über die Wand tanzen, bis er etwa zehn Meter von der markierten Stelle entfernt war.

»Hier! Ich spüre etwas!«, rief er aufgeregt und deutete auf

den Felsen. Hannah sprang auf, während Beyerbach und Semyonov sich einen vielsagenden Blick zuwarfen.

»Haben Sie etwas entdeckt?« fragte die Archäologin aufgeregt und kam angelaufen. Sie leuchtete mit der Taschenlampe auf die Stelle an der Wand. Unmerklich ließ Eberius die Spitzen des Radiästhoskops erzittern. »Sehen Sie? Es schlägt aus! Hier muss etwas sein!«

Hannah trat näher. »Ich kann aber nichts sehen...«

»Ja, es ist zu dunkel«, stimmte Eberius zu.

»Georg, komm her! Sie auch, Semyonov! Wir brauchen mehr Licht.«

Widerstrebend erhob sich der Geologe und stapfte zu ihnen herüber. Er hob die Taschenlampe und leuchtete.

»Kannst du irgendwas Ungewöhnliches entdecken?«, fragte die Archäologin.

Beyerbach ließ den Lichtstrahl über den Felsen wandern.

»Nein«, sagte er und schüttelte den Kopf.

»Es ist immer noch zu dunkel. Nun kommen Sie schon, Semyonov!«, forderte Eberius den Russen auf.

Semyonov verdrehte die Augen und kam zu ihnen herüber. Er richtete den Strahl seiner Lampe auf die Felswand. »Besser?«

Beyerbach betrachtete prüfend die Wand. »Sind Sie sicher, dass das die richtige Stelle ist?«

Der Parapsychologe runzelte die Stirn. »Ja, schon…aber ich kann das natürlich noch mit einem anderen Instrument überprüfen.« Er wandte sich um und ging zu seinem Rucksack zurück.

Über seine Ausrüstung gebeugt sah Eberius, wie die drei anderen die Felswand untersuchten. Ausgezeichnet. Jetzt musste er sich aber beeilen! Er griff nach dem nächstbesten

Instrument, dann ging er schnell zu der Stelle, die er zuvor markiert hatte. Er fand die kleine Kuhle im Lehm und leuchtete unauffällig mit der Taschenlampe an die Wand, wo er die nächste Metallplatte vermutete. Tatsächlich: ein Stück oberhalb seines Kopfes, keine zwei Meter über dem Boden, entdeckte er einen dunklen Fleck im Stein. Vorsichtig wischte er eine dünne Staubschicht weg und eine kleine, quadratische Metallplatte kam zum Vorschein. Sie sah genauso aus wie die, die er beim Eingang gefunden hatte. Ja! Eberius unterdrückte einen Jubelschrei und sah sich verstohlen um. Die anderen waren noch immer beschäftigt und beachteten ihn nicht. Gut, dachte der Parapsychologe und holte rasch das Artefakt aus der Jackentasche. Die Metallscheibe war jetzt beinahe unangenehm heiß und zitterte so heftig, dass es mit bloßem Auge zu erkennen war. Eberius' Herz schlug wie wild in seiner Brust. Er atmete tief durch und legte den Schlüssel auf die Metallkachel.

***

»Hier ist nichts.« Hannah ließ enttäuscht die Taschenlampe sinken.

»Tut mir leid, Hannah.« Georg legte ihr eine Hand auf die Schulter. Sie lächelte ihn traurig an, dann wandte sie sich an den Parapsychologen, der mit einem anderen seiner seltsamen Instrumente zurückkam. »Sie müssen sich geirrt haben, Dr. Eberius.«

»Ich werde es sofort überprüfen, möglicherweise habe ich nur die Stelle nicht ganz exakt bestimmt und ich –« Ein seltsames Knirschen ließ ihn verstummen.

Es klang wie ein Ächzen und Stöhnen, als würde sich in

einem entfernten Teil der Pyramide etwas Großes, Schwerfälliges bewegen.

»Was ist das?«, fragte Hannah besorgt.

Plötzlich rieselten kleine Steinchen von der Decke. Das Knirschen wurde lauter und ein dumpfes Grollen kam hinzu. Der Boden begann zu zittern.

»Ein Erdbeben! Wir müssen hier raus!«, schrie Hannah und wollte in Richtung des Felsspalts laufen, doch Georg riss sie im letzten Moment zurück. Ein großer Steinbrocken löste sich aus der Decke und schlug direkt vor Hannahs Füßen auf dem Boden auf.

»Dort drüben!« Semyonov leuchtete mit der Lampe nach links auf einen Überhang in der Felswand. Die Nische bot gerade genug Platz für sie vier.

»Schnell!« Georg folgte dem Russen und zog Hannah hinter sich her. Sie erreichten gleichzeitig mit Eberius die Nische und drängten sich hinein. Eine Taschenlampe fiel zu Boden und rollte über den bebenden Boden. Hannah presste sich gegen das raue Gestein und spürte, wie Georg schützend die Arme um sie legte. Im zitternden Lichtkegel der Lampe stürzten Teile der Decke zu Boden, so dicht an ihrem Unterschlupf, dass Hannah die kleinen Felssplitter spürte, die beim Aufprall absprangen. Sie duckte sich tiefer und schloss die Augen.

Dann plötzlich war alles still.

»Ist es vorbei?«

Kein Knirschen oder Ächzen und auch der Boden hatte aufgehört zu beben. Kein Laut drang an Hannahs Ohr, nur das schnelle Pochen ihres Herzens. Langsam beruhigte sie sich und öffnete vorsichtig die Augen. Sie hob den Kopf und blickte über Georgs Arm hinweg. Erst jetzt wurde ihr bewusst, dass Georg sie noch immer umarmte.

»Es hat aufgehört«, sagte er leise, ohne sie loszulassen. Ihre Blicke trafen sich und für einen Moment fühlte Hannah wieder dieselbe Geborgenheit wie damals, als sie noch ein Paar gewesen waren.

»Verdammt, das war knapp«, riss sie Semyonovs Stimme unsanft zurück in die Gegenwart. »Ihre Expedition steht unter keinem guten Stern, Professor.« Der Russe verließ als erster ihren Unterschlupf.

Beinahe ein wenig unwillig löste sich Hannah aus Georgs Armen, der sie ohne zu zögern losließ. Sie bemühte sich, sich auf hier und jetzt zu konzentrieren, doch es fiel ihr schwer, die Erinnerungen einfach so beiseite zu schieben.

»Was wollen Sie, Semyonov, uns ist doch nichts passiert«, entgegnete der Parapsychologe und drängte sich unter dem Felsvorsprung hervor.

»Hoffentlich gilt das auch für unsere Ausrüstung«, knurrte Georg und folgte Eberius.

Hannah verließ als Letzte die Nische. Gedankenversunken hob sie die Taschenlampe auf, die immer noch auf dem Boden lag. Erst jetzt bemerkte sie, dass sich die Höhle verändert hatte. Das künstliche Grün der Leuchtstäbe war verschwunden, stattdessen erhellte sanftes Licht den Raum. Sie blickte nach oben. Durch die Erschütterungen hatten sich Teile der Decke gelöst und nun drang Tageslicht durch zahlreiche Spalten und Lücken ins Innere. Staubpartikel tanzten schimmernd in den Lichtstrahlen, die ein unregelmäßiges Muster aus hellen Flecken auf den Höhlenboden zeichneten.

»Wow!« Georg stieß einen Pfiff aus. »Kaum zu glauben, dass das derselbe Raum ist.«

Hannah schüttelte fassungslos den Kopf und sah sich weiter um. Im chemischen Licht der Leuchtstäbe hatten Boden und Wände stumpf und leblos ausgehen, blanker, kalter Fels. Doch jetzt wirkte der Raum fast *lebendig*. Es war höchstfaszinierend.

»Das ist atemberaubend!«, hatte nun auch Eberius die Sprache wiedergefunden. Mit ausgebreiteten Armen stand er in der Mitte der Höhle, den Kopf in den Nacken gelegt und strahlte vor Begeisterung. »Wundervoll! Das ist fantastisch!«

Hannah folgte seinem Blick und ihr stockte der Atem. Sie trat

neben den Parapsychologen um besser sehen zu können, und um sicher zu sein, dass ihre Augen sie nicht täuschten. Das war doch nicht möglich! Über ihr erstrahlte der Nachthimmel. Tausende und abertausende Sterne funkelten und leuchteten. Sie konnte sogar einige Sternbilder entdecken, den Großen und den Kleinen Bären. Aber wie konnte das sein, mitten am Tag? Hannah neigte den Kopf und trat ein paar Schritte zur Seite – und die Illusion verschwand. Es war eine optische Täuschung. Direkt über ihnen war die Decke aufgebrochen, so dass man ungehindert bis in die Spitze der Pyramide sehen konnte. Tausende kleine Risse und Spalten in den spitzzulaufenden Wänden bildeten die Sterne und die außergewöhnliche blau-schwarze Färbung des Gesteins imitierte perfekt den Eindruck des nächtlichen Himmels.

»Sieh dir das an, Georg!« Hannah winkte dem Geologen und ging langsam zur Seite, bis sich die optische Täuschung wieder eingestellt hatte.

Georg trat neben sie und schaute nach oben.

»Eine perfekte Illusion«, sagte er nach einer Weile. Er veränderte seine Position, trat dann wieder zurück, den Blick unverändert nach oben gerichtet. »Aber es funktioniert nur, wenn man genau an dieser Stelle steht.«

»Glauben Sie noch immer, dass die Pyramiden eine rein zufällig entstandene Felsformation sind, Beyerbach?«

»Ich habe meine Analyse noch nicht abgeschlossen«, wich Georg aus. »Im Moment deutet einiges darauf hin, aber ich möchte mich noch nicht abschließend festlegen.«

Hannah lächelte. Sie kannte Georg, er hasste es, wenn er sich irrte und noch mehr, wenn er es zugeben musste. Nein, so lange auch nur die geringste Möglichkeit bestand, dass er recht hatte, würde er auf seinem Standpunkt beharren. Für ihn waren die Pyramiden ein natürliches Phänomen und um ihn vom Gegenteil zu überzeugen, brauchte es mehr als eine optische Täuschung.

Sie stellte sich noch einmal an die Stelle, an der die Illusion des Nachthimmels zu sehen war. Es war einfach unglaublich, was für ein Fund! Wie wohl ihre Kollegen darauf reagieren werden? In Gedanken malte sich Hannah aus, wie sie diese Entdeckung an der Universität präsentieren würden. Die Pressekonferenz, Interviews im Fernsehen... und endlich die Anerkennung, die sie sich schon so lange wünschte. In den Zeitungen würde ihr Name stehen, sie konnte die Schlagzeile vor sich sehen: *Spektakulärer Fund in der sibirischen Taiga – Deutsches Forscherteam entdeckt unbekannte Hochkultur.* Oder so ähnlich, die Journalisten würden schon wissen, wie sie es am besten formulierten. Hauptsache, sie vergaßen nicht zu erwähnen, dass sie, Hannah Walkows, die Expedition geleitet hatte!

Und das hier war nur der Anfang: welche Geheimnisse wohl noch in den Pyramiden verborgen lagen? Sie konnte es kaum erwarten, die Höhle, nein – den *Sternensaal* – weiter zu untersuchen. Sie ging zu ihrem Rucksack, der zwar voller Staub, aber völlig unversehrt war.

»Unsere Ausrüstung scheint nichts abbekommen zu haben«, stellte Georg fest, als er neben sie trat und seinen Rucksack begutachtete.

»Schau dir das an, drumherum überall Steine, nur nicht da, wo unser Zeug steht.«

Hannah nickte. »Ja, das ist wirklich seltsam.« Als ob die Rucksäcke durch irgendetwas geschützt worden waren.

»Und was jetzt?«

Sie hob den Kopf und sah zu Semyonov, den die Höhlendecke offensichtlich nicht im Geringsten beeindruckte.

»Was meinen Sie?«, fragte Eberius irritiert.

»Das kann doch nicht alles gewesen sein! Der ganze Aufwand für ein paar Löcher in der Decke einer Höhle?« Er lachte abfällig, griff in seine Jackentasche und holte eine Packung Zigaretten hervor.

»Sie wollen doch nicht etwa rauchen!«, rief Hannah empört. Sie konnte es nicht fassen, dass der Russe die Bedeutung ihrer Entdeckung nicht verstand. Von seinen schlechten Manieren ganz zu schweigen!

»Wagen Sie es ja nicht, Semyonov!«, fuhr ihn Eberius an. Die Augen des Parapsychologen funkelten vor Zorn »Das hier ist sakraler Boden, ein…ein Heiligtum!« Seine Stimme brach und er räusperte sich. »Wie können Sie auch nur daran denken, diesen Raum mit Ihrem stinkenden Tabak zu entweihen!«

Semyonov grinste böse, steckte sich provokativ eine Zigarette in den Mund und holte sein Feuerzeug aus der Tasche.

»Ich würde das lieber sein lassen, Dimitri.« Georg legte

dem Russen eine Hand auf die Schulter. »Man weiß nie, welche Gase sich in solchen Höhlen –«

»Das ist ein Bauwerk!«, schrillte Eberius dazwischen.

»– sich hier gebildet haben. Wir wollen doch nicht aus Versehen in die Luft fliegen.«

Semyonov seufzte und steckte Feuerzeug und Zigarette wieder zurück in seine Jacke. »Von mir aus«, brummte er.

»Wir sollten uns weiter umsehen«, schlug Hannah vor, um möglichst schnell das Thema zu wechseln. »Vielleicht hat sich außer der Decke noch mehr verändert.«

»Ein weiterer Gang wäre nicht schlecht«, überlegte Georg.

»Sie meinen einen Korridor, der in einen weiteren Raum führt«, verbesserte ihn Eberius.

»Ich gebe zu, dass die Decke der *Höhle* durchaus beeindruckend ist. Aber wie ich schon sagte, noch haben sie mich mit Ihrer Bauwerk-These nicht vollkommen überzeugt.«

»Pah! Welche Beweise möchten Sie denn noch, Beyerbach! Ein Raum, der durch eine kontrollierte Erschütterung ein naturgetreues Abbild des Sternenhimmels freilegt – und Sie glauben noch immer an eine natürlich entstandene Höhle?« Er trat näher an Georg heran. »Und was ist mit dem Korridor, der uns hergeführt hat? Haben Sie das schon vergessen?«

»Was war denn in dem Gang?« fragte Hannah.

»Nichts.«

»Herr Beyerbach hatte eine kleine Panikattacke«, provozierte Eberius weiter.

»Blödsinn!«

»Was ist denn passiert?«

Georg winkte ärgerlich ab. »Nichts, gar nichts! Ich dachte

nur einen Moment lang, ich hätte mich verirrt.«

»Du?« Hannah sah Georg ungläubig an. Sein Orientierungssinn hatte sie immer beeindruckt, sie kannte niemanden, der sich in fremder Umgebung so schnell zurechtfand
wie er. Egal, ob auf oder unter der Erde.

»Aber der Gang hatte doch gar keine Abzweigungen, wie
hättest du dich denn verirren sollen…«

»Lassen wir es einfach, okay?« Georgs Augen funkelten
wütend.

Hannah nickte und wandte sich an Eberius, doch als sie
sein Gesicht sah, vergaß sie, was sie ihn fragen wollte. Der
Parapsychologe genoss es sichtlich, Georg in Verlegenheit
gebracht zu haben und lächelte böse. Für einen Moment
wirkte nichts an Eberius harmlos oder gar lächerlich, doch
als er bemerkte, dass Hannah ihn ansah, veränderte sich
sein Ausdruck schlagartig und er war wieder klein und un-
scheinbar. Freundlich lächelte er Hannah an und ihr lief ein
Schauer über den Rücken. Jetzt hatte sich Eberius wieder im
Griff aber für einen Moment hatte er ein anderes Gesicht
gezeigt. Eines, das sie nicht so schnell vergessen würde.

»Wir sollten uns aufteilen und die Wände noch einmal
absuchen«, schlug der Parapsychologe vor. »Es ist gut möglich, dass durch das Beben nicht nur Teile der Decke herausgebrochen sind.« Er wandte sich an Hannah. »Frau Walkows, Sie und ich schauen uns die Rückseite des Raumes an,
während die beiden Herren am besten dort drüben neben
dem Korridor beginnen.«

Hannah zögerte einen Moment, sie wollte nicht mit Ebe-
rius gehen, nicht nachdem, was sie gerade beobachtet hatte.
Doch das war natürlich Unsinn. Sie waren in einer Höhle,
Georg und Semyonov nur ein paar Meter weit weg, was soll-

te ihr schon passieren? Sie nickte und folgte Eberius in den hinteren Teil des Sternenraumes.

***

In Eberius' Kopf arbeitete es. Er war unvorsichtig gewesen und Hannah hatte es bemerkt. Das war nicht gut. Wenn die anderen misstrauisch würden, könnten sie anfangen, unangenehme Fragen zu stellen, oder gar sein Weiterkommen verzögern. Vor allem Semyonov machte ihm Sorgen, der Russe nutzte auch so schon jede sich ihm bietende Gelegenheit um ihn zu schikanieren. Was würde erst passieren, wenn er die Mission in Frage stellte? Nein, das durfte er auf gar keinen Fall zulassen! Zuerst galt es, Hannah in Sicherheit zu wiegen. Und natürlich musste er den Ausgang finden. Dieser Saal, so beeindruckend er auch sein mochte, war nur der Anfang. Vermutlich ein Vorraum, der nur zur Versammlung diente, überlegte Eberius. Sie waren noch nicht bis zum Herzstück der Pyramiden vorgedrungen, erst dann würde sich das Erbe der *Vergangenen* in seiner ganzen Pracht zeigen.

Sie hatten die Rückseite der Höhle noch nicht ganz erreicht, als es in seiner rechten Handfläche plötzlich sanft zu beben begann. Gleichzeitig spürte er die wohlbekannte Wärme des Artefakts. Der Schlüssel in seiner Jackentasche musste auf irgendetwas reagieren, auf etwas an oder in der Wand. Sein Blick fiel auf das Instrument in seiner linken Hand. Er hatte vorhin wahllos nach dem erstbesten Ausrüstungsgegenstand in seinem Rucksack gegriffen und ein glücklicher Zufall wollte es, dass ihm der Duval-Detektor in die Hände gefallen war. Im Grunde genommen funktionierte er wie ein Metalldetektor, mit ein paar zusätzlichen Funktionen, die der Parapsychologe hatte einbauen lassen. Das war genau das, was er jetzt brauchte! Ein zufriedenes Lächeln umspielte seine Lippen. Wenn er es geschickt anstellte, konnte er beide Probleme mit einem Streich lösen.

»Wollen Sie es nicht versuchen, Hannah?«, wandte er sich an die Archäologin, als sie die Wand erreicht hatten, und hielt ihr den Duval-Detektor hin.

Sie sah ihn überrascht an. »Ich? Aber ich weiß doch gar nicht, wie dieses Ding...«

»Das ist ein Duval-Detektor, benannt nach Aristide Duval, einem französischen Pionier meines Fachgebiets.«

»Na schön, wie der *Duval-Detektor* funktioniert.«

»Sie halten ihn ganz nah vor den Felsen und gehen langsam die Wand entlang. Er wird reagieren, wenn sich hier etwas Außergewöhnliches befindet.«

»Okay...so?«

Eberius nickte. »Sie machen das großartig.«

Das Artefakt in seiner Jackentasche signalisierte ihm, dass sie sich in die richtige Richtung bewegten.

»Vielleicht sollten Sie das besser machen«, meinte Hannah skeptisch.

»Sie sind zu ungeduldig, Hannah. In meinem Beruf braucht man vor allem eines: Geduld.« Wie wahr!

»Da!« Hannah blieb stehen und blickte auf das kleine Lämpchen des Duval-Detektors, das heftig blinkte. »Ich glaube, ich habe tatsächlich etwas gefunden!«

»In der Tat!« Eberius trat neben sie. »Dann wollen wir doch mal sehen...« Schnell fand er den dunklen Fleck, hinter dem die Metallkachel verborgen sein musste, doch wie konnte er ihn erreichen, ohne dass Hannah es mitbekam?

Während er überlegte, lehnte er sich gegen die Wand und spürte, wie der Stein nachgab. Der Fels war nicht so massiv wie er aussah! Möglicherweise brauchte er die Kachel gar nicht. Unbemerkt drückte er mit dem Zeigefinger fester gegen das Gestein. Unter dem Druck brach ein kleines Stück ab und fiel hinunter. In der Wand war nun ein winziges Loch. Eberius' Freude war nicht gespielt, als er sich zu Hannah umwandte und sie anstrahlte. »Sie sind zweifellos ein Naturtalent, Hannah«!« Dann stieß er mit dem Ellbogen gegen die Höhlenwand. Ein großes Stück brach heraus, fiel zu Boden und zersplitterte in unzählige Scherben.

»Ein Hohlraum!«, rief Hannah überrascht aus. »Das gibt es doch nicht!«

»Und Sie haben ihn gefunden.«

»Ja! Sieht ganz so aus!« Ihre Augen leuchteten vor Freude.

Aufgeregt winkte sie Beyerbach und Semyonov herbei, während der Parapsychologe mit einem zufriedenen Lächeln auf den Lippen Stück für Stück der dünnen Gesteinsschicht aus der Wand brach. Die *Vergangenen* meinten es gut mit ihm.

***

Als Georg bei der Felswand ankam, hatte Eberius bereits ein Loch von etwa 30 Zentimetern Durchmesser herausgebrochen. Hannah leuchtete mit ihrer Taschenlampe hinein. »Seht euch das an, dahinter ist ein weiterer Gang!«

»Merkwürdig, dass die Wand während des Bebens nicht weggebrochen ist«, wunderte sich Georg. Eine solch dünne Schicht, die sich so mühelos einreißen ließ, hätte durch die Erschütterungen einstürzen müssen.

»Ganz einfach, sie sollte es nicht, Beyerbach«, erklärte Eberius in einem Tonfall, als wäre Georg besonders begriffsstutzig.

»Sie wollen mir doch nicht allen Ernstes erklären, dass das Beben nur partielle Auswirkungen gehabt hat?« Georg schnaubte verächtlich. Doch dann fielen ihm die Rucksäcke ein. An der Stelle, an der sie gestanden hatten, war kein einziger Stein auf den Boden gefallen, wohl aber überall um sie herum. Das konnte kein Zufall sein.

»Ja. Denn falls Sie es noch nicht bemerkt haben, wir befinden uns in einem Bauwerk. Hier wird nichts dem Zufall überlassen, die Mechanismen sind das Werk des überragenden Geistes der *Vergangenen*«, führte Eberius weiter aus, ohne seine Arbeit zu unterbrechen. »Im Übrigen würde es sehr viel schneller gehen, wenn alle mithelfen. Wir wollen doch wissen, wohin uns dieser Korridor führt.«

»Natürlich, wir helfen Ihnen.« Hannah warf Georg einen auffordernden Blick zu.

Mechanismen! Pah! Seit wann war ein Erdbeben ein Mechanismus! Dieser Spinner hatte doch keine Ahnung von Naturphänomenen! Georg presste die Lippen aufeinander und widerstand der Versuchung den Parapsychologen am Kragen zu packen. Stattdessen ließ er seine Aggression an der Höhlenwand aus und brach mehrere Stücke der dünnen Gesteinsschicht weg. Doch es war nicht nur Eberius' Belehrung, die ihn verärgerte. Er hatte sich die Scherben genauer angesehen und musste zugeben, dass er keine Ahnung hatte, womit er es zu tun hatte. Die Schicht war sehr dünn und leicht zu zerbrechen, trotzdem stabil genug um eine Öffnung zu verschließen. Natürlich kannte er mineralische Ablagerungen, die ähnliche Eigenschaften aufwiesen, doch das hier war etwas völlig anderes.

»Kannst du dir das erklären?«, fragte Hannah leise neben ihm, als hätte sie seine Gedanken gelesen.

»Nicht ganz«, wich Georg aus.

»Was ist das für ein Stein?«

»Ohne Probe kann ich das nicht genau sagen.«

»Das ist aber nicht dieser glatte Stein, wie in den Tropfsteinhöhlen.«

Georg schüttelte den Kopf. »Nein, kein Sinter. Dazu ist es hier auch viel zu trocken. Kein Wasser – keine Kalkablagerung.«

»Wie mag die Schicht dann entstanden sein?«

»Ich weiß es nicht, Hannah«, antwortete Georg gereizt. »Warum fragst du nicht Eberius, der ist doch der Experte für unerklärliche Phänomene!«

»Gibt es ein Problem, Beyerbach?« Eberius hob fragend die Augenbrauen, doch Georg ließ sich von dem scheinbar unschuldigen Blick des Parapsychologen nicht täuschen. Er genoss es zweifellos, dass Georg für den Moment mit seinem Latein am Ende war, während er für alles hier eine passende Erklärung hatte, sei diese für einen echten Wissenschaftler auch noch so abwegig.

»Nein, kein Problem«, antwortete Georg knapp und bearbeitete die Gesteinsschicht ein wenig schneller. Je eher sie dieses Teufelsmaterial beiseitegeschafft hatten, desto besser. Hatten sie erst einmal den Gang dahinter freigelegt, krähte sowieso kein Hahn mehr danach.

6

Nach etwa zehn Minuten war die Öffnung so weit freigelegt, dass sie bequem hindurchtreten konnten. Sogar Dimitri hatte sich dazu herabgelassen, ihnen bei den letzten Stücken zu helfen, offensichtlich hatte ihn doch noch die Neugier gepackt. Georg musste zugeben, dass es ihm nicht anders erging. Sein Zorn war inzwischen verraucht und er fragte sich, wo dieser Gang sie hinführen mochte. Jetzt standen sie vor der Öffnung und leuchteten mit den Taschenlampen in die Dunkelheit. Soweit das Licht reichte, ähnelte dieser dem Felsspalt, der sie hineingeführt hatte: schroffe Wände aus grauem Stein, der Boden an manchen Stellen von Lehm bedeckt.

»Ich gehe zuerst«, verkündete Eberius und schnallte sich seine Ausrüstung um. Dann trat er, ohne die Antwort der anderen abzuwarten, durch die Öffnung. Georg ging als nächster, danach folgten Hannah und Dimitri.

Wenige Schritte vor ihm füllte Eberius' überdimensionaler Rucksack fast den gesamten Gang aus, so dass Georg außer dem wippenden Gepäckstück nicht viel mehr sehen konnte. Der Lichtstrahl seiner Lampe tanzte über Boden und Wände und beleuchtete schroffen Fels. Georg ertappte sich dabei, dass er die These des Parapsychologen zumindest im Ansatz ernsthaft in Betracht zog. Die ominöse Hochkultur hielt er nach wie vor für ein Produkt Eberius' Fantasie, aber er musste zugeben, dass die Pyramiden vielleicht doch etwas anderes waren, als er zunächst gedacht hatte. Ein paar Ungereimtheiten zu viel, als dass es sich nur um eine natürlich entstandene Felsformation handeln konnte. Der Felsspalt, durch den sie hineingekommen waren, in dem plötzlich alle Geräusche verstummten und die Entfernungen mal näher, mal weiter weg zu sein schienen. Eine Höhle, an deren Decke nach einem Erdstoß die perfekte Illusion des Sternenhimmels auftauchte, und jetzt dieser Gang, der mit einem ihm unbekannten Gestein verschlossen gewesen war, das zwar einem Beben standhielt, aber mühelos weggebrochen werden konnte. Als herrschten hier drinnen andere physikalische Gesetze als draußen.

Eberius' Rücken verschwand für einen kurzen Moment aus Georgs Sichtfeld, als der Korridor eine Biegung machte. Dahinter wurde der Gang breiter und anders als im ersten, waren die Wände nun gleichmäßig in den Felsen getrieben. Überrascht blieb Georg stehen. Damit hatte er nun wirklich nicht gerechnet! Ohne Vorwarnung hatte sich der Gang von einem natürlichen Riss in einen von Menschenhand in den Felsen gehauenen Korridor verwandelt.

Auch Hannah war stehen geblieben und leuchtete die Wände ab.

»Sag mir bitte, dass du das auch siehst, Georg.« Mit vor Aufregung blitzenden Augen wandte sie sich an ihn. »Das ist doch kein natürlicher Felsspalt mehr, oder?«

»Nein, ist es nicht«, bestätigte Georg und strich mit der Hand über die Felswand neben ihm. »Werkzeugspuren«, sagte er knapp und deutete auf einige Kerben im Stein. »Dieser Teil des Korridors wurde ohne Zweifel angelegt.«

»Das bedeutet, dass hier Menschen waren! Die Pyramide ist tatsächlich ein Bauwerk!« Sie lachte. »Georg, das ist eine Sensation!«

»Nicht so schnell. Wir können nicht ausschließen, dass sie hier nur Veränderungen vorgenommen haben, die Grundsubstanz aber –«

»Sei nicht albern!«, unterbrach ihn Hannah. »Es ist wohl kaum wahrscheinlich, dass die Erbauer drei pyramidenförmige Hügel entdeckt haben, die dann auch noch praktischerweise innen hohl sind und sie nur noch ein paar Modifikationen vornehmen mussten!«

Georg zuckte mit den Schultern. »Ganz ausschließen kannst du es jedenfalls nicht.«

Hannah winkte ab. »Jetzt lass uns endlich weitergehen, dann wirst du schon sehen, dass Eberius und ich recht hatten!«

Georg spürte einen kurzen Stich in der Brust, als Hannah ihren Namen und den des Parapsychologen in einem Satz nannte, so als ob sie zusammengehörten. Ein wenig verwirrt wandte er sich um und ging vorwärts. Was war das denn? Er war wohl kaum eifersüchtig auf Eberius. Auf Eberius! Nein, das war doch lächerlich…oder doch nicht?

»Kannst du nicht ein bisschen schneller gehen, du blockierst hier alles!« beschwerte sich Hannah hinter ihm und erst jetzt bemerkte Georg, dass er viel zu langsam ging.

»Schon gut, ich geh ja schon«, sagte er und beeilte sich zu Eberius aufzuschließen. Nach etwa zehn Metern machte der Gang eine weitere Biegung und führte unvermittelt in einen großen, dunklen Raum.

***

Hannah trat ein und leuchtete den Boden und die Wände ab. Schon nach wenigen Schritten blieb sie stehen. Im Schein ihrer Taschenlampe erkannte sie einen weitläufigen Saal, vergleichbar mit dem Sternensaal, doch die Größe war auch schon alles was die beiden Räume gemeinsam hatten. Nur wenige Meter vom Korridor entfernt, traf der Lichtkegel auf Zeichnungen und Malereien an Decke und Wänden.

»Mein Gott, seht euch das an!« Hannah wusste gar nicht, wo sie zuerst hinsehen sollte, alles schien mit Bildern bedeckt. Sie war überwältigt von der Fülle der Darstellungen, mit so etwas hatte sie nicht gerechnet!

Neben ihr konnte auch Eberius seine Aufregung nicht verbergen. Mit strahlenden Augen ließ er den Lichtkegel seiner Taschenlampe über die Wände gleiten und kommentierte jede Zeichnung mit einem verzückten Ausruf. Georg sah sich schweigend um und begann dann damit, Leuchtstäbe zu verteilen, die er lustlos auf den Boden warf. Vermutlich hatte er immer noch damit zu kämpfen, dass die Pyramide kein zufällig entstandener Hügel war und seine Fachkenntnisse jetzt nur noch am Rande benötigt werden würden. Er tat Hannah beinahe leid, aber sie ertappte sich dabei, dass sie auch ein Gefühl der Genugtuung empfand. Ihre Rollen waren nun vertauscht, *sie* war jetzt die Expertin – und Georg würde sich damit abfinden müssen. Hannah schritt weiter den Saal entlang und blieb schließlich vor einer Zeichnung stehen. Sie war mit bemerkenswertem Geschick in dunkelroter Farbe auf die Höhlenwand gemalt worden: ein Mammut floh vor einer Gruppe mit Speeren bewaffneter Menschen.

»Eine Jagdszene«, erklärte sie, als Georg neben sie trat.

»Sieht so aus«, kommentierte er knapp.

»Das ist fantastisch, Georg!« Sie strich mit der Hand über den Fels neben der Zeichnung. »Lascaux«, murmelte sie und dachte an die Höhle im Südwesten Frankreichs, deren Höhlenmalereien aus dem Jungpaläolithikum stammten.

»Wie alt schätzt du das hier?« wollte Georg wissen.

»Ohne Hilfsmittel kann ich die Zeichnungen nicht zuverlässig datieren, aber rein stilistisch würde ich sie mit Lascaux vergleichen, also etwa 17.000 bis 15.000 vor Christus.«

Aufgeregt ließ Hannah den Lichtkegel ihrer Taschenlampe weiter wandern. Die Zeichnungen beschränkten sich nicht auf Tiere und Menschen, es gab auch Abbildungen von den Gestirnen, den Mond mit seinen unterschiedlichen Phasen, der Sonne, und unzählige Sternbilder. Hannah konnte sich gar nicht sattsehen. Der Raum war übersät mit Malereien, eine solche Vielzahl an urzeitlicher Höhlenkunst hatte es bisher nicht gegeben!

»Ich muss das festhalten.« Sie zog ihr Tagebuch aus dem Rucksack und hielt Georg ihre Taschenlampe hin. »Kannst du die bitte kurz halten? Ja, genau so, ich will nur schnell eine Skizze machen.«

Georg leuchtete auf das Notizbuch und Hannah begann, die Jagdszene abzuzeichnen.

Während Hannah das Mammut skizzierte, wuchs in ihr das Gefühl, dass etwas mit dem Bild nicht stimmte. Sie verglich ihre Zeichnung mit der Wandmalerei und schüttelte den Kopf.

»Das ist seltsam…« Sie wandte sich an Georg. »Ich dachte erst, ich habe einen Fehler gemacht, aber meine Skizze stimmt.«

Georg verglich ihre Zeichnung mit der Malerei und zuckte mit den Schultern. »Du hast es gut getroffen, was stört dich daran?«

Hannah schüttelte den Kopf. »Manchmal passiert es mir, dass ich die Zeichnungen unbewusst korrigiere, zum Beispiel die Proportionen anpasse.«

Georg grinste sie an. »Ich erinnere mich nur zu gut an deinen Hang zum Perfektionismus.«

»Ja, aber das ist hier nicht der Fall. Die Jagdszene sieht tatsächlich so aus. Aber das kann eigentlich nicht sein.«

Georg sah sie fragend an und sie fuhr fort. »Wenn du dir vergleichbare Höhlenmalereien ansiehst, sind die Darstellungen nicht absolut naturgetreu. Die Künstler wollten vielmehr eine Geschichte erzählen, beispielsweise von einer erfolgreichen Mammutjagd, es ging ihnen nicht um eine fotorealistische Abbildung eines Tieres.« Sie deutete auf die Szene an der Wand. »Und jetzt sieh dir das an. Die Proportionen sind richtig, bei den Jägern kann man die Waffen bis ins kleinste Detail erkennen, warum haben sie darauf so viel Wert gelegt?«

Georg zuckte wieder mit den Schultern. »Keine Ahnung.«

»Und hier sieht man sogar die Kleidung, einen Fellmantel oder ähnliches. *Kleidung*, Georg!«

Hannah schritt an der Wand entlang und betrachtete die Malereien. Neben der Jagdszene saß eine Gruppe von Frauen um eine Feuerstelle, deutlich unterschieden sich die Jungen von den Alten. Über ihnen an der Decke gab es eine genaue Abbildung einiger Sternbilder, die Hannah bereits im ersten Raum gesehen hatte.

»Und hier! Diese Szene ist perspektivisch korrekt wiedergegeben, aber die Menschen um 15.000 vor Christus wären niemals in der Lage gewesen solche Abbildungen zu zeichnen! Ihre kognitiven Fähigkeiten reichten dafür nicht aus! So etwas wie Perspektive kam erst viel später, viele tausend Jahre später.« In Hannahs Kopf überschlugen sich die Gedanken: diese Pyramiden waren so viel mehr als sie sich in ihren kühnsten Träumen ausgemalt hatte. Sollte sich ihre Datierung als richtig erweisen, hätten sie Beweise dafür gefunden, dass es in der Altsteinzeit Menschen gegeben hatte, die offensichtlich höher entwickelt gewesen waren, als die, die man bisher entdeckt hatte – die unbekannte Hochkultur von der Eberius gesprochen hatte: es gab sie also wirklich!

»Wenn meine Datierung stimmt, hat Eberius recht, Georg«, sagte sie mit vor Aufregung zitternder Stimme.

»Du meinst, seine komische Hochkultur?«

Hannah nickte. »Ist dir klar, was das bedeutet? Unsere Entdeckung wäre eine wissenschaftliche Sensation!«

Georg hob abwehrend die Hände. »Nun mal langsam, noch haben wir keine stichhaltigen Beweise. Ich beglückwünsche uns erst, wenn wir es schwarz auf weiß haben.«

Hannah schüttelte den Kopf. »Du bist und bleibst ein unverbesserlicher Pessimist, Georg A. Beyerbach.«

»Realist«, verbesserte er und grinste.

Keine Sorge, dachte Hannah, ich werde dir deine stichhaltigen Beweise schon noch liefern! Bevor sie sich jedoch um die wissenschaftlichen Fakten kümmerte, ohne die Georg offensichtlich nicht bereit war, ihren Erfolg anzuerkennen, wollte sie zuerst alle Zeichnungen sichten. Dann erst würde sie entscheiden, an welchen Stellen sie die Proben für eine aussagekräftige Datierung entnehmen wollte.

Ihr Blick wanderte wieder zu der Frauengruppe unter dem Sternenhimmel, als gäbe es dort noch etwas zu entdecken, dass ihr bei ihrer ersten flüchtigen Betrachtung entgangen war. Und tatsächlich: Beim genaueren Hinsehen bemerkte sie zwei dünne Linien, die sich oberhalb der Sterne befanden und wie ein spitz zulaufendes Gewölbe die Feuerstelle überdachten.

»Das ist die Pyramide«, sagte sie zu Georg und zeigte auf die feinen Striche. »Sie sind gar nicht draußen, sondern hier, in dieser Pyramide. Das muss der Sternensaal sein.«

»Ist das jetzt die offizielle wissenschaftliche Bezeichnung für die Höhle?«, fragte Georg amüsiert.

»Es scheint, als wäre die Pyramide ein Zufluchtsort gewesen«, ignorierte ihn Hannah und erklärte weiter. »Eine Art Zuhause. Eine Feuerstelle errichtet man an Orten, an denen man sich sicher fühlt.«

Hannah betrachtete die nächste Szene. Auch hier fand sie schließlich die Umrisse der Pyramide. »Diese Szene spielt sich auch im Inneren ab.«

Sie ging weiter. Jetzt, da sie bewusst danach suchte, fand sie immer mehr Linien, die die Pyramide darstellten. Ein leichter Schauer lief ihr den Rücken hinunter. So viele Szenen, alle in der Pyramide, als ob die Menschen diesen Ort kaum noch verlassen hätten.

Georg musste zu demselben Schluss gekommen sein. »Sie scheinen gar nicht mehr nach draußen gegangen zu sein. Überall ist diese Pyramide.«

»Ein beängstigender Gedanke.« Hannah fröstelte und schlang die Arme um sich. Ihr Blick wanderte unwillkürlich zu dem Korridor aus dem sie gekommen waren: der einzige Ausgang.

»Vielleicht sollten wir für heute Schluss machen und nach draußen gehen.«

»Das kommt überhaupt nicht in Frage!« mischte sich Eberius unvermittelt ein, der nur wenige Schritte entfernt stand und sie gehört haben musste. »Wir haben doch gerade erst angefangen! Endlich haben wir einen todsicheren Beweis für die Existenz der Vergangenen und Sie wollen schon wieder gehen?« Der Parapsychologe war laut geworden und wie ein Echo ertönte plötzlich ein knirschendes Geräusch. Staub rieselte von der Decke und der Boden begann sich zu bewegen.

»Noch ein Erdbeben!«, rief Georg und sah sich hektisch um. Er deutete auf den Korridor »Da rein, schnell!«

Hannah zögerte keine Sekunde und rannte los.

»Aber –«, protestierte Eberius, doch Georg riss ihn einfach mit.

»Verdammt! Nicht schon wieder!« fluchte Semyonov und folgte ihnen.

Kaum hatte er den Gang betreten, stürzten auch schon die ersten Felsbrocken von der Decke. Der Raum ächzte und stöhnte, als würde er von einer gewaltigen Kraft zusammengedrückt. Die herabfallenden Steine wirbelten Staub auf, so dass sich Hannah schützend den Arm vors Gesicht hielt und sich abwandte.

***

Nach nur wenigen Augenblicken war das Beben vorbei. Semyonov trat als erster zurück in den Raum. Er klopfte sich den Staub vom Ärmel und sah sich um.

»Es hat aufgehört, ihr könnt rauskommen.«

Eberius folgte Beyerbach und Hannah aus dem Korridor. Fahles Tageslicht fiel durch die Risse in der Decke und wie schon im Sternensaal, sah der Raum plötzlich vollkommen anders aus.

»Was ist mit den Malereien?«, fragte der Parapsychologe besorgt und kniff die Augen zusammen. Das einfallende Licht blendete ihn als er zur Decke blickte. Hoffentlich war nicht allzu viel beschädigt! Er war noch nicht dazu gekommen, sich alle Szenen anzusehen, es wäre nicht auszudenken, wenn durch das Beben wichtige Hinweise auf den Pfad der *Vergangenen* zerstört worden waren. Langsam gewöhnten sich seine Augen an die neuen Lichtverhältnisse und Eberius' Sicht wurde klar.

»Das ist…unglaublich,« flüsterte er und blinzelte hektisch. Die Risse in der Decke befanden sich ausschließlich an Stellen, die frei von Zeichnungen waren. Sämtliche Malereien waren intakt, keine einzige hatte auch nur den geringsten Schaden genommen! Die Decke bildete nun ein fragiles Muster aus unterschiedlich großen Öffnungen, das sich wie ein unregelmäßiges Netz über den gesamten Raum spannte und den Blick bis zur Spitze der Pyramide freigab. Eberius lief ein Schauer über den Rücken. Ehrfurchtsvoll betrachtete er die filigrane Konstruktion, die kein Mensch hätte erschaffen können. Allein dieser Anblick sollte jeden Zweifel an den *Vergangenen* zerstreuen. Er wandte sich nun den Wänden zu, die das Beben ebenfalls gänzlich unbeschadet überstanden hatten. Bis auf eine Stelle. An der Rückseite des Raumes gab es eine kleine Fläche ohne Malereien, doch mit einem langen Riss. Eberius nickte. Der nächste Korridor. Doch noch war es nicht so weit. Zuerst musste er sicher sein, dass er nichts übersah. Sein Blick fiel auf Hannah. Die Archäologin hatte sich wieder auf den Boden niedergelassen und skizzierte mit leuchtenden Augen die Decke. Sehr gut, dachte er zufrieden. *Sie* würde kein Problem mehr darstellen. Er sah zu Beyerbach, der ungläubig die Decke anstarrte. Eberius konnte förmlich sehen, wie es hinter der Stirn des Geologen arbeitete und er versuchte, auf rationalem Weg zu erklären, was nicht erklärt werden konnte. Er würde noch eine Weile brauchen, doch früher oder später würde auch er verstehen.

Eberius wanderte durch den Saal und betrachtete nachdenklich die Malereien. Er hatte erwartet, schon hier Abbildungen der Vergangenen zu sehen, doch bis auf den vagen Umriss der Pyramide, der wie ein Schatten über beinahe allen Szenen ruhte, gab es keine Verbindung zu der verlorenen Hochkultur. Nein, dachte er und steuerte die Wand an, wo er den Riss in der Wand entdeckt hatte. In diesem Saal werden wir nichts Wichtiges mehr finden. Mit wachsender Aufregung näherte er sich der Stelle, an der ihn nur noch eine dünne Gesteinsschicht vom nächsten Korridor trennte.

»Was ist das hier für ein Raum, Professor?«, riss ihn Semyonovs barsche Stimme aus seinen Gedanken. Eberius verzog das Gesicht. Ach ja, der russische Rüpel, ihn hatte er beinahe vergessen. Es verwunderte ihn nicht im Geringsten, dass jemand wie Semyonov keine Vorstellung davon hatte, was er da vor sich sah. Der Parapsychologe seufzte. Na schön, dann also eine Erklärung, die sogar dieser Einfaltspinsel verstand. Er rang sich ein gequältes Lächeln ab und wandte sich dann an den Russen.

»Das hier, mein guter Semyonov, ist der Beweis, dass wir es mit einer hochentwickelten Kultur zu tun haben.« Er machte eine ausladende Geste in Richtung Decke. »Sehen Sie sich um, diese Konstruktion widerspricht den Gesetzen der Physik. Wer, wenn nicht ein Volk von größter Intelligenz und mit Fähigkeiten, von denen wir nur zu träumen wagen, hätte so etwas errichten können?«

Semyonov sah zur Decke. »Außergewöhnliche Fähigkeiten…«, dachte er laut und Eberius nickte. Gut, jetzt hatte sogar er es begriffen. Dann können wir ja endlich weiter machen.

Hannah hatte ihre Skizze beendet und erhob sich.

»Wie geht es weiter?«, wandte sie sich fragend an den Parapsychologen. »Meinen Sie, es gibt noch mehr Räume?«

»Davon ist auszugehen,« antwortete Eberius und fühlte sich geschmeichelt, dass Hannah ihn gefragt hatte und nicht Beyerbach. Es ging jetzt nicht mehr um totes Gestein und dessen Zusammensetzung oder wie es entstanden war. *Seine* These hatte sich als richtig erwiesen und die Pyramiden und ihre Erbauer gehörten zu seinem Fachgebiet. *Er* war jetzt der Experte.

»Dann müssen wir also wieder die Wände nach einem verborgenen Durchgang absuchen?«

»Ich denke, dieses Mal ist es einfacher.« Eberius drehte sich zur Seite und gab den Blick auf die Rückseite des Raumes frei, wo der lange Riss die Stelle anzeigte, an der sich ein weiterer Korridor befinden musste. Mit Genugtuung registrierte er die überraschten Blicke von Beyerbach und Hannah, und schlug mit der Faust gegen den Riss. Die Gesteinsschicht zersplitterte und ein großes Bruchstück fiel zu Boden. In der Wand klaffte ein Loch von etwa 20 Zentimetern Durchmesser. Eberius deutete auf die gezackte Öffnung. »Zweifellos geht es hier weiter.«

Es dauerte nur wenige Minuten bis sie die Gesteinsschicht weit genug weggebrochen hatten, um den nächsten Gang zu betreten. Eberius war keineswegs überrascht, als das Licht der Taschenlampen gemauerte Wände enthüllte, schließlich befanden sie sich in einem Gebäude.

»Das ist Quadermauerwerk wie es in der griechischen und römischen Antike gebaut wurde«, erklärte Hannah nach einem kurzen Blick. Sie deutete aufgeregt auf die großen Steinquader, aus denen die Wände des Korridors zusammengesetzt waren. »Siehst du, wie gleichmäßig die Steine sind? Alle haben dieselben Maße, man nennt das opus isodomum, oder isodomes Mauerwerk.«

»Antikes Mauerwerk? Das wäre eine Zeitsprung von über 15.000 Jahren, überlegte Beyerbach. »Wie passt das denn mit den Malereien zusammen?«

Hannah hob die Schultern. »Ich weiß es nicht. Ich sehe es, aber ich begreife nicht, wie es zusammenhängt.« Sie streckte die Hand aus und berührte die Mauer als ob der Kontakt mit den Steinen ihr helfen könnte, ihre Fragen zu beantworten.

Eberius beobachtete die Archäologin amüsiert. Sie war wie ein kleines Kind, das zum ersten Mal die große, weite Welt entdeckte. Neugier und ein gewisses Maß an Unschuld, eine faszinierende Kombination und auf seltsame Weise anziehend. Sein Blick wanderte von Hannahs Händen, die noch immer auf dem Mauerwerk ruhten, über ihre Arme bis zu ihrem Gesicht. Ihre Wangen waren vor Aufregung gerötet und ihre blauen Augen leuchteten trotz des Dämmerlichts. Eine Haarsträhne fiel ihr über die Stirn…weiches, hellbraunes Haar…

»Sind wir hier bald fertig?« Beyerbachs Stimme riss Eberius aus seinen Gedanken und er brauchte einen Moment, bevor er antworten konnte. »Äh, ja, natürlich. Wir sollten weiter gehen.« Der Parapsychologe räusperte sich und vermied es, Hannah ins Gesicht zu schauen. »Frau Walkows, wir können uns später näher mit dem opus isodomum befassen«, sagte er schon halb abgewandt und ging mit forschen Schritten weiter den Korridor entlang.

Mechanisch setzte er Fuß vor Fuß und versuchte, seine Gedanken und Gefühle zu ordnen. Bisher hatte Eberius nur mäßiges Interesse an Frauen gezeigt. Sein ganzes Leben hatte er seinen Forschungen gewidmet, für körperliche Anziehung war da nicht viel Platz geblieben, aber das hatte ihn nie gestört. Es gab schlichtweg Wichtigeres für ihn als eine Beziehung, sei sie nun kurz- oder langfristig. Und dass ihn eine Frau richtig reizte, war noch nie vorgekommen. Schon gar nicht unter Kollegen. Hannahs Anziehungskraft, noch dazu so plötzlich, verwirrte ihn zutiefst. Warum fühlte er sich auf einmal zu ihr hingezogen? Und warum ausgerechnet jetzt? Hatte das etwas mit den Pyramiden zu tun? Seine Schritte verlangsamten sich, als er versuchte, eine Antwort auf diese Frage zu finden.

»Sehen Sie etwas da vorne?« schallte einen Augenblick später Semyonovs Stimme durch den Gang. Eberius zuckte zusammen und hob den Kopf. Erstaunt stellte er fest, dass er tatsächlich am Ende des Korridors angekommen war. Als hätte die Pyramide seine Schritte gelenkt…

»Ja, hier ist ein Durchgang.«, antwortete er noch immer verwirrt und trat vor. Die Öffnung war mit einfachen Pfeilern eingefasst, über denen ein mächtiger, aber völlig schmuckloser Türsturz lag. Nur ein schlichtes Tor, dachte Eberius und richtete seine Aufmerksamkeit nun wieder voll und ganz auf die Pyramide. Er verstand nicht, warum ein so erhabenes Volk wie die *Vergangenen* ihre Größe und Überlegenheit nicht deutlicher zur Schau stellten. Beinahe etwas enttäuscht hob er die Taschenlampe und leuchtete in die Dunkelheit. Kaum hatte der Lichtstrahl den Boden hinter dem Portal berührt, verschlug es Eberius den Atem.

***

Georg hörte wie der Parapsychologe scharf die Luft einsog und streckte sich, um über dessen Schulter sehen zu können. Im Lichtkegel der Lampe blitzte etwas auf, doch Eberius' Rucksack versperrte ihm die Sicht, so dass er nicht erkennen konnte, was sich hinter der Türöffnung befand.

»Was ist los?« fragte der Geologe ungeduldig. Hinter ihm drängten auch Hannah und Dimitri nach vorne, langsam wurde es in dem schmalen Gang wirklich ungemütlich.

»Jetzt machen Sie schon!« forderte der Russe Eberius auf und drückte sich gegen Hannah, die daraufhin lautstark protestierte.

Der Parapsychologe schien sie nicht zu hören und starrte immer noch wie gebannt in die Türöffnung.

Georg hatte genug. Er klemmte sich die Taschenlampe unter den Arm, packte Eberius' Rucksack und stemmte sich dagegen. Doch in diesem Augenblick machte der Parapsychologe einen Schritt nach vorn und Beyerbach, in Erwartung, sein ganzes Gewicht einsetzen zu müssen, stolperte an ihm vorbei. Die Taschenlampe entglitt ihm und er fiel auf die Knie. Georg konnte sich gerade noch mit beiden Händen abstützen, bevor sein Gesicht Bekanntschaft mit dem Boden machte.

Ein Lichtstrahl blendete ihn, dann fühlte er eine Hand auf seiner Schulter.

»Auf Händen und Knien, sehr schön mein lieber Beyerbach. Das ist genau die Körperhaltung, die diesem Ort hier angemessen ist«, hörte er Eberius' Stimme neben seinem Ohr.

Georg schnaubte verächtlich. »Jetzt hören Sie mal gut zu«, begann er wütend, doch als der Parapsychologe mit seiner Lampe neben ihm auf den Boden leuchtete, verschlug es ihm die Sprache.

Um ihn herum leuchtete und schimmerte es. Der Boden war übersät mit kleinen Glanzpartikeln, die in allen erdenklichen Farben schillerten. Vorsichtig richtete sich Georg auf, den Blick immer noch nach unten gerichtet. Neben ihm glitten zwei weitere Lichtkegel über den Boden und enthüllten ein Meer aus bunten Leuchtpunkten. Wohin der Schein der Lampen auch fiel, wurde das Licht in allen Farben des Regenbogens zurückgeworfen. Und nicht nur das: die Partikel schienen die Helligkeit für einen kurzen Moment zu speichern, so dass die Taschenlampen schimmernde Linien aus Licht und Farbe auf Boden und Wänden hinterließen, bevor die winzigen Punkte langsam wieder verblassten und schließlich erloschen.

Fasziniert folgte Georg eine Weile den Lichtspuren der anderen, dann hob auch er seine Taschenlampe auf und begann eigene leuchtende Bahnen über die Wände zu ziehen. Phosphoreszenz, dachte er, die Partikel bestanden vermutlich aus Kristallen, in denen winzige Fremdstoffe eingeschlossen waren, die die Struktur störten und so durch Licht zum Leuchten angeregt werden konnten. Der ganze Raum hier war, soweit er es sehen konnte, übersät mit diesen kleinen Leuchtkristallen, Boden, Decke, Wände – es gab keine Stelle, an der es nicht schimmerte, sobald das Licht der Taschenlampe darauf fiel. Selbst wenn die physikalische Erklärung für dieses Phänomen ganz einfach und logisch war, wie konnte ein solcher Ort existieren? Noch dazu mitten in der Taiga? *Wie viele Beweise brauchst du denn noch?* fragte eine Stimme in seinem Inneren, oder waren es seine eigenen Gedanken? *Sieh hin und verstehe…* Georg blieb stehen und schaute auf die tanzenden Lichtpunkte vor ihm an der Wand. Sie verblassten nun nicht mehr, sondern leuchteten weiter, auch nachdem er die Lampe auf eine andere Stelle gerichtet hatte. Plötzlich erstrahlten um ihn herum immer mehr Partikel ganz von selbst, dann erloschen sie wieder und bildeten so ein pulsierendes Muster, das, sobald er versuchte es zu erfassen, sich veränderte und neu zusammensetzte. Georg war wie gebannt. Sein Verstand wollte das Gesehene erklären, doch je länger er dem Tanz der schimmernden Punkte zusah, desto weniger spielte es eine Rolle. Warum musste er benennen können, was er da sah? Es war da – und das genügte. Nein, er würde nicht mehr zweifeln…

»Man kann sich gar nicht satt sehen, nicht wahr?«, sagte jemand neben ihm. Georg hörte die Stimme zwar, doch sie klang weit entfernt, beinahe unwirklich. Er achtete nicht darauf, denn im Moment zählte nur das Licht. Er wollte nicht zuhören, er wollte nur sehen und verstehen. Sein ganzes Denken richtete sich auf die schimmernden Punkte. Die leuchtenden Partikel setzten sich zu Bildern zusammen, noch verschwommen und unscharf, als betrachte man Fotos, die durch ein zu grobes Raster verfremdet worden waren. Doch er wusste, er musste nur lange genug hinsehen, dann würde er sie erkennen…

»Hast du eine Ahnung, was das für Partikel sind?«, fragte

die Stimme weiter. Georg empfand sie als lästig und störend, er wollte nur weiter den Lichtpunkten zusehen, und den Bildern, die immer noch zu undeutlich und schwach waren, um sie zu begreifen. Langsam wurden sie klarer und Georg gelang es endlich, etwas zu erkennen. Objekte, die er noch nie zuvor gesehen hatte, und trotzdem wusste, wozu sie dienten. In anderen Bildern erkannte er Orte, die ihm vertraut und gleichzeitig vollkommen fremd waren. Immer wenn er sich auf eine der Darstellungen konzentrierte, entzog sie sich ihm, wurde unscharf und durchscheinend und versank in der Flut der anderen.

»Georg?«

Kaum hatte die körperlose Stimme seinen Namen gerufen, verschwanden die Bilder. Sie zerfielen, wurden wieder zu einzelnen Punkten, deren Licht immer schwächer wurde und verlosch.

Jemand hatte seinen Namen gerufen, daran erinnerte er sich, alles andere lag im Dunkeln. Wo war er? Was war passiert?

»Georg?«, fragte die Stimme noch einmal, dieses Mal lauter und nachdrücklicher. Mit Mühe gelang es ihm, den Kopf zu drehen, in die Richtung, aus der die Stimme kam. Er sah in das Gesicht einer Frau, sie war jung und hübsch, mit braunem Haar und blauen Augen. Er kannte sie, aber woher?

»Georg!« sagte sie zum dritten Mal und legte ihm eine Hand auf die Schulter. Mit ihrer Berührung kam die Erinnerung zurück, mit einer Heftigkeit, dass Georg glaubte, sein Schädel müsste zerspringen. *Lichtpunkte – Pyramide – Taiga – die Gedanken rasten durch seinen Kopf – Expedition – Hannah –*

»Hannah!«, rief Georg, als er erkannte, dass sie es war, die neben ihm stand und mit ihm sprach. Er fühlte sich, als wäre er soeben aus dem Tiefschlaf gerissen worden, in seinem Kopf drehte sich alles.

»Was zum Teufel ist los mit dir?«, fragte sie und sah ihn mit einer Mischung aus Besorgnis und Misstrauen an.

»Warum?« fragte Georg und rieb sich die pochenden Schläfen.

»Du warst völlig weggetreten!«

»Ja?« Georg überlegte. »Ja…das stimmt…« Er versuchte sich daran zu erinnern, doch das letzte, was er klar vor Augen hatte, waren die leuchtenden Punkte an der Felswand. »Wie lange?«

Hannah zuckte mit den Schultern. »Ich weiß nicht, zwei, drei Minuten vielleicht. Ich habe versucht mit dir zu reden, aber du hast überhaupt nicht reagiert. Was war denn los?«

Georg schloss die Augen und versuchte sich zu erinnern. Die leuchtenden Punkte an der Wand…Muster… Die Schmerzen in seinen Schläfen wurden heftiger. Er verzog das Gesicht.

»Ich kann mich nicht erinnern«, stöhnte er und hielt sich den Kopf. »Mann, mein Schädel!«

Hannah holte eine kleine Tablettenschachtel aus ihrem Rucksack und hielt sie Georg hin. »Hier, die müssten helfen.«

Georg winkte ab. »Nein danke, es geht schon.«

»Männer!« Hannah nahm seine Hand und legte die Packung hinein. »Falls es doch nicht geht.«

Georg steckte das Schmerzmittel demonstrativ in seine Jackentasche. Die Schmerzen würden schon von allein nachlassen, und falls nicht, konnte er die Tabletten immer noch nehmen. Was ihn viel mehr beunruhigte, war die Tatsache, dass er so leicht die Kontrolle verloren hatte. Er war völlig weggetreten gewesen, wer weiß für wie lange. Diese seltsamen Lichtpunkte hatten ihn hypnotisiert, in eine Art Trance versetzt und wenn Hannah ihn nicht angesprochen hätte, stünde er womöglich immer noch mit glasigem Blick vor der Wand. Und dann noch die fehlende Erinnerung an das, was passiert war. Er versuchte noch einmal, sich an die letzten Minuten zu erinnern, doch wieder hielt ihn heftiger Kopfschmerz davon ab, weiter darüber nachzudenken. Bin ich der Einzige, der auf diese verdammten Leuchtpartikel reagiert hat?, fragte sich Georg. Hannah hatte das Lichterschauspiel offensichtlich nicht in Hypnose versetzt. Und die anderen? Semyonov hatte sich in einer Ecke auf den Boden gesetzt und lehnte, die Arme hinter dem Kopf verschränkt, in entspannter Haltung mit dem Rücken an der Wand. Um ihn herum hatte er eine Handvoll Leuchtstäbe verteilt, auf deren Licht die umliegenden Partikel reagierten und dauerhaft leuchteten, so dass der Saal nicht mehr in völliger Dunkelheit lag. Seine Augen waren geschlossen und er schien zu schlafen, aber Georg vermutete, dass er damit nur Eberius ärgern wollte, der sich über das übertrieben zur Schau gestellte Desinteresse des Russen sicherlich wieder wahnsinnig aufregen würde. Doch er täuschte sich. Der Parapsychologe war beschäftigt und würdigte Semyonov keines Blickes. Er schritt langsam an der gegenüberliegenden Wand entlang und ließ mit der Taschenlampe eine beinahe exakt waagrechte Linie aufleuchten. Die Spur folgte ihm auf Brusthöhe etwa einen halben Meter, bevor die Partikel wieder dunkel wurden.

»Was tut er da?« fragte Hannah.

Georg verfolgte die Leuchtspur und fühlte erneut, wie etwas in seinen Geist vordrang. Zuerst befürchtete er, er könnte erneut die Kontrolle verlieren und wieder in Trance verfallen, doch es waren die unterdrückten Erinnerungen an die fehlenden Minuten, die aus seinem Unterbewusstsein an die Oberfläche brachen. Wieder quälte ihn der pochende Schmerz in seinem Kopf, wurde stärker und drohte seinen Schädel zu bersten – dann, ganz plötzlich war es vorbei. Der Schmerz hörte so unvermittelt auf, als hätte es ihn nie gegeben. Er konnte sich erinnern. An die leuchtenden Muster, die sich zu Bildern zusammensetzten, deutlicher wurden und dann schlagartig verschwanden. Und nun verstand er auch, was der Parapsychologe am anderen Ende des Raumes tat.

»Er liest.«

7

»Er liest?« wiederholte Hannah und sah Georg entgeistert an. »Woher weißt du das?«

Der Geologe antwortete nicht sondern lief zur anderen Seite des Saales, wo Eberius immer noch eine leuchtende Spur über die Wand zog.

»Sie sehen sie auch!« rief Georg so laut, dass der Parapsychologe zusammenzuckte und ihn erschrocken ansah.

»Wie bitte?«

»Die Bilder! Sie können sie sehen!« Er zögerte kurz. »Und verstehen«, fügte er fassungslos hinzu.

»Welche Bilder?« fragte Hannah. Wovon sprach Georg da nur?

Eberius starrte den Geologen mit offenem Mund an. Dann strahlte er und klatschte voller Freude in die Hände.

»Gratuliere, mein lieber Beyerbach. Willkommen im Kreise der Eingeweihten, oder soll ich besser sagen der Erleuchteten?« Er kicherte. »Ja, das trifft es angesichts unserer Umgebung doch um Einiges besser.« Er klemmte sich die Taschenlampe unter den Arm und schüttelte Georg überschwänglich die Hand. »Ich wusste, Sie sind kein hoffnungsloser Fall!«

Der Geologe riss sich grob los und trat einen Schritt zurück. »Lassen Sie mich los!«

»Welche Bilder?«, wiederholte Hannah ihre Frage. »Was hat das hier alles zu bedeuten?«

»Das würde ich auch gerne wissen.« Semyonov hatte sich aus seiner Ecke erhoben und stand nun mit in die Hüften gestemmten Händen neben den beiden Männern.

Hannah verstand überhaupt nichts mehr. Zuerst hatte Georg wie hypnotisiert auf die Lichterwand gestarrt, dann behauptete er, dass Eberius irgendetwas las und nun fing der auch noch an wirres Zeug von irgendwelchen Bildern zu reden!

»Worum geht es hier?«, forderte Semyonov Eberius zu einer Erklärung auf.

Der Parapsychologe räusperte sich. »Herr Beyerbach hatte Kontakt.«

Hannah rechnete fest mit Georgs Protest, doch der Geologe schwieg.

»Kontakt womit?«, wollte Semyonov wissen.

»Mit den *Vergangenen*.«, erklärte Eberius feierlich.

»Heißen sie so?«, fragte Georg spöttisch. »Oder ist das nur der Name, den Sie ihnen gegeben haben?«

Das freundliche Lächeln verschwand aus Eberius' Gesicht.

»Das ist ihr Name…«, sagte er zögernd und sah den Geologen verunsichert an.

»Es reicht! Von wem sprechen Sie?« Semyonov wurde langsam ungeduldig.

»Die Vergangenen, das ist die Hochkultur, die diese Pyramiden hier erbaut haben sollen«, antwortete Hannah für den Parapsychologen. Langsam begann sie zu begreifen. Sie sah Georg an, der mit zusammengepressten Lippen neben ihr stand, die Hände zu Fäusten geballt.

Beschwichtigend legte sie ihm eine Hand auf den Arm. »Ist das wahr? Du hast…« Sie suchte nach einer passenden Formulierung. »… mit ihnen kommuniziert?«

»So würde ich das nicht nennen. Sie haben meine Gedanken manipuliert, meine Erinnerungen.« Er griff sich an die Schläfe. »Sie waren in meinem Kopf!«

Hannah sah ihn entsetzt an.

»Sie haben Ihnen einen kurzen Einblick gewährt, natürlich müssen sie dafür eine Verbindung herstellen.« Der Parapsychologe zuckte mit den Schultern. »Ich kann wirklich nicht verstehen, warum Sie sich darüber so aufregen. Im Gegenteil, Sie sollten sich freuen! Frau Walkows oder Semyonov hatten offensichtlich nicht so viel Glück wie Sie!«

Das stimmt, dachte Hannah. Warum haben sie Georg ausgesucht und nicht mich? Ein leiser Zweifel begann sich in Hannah zu regen. War sie aus irgendeinem Grund ungeeignet?

»Glück? Sie sind doch nicht ganz dicht!« regte sich Georg auf. »Im Gegensatz zu Ihnen habe ich um keine Bewusstseinserweiterung gebeten! Vor allem um keine, die mir fast den Schädel spaltet!«

»Im Gegensatz zu Ihnen habe ich auch keiner bedurft. Ich war von Anfang an bereit, mich auf die Botschaften der Vergangenen einzulassen!«

»Ja, richtig, Sie waren schon immer ein Spinner!«

»Wie bitte? Was fällt Ihnen ein!«

»Hört auf, alle beide!« ging Hannah dazwischen. »Falls ihr es noch wisst, es gibt hier immer noch zwei Personen, die nicht mitreden können. Ich will jetzt endlich wissen, was ihr gesehen habt!«

In diesem Moment verloschen die Lichter der Taschenlampen. Für einen Augenblick erhellte nur noch das künstliche Grün der Leuchtstäbe den Raum, dann erlosch auch ihr Licht. Instinktiv tastete Hannah an ihrer Lampe nach dem Schalter und betätigte ihn mehrmals, doch die Glühbirne blieb dunkel.

»Was ist passiert?« fragte Eberius in der Dunkelheit.

»Warum ist das Licht aus?« Semyonovs Jacke raschelte, dann folgte das klickende Geräusch des nutzlosen Schalters seiner Taschenlampe. Er schlug sie irgendwo dagegen, aber das half auch nichts. »Kaputt.«

»Meine funktioniert auch nicht«, meinte Georg.

Eberius ließ den Schalter seiner Lampe klicken. »Ich verstehe das nicht!«

»Aber sie können doch nicht alle gleichzeitig ausgefallen sein. Und was ist mit den Leuchtstäben?«, fragte Hannah unsicher.

Plötzlich begannen einige der Leuchtpartikel auf dem Boden zu glimmen. Zuerst schwach, dann heller und heller bis sie in einem kalten, weißen Licht erstrahlten. Dann verloschen sie wieder.

»Was hat das zu bedeuten?«

Wieder leuchteten einige wenige Punkte auf, doch dieses Mal ein paar Schritte weiter links von ihnen. Das Schauspiel wiederholte sich und jedes Mal erschienen die Lichtpunkte an einer anderen Stelle.

»Sie wandern«, stellte Hannah fest und sah zu einem Punkt auf dem Boden hinüber, an der sie die nächste Leuchterscheinung vermutete. Tatsächlich glommen die Partikel auf, wurden erst blau, dann weiß und schließlich wieder dunkel.

»Sie wollen, dass wir Ihnen folgen«, erklärte Georg und

setzte sich in Bewegung.

Hannah zögerte, dann ging sie ihm nach. Er würde schon wissen, was er tat.

Die Abstände der Signale verkürzten sich und die immer schneller aufleuchtenden Partikel tauchten den Saal in diffuses, kaltes Licht.

»Da drüben!« Georg deutete an die Wand, an der weitere Punkte einen etwa zwei Meter hohen und drei Meter breiten Bogen spannten.

»Eine Nische!«, erkannte Hannah, als sie nur noch wenige Schritte davon entfernt waren. Ein tiefes Grollen ertönte und der Boden begann zu zittern.

»Es geht wieder los!« Eberius überholte sie und erreichte als erster die Einbuchtung in der Wand. Er drückte sich gegen den Felsen und hob die Arme vors Gesicht.

Georg schob Hannah in die Nische und stellte sich schützend vor sie.

»Diese verdammten Erdbeben!« schimpfte Semyonov und drängte sich als letzter neben Georg.

Es war eng, die Aussparung bot gerade genug Platz für alle. Hannah stand eingekeilt zwischen Eberius und Georg, sie konnte nur noch einen kleinen Ausschnitt der Decke sehen und das immer schneller zuckende Licht der Partikel. Das Grollen wiederholte sich, doch es fielen keine Steine von der Decke. Das Flackern wurde zu einem stetigen Leuchten, das sich nun auf alle Lichtpunkte ausbreitete. Jedes einzelne Partikel glühte und der gesamte Saal erstrahlte in gleißendem Licht. Hannah schloss die Augen, drehte sich weg und verbarg das Gesicht hinter ihren Armen. Die Helligkeit war so durchdringend, dass es schmerzte. Hannahs Augen brannten und begannen zu tränen. Sie zog den Kopf noch weiter ein, doch das Licht strahlte unbarmherzig weiter. Erst als sie glaubte zu erblinden, hörte das Leuchten auf. Schlagartig wurde es dunkel, dann folgte ein seltsames Rauschen und dann war alles still.

Hannah blinzelte vorsichtig. Ihre Augen taten weh, sie wischte sich die Tränen weg und drehte den Kopf. Dunkelheit. Sie blinzelte noch einmal, doch die Schwärze blieb. Ich kann nicht sehen, dachte sie entsetzt und Panik stieg in ihr auf. Sie tastete vorsichtig über ihr Gesicht – nein ihre Augen waren offen. Oh Gott, ich bin blind! Hannah blinzelte hektisch und rieb sich die Augen, als könne sie damit die Dunkelheit vertreiben.

Endlich, nach endlos erscheinenden Sekunden, tauchte eine graue Stelle auf, die stetig heller wurde. Die dunklen Schleier lichteten sich und sie erkannte Georg und Eberius neben sich. Langsam wurde ihre Sicht wieder klar.

»Alles in Ordnung?«, fragte Georg. Seine Augen waren stark gerötet.

Hannah nickte. »Ja, es geht wieder.«

»Mann, ich dachte ich werde blind!«, sagte er und rieb sich die Augenwinkel. Er trat aus der Nische und seine Schuhe verursachten ein knirschendes Geräusch auf dem Boden.

»Was ist das?« Semyonov verließ ihren Unterschlupf und unter jedem seiner schweren Schritte knackte und krachte es. »Das Zeug ist ja überall!«

Hannah betrachtete den Boden. Er war übersät von winzigen grauen Steinchen. Sie ging in die Hocke und hob ein paar davon auf. Sie waren matt und rau, kleine dünne Plättchen aus Stein. Sie erhob sich und sah sich um. Im Saal herrschte sanftes, warmes Licht, das von irgendwo aus der

Decke kommen musste. Hannah schaute nach oben, konnte jedoch keine genaue Lichtquelle ausmachen. Die Decke selbst schien zu leuchten, sie bestand aus einem undefinierbaren Material, undurchsichtig und milchig schimmernd, mit einer an Samt erinnernden Oberfläche.

»Sind das die Leuchtpartikel?« fragte Georg, den Blick auf den Boden gerichtet. Er schob die Steinchen mit dem Fuß zu einem kleinen Hügel zusammen.

Hannah sah auf ihre Handfläche. Tatsächlich. Die Plättchen hatten dieselbe Größe. »Die Erschütterung muss sie von der Decke gerissen haben. Das war das seltsame Rauschen, das wir gehört haben«, überlegte Hannah. Die Partikel mussten alle exakt zum selben Zeitpunkt heruntergefallen sein. Sie blickte noch einmal nach oben auf die makellos leuchtende Fläche. Es war kein einziges Steinchen mehr zu sehen.

Die Wände waren dagegen noch immer mit kleinen Plättchen verkleidet, und Hannah erkannte, dass es sich jetzt um Bilder handelte. Mosaike, zusammengesetzt aus unzähligen bunten Miniaturkacheln, wie sie sie schon oft gesehen hatte, etwa in spätantiken Siedlungen oder frühchristlichen Kirchen. Sie trat näher und betrachtete die Abbildungen. Wie im Lascaux-Saal waren auch hier Menschen in der Pyramide dargestellt. Die Bilder waren jedoch viel detaillierter und zeugten von einer künstlerischen Weiterentwicklung und einem umfassenden Verständnis von Proportion und Perspektive. Dies waren nicht die Werke von Steinzeitmenschen, die Schöpfer dieser Bilder mussten Menschen der Neuzeit gewesen sein. Die Szenen spielten sich ausschließlich innerhalb der Pyramide ab, die nun ganz deutlich als diese zu erkennen war. Auf einem Bild war ganz klar der Sternensaal dargestellt, auf dem daneben der Lascaux-Raum. Hannah blieb stehen. Irgendetwas hatte sie irritiert. Es dauerte einen Moment, bis sie darauf kam: es war die Anzahl der Figuren. Während im Sternensaal an die hundert Menschen zu sehen waren, zeigte die Darstellung des Lascaux-Raumes deutlich weniger Personen. 48, zählte Hannah. Außerdem unterschieden sie sich von der ersten Gruppe. Sie waren größer und trugen andere Kleidung. Hannah ging langsam weiter. Das nächste Mosaik zeigte die Menschen in dem Raum, in dem auch sie sich gerade befanden, allerdings vor der Transformation. An den Wänden schimmerten bunte Muster aus den hellen Leuchtpartikeln. Und wieder war die Menschengruppe geschrumpft. Nur noch 23 Figuren, während es im Sternensaal etwa viermal so viele gewesen sein mochten. Vielleicht handelte es sich um eine künstlerische Eigenart, und der Mosaizist hatte sich auf die wichtigen Figuren beschränkt, das war in der Kunst nicht unüblich. Oder die Menschen in der Pyramide wurden wirklich von Raum zu Raum weniger. Ein kalter Schauer lief Hannah über den Rücken und ließ sie frösteln. Sie wandte sich nach Georg und den anderen um. Eberius untersuchte die Mosaike am anderen Ende des Raumes, Semyonov hockte auf dem Boden und schaufelte verloschene Leuchtpartikel in einen Probenbehälter, während Georg nur wenige Meter von ihr entfernt mit versteinerter Miene auf die Wand blickte.

Der Geologe wandte den Kopf und deutete auf das Mosaik vor ihm. »Du wolltest doch wissen, was ich vorhin gesehen habe.« Hannah stellte sich neben ihn und betrachtete das Bild. Es zeigte eine Gruppe von acht Menschen in hellen Gewändern, in ihrer Mitte stand eine neunte Figur, die offensichtlich einer anderen Rasse angehörte. Sie war einen

Kopf größer als die Umstehenden, sehr schlank, mit über-langen Gliedmaßen. Auf dem kahlen Kopf trug sie einen dünnen Reif aus Metall. Weder die Kleidung noch Gestalt oder Gesichtszüge ließen erkennen, ob es sich um einen Mann oder eine Frau handelte.

Hannah schlug die Hand vor den Mund. »Ist das einer der Vergangenen?«

Georg nickte. »Zumindest war das eines der Bilder in meinem Kopf.«

Hannahs Blick wanderte von der hohen Gestalt zu den Menschen, die sie umringten. Es waren vier Männer und vier Frauen, sie blickten zu dem Vergangenen hinauf und streckten bittend die Arme nach ihm aus.

»Es sieht so aus, als wollten sie etwas haben«, überlegte sie.

»Aber was? Die zentrale Figur hat nichts bei sich und ich kann auch nichts erkennen, was auf etwas Abstraktes wie Wissen oder Macht hindeutet.«

»Vielleicht beten sie ihn einfach nur an?«

»Ohne Opfergaben? Und sieh dir die Körperhaltung der Menschen an: sie stehen aufrecht. Sie knien oder verbeu-gen sich nicht, oder zeigen auf andere Art ihre Demut oder Unterwürfigkeit. Es ist wirklich seltsam. Alle Abbildungen, die ich bisher hier drinnen gesehen habe, wirken auf den ersten Blick vertraut, man kann sie stilistisch einordnen, aber wenn man sie genauer betrachtet, findet man Abwei-chungen. Änderungen in der Art der Darstellung, oder im Motiv.«

»Als gelten andere Regeln.«

»Ja, das trifft es ganz gut.«

»So wie die Konstruktionen der Räume auch nicht den

uns bekannten physikalischen Gesetzen folgen. Gänge, in denen die Entfernungen variieren«, begann Georg aufzuzählen.

Hannah betrachtete noch einmal die Abbildungen der unterschiedlichen Räume. Der Sternensaal, unter dessen künstlichen Nachthimmel sich zahlreiche Figuren versammelt hatten.

Als nächstes der Lascaux-Saal mit den Wandmalereien, die an die Steinzeit erinnerten und doch nicht vergleichbar waren. Die Anzahl der abgebildeten Menschen hatte sich deutlich verringert.

»Deckenkonstruktionen, die der Schwerkraft trotzen«, fuhr der Geologe fort.

Jetzt der Raum, in dem sie sich gerade befanden: der Mosaiksaal.

»Und Leuchtpartikel, die die Gedanken kontrollieren können.«

Hier gab es nur noch 23 Personen, versammelt um die hohen Gestalten der Vergangenen.

Hannah kam es vor, als greife eine eiskalte Hand nach ihrem Herzen. »Was ist das hier für ein Ort?«

***

Eberius stand auf der gegenüberliegenden Seite des Saales und schaute auf die mosaikverzierte Wand vor ihm. Sein Blick huschte hektisch hin und her, er wusste gar nicht, welche Darstellung er sich zuerst ansehen sollte. Es war überwältigend! Endlich ein Raum, der die Erhabenheit der *Vergangenen* widerspiegelte! Mit leuchtenden Augen sog er die Pracht der Bilder ein, die Farben, die Kunstfertigkeit, mit der die winzigen Plättchen zu solch großartigen Meisterwerken zusammengesetzt worden waren. Und natürlich auch die Bedeutung der Abbildungen. Eberius hatte auf den ersten Blick erkannt, dass diese Seite des Saales die wichtigere war. Nun gut, er hatte auch ein wenig Hilfe gehabt. Zärtlich strich er über das Artefakt in seiner Jackentasche. Er wandte sich kurz um und schüttelte mitleidig den Kopf, als er Hannah und Beyerbach sah, die offenbar über die Bedeutung der Mosaike diskutierten. *Sie stehen vor der Vergangenheit, ich aber vor der Zukunft.* Wenn er so darüber nachdachte, konnten die beiden nichts dafür, es war nicht ihre Schuld, dass sie die wahre Bedeutung der Pyramiden und ihrer Erbauer nicht begreifen konnten. Eberius wunderte sich nicht über Beyerbachs Reaktion, nachdem ihm die Ehre zuteil geworden war, einen Einblick in das Wissen der *Vergangenen* erhalten zu haben. Menschen wie er, die ihr ganzes Leben lang nur an das glaubten, was sie mit ihrem begrenzten Verstand erfassen konnten, wurden schnell aggressiv, wenn sie an etwas gerieten, dass nach einem offenen Geist verlangte. *Er*, Eberius, dagegen, hatte diese Fähigkeiten. *Er* hatte die Bilder verstanden, die ihm die *Vergangenen* mithilfe der Leuchtpartikel gezeigt hatten, auch wenn es ihn beinahe überwältigt hatte. Der Pfad lag nun klar vor ihm, jetzt galt es nur noch diesem Weg bis zum Ende zu folgen.

Sein Blick wanderte zu Hannah und es tat ihm leid, dass die Archäologin nicht auch mit Visionen bedacht worden war. Doch die Pyramiden waren zweifellos so konstruiert worden, dass der Pfad für jeden Suchenden anders verlief. Es hatte seinen Grund, warum sie noch ein wenig länger auf das nötige Wissen warten musste, vielleicht…Eberius wollte die Idee, die ihm in den Sinn kam, beiseiteschieben, doch der Gedanke war zu reizvoll, als dass er sich nicht für einen Augenblick erlaubte, ihn zu Ende zu denken. Was, wenn es meine Aufgabe wäre, Hannah das nötige Wissen zu vermitteln? Sie würde zu ihm aufsehen, ihn, der sie alles lehren konnte, was er über die Vergangenen und die Pyramiden wusste. Und sie würde dankbar sein, dass er sie einweihte. Ein zufriedenes Lächeln umspielte Eberius' Lippen. Wirklich ein reizvoller Gedanke, doch so weit sind wir noch nicht. Mit leichtem Bedauern verdrängte er die Bilder vor seinem geistigen Auge und widmete sich dem ersten Mosaik.

Es zeigte den Raum, in dem sie sich gerade befanden, und zwar im jetzigen Zustand. Eberius' Blick wanderte über die Darstellung und als er die Stelle im Saal gefunden hatte, an der er stand, erkannte er die verkleinerte Version eben desselben Mosaiks, das er gerade betrachtete. Unglaublich, wie detailgetreu die Künstler die Mosaike des Saales abgebildet hatten! Er trat einen Schritt vor und stellte mit Erstaunen fest, dass man auch auf der Abbildung der Abbildung den Raum erkennen konnte, und darauf wiederum das Mosaik vor ihm. Als ob man zwei Spiegel voreinander hält, dachte Eberius fasziniert. Nur mit Mühe konnte er sich von dem fantastischen Anblick losreißen und wandte sich der nächsten Darstellung zu.

Ein *Vergangener* führte eine kleine Menschenmenge eine Treppe hinauf zu einem hohen Tor, flankiert von mächtigen Säulen und bekrönt von einem figurengeschmückten Giebel. Die schweren Metalltüren waren geöffnet und helles Licht drang nach draußen, so dass Eberius nicht erkennen konnte, was sich im Inneren befand. Die Gruppe hatten dem Betrachter den Rücken zugewandt, so dass der Eindruck entstand, selbst ein Teil davon zu sein.

Um das Tor war die Kontur der Pyramide eingezeichnet, wie schon bei der Abbildung davor. Doch dieses Mal erhoben sich im Hintergrund zwei weitere Pyramiden, eine kleinere und eine größere, die etwas zurückgesetzt stand.

Eberius' Herz begann schneller zu schlagen, als er die Bedeutung dieses Details erkannte: das Mosaik zeigte das Innere der *östlichen* Pyramide. Hektisch glitt sein Blick über die Darstellung und er versuchte jede noch so kleine Einzelheit in sich aufzunehmen.

»Professor!« Semyonov trat neben ihn und schüttelte einen kleinen Probenbehälter, in dem er ein paar der Partikel eingesammelt hatte.

Eberius presste die Lippen zusammen. Nicht jetzt! Dieser Idiot hatte wirklich ein unfassbar schlechtes Timing.

»Semyonov?« presste der Parapsychologe ungeduldig hervor.

»Diese Dinger hier«, er raschelte noch einmal mit der Plastikdose.

»Was genau ist das?«

»Ich fürchte, das fällt in die Zuständigkeit unseres Geologen«, versuchte Eberius den Russen abzuwimmeln und deutete auf die Wand hinter sich. »Falls Sie eine Expertise wünschen, wenden Sie sich doch bitte an Herrn Beyerbach.«

Semyonov drehte sich nicht einmal um. Er fixierte den Parapsychologen und schüttelte lachend den Kopf.

»Sie haben mich nicht richtig verstanden, Professor. Ich will nicht wissen, woraus die Steine sind. Ich will wissen, wie sie funktionieren.«

»Funktionieren? Was meinen Sie damit, Semyonov, ich kann Ihnen nicht ganz folgen.«

»Diese Partikel hier haben es irgendwie geschafft, in Georgs Kopf einzudringen.«

»Nun ja, nicht im wörtlichen Sinn«, amüsierte sich Eberi-us über die ungeschickte Wortwahl des Russen.

Semyonovs Augen verengten sich zu Schlitzen und sein Lächeln ähnelte nun mehr dem Zähnefletschen eines Raub-tieres. Eberius räusperte sich und wurde wieder ernst. Wenn er den Russen schnell loswerden wollte, sollte er ihn besser nicht reizen.

»Diese Partikel können – bei geeigneten Personen – eine Bewusstseinserweiterung herbeiführen«, erklärte er in sach-lichem Ton. »Natürlich habe ich nicht einer solchen bedurft. Ich gehörte schon vorher zum Kreis der Eingeweihten.«

»Dann haben Sie Grigori, wie sagt man, auf die Sprünge geholfen?«

»Ich?« Eberius lachte. »Du lieber Himmel, nein! Das wa-ren einzig und allein die *Vergangenen. Sie* haben uns ihre Botschaft hinterlassen, meine – unsere – Aufgabe ist es, die-se zu verstehen und entsprechend zu handeln.«

»Das ist alles, was ich wissen muss. Vielen Dank, Profes-sor.«

Ein ungutes Gefühl machte sich in Eberius breit. Warum kam es

ihm so vor, als hätte er etwas Falsches gesagt?

Ohne den Parapsychologen aus den Augen zu lassen, hol-te Semyonov sein Funkgerät aus der Tasche und sprach auf Russisch hinein.

»Was…was tun Sie da?« fragte Eberius verwirrt. Er hatte nur Bruchstücke von dem verstanden, was der Russe gesagt hatte.

»Bericht erstatten.«

Das Funkgerät knackte und rauschte und unverständliche Wortfetzen drangen aus dem Lautsprecher.

»Verdammt!«, fluchte Semyonov und schlug mit der flachen Hand gegen das Gehäuse.

»Bericht erstatten?«, wiederholte Eberius. »Warum? Wir sind doch noch gar nicht fertig.«

»Doch, Sie schon.«

»Wie bitte? Was meinen Sie damit?«, rief Eberius alarmiert. Das musste ein schlechter Scherz sein, eine von Semyonovs geschmacklosen Gemeinheiten!

Der Russe wiederholte noch einmal seinen Funkspruch und dieses Mal verstand der Parapsychologe jedes einzelne Wort. Ein eiskalter Schauer lief ihm über den Rücken. *Hochentwickelte Technologie in den Pyramiden entdeckt. Einsatz als Waffe möglich. Übernehme Leitung der Mission und warte auf weitere Anweisungen.*

»Nein!«, schrie Eberius. »Das können Sie nicht machen!«

»Kann ich nicht?«

»Was ist hier los? Warum schreien Sie so, Eberius?«

Beyerbach und Hannah kamen mit schnellen Schritten zu ihnen herübergeeilt.

Aus dem Funkgerät rauschten abgehackte Silben. Semyonov fluchte und steckte das Funkgerät wieder ein.

»Der Empfang ist zu schlecht, wir gehen jetzt alle nach draußen, damit ich Kontakt zu meinen Leuten aufnehmen kann.«

»Wir sollen gehen? Jetzt sofort?«, fragte Hannah. »Aber warum?«

»Was soll das, Dimitri?«, forderte Beyerbach eine Erklärung.

»Er will die Expedition abbrechen«, keuchte Eberius. In seinem Kopf rasten die Gedanken durcheinander. Das konnte nicht das Ende sein, nicht jetzt! Er war doch so weit gekommen! Wut und Entsetzen machten sich in ihm breit.

»Abbrechen?«, wiederholte Hannah erschrocken. »Aber wir haben doch gerade erst angefangen und allein das, was wir bis jetzt gefunden haben, ist eine Sensation!«

»So ist es.« Der Russe grinste breit. »Und genau aus diesem Grund ist dies ab sofort eine russische Angelegenheit. Entgegen aller Erwartungen hat unser Professor hier tatsächlich etwas Wichtiges entdeckt. Etwas, das es meiner Regierung ermöglichen wird, ihre Ziele leichter und schneller zu erreichen.«

Eberius war wie gelähmt. In seinem Inneren tobte dagegen ein Kampf, sein Verstand arbeitete fieberhaft an einer Lösung, wie er Semyonov von seinem Vorhaben abbringen konnte, während seine Wut immer weiter wuchs.

Der Russe blickte in die Runde. »Ihre Dienste werden daher nicht mehr benötigt und es gibt keinen Grund mehr für Sie, noch länger hier zu bleiben.« Mit einer einladenden Geste deutete Semyonov auf den Gang, durch den sie gekommen waren. Wie zufällig klappte Semyonovs Jacke auf und enthüllte das Holster, in dem die Pistole steckte. »Wenn ich also bitten darf…«

Beyerbach presste die Lippen aufeinander, während Hannah scharf die Luft einsog. Dann straffte sie ihre Schultern und trat vor den Russen.

»Das können Sie vergessen, Semyonov! Wir gehen nirgendwo hin. Das ist unsere Expedition.« Hannahs blaue Augen funkelten ihn wütend an. Eberius musterte sie verstohlen. Für einen Moment vergaß er seinen Zorn. Es gehörte schon einiges dazu, sich einem Mann wie Semyonov entgegenzustellen, noch dazu, wenn er eine Waffe bei sich trug, die er ohne Zweifel auch benutzen würde. Ihr Mut imponierte ihm und erneut ertappte sich der Parapsychologe dabei, dass er in Hannah Walkows mehr als ein Mitglied seiner Expedition sah.

»Muss das sein, Dimitri, wir haben hier wirklich eine Menge Arbeit investiert«, versuchte nun auch Beyerbach den Russen zum Einlenken zu bewegen.

Semyonov lachte nur. »Das…das ist wirklich lustig. Eure Expedition! Wir sind hier auf russischem Boden. Diese Expedition war von Anfang an ein Projekt der russischen Regierung.«

Die Worte des Russen rissen Eberius aus seinen Gedanken. Konzentrier dich, Peter! Du bist kurz davor alles zu verlieren! Sofort kochte die Wut wieder in ihm hoch. Er war so weit gekommen und nun drohte Semyonov alles zu zerstören, was ihm etwas bedeutete. Die Pyramiden waren sein Lebenswerk! Ich werde das nicht zulassen, niemals!, dachte er, seine rechte Hand umklammerte das Artefakt in seiner Tasche und ballte sich zur Faust. Seine Finger krümmten sich so fest um das Metall, dass sich die Kanten tief in seine Haut gruben. Ich werde das nicht zulassen! Wie ein Mantra wiederholte er diesen einen Gedanken und der Schlüssel reagierte. Er erwärmte sich und begann zu zittern. Eberius spürte wie die Energie des Artefakts wuchs und seinen Körper durchströmte. Seine vor Zorn glühenden Augen fixierten Semyonov. »Ich werde dich töten.«, formten seine Lippen lautlos und er trat vor. Dieses Mal hielt ihn das Artefakt nicht zurück. Eberius hob die Hand um den Russen zu packen – und in diesem Moment durchdrang ein unheimlicher Laut den Saal. Ein seltsamer, klagender Ton, der aus allen Richtungen zu kommen schien, in der Mitte des Raumes verharrte und dann verstummte.

Erschrocken ließ Eberius die Hand sinken und sah sich um. Verunsichert lösten sich seine Finger vom Artefakt und er zog die Hand aus der Tasche. Die Kanten des Schlüssels hatten rote Linien auf seiner Handfläche hinterlassen.

»Was war das?« fragte Hannah beunruhigt. Sie sah sich suchend im Saal um. »Wo ist das hergekommen?«

»Keine Ahnung!« Beyerbach griff nach seiner Taschenlampe und hielt sie wie einen Knüppel.

»Es klang irgendwie…lebendig. Wie ein Tier!«

Der Ton wiederholte sich, dieses Mal begleitet von einem leichten Beben des Bodens.

»Es ist unter uns!«, rief Beyerbach und trat ein paar Schritte zurück, den Arm schützend vor Hannah ausgestreckt.

Eberius blickte zu Boden und lächelte. Natürlich, dachte er. Nicht er würde sich um Semyonov kümmern müssen.

***

Georg ging rückwärts in Richtung Wand, den Blick starr auf den Boden zu seinen Füßen gerichtet. Die Partikel zitterten und bebten im Rhythmus der Erdstöße. Zum dritten Mal ertönte das klagende Ächzen, lauter und näher als zuvor, wie ein großes, tödlich verwundetes Tier, das sich mit letzter Kraft den Weg zu ihnen hinauf bahnte.

Plötzlich brach der Boden auf. Georg riss Hannah von den berstenden Steinplatten weg und beide fielen nach hinten. Nur wenige Meter von ihnen entfernt, schoben sich dröhnend graue Säulen nach oben. Mit gewaltiger Kraft wuchsen sie empor und durchstießen die Decke. Heller

Staub rieselte von oben herab, das Knirschen entfernte sich, wurde leiser und hörte schließlich ganz auf. Es herrschte Stille. Die Säulen bewegten sich nicht mehr. Sie hatten die Spitze der Pyramide erreicht.

Georg erhob sich langsam und trat an die Wand aus Säulen heran, die den Saal nun auf der gesamten Breite abtrennte. Er berührte den Stein und stellte erstaunt fest, dass es sich gar nicht um Felsen handelte, sondern um Kristall. Die Oberfläche war kühl und spiegelglatt und schimmerte in halbtransparentem Grau, die Struktur war bemerkenswert gleichmäßig, keinerlei Einschlüsse trübten den Kristall, so dass Georg ins Innere der Säulen blicken konnte und sogar schemenhaft auf die andere Seite des Saales.

»Wie ist das möglich?« flüsterte Hannah neben ihm und schaute ungläubig auf die Kristallwand.

Eberius, der nur wenige Schritte hinter ihr stand, trat lachend vor. »Es überrascht mich, dass Sie noch immer nach dem »wie« fragen, Frau Walkows. Versuchen Sie nicht mehr zu begreifen, was Sie nicht begreifen können. Akzeptieren Sie einfach das, was Sie sehen.« Er berührte die Säule vor ihm und strich sanft darüber. »Ich muss jedoch zugeben, dass die Wunder dieses Ortes auch mich jedes Mal in Erstaunen versetzen.«

Eine Bewegung im Inneren des Kristalls zog Georgs Aufmerksamkeit auf sich. Ein dunkler Schatten trat von der anderen Seite auf die Wand zu: eine große, massige Gestalt. Georgs Herz begann schneller zu schlagen.

»Semyonov!« rief Hannah mit einer Mischung aus Staunen und Entsetzen.

Georg schaute sich um. Tatsächlich. Außer ihm waren nur Hannah und Eberius in diesem Teil des Saales. Er wandte sich zurück zur Kristallwand und starrte auf den Schatten auf der anderen Seite. Jetzt erkannte auch er den Russen. Dimitri hob den Arm und schlug mehrmals gegen die Säule. Nicht das geringste Geräusch drang zu ihnen herüber.

»Er ist gefangen!« Hannah hämmerte ebenfalls gegen den Kristall, doch schon nach wenigen Schlägen sah sie ein, dass es sinnlos war. Dimitri konnte sie nicht hören.

Georg lief zur Seitenwand, wo der Kristall die Mosaike berührte, doch die Kristallsäulen fügten sich nahtlos an die Mauer. Es gab keinen Spalt, nicht den kleinsten Zwischenraum. Hektisch tastete er die glatte Oberfläche entlang, bis zu der Stelle, an der Dimitris schemenhafte Umrisse zu sehen waren. Hannah hatte die andere Seite abgesucht und als sich ihre Blicke trafen, schüttelte sie den Kopf.

»Hier drüben ist nichts, die Kristalle sind so dicht an der Mauer, als wären sie damit verwachsen.«

»Auf meiner Seite sieht es genauso aus.«

»Dann werden wir wohl ohne unseren russischen Freund auskommen müssen.« Eberius gab sich keinerlei Mühe Bedauern zu heucheln.

»Wir können ihn doch nicht da drüben lassen!« rief Hannah empört.

»Ich fürchte, uns bleibt gar nichts anderes übrig.«

»Dann gehen wir eben zurück und suchen einen anderen Zugang«, schlug Hannah vor und wandte sich um. Sie ging zwei Schritte und blieb dann wie angewurzelt stehen.

Georg verstand sofort. Verdammt. Dieses Mal hatte ihn sein Orientierungssinn nicht im Stich gelassen, nur war er zu sehr mit der Kristallwand beschäftigt gewesen, um darauf zu achten. Erst jetzt wurde ihm bewusst, was sein Gehirn schon längst erfasst hatte. Nicht Semyonov war gefangen, sondern *sie*. Der Korridor, der in den Mosaiksaal führte, ihre einzige Verbindung nach draußen, lag auf der anderen Seite, hinter einer meterdicken Schicht aus grau schimmerndem Kristall.

∗∗∗

Hannah lief zur Rückwand des Saales und suchte die Wand ab. Sie konnten nicht gefangen sein, irgendwo musste es doch einen Ausgang geben! Sie strich über die Mosaike, tastete über jede Unebenheit, doch sie fand nichts.

»Eberius!« rief sie und wandte sich nun der Seitenwand zu. »Wir brauchen Ihre Instrumente, wie beim letzten Mal!«

Der Parapsychologe schritt langsam zu ihr hinüber und betrachtete die Wand. »Ich bin mir nicht sicher, ob es dieses Mal funktioniert«, antwortete er ausweichend.

»Aber wir könnten es doch wenigstens versuchen«, beharrte Hannah, doch Eberius schüttelte bedauernd den Kopf. Irritiert sah sie, dass er sich nicht einmal die Mühe machte, die Hände aus den Jackentaschen zu nehmen. So würden sie nie den Ausgang finden!

»Aber Sie können doch nicht einfach tatenlos hier rumstehen!« Wieder glitten ihre Hände über die Mosaike. Die scharfen Kanten der Steinkacheln schnitten ihre Handflächen, doch sie ignorierte den brennenden Schmerz. »Wir wissen nicht, für wie lange die Luft reicht, oder unsere Vorräte –«

»Hannah.« Georg war neben sie getreten und legte ihr eine Hand auf die Schulter. »Panik bringt uns auch nicht weiter!«

Hannah hielt in der Bewegung inne und ließ die Hände

sinken. Georg hatte recht. Langsam beruhigte sie sich wieder. Sie betrachtete ihre verletzten Hände und wischte sich das Blut an ihrer Hose ab.

»Wir teilen uns auf«, schlug Georg vor. »Ich kann mir nicht vorstellen, dass die Erbauer der Pyramide diesen Raum hier als Falle konstruiert haben. Bis jetzt gab es immer einen zweiten Zugang, auch wenn wir ihn nicht sofort entdeckt haben.«

»Eberius, Sie sehen auf der rechten Seite nach, Hannah an der Kristallwand und ich fange mit der linken Seitenwand an.«

»Wenn Sie meinen, Beyerbach«, antwortete der Parapsychologe kühl. »Aber ich möchte Sie daran erinnern, dass immer noch ich diese Expedition leite, nicht Sie.«

»Haben Sie einen besseren Vorschlag?«, fragte Georg knapp.

Eberius drehte sich wortlos um und steuerte die rechte Seite des Saales an.

»Gut, fangen wir an.«

Hannah wollte gerade die Oberfläche der Säule untersuchen, als sie eine Bewegung aus dem Augenwinkel wahrnahm. Ein paar Schritte neben ihr, auf der anderen Seite der Barriere winkte Semyonov ausladend mit beiden Armen. Als er sah, dass er ihre Aufmerksamkeit erregt hatte, hörte er auf und deutete auf etwas in seiner Hand.

»Warte, Georg.«

Der Geologe drehte sich um und folgte ihrem Blick.

»Er will uns irgendetwas sagen.« Hannah stellte sich ganz dicht vor die Kristallsäulen.

»Er hat etwas in der Hand…das Funkgerät!«

»Natürlich!« Georg riss seinen Rucksack auf, holte das

Funkgerät heraus und schaltete auf Empfang.

»Gri– – – ori!« ertönte es undeutlich, begleitet von lautem Knacken und Knirschen. »Kann– – – ören – –«

»Ja, aber der Empfang ist immer noch sehr schlecht.«

»– –gang– – – rück – – ilfe«, rauschte es aus dem Lautsprecher.

»Er geht zurück und holt Hilfe?« Hannah sah Georg fragend an.

Der Geologe nickte und die Erleichterung stand ihm ins Gesicht geschrieben.

»Verstanden, Dimitri. Wir werden weiter nach einem anderen Ausgang suchen«, bestätigte Georg über Funk und wartete auf Semyonovs Antwort. Doch das Funkgerät blieb stumm. Georg winkte der Gestalt hinter den grauen Säulen zu.

»Er scheint uns verstanden zu haben.«, meinte der Geologe, als Semyonov kurz die Hand hob und sich dann von der Kristallwand wegbewegte.

»Sie werden uns hier rausholen.«, sagte Hannah hoffnungsvoll. Dann huschte ein Lächeln über ihr Gesicht. »Vor ein paar Minuten waren Semyonovs Leute unser größtes Problem und jetzt könnten sie unsere Rettung sein. Das ist absurd!«

Georgs Gesicht blieb ernst. »Ganz so einfach ist es leider nicht. Die Pyramiden liegen ziemlich abgelegen, es wird dauern, bis Hilfe eintrifft. Mindestens einen Tag, wohl eher zwei. Und dann haben wir immer noch diese Mauer da.« Er zeigte auf die Kristallsäulen.

»Aber die Russen haben ganz andere Möglichkeiten als wir, da durch zu kommen. Sie haben Geräte oder Waffen. Oder Sie brechen an einer anderen Stelle durch die Wand«,

widersprach Hannah und erwartete, dass Georg ihr bei-
pflichtete.

Doch der zuckte nur mit den Schultern. »Wollen wir es
hoffen.«

Hannahs Zuversicht schwand. Zwei Tage gefangen in diesem Raum und dann war es noch nicht einmal sicher, dass
Semyonovs Leute tatsächlich zu ihnen vordringen konnten.

Wieder fühlte Hannah eine Woge der Angst in sich auf-
steigen, doch dieses Mal ließ sie es nicht zu, dass die Panik
ihre Gedanken lähmte. Nein! Sie würde hier nicht einfach
herumsitzen und auf Hilfe warten!

»Vielleicht kommen wir auch vorher hier raus. Die anderen Korridore waren auch verborgen, wir suchen alles noch
einmal ab. An die Arbeit!«

Georg lächelte sie an und nickte. »An die Arbeit.«

Hannah begann mit der Untersuchung der Säulen. Vier-
undzwanzig zählte sie, alle gleich breit. Die spiegelglatte
Oberfläche war makellos und schimmerte in rauchigem
Grau. Farbe und Form erinnerten an Quarz, auch wenn
Hannah bisher noch nie so große Kristalle gesehen hatte.
Mit einem leichten Schaudern erinnerte sie sich daran, wie
die Säulen plötzlich aus dem Boden gebrochen waren. Dabei war es nicht die Größe, die sie irritierte, sondern die Art
wie die Kristalle aufgetaucht waren. Es war kein Empor-
wachsen gewesen, wie man es vielleicht erwartet hätte, die
Bewegung hatte sie viel mehr an ein riesiges Tier erinnert,
dessen Kiefer mit unheimlicher Kraft zugeklappt war. Es ist
doch eine Falle, dachte sie und schlang unwillkürlich die
Arme um sich. Ihr Blick fiel auf den Boden, dort wo die Säulen die Steinplatten aufgerissen hatten. Die Bruchkante war

uneben und dunkle gezackte Linien führten davon weg in den Raum hinein. Hannah bückte sich und erkannte, dass es sich um Risse im Boden handelte. Merkwürdig, dass ihr das nicht schon vorhin aufgefallen war. Aber gut, sie war in Panik geraten und hatte nicht klar denken können. Das, oder die Spalten waren vorher noch nicht da gewesen. Sie ließ sich in die Hocke nieder und schob die herabgefallenen Partikel zur Seite. Nun waren die Risse noch deutlicher zu sehen. Einer war breit genug, dass sie mit den Fingern hineingreifen konnte. Ihre Hand glitt mühelos bis zum Daumenansatz in die Öffnung und stieß noch immer nicht auf Widerstand. Erstaunt zog Hannah die Hand zurück. Ein Hohlraum! Sie schob noch mehr graue Plättchen zur Seite und eine große, schmucklose Steinplatte kam zum Vorschein. Sie klopfte dagegen und es klang tatsächlich dumpf.

»Georg!« rief sie nach dem Geologen und legte weitere Platten frei. Sie klopfte prüfend dagegen. Hohl. Die daneben: auch hohl.

»Was ist los?«, fragte Georg und ging neben ihr in die Hocke.

»Hier muss ein Hohlraum sein! Hörst du das?« Sie klopfte auf eine der Fliesen. »Das ist schon die dritte!« Aufgeregt schob sie weitere Partikel aus dem Weg. Unter ihnen musste sich eine Kammer befinden!

Georg schlug auf eine der Platten. »Ja, du hast recht. Wir müssen herausfinden, wie groß der Hohlraum ist.«

Sie teilten sich auf und untersuchten die angrenzenden Bodenplatten.

»Was machen Sie denn da?« ertönte Eberius' Stimme über Hannah.

»Unter dem Boden muss ein Hohlraum sein« erklärte sie,

ohne aufzublicken. »Es geht da drüben bei den Kristallen los und etwa zwei Meter bis hier hin.« Zum Beweis klopfte sie auf zwei Steinplatten, die erste klang hohl, die daneben massiv.

»Ein unterirdischer Raum?«, überlegte Eberius. »Das habe ich nicht erwartet…«

»Das ist hoffentlich unser Weg hier raus.« Hannah änderte die Richtung und untersuchte die nächste Fliese.

»Hier ist Schluss«, rief Georg ein paar Meter neben ihr. Er stand auf und Hannah sah, dass er den Verlauf des Hohlraums mit einem kleinen Wall aus Partikeln markiert hatte. Sie tat es ihm nach und als sie fertig war, standen sie in einem etwa sechs Quadratmeter großen Feld.

Hannah schnürte es die Kehle zu. Die unterirdische Kammer, wenn es sich denn überhaupt um eine handelte, war sehr klein. Sie hatte auf einen neuen Saal gehofft, mit einem Ausgang, oder wenigstens einen Tunnel.

»Nicht besonders groß«, sagte Georg skeptisch.

»In der Tat«, stimmte Eberius zu und klang enttäuscht.

»Das spielt jetzt aber keine Rolle, wie kommen wir da runter?« Hannah fühlte einen erneuten Anflug von Panik. Sie atmete tief durch und zwang sich zur Ruhe.

»Das wird schwierig«, antwortete Georg auf ihre Frage. »Die Platten sind glatt verfugt, es gibt keine Spalten, in denen man einen Hebel ansetzen könnte. Selbst wenn wir einen hätten.« Die Frustration war ihm deutlich anzuhören und verunsicherte Hannah noch mehr. Das Gefühl der Hoffnungslosigkeit wuchs und drohte sie vollends zu überwältigen. Hannah kämpfte dagegen an, doch als Georg ihr beruhigend eine Hand auf die Schulter legte, konnte sie ihre Tränen nicht zurückhalten.

»Ich will hier raus, Georg«, flüsterte sie und drückte sich an ihn. Er legte seine Arme um sie und strich ihr über das Haar.

»Wir kommen hier raus. Das verspreche ich dir.«

***

Eberius sah zu Beyerbach und Hannah hinüber und spürte einen kurzen Stich in seiner Brust. Es gefiel ihm nicht, dass die beiden sich körperlich nahekamen. Sicher, der Ernst der Lage war nicht von der Hand zu weisen, so dass er Hannahs Bedürfnis nach Trost durchaus verstehen konnte, und da die beiden früher ein Paar gewesen waren, war es nicht verwunderlich, dass sie sich Beyerbach zuwandte. Aber es gefiel ihm ganz und gar nicht. Ihre Beziehung war vorbei und deshalb sollte nicht er es sein, an den Hannah sich wandte. *Sie sollte dich umarmen, nicht ihn*, klang es in Eberius' Kopf und er nickte unmerklich. Ja, *er* sollte Hannah trösten, ihr über das weiche Haar streichen und sie in den Armen halten… *Dann sorge dafür, dass sie sich dir zuwendet.* Aber wie? Die Stimme in seinem Kopf blieb stumm. Stattdessen erwärmte sich das Artefakt in seiner Tasche. Die Reaktion der Metallplatte kam so unerwartet, dass Eberius zusammenzuckte. Vorhin, als er an der Wand entlang gegangen war, um nach einem verborgenen Korridor zu suchen, hatte das Artefakt nicht reagiert. Doch nun wollte es ihm offensichtlich etwas zeigen. Er griff danach und sah sich suchend um. Die Wände hatte er schon untersucht, dort gab es nichts, also konnte es nur etwas auf dem Boden sein. Der Parapsychologe senkte den Kopf und richtete seine Aufmerksamkeit auf die Markierungen. Sein Blick wanderte die Umrisse aus aufgeschichteten Partikeln entlang, bis er an einer Stelle, etwa zwei Meter vor ihm, einen kleinen dunklen Fleck am Rand einer Bodenfliese entdeckte: eine Einkerbung, winzig klein und leicht zu übersehen. Er trat vor und bückte sich. Behutsam schob er die Partikel zur Seite und legte ein kleines Quadrat frei, das in die danebenliegende Bodenplatte geritzt war. Er hob den Kopf, doch Hannah und Beyerbach beachteten ihn nicht. Ihr Anblick versetzte Eberius erneut einen Stich, doch er wusste, dass es nicht mehr lange dauern würde, bis sie sich von dem Geologen abwandte. Schließlich würde er derjenige sein, der sie aus ihrer unfreiwilligen Gefangenschaft befreite. Mit einem zufriedenen Lächeln zog der Parapsychologe das Artefakt aus der Jacke und legte es auf das Quadrat. Kaum hatte die kleine Metallscheibe das Relief berührt, begann der Boden zu beben. Der Partikelwall erzitterte und die Teilchen rutschten über die Fliesen. Rasch hob Eberius das Artefakt auf und sprang zurück. Neben ihm lösten sich Hannah und Beyerbach voneinander und sahen sich erschrocken um.

»Ein Erdbeben!«, rief die Archäologin entsetzt und wollte weglaufen, doch Eberius griff nach ihrem Arm und hielt sie fest.

»Nein, bleiben Sie hier! Das ist kein Erdbeben, es ist nur an dieser Stelle.« Er deutete auf den Boden vor ihren Füßen. Die Partikel sprangen scheinbar unkontrolliert über die bebenden Platten, doch Eberius hatte bereits erkannt, dass sie sich alle in dieselbe Richtung bewegten: zum Zentrum des Hohlraumes hin.

»Aber –« Hannah brach ab und starrte auf die Fliesen. Jetzt hatte auch sie begriffen. Staunend sah sie zu wie sich die Mitte des Bodens senkte. Die Platten kippten und die

Fugen brachen auseinander. Immer mehr Steinplättchen rutschen nach und fielen durch den sich öffnenden Spalt in den Hohlraum. Wie unter der Last eines unsichtbaren Gewichts brach der Boden schließlich ein. Die Fliesen richteten sich auf und fielen in die Öffnung, zuerst in der Mitte, dann die am Rand, bis schließlich ein sechs Quadratmeter großer Schacht entstanden war.

»Da ist eine Treppe!«, Hannah zeigte auf den ihr gegenüberliegenden Rand der Öffnung, wo sorgsam in den Stein gehauene Stufen in die Tiefe führten. Sie riss sich von Eberius los und lief zum Anfang der Treppe. »Sie führt nach unten, in einen Korridor.« Die Augen der Archäologin funkelten vor Aufregung.

»Sehen Sie, Hannah, es gibt immer einen Ausweg. Oder einen Aus*gang*«, sagte Eberius lächelnd und seine Finger umschlossen das Artefakt, das nun kühl und ruhig in seiner Jackentasche lag. Er umrundete den Treppenschacht und stellte sich neben Hannah. Die Stufen führten gute drei Meter in den Boden. An den Wänden markierten Leuchtpartikel den Weg hinab und tauchten die Treppe in gedämpftes, goldenes Licht, das auch den nachfolgenden Gang erhellte.

Für den Parapsychologen gab es keinen Zweifel, dass diese Stufen den Anfang des Pfades markierten, den die *Vergangenen* für ihn bestimmt hatten. Diese Treppe führte zum Herzen der Pyramiden, es konnte gar nicht anders sein. Ein Gefühl der Erhabenheit durchströmte ihn, als er vortrat, um die erste Stufe hinabzusteigen.

»Nicht so schnell, Eberius.« Beyerbach stand noch immer am anderen Ende des Schachtes und sah ihn mit zusammengekniffenen Augen an. »Wie haben Sie das gemacht?«

»Was meinst du?«, fragte Hannah.

»Bevor diese Treppe auf so wundersame Weise erschienen ist, was haben Sie da gemacht, auf dem Boden?«

Hannah sah Eberius überrascht an. »*Sie* haben den Schacht geöffnet?« Im Gegensatz zu ihrem Kollegen klang die Archäologin kein bisschen feindselig. Eberius bildete sich sogar ein, dass Bewunderung in ihrer Stimme mitschwang.

Er lächelte. »Ich habe eine Art Schalter gefunden. Dort drüben.« Er zeigte auf die Stelle, wo das kleine Quadrat in den Boden geritzt worden war.

Beyerbach runzelte die Stirn, ging zu der Bodenplatte und ließ sich in die Hocke nieder.

»Das war Ihre Seite, oder?« fragte der Parapsychologe betont unschuldig. »Ich bin ein wenig überrascht, dass Sie das übersehen haben.« Die Miene des Geologen verfinsterte sich, er blickte zu Hannah, die ihn mit einer Mischung aus Vorwurf und Verwunderung ansah. Sie verliert das Vertrauen in ihn, dachte Eberius mit Genugtuung. Zumindest in seine Fähigkeiten. Um den Rest kümmere ich mich später.

»Sie haben uns gerettet, Dr. Eberius, danke.« Hannah nickte ihm zu und lächelte ihn dankbar an.

»Noch sind wir nicht draußen«, knurrte Beyerbach und erhob sich.

»Nun, dann sollten wir nicht länger hier herumstehen und lieber nachsehen, wohin der Korridor führt.« Eberius machte eine einladende Geste »Ladies first.«

Hannah zögerte kurz, dann stieg sie vorsichtig die Stufen hinab. Eberius folgte ihr. Ein ungeahntes Hochgefühl durchströmte seinen Körper, als er den langen, schmalen Korridor entlang schritt. Es verlief wieder alles nach Plan. Alle Hindernisse, die ihn von seiner wahren Bestimmung abzuhalten drohten, waren beseitigt. Semyonov war fort, der Weg war frei, er musste ihm nur noch folgen. Selbst wenn es dem Russen und seinem sogenannten »Expertenteam« gelang, die Kristallbarriere zu überwinden, wäre es für sie zu spät. Er, Peter Eberius, hatte den Pfad betreten, und niemand würde ihn jetzt noch aufhalten.

8

Georg zweifelte an seinem Verstand. Schon zum zweiten Mal war ihm etwas Wichtiges entgangen. Er hätte den Schalter doch sehen müssen! Warum war es immer Eberius, der den Ausgang fand? Wütend starrte er auf den Rucksack vor ihm. Eigentlich hätte er froh sein müssen, dass sie ihr Gefängnis verlassen konnten, doch so hatte er sich das nicht vorgestellt. Dimitri hatte sicherlich schon Hilfe angefordert, vielleicht wäre es besser gewesen, bei den Kristallen auf die Russen zu warten. Wer weiß, wo dieser verfluchte Korridor sie noch hinführte! Georg schnaubte verächtlich. Eberius, der wusste es natürlich! Für Georgs Geschmack wusste er ein bisschen zu viel. Im Gegensatz zu ihm war der Parapsychologe im Raum mit den Leuchtpartikeln weder überrascht gewesen, noch hatte ihn die Hypnose-Einlage der Vergangenen in irgendeiner Form beunruhigt. Er hatte es regelrecht genossen, ja die Informationen aufgesaugt wie ein Schwamm, als habe er nur darauf gewartet, dass so etwas passierte... Je länger Georg darüber nachdachte, desto mehr Ungereimtheiten fielen ihm auf. Eigentlich hatte das Ganze schon begonnen, als sie die Pyramiden erreicht hatten. Wie ein Magier, der ein Kaninchen aus dem Hut zaubert, hatte der Parapsychologe den Eingang entdeckt, gerade in dem Augenblick, als sie zurückgehen wollten. Dann der seltsame

Gang ins Innere. Georg erinnerte sich nur zu gut daran, wie ihn Eberius mit seiner temporären Orientierungslosigkeit aufgezogen hatte. Warum hatte der Gang nur auf ihn diesen Effekt gehabt? Und dann im Sternensaal, als nichts darauf hindeutete, dass die Pyramide etwas anderes sei als eine Höhle: Eberius wedelt mit einem seiner unsinnigen Instrumente und voilá – ein Erdbeben verwandelt die Höhle in ein Planetarium, Geheimgang inklusive! Dasselbe Szenario im nächsten Saal, und wieder ist der Parapsychologe nicht im Geringsten überrascht. Gut, den Gang hatte dieses Mal Hannah gefunden, aber, nein Moment mal, hatte sie das wirklich? Georg rief sich die Szene noch einmal ins Gedächtnis. Wieder Eberius! Hannah hatte zwar dieses merkwürdige Ding in der Hand gehalten, aber der Parapsychologe hatte sie angeleitet. Und nun der Treppenschacht. Das alles konnte doch kein Zufall sein! Georg war überzeugt, dass Eberius genau wusste, was er tat. Irgendwie gelang es ihm, die Mechanismen dieser Pyramide zu aktivieren, aber wie machte er das nur? Er konzentrierte sich und versuchte sich daran zu erinnern, was der Parapsychologe getan hatte, bevor sich die Bodenplatten geöffnet hatten. Georg war damit beschäftigt gewesen, Hannah zu beruhigen und hatte nicht darauf geachtet, was Eberius tat. Verdammt, er hatte nichts gesehen! Aber noch einmal würde ihm das nicht passieren. Ab jetzt würde er den Parapsychologen keine Sekunde mehr aus den Augen lassen! Der Korridor machte eine Biegung und für einen kurzen Moment verschwand der Rucksack vor ihm aus seinem Blickfeld.

»Da vorne ist der Gang zu Ende!«, rief Hannah kurze Zeit später. Sie beschleunigte ihre Schritte und auch Eberius ging schneller. Der Korridor wurde nun merklich breiter und das Licht heller. Die Wände erstrahlten, immer mehr schimmernde Linien, bestehend aus den kleinen Leuchtpartikeln, erschienen und folgten dem Verlauf des Ganges, ein immer weiter verzweigtes Netz aus goldenem Licht.

»Noch eine Treppe.« Hannah stand am Ende des Korridors und blickte ehrfürchtig auf die Stufen, die nach oben führten. Auch Georg versetzte der Anblick in Erstaunen. Die Stufen waren aus poliertem Marmor, doch im Licht der Steinplättchen glänzten sie, als wären sie aus flüssigem Gold. Helle Reflexe huschten über die spiegelglatte Oberfläche, doch als Georg sich umsah, konnte er nichts entdecken, das das Flackern verursachen konnte. Es schien, als ob die Stufen aus einer Flüssigkeit bestanden und trotzdem wirkten sie fest und massiv.

»Sie sieht aus wie aus flüssigem Gold«, sprach Hannah seine Gedanken aus.

»Eine sehr treffende Beschreibung«, stimmte Eberius zu und trat näher. Er streckte die Hand aus und ein Lichtreflex huschte darüber. Fasziniert stellte er sich vor die unterste Stufe und weitere Reflexionen erschienen auf seinem Gesicht und Körper. Sie tanzten über seine Arme und Beine und hüllten ihn ein, so dass auch er zu leuchten schien und seltsam entrückt wirkte.

»Seien Sie vorsichtig«, meinte Hannah, doch Eberius lachte nur.

»Es ist nur Licht, Hannah.« Er streckte die Hand nach ihr aus. »Kommen Sie, Sie brauchen sich nicht zu fürchten.«

»Nichts hier drinnen ist das was es scheint, Eberius«, widersprach Georg und dachte an seine letzte Begegnung mit den unbekannten Leuchtphänomenen.

»Ihre Skepsis ist völlig unbegründet. Jetzt, da wir den Pfad betreten haben, droht uns sicherlich keine Gefahr mehr.« Er zog Hannah vor die Treppe, so dass auch sie von tanzenden Lichtreflexen eingehüllt wurde. Sie lachte und streckte die Arme aus, um die huschenden Reflexionen besser sehen zu können.

Georg runzelte die Stirn. »Von welchem Pfad sprechen Sie?« Doch in seinem Kopf formte sich bereits die Antwort auf seine Frage, noch bevor der Parapsychologe sie aussprechen konnte. »Der Weg zu den Vergangenen«, sagten beide gleichzeitig.

Eberius nickte zufrieden. »So ist es. Wenn wir die Pyramiden verlassen wollen, müssen wir den Pfad zu Ende gehen.«

Hannah sah sie erstaunt an. »Diese Treppe führt also nicht nach draußen?«

Der Parapsychologe schüttelte den Kopf. »Nicht auf direktem Weg. Aber seien Sie ehrlich, Hannah, möchten Sie diesen Ort wirklich verlassen, ohne alles gesehen zu haben? Die erste Pyramide war nur der Anfang…«

Hannah zögerte, sie schaute auf die golden schimmernden Stufen und die Lichtreflexe auf ihren Händen. Dann nickte sie. »Ja, Sie haben recht. Ich will noch mehr sehen, ich will alles sehen!«

Das flackernde Licht auf ihrem Gesicht, ihre leuchtenden Augen und das Drängen in ihrer Stimme beunruhigten Georg. Hannah wirkte auf ihn wie eine religiöse Fanatikerin, nicht wie eine interessierte Wissenschaftlerin. Sicher, sie hatte für ihre Arbeit stets mehr Begeisterung gezeigt als er, aber so hatte er sie noch nie gesehen. Sein Blick wanderte zu Eberius und er erkannte denselben leidenschaftlichen, begierigen Ausdruck. Doch der Parapsychologe sah nicht auf die Stufen. Seine Aufmerksamkeit war voll und ganz auf Hannah gerichtet.

»Lasst uns weitergehen«, sagte er ohne Eberius aus den Augen zu lassen und trat auf die unterste Stufe. Als die Lichtreflexionen auch ihn einhüllten, zögerte er kurz, doch die befürchtete Wirkung blieb aus. Keine fremden Gedanken trübten sein Bewusstsein, keine kryptischen Visionen der Vergangenen. Die tanzenden Lichter beeinträchtigten ihn in keinster Weise. Sie waren offenbar wirklich nur Reflexe einer verborgenen Lichtquelle. Langsam ging Georg weiter, und Hannah und Eberius folgten ihm.

***

Die Treppe führte sie hinauf, viel höher als sie im Mosaiksaal hinabgestiegen waren. Die Stufen schienen kein Ende zu nehmen, das flackernde goldene Licht ließ die Wände um sie herum verschwimmen und machte eine Orientierung beinahe unmöglich. Schon nach wenigen Schritten hatte Hannah jegliches Gefühl für Raum und Zeit verloren. Die Lichtreflexe tanzten auf ihrem Körper wie Irrlichter, die sie auf ihrem Weg begleiteten. Irrlichter, dachte Hannah, Leuchterscheinungen in Mooren und Sümpfen, die schon so manchen unachtsamen Wanderer in den Tod geführt hatten. Ein kalter Schauer lief ihr über den Rücken. Was, wenn die schimmernden Reflexe genau das taten? Sie in den Tod führten, anstatt auf den *Pfad der Vergangenen*, wie Georg und Eberius es genannt hatten. Ein neuer, nicht weniger unangenehmer Gedanke kam ihr in den Sinn. Bisher hatten nur die beiden die Botschaft der verloren geglaubten Hochkultur sehen dürfen. Warum nicht auch sie? Hannah war immerhin Archäologin, sie befasste sich tagein tagaus mit Kulturen aus unterschiedlichsten Epochen und Ländern, versuchte das Leben von vor Tausenden von Jahren zu rekonstruieren, hätte es da nicht *sie* sein müssen, die die Botschaften der Vergangenen zuerst entdeckte? Es schien, als wollte die Pyramide Hannah nicht einweihen, doch warum? Sie wandte sich um, um Eberius danach zu fragen, vielleicht konnte er ihr erklären, warum sie bisher keinerlei Verbindung zu den Vergangenen aufbauen konnte. Doch hinter ihr war niemand. Die Stufen waren leer. Hastig drehte Hannah sich wieder um, zu Georg, der nur wenige Schritte vor ihr die Treppe hinaufstieg. Doch auch vor ihr war niemand. Sie war allein. Hannah sah sich um. Der Korridor, die Treppe hinter ihr, die Wände, alles war verschwunden, versunken in einer unendlichen Weite aus goldenem Licht. Alles um sie herum erschien in Bewegung, veränderte sich ständig und trotzdem sah alles gleich aus, es gab kein Oben, kein Unten, nur noch huschende Lichter und Schatten, eine endlose, goldene Welt, in der die Stufen vor ihr das einzige waren, das tatsächlich zu existieren schien. Hannah wusste, dass ihr nichts anderes übrigblieb, als ihnen zu folgen, auch wenn dies bedeutete, die Treppe bis in alle Ewigkeit hinaufgehen zu müssen. Stufe für Stufe stieg sie empor, den Blick fest auf den Weg vor ihr gerichtet. Nach einer Weile machten sich die ersten Ermüdungserscheinungen bemerkbar. Hannah spürte wie ihr Herz schneller schlug und ihr der Schweiß auf die Stirn trat. Noch immer war kein Ende der Treppe in Sicht, vor ihr führten endlos viele Stufen nach oben, und verloren sich in einer goldenen Unendlichkeit. Das Atmen fiel ihr nun zunehmend schwerer und ihre Beine begannen zu schmerzen. Der Schweiß rann ihr in Strömen Stirn und Nacken hinunter und bald hätte sie keine Kraft mehr, noch weiter hinaufzusteigen. Nicht aufgeben, dachte sie und setzte mechanisch einen Fuß vor den anderen. Sie hob den Kopf und blickte nach oben, und zu ihrer Überraschung veränderte sich ihre Umgebung. Noch immer führten zahllose Stufen hinauf, doch das goldene Licht, das sie umgab, verdichtete sich an manchen Stellen, es bildeten sich Formen, die langsam hervortraten, an Farbe gewannen und schließlich konnte Hannah deutlich Bilder erkennen. Erstaunt blieb sie stehen und beobachtete, wie sich auch der letzte goldene Nebelhauch verflüchtigte und sie sie klar und deutlich vor sich sah: die Vergangenen. Hannah hielt den Atem an. Sie wusste, dass es sich nur um Darstellungen handelte, Bilder in ihrem Kopf, Visionen, doch die großen, schlanken, überirdisch schönen Gestalten vor ihr, hinter ihr und um sie herum wirkten so echt, dass sie ihre Anwesenheit beinahe körperlich zu spüren glaubte. Sie hielt inne und streckte die Hand aus, um sie zu berühren, doch ihre Finger trafen auf keinen Widerstand. Sie trat einen Schritt vorwärts, verlor den Halt und fiel. Reflexartig riss sie die Hände nach vorn, um den Sturz abzufangen, doch bevor sie auf der Treppe aufschlug, hielt sie jemand zurück.

»Vorsicht!«, rief Eberius und zog Hannah zurück auf die Füße. Sie sah sein besorgtes Gesicht und spürte seinen festen Griff um ihren Oberarm.

»Ist dir was passiert?«, fragte Georg und kam eilig die Treppe herunter.

Verwirrt sah sich Hannah um. Sie war wieder in dem Korridor, am Ende der Treppe, nur noch vier Stufen und sie hatte es geschafft. Die Wände, der Boden, die Decke – alles war wieder da. Sie atmete schwer und wischte sich den Schweiß von der Stirn. Noch immer zitterten ihre Muskeln vor Anstrengung.

»Ich…bin nur gestolpert«, brachte sie hervor und setzte sich dann auf die Stufe vor ihr.

»Du bist ja völlig durchgeschwitzt.« Georg nahm ihr den Rucksack ab und half ihr aus der Jacke. Dann holte er eine Wasserflasche aus der Seitentasche. »Hier, trink.«

»Was haben Sie gesehen?«, fragte Eberius neugierig, als Hannah die Flasche wieder absetzte.

»Jetzt lassen Sie sie doch erst mal wieder zu Atem kommen«, fuhr Georg ihn an. »Sehen Sie nicht, dass sie völlig fertig ist?«

»Es geht schon, danke, Georg«, sagte Hannah matt. Nur langsam kamen ihre Kräfte zurück. Ihre Beine waren bleischwer und ihr schweißnasses Oberteil klebte an ihrem Körper. Sie fühlte sich, als hätte sie einen stundenlangen Gewaltmarsch hinter sich. Und trotzdem war sie erleichtert. Sie hatte an sich gezweifelt, warum die Vergangenen sie zu ignorieren schienen, doch nun hatte auch sie eine Verbindung mit der geheimnisvollen Hochkultur, auch wenn sie im Moment noch nicht wusste, wie sie das Erlebte einzuordnen hatte.

»Wie lange hat der Aufstieg gedauert?«, fragte sie als ihr Puls sich wieder beruhigt hatte.

Georg sah sie erstaunt an. »Der Aufstieg? Du meinst, wie lange wir für die Treppe gebraucht haben?« Er zuckte mit den Schultern. »Keine Ahnung, zwei Minuten?«

»Für uns vielleicht.« Eberius schüttelte lächelnd den Kopf und wiederholte dann seine Frage. »Was haben Sie gesehen?«

»Goldenes Licht«, antwortete Hannah. »Und eine endlose Treppe. Die Stufen führten immer weiter nach oben, ohne Ziel. Um mich herum war zunächst nichts außer schimmerndes, goldenes Licht…«

Der Parapsychologe beugte sich interessiert vor. »Und dann?«, fragte er begierig. »Haben Sie sie gesehen?« Seine Augen leuchteten.

Hannah nickte. »Sie waren da. Überall, ich weiß nicht wie viele. Ich wollte zu ihnen, aber dann war die Vision verschwunden und ich bin beinahe gestürzt.«

Eberius nickte verständnisvoll, während Georg stirnrunzelnd die Arme vor der Brust verschränkte.

»Das gefällt mir nicht. Dieser Ort, dieses Bauwerk, es spielt mit uns. Warum?« Er wandte sich an Eberius. »Sie wissen, was hier geschieht, geben Sie es zu!«

»Ich weiß nicht, was Sie meinen…« antwortete der Parapsychologe ausweichend. »Vielleicht sollten wir erst einmal weitergehen und sehen, wo uns der Korridor hinführt. Mein Gefühl sagt mir, es ist nicht mehr weit.«

Georg lachte abfällig. »Ihr Gefühl? Lassen Sie die Spielchen, Eberius! Sie wissen, was das hier ist, was es mit uns macht. Nun reden Sie schon!«

Eberius musterte den Geologen und schüttelte dann bedauernd den Kopf. »Es verwundert mich, Beyerbach, dass Sie noch immer nicht zu wissen scheinen, was in den Pyramiden vor sich geht. Dabei waren Sie doch der erste, der direkten Kontakt zu der Macht der Vergangenen hatte.«

Hannah hatte noch immer mit der Erschöpfung des Aufstiegs zu kämpfen, doch ihr entging nicht, wie es in Eberius' Augen kurz aufflackerte. Er lügt, dachte sie überrascht und beobachtete den Parapsychologen ganz genau. Doch als dieser weitersprach, verriet nichts, dass er ihnen nicht die Wahrheit sagte. Und doch wurde Hannah das Gefühl nicht los, dass er ihnen etwas verheimlichte.

»Nun gut, dann werde ich Ihnen helfen zu verstehen«, fuhr Eberius in gönnerhaftem Ton fort. »Immerhin habe ich mich viel länger mit dieser Hochkultur beschäftigt, als Sie.«

***

Mit großer Genugtuung sah Eberius die erwartungsvollen Gesichter der beiden anderen. Vor allem Beyerbachs Unwissenheit verschaffte ihm ein tiefes Gefühl der Befriedigung. Der Geologe hatte keine Ahnung, wozu die Pyramiden dienten und das obwohl er die Bilder doch gesehen hatte! Das konnte nur bedeuten, dass er, Eberius, ihm überlegen war. Denn er hatte verstanden, was die Pyramiden waren und was sie am Ende des Pfades erwartete! Am liebsten hätte er sein Wissen laut herausgerufen, doch das wäre unklug. Wenn es Beyerbach nicht aus eigener Kraft gelang, die Botschaft zu deuten, war es ihm vielleicht gar nicht bestimmt, alles zu erfahren… Er würde ihm vorerst nur das Nötigste anvertrauen und abwarten, wie sich der Geologe entwickelte. Bei diesem Gedanken umspielte ein Lächeln Eberius' Lippen. Entwickeln, genau darum ging es hier…

»Was ist, wir warten!«, forderte ihn Beyerbach ungeduldig auf.

Eberius ließ es sich nicht nehmen, den Geologen noch ein wenig weiter zu reizen. »Ich persönlich hätte mir einen anderen Rahmen für meine Enthüllungen gesucht, aber wenn Sie unbedingt die Stufen einer Treppe bevorzugen…«

»Reden Sie!«, fuhr ihn Beyerbach herrisch an. Seine

Stimme hallte von den Wänden wider.

Eberius schüttelte nur mitleidig den Kopf.

»Sie sollten wirklich Ihr Temperament zügeln, Beyerbach.«

Hannah hielt den Geologen zurück, als dieser nach vorn stürzte, um den Parapsychologen zu packen. »Lass ihn.«

Beyerbach hörte auf sie und ließ die Arme sinken, doch sein feindseliger Blick verriet, dass Eberius kurz davor war, den Bogen zu überspannen. Schade, dachte der Parapsychologe und begann dann mit der Erklärung, die er sich für die beiden zurechtgelegt hatte.

»Wir stehen hier an der Schwelle zur mittleren Pyramide«, begann Eberius und deutete auf den Korridor, zu dem die Treppe hinaufführte. »Wenn wir diesem Gang dort folgen, werden wir in das Herzstück dieser Anlage vordringen und das Ziel des Pfades, den die Vergangenen für uns vorgesehen haben, und den wir seit Betreten der ersten Pyramide beschreiten, wird sich uns offenbaren.«

Beyerbach schnaubte verächtlich. »Fassen Sie sich kurz, Eberius, Ihr pseudoreligiöser Quatsch interessiert mich nicht.«

»Mich schon«, widersprach Hannah ruhig.

Eberius bedachte sie mit einem zustimmenden Nicken. Die Archäologin hatte offenbar nicht nur verstanden, welche weitreichenden Veränderungen sie erwarteten, sie stellte sich sogar gegen ihren Ex-Partner. Für Eberius bedeutete dies nicht nur, dass er Hannah Walkows noch attraktiver fand, er sah darin auch ein Zeichen, dass sie sich endgültig von Beyerbach löste.

Er konzentrierte sich wieder auf seinen Vortrag. Wenn er es geschickt anstellte, konnte er mit seinen Ausführungen nicht nur Beyerbach abspeisen, sondern Hannah stärker an sich binden und wer weiß, vielleicht...Er wagte nicht den Gedanken zu Ende zu denken. Nicht, solange der misstrauische Blick des Geologen auf ihm ruhte.

Eberius räusperte sich und setzte erneut an. »Diese Pyramiden wurden von den Vergangenen nicht ohne Grund errichtet. Sie dienen der Entwicklung, der Evolution des Menschen auf eine höhere Stufe.«

Hannah sah ihn mit großen Augen an, sagte aber nichts.

Beyerbach lachte und schüttelte den Kopf. »Sie wollen behaupten, dass dieses Bauwerk hier die menschliche Evolution vorantreibt? Das ist der größte Schwachsinn, den ich je gehört habe!«

»Woher wissen Sie das?«, fragte Hannah in ernstem Ton.

»Sie haben es mir mitgeteilt.«

»Wann? In dem Saal mit den Leuchtpartikeln?«

Eberius zögerte. Das zu behaupten, wäre vermutlich die einfachste Lösung, auch wenn es nicht der Wahrheit entsprach. Das, was er in dem Mosaiksaal gesehen hatte, waren nicht die ersten Visionen gewesen. Seit er das Artefakt gefunden hatte, waren immer wieder Bilder vor seinem geistigen Auge aufgetaucht, deren Bedeutung sich ihm aber immer entzogen hatte. Bis jetzt. Seit Betreten der Pyramide hatte er das Gefühl, dass sich seine geistigen Fähigkeiten schrittweise weiterentwickelten und er nun in der Lage war, Zusammenhänge zu begreifen, die er vorher nicht verstehen konnte. Und nun, an der Schwelle zum Herzstück der Anlage hatte er endlich den gesamten Pfad vor Augen, den Zweck der Pyramiden und das Ziel, das ihn erwartete. Doch er konnte es nicht zulassen, dass die beiden anderen von dem Artefakt erfuhren. Nur er besaß den Schlüssel, also durfte er auch nicht preisgeben, dass er schon lange vor der Expedition die ersten Visionen von diesem Ort gehabt hatte.

»Ja, genau…war das nicht das, was Sie auch gesehen haben?«, wandte er sich an den Geologen und seine Frage hatte genau den erwünschten Effekt.

Beyerbach wurde schlagartig ernst und presste die Lippen aufeinander. Eberius konnte förmlich sehen, wie es hinter seiner Stirn arbeitete.

»Ich habe unzusammenhängendes Zeug gesehen, von Evolution kann keine Rede sein«, gab der Geologe schließlich zu.

Eberius hatte Mühe, sich ein Grinsen zu verkneifen.

»Aber dann kannst du es doch auch nicht ausschließen, oder?«

Hannah erhob sich und schnallte sich ihren Rucksack um.

»Was auch immer in der zweiten Pyramide stattfindet, ich will es jetzt wissen.«

Zufrieden nickte der Parapsychologe Hannah zu. »Der Meinung bin ich auch, was nützen alle Erklärungen, wenn Sie es gleich selbst erleben werden. Sie werden schnell erkennen, dass ich recht habe, Hannah, uns erwartet Unglaubliches!« Vor allem mich, dachte Eberius und machte sich daran, die letzten Stufen hinaufzusteigen. Endlich! Er konnte es kaum erwarten, die zweite Pyramide zu betreten. Vor seinem geistigen Auge erschien noch einmal das Mosaik, das den nächsten Raum zeigte: ein weißer Rundtempel auf einem hohen Sockel aus hellem Gestein, und helles Licht, das aus dem Inneren nach außen drang.

An das Treppenpodest schloss sich ein weiterer Korridor an, der jedoch nur wenige Meter in die zweite Pyramide hineinführte. Die Leuchtpartikel an den Wänden bildeten nun ein fortlaufendes Muster, das das goldene Licht in sanften Wellen zum Ende des Ganges sandte. Ein massives Portal ragte etwa vier Meter hoch vor ihnen auf. Zwei schwere, schlicht verzierte Bronzetüren, eingerahmt von einem Paar mächtiger Säulen. Das dreieckige Giebelfeld über dem Türsturz war mit Skulpturen verziert. Als Eberius nähertrat, erkannte er die dargestellte Szene: es war genau das, was er Hannah und Beyerbach vor wenigen Minuten erklärt hatte: Evolution.

Aus den spitzwinkligen Ecken des Tympanons, wo nur wenig Fläche zur Verfügung stand, krochen kleine, gedrungene Figuren, die Arme sehnsüchtig in die Mitte des Feldes gereckt. Es waren Urmenschen, mit groben Gesichtszügen, einer niedrigen Stirn und Wülsten über den Augen. Die Figuren daneben hatten sich halb aufgerichtet, so weit es der Platz in der Schmuckfläche zuließ. Bei ihnen handelte es sich unverkennbar um moderne Menschen, ihre Kleidung erinnerte an antike Tuniken und Togen, auch sie hatten die Hände flehend zum Zentrum des Giebels ausgestreckt. Das letzte Figurenpaar stand zur Linken und Rechten einer hohen, schlanken Gestalt, deren haarloser, schmaler Kopf von einem schimmernden Metallreif bekrönt wurde. Eberius verschwendete keinen weiteren Blick auf sie und widmete sich voll und ganz der mittleren Skulptur. Ein *Vergangener*. Die Abbildungen im Mosaiksaal waren ihm nicht gerecht geworden, aber das war nicht weiter verwunderlich. Die Evolution war in diesem Saal noch nicht abgeschlossen gewesen, die Künstler noch nicht dazu in der Lage, die wahre Gestalt dieser überirdischen Wesen genau einzufangen. Doch bei diesem Portal verhielt es sich anders. Der Parapsychologe war kein Experte auf dem Gebiet der bildenden Künste, aber er hatte nicht den geringsten Zweifel daran, diese Skulpturen waren makellos. Kein Bildhauer hatte jemals ein solches Maß an Perfektion erreicht. Fasziniert betrachtete er die ebenmäßigen Züge, absolut symmetrisch und vollkommen. Der Körper, soweit er ihn unter dem langen, fließenden Gewand erkennen konnte, war größer und schlanker als bei gewöhnlichen Menschen, doch perfekt proportioniert. Die langen Gliedmaßen zeugten von enormer Kraft, wirkten gleichzeitig aber auch geschmeidig und grazil. Das ist der vollkommene Mensch, dachte Eberius und korrigierte sich sofort: Nein, kein Mensch, ein *Gott*.

***

Georg betrachtete das imposante Tor aus goldfarbenem Stein. Er hatte noch nie etwas Vergleichbares gesehen, selbst solch beeindruckende Anlagen wie Angkor Wat, die Akropolis von Athen oder Petra wirkten neben diesem Portal wie die Entwürfe eines mittelmäßig begabten Architekten. Es war nicht die Dimension des Tores und seines Figurenschmucks, es war die Perfektion der Ausführung. Sein Blick wanderte die Skulpturen entlang und seine Nackenhaare stellten sich auf. Die Körper und Gesichter der Dargestellten wirkten so realistisch, als handle es sich um lebendige Menschen, die mitten in der Bewegung erstarrt waren.

»Sie sehen so echt aus«, sagte Hannah leise neben ihm und Georg konnte die Furcht in ihren Augen sehen. »Als wären sie eingefroren und könnten jeden Moment zum Leben erwachen.«

Der Geologe nickte. »Ich habe noch nie solche Skulpturen gesehen. Sie sind offensichtlich aus Stein, aber die Haut, die Haare, sie…« Hilflos zuckte er mit dem Schultern als ihm die passende Beschreibung nicht einfallen wollte.

»Sie sind aus Stein und trotzdem wirkt die Haut weich und das Haar biegsam, das meinst du, nicht wahr?«, half ihm Hannah, ohne den Blick abzuwenden.

Georg nickte noch einmal. »Es würde mich jedenfalls nicht wundern, wenn sich der Stein tatsächlich unterschiedlich anfühlen würde.«

»Sie wollen da jetzt aber nicht hinaufklettern, um ihre These zu überprüfen, Beyerbach?« Eberius sah ihn stirnrunzelnd an. »Wir sollten keine Zeit mehr verschwenden und endlich hineingehen.«

Er trat vor und drückte gegen die schweren Flügeltüren. Lautlos und in einer fließenden Bewegung, die so gar nicht zum Gewicht der Bronze passen wollte, schwangen die Türen nach innen auf.

Helles Licht drang durch den immer größer werdenden Spalt und Georg hob schützend die Arme vors Gesicht. Ein leichter Windhauch fuhr ihm durchs Haar, begleitet von dem Geruch nach Erde und Holz und dem sanften Rauschen der Blätter. Georg stockte der Atem. Konnte das sein? Hatten Sie einen Ausgang gefunden? Vorsichtig ließ er die Arme sinken. Er brauchte einen Moment bis er sich an die veränderten Lichtverhältnisse gewöhnt hatte, doch als er wieder klar sehen konnte, glaubte er seinen Augen nicht zu trauen. Vor ihm, im hellen Licht der Sonne, lag ein bizarr und fremd anmutender Wald aus hohen, leuchtend grünen Bäumen und Sträuchern, dazwischen nur wenige lichte Stellen auf denen Moos und Gras wucherten.

Neben ihm starrte Eberius ungläubig auf das üppige Grün. »Das sind Bäume…viele Bäume…ein richtiger Wald«, stellte er überrascht fest. »Aber wieso?«

»Nicht ganz, was Sie erwartet hatten, oder?«, bemerkte Georg trocken. Es gefiel ihm, dass selbst der Parapsychologe nicht alles über die Pyramiden wusste.

Eberius schüttelte den Kopf, ohne den Blick von den wuchernden Pflanzen abzuwenden.

»Ist doch egal, wir sind draußen!«, rief Hannah hoffnungsvoll. »Sie haben sich geirrt, Dr. Eberius. Das Portal führt doch ins Freie!«

Doch ihre Freude verschwand, als auch sie erkannte, dass dies nicht die Taiga war. »Aber das ist nicht die Taiga«, stellte sie verwirrt fest. »Wo sind wir?«

»Jedenfalls nicht in Sibirien«, antwortete Georg. Nein, das waren sie definitiv nicht. Der Geologe kannte sich in Sachen Botanik nicht besonders gut aus, aber selbst ein absoluter Laie hätte auf den ersten Blick erkannt, dass keine dieser Pflanzen in der sibirischen Taiga zu finden war. Er konnte sie überhaupt keiner Vegetationszone zuordnen, obwohl er sich sicher war, dass er Pflanzen dieser Art schon einmal gesehen hatte. Er trat durch die Tür und sah sich um. Die Pflanzen wirkten vertraut und gleichzeitig fremd, als hätte man die irdische Flora modifiziert. Neben ihm wuchs ein Baum, dessen Blätter an einen Ahorn erinnerten, doch die satte Farbe und gewaltige Größe der Blätter, passten zu keinem Exemplar, das Georg je gesehen hatte. Der Boden war von Gras und Moosen bedeckt, doch auch deren Textur und Farbe wirkten irgendwie andersartig und fremd.

»Was für seltsame Gewächse.« Eberius zupfte ein Blatt ab und betrachtete es. »Haben Sie so etwas schon einmal gesehen?«

Georg schüttelte den Kopf. »Nein.«

»Ich auch nicht.«

»Ich muss zugeben ich bin etwas verwirrt. Ich hatte keinerlei Kenntnis von einem Dschungel in der östlichen Pyramide.«

In der Pyramide?, dachte Georg und sah sich ungläubig um. Das war unmöglich, sie waren draußen, wenn auch nicht in der Taiga. Es war angenehm warm, die Sonne schien, ja, es wehte sogar ein leichter Wind. Abgesehen von dem Portal mit den Bronzetüren gab es hier weit und breit nichts, was darauf hindeutete, dass sie sich in einem Gebäude befanden. Die Bäume und Sträucher um sie herum wuchsen sehr dicht, so dass er nicht weit sehen konnte, doch die Seitenwände hätte er mit Sicherheit erkennen können. Die östliche Pyramide war viel zu klein, um einem Areal dieser Größe Platz zu bieten.

»Wovon sprechen sie, Eberius?«

»Er hat recht, Georg, sieh nur!« Hannah hatte den Kopf in den Nacken gelegt und deutete nach oben.

Georg folgte ihrem Blick und konnte zunächst nur den strahlend blauen Himmel erkennen, doch als er genauer hinsah, entdeckte er,

wie hinter einer dünnen Schicht aus Eis verborgen, die vier steinernen Wände, die im spitzen Winkel zusammenliefen.

»Das gibt es doch nicht…wir sind *in* der Pyramide«, sagte der Geologe leise.

»Dann gibt es hier mit Sicherheit noch mehr als diesen Dschungel«, überlegte Hannah. Sie ging ein paar Schritte vorwärts und schob die Sträucher beiseite. »Hier muss früher einmal ein Weg gewesen sein.«

Georg trat neben sie.

»Der Bewuchs ist unterschiedlich«, sie zeigte auf einen etwa drei Meter breiten Streifen, auf dem das Unterholz tatsächlich weniger dicht wuchs. »Es setzt sich fort, sieht du?«

Der Geologe nickte. »Ja, das sieht wirklich wie ein Weg aus. Also wurde das Ganze hier nicht einfach nur sich selbst überlassen, der Wald wurde angelegt.«

Hannah schüttelte den Kopf. »Nein, ich glaube, es war kein Wald, sondern ein Garten.« Sie folgte dem niedrig bewachsenen Pfad und schon nach wenigen Metern war sie kaum mehr zu erkennen.

»Warte, Hannah! Du weißt nicht, was dich in diesem Dschungel erwartet!« Georg schlug das Dickicht auseinander und ging ihr nach.

»Ha!« ertönte Hannahs triumphierender Ausruf. »Da hinten ist eine Kuppel! Dort muss ein Gebäude sein!«

»Hannah!«, rief nun auch Eberius und kämpfte sich hinter Georg durch das Unterholz. »So warten Sie doch! Beyerbach hat völlig recht, Sie sollten nicht allein vorausgehen!«

Georg presste wütend die Lippen aufeinander. Der Parapsychologe konnte sich seine Show sparen, er wusste genau, warum er nicht wollte, dass Hannah vorausging: sie könnte etwas entdecken, das sie nicht sehen sollte.

Er beschleunigte seine Schritte und nach ein paar Metern sah auch er die hohe, weiße Kuppel durch das Grün der Blätter schimmern. Der Größe nach musste es ein gewaltiger Bau sein und wieder hatte Georg Mühe zu akzeptieren, dass die Größenverhältnisse im Inneren der Pyramide eigenen Gesetzen folgten.

Nach ein paar Metern sah er Hannahs blaue Jacke vor

sich. Sie war stehen geblieben, offenbar hatte sie das Ende des Weges erreicht.

∗∗∗

Vor Hannah erstreckte sich eine kleine Lichtung, in deren Mitte ein von Gras und Moos überwucherter Weg auf zwei einstöckige Gebäude zu führte. Dahinter erhob sich, auf einem hohen Sockel aus hellem Gestein, der weiße Kuppelbau, den sie schon von weitem gesehen hatte. Das muss eine ganze Anlage sein, dachte sie und ging langsam weiter. Die Steinplatten zu ihren Füßen begannen zu schimmern, als sie darauf trat, und als Hannah sich bückte, erkannte sie, dass sie mit Leuchtplättchen verziert waren, die auf ihre Schritte reagierten. Das Leuchten setzte sich fort und führte bis zu den beiden Gebäuden, wo sich der Weg aufteilte und nach links und rechts abbog.

Hinter ihr trat Georg aus dem Unterholz und blieb stehen, als er die Gebäude erblickte.

»Was ist das?«

»Es scheint eine Art Tempelanlage zu sein«, begann Hannah. Sie zeigte auf den Kuppelbau. »Das da hinten sieht aus wie eine Tholos, auch wenn ich noch keine in dieser Größe gesehen habe.«

Der Rundtempel thronte auf einem zwanzig Meter hohen Sockel aus hellem Stein. Eine von Säulen flankierte Treppe führte zu dem runden, von einer hohen, weißen Kuppel bekrönten Bauwerk hinauf, dessen Innenraum von einem konzentrischen Säulenumgang umgeben war.

»Ahhh!« Eberius stieß einen Laut der Verzückung aus, als er ebenfalls auf die Lichtung trat. »So habe ich mir das vorgestellt. Das sind Bauwerke, wie sie der *Vergangenen* würdig sind.« Seine Augen verengte sich zu Schlitzen und er beugte sich nach vorn. »Und das da hinten ist bestimmt das Herzstück der Anlage.« Seine Augen begannen zu leuchten und ein verklärter Ausdruck erschien auf seinem Gesicht.

»Siehst du die Steinplatten?«, wandte sich Hannah an Georg und deutete auf den Boden. »Sie haben angefangen zu leuchten, als ich den Weg betreten habe.«

Der Geologe setzte einen Fuß auf die erste Steinfliese und die Lichtplättchen fingen an zu schimmern. Wie schon bei Hannah, setzte sich der Impuls fort, verzweigte sich am Ende des Weges und führte zu den beiden niedrigen Gebäuden.

»Sie leiten uns zu den beiden Flachbauten«, stellte er fest.

Eberius folgte seinem Blick und schüttelte den Kopf. »Dort wird nichts Wichtiges sein, wir sollten uns gar nicht erst damit aufhalten. Lassen Sie uns zu der Tholos gehen.«

»Ich denke, wir sollten der Lichtspur folgen, die Vergangenen haben sie sicher nicht ohne Grund angelegt«, widersprach Hannah.

»Der Meinung bin ich auch, der Tempel läuft uns schon nicht davon. Warum haben Sie es denn so eilig?«

Eberius ignorierte Georgs Frage und zuckte mit den Schultern. »Nun gut, wenn Sie darauf bestehen. Ich war nur neugierig, aber wir können genauso gut mit den beiden anderen Gebäuden anfangen.«

Er trat auf den Weg und löste eine erneute Lichtspur aus, der er eilig folgte. »Wohin zuerst?« fragte er auf dem Weg zu der Abzweigung.

»Links«, antwortete Georg und gleichzeitig sagte Hannah »Rechts.«

Eberius verdrehte die Augen, wandte sich wieder um und entschied sich für die rechte Abzweigung.

»Gewonnen«, grinste Hannah und ging dem Parapsychologen nach.

Die beiden bogenförmigen Gebäude waren aus demselben hellen Gestein gearbeitet wie der Sockel der Tholos und in einem Halbkreis angeordnet, der in der Mitte von dem gepflasterten Weg zum Tempelbau unterbrochen wurde. Sie waren spiegelsymmetrisch angelegt und ihre Rundung entsprach exakt der des Sockels. Wenn man den Halbkreis in Gedanken vervollständigte, erhielte man einen konzentrischen Ring mit der Tholos in der Mitte, so dass alle drei Gebäude eine Einheit bildeten. Hannah fragte sich, ob es jenseits des Tempelbaus, noch zwei weitere Bauwerke gab, die die Anlage komplettierten. Die Pflanzen wuchsen dort besonders dicht und hoch, so dass es unmöglich zu erkennen war, was sich in dem undurchdringlichen Grün verbarg. Doch das könnten sie auch noch später überprüfen. Im Moment führte sie ihre Neugier in das rechte Gebäude.

Das Eingangstor wurde von zwei schlanken Säulen flankiert, über denen sich ein Rundbogen spannte. Ein unauffälliger Schmuck, wenn man es mit dem gewaltigen Portal am Eingang der Pyramide verglich, aber trotzdem von schlichter Schönheit, dachte Hannah, die Wirkung war mit Sicherheit so beabsichtigt.

Eberius hatte nicht auf sie gewartet und die hohe Bronzetür bereits geöffnet. Dahinter lag ein langer Korridor, von dem zu beiden Seiten mehrere offene, fensterlose Kammern abzweigten. Die nur etwa sechs Quadratmeter großen Räume sahen alle gleich aus. An den schmucklosen Wänden schimmerten nur vereinzelte Leuchtpartikel, während die Decke vollständig mit den Plättchen bedeckt war, die die Kammern mit künstlichem Tageslicht erfüllten, das so natürlich wirkte, dass das Fehlen von Fenstern gar nicht auffiel. Auch musste es ein Lüftungssystem geben, denn Hannah konnte einen leichten Lufthauch spüren und nahm deutlich den Geruch von Pflanzen wahr. An der Stirnseite ragte ein glatter, zwei Meter langer und ein Meter breiter Steinquader aus der Wand.

Der Parapsychologe warf nur einen kurzen Blick in den ersten Raum, dann ging er weiter zum nächsten. »Sie sehen alle gleich aus«, rief er als er die dritte Kammer begutachtet hatte. »Und sie scheinen alle leer zu sein, bis auf diese merkwürdigen Steine.« Er überprüfte die restlichen Räume, während Hannah die Kammer zu ihrer Rechten betrat.

»Das könnten Schlafkammern gewesen sein«, überlegte sie an Georg gewandt. Dazu würde auch die schlichte Gestaltung des Gebäudes passen, eine Ruhezone, in der nichts ablenken sollte. Der Geologe blieb in der Türöffnung stehen und maß den Felsblock mit einem skeptischen Blick. »Sieht aber nicht besonders bequem aus.«

»Nein, nicht wirklich«, lachte Hannah und setzte sich auf den Stein. Mit einem spitzen Schrei prang sie sofort wieder auf und trat einen Schritt zurück.

»Was ist los?«

»Das ist kein Stein!«

»Was?«

»Es ist weich!«

Georg trat an ihr vorbei und ging vor dem Steinquader in die Hocke um ihn besser betrachten zu können.

»Woraus besteht der Quader?« fragte Hannah und beugte

sich zu ihm hinunter. Der helle Block schien aus demselben Material gefertigt zu sein wie der Fußboden, doch als sie ihn berührte, fühlte sich die Oberfläche weich und samtig an.

»Weich und gleichzeitig fest…« Georg drückte stärker auf den Quader. »Er gibt nach, aber nur ein bisschen.« Er stand auf und setzte sich darauf. Unter seinem Gewicht verformte sich der Block nur leicht und Georg konnte bequem sitzen.

»Faszinierend.« Er federte ein paar Mal, dann streckte er sich aus und legte sich der Länge nach hin. »Wow. Das ist mit Abstand das bequemste Bett, auf dem ich je gelegen habe.« Er seufzte und schloss die Augen.

»Wenn du mit Probeliegen fertig bist, können wir ja noch die anderen Räume untersuchen.«

»Gnadenlos, das warst du schon immer.« Georg setzte sich auf und grinste Hannah an.

»Ich nenne es pflichtbewusst. Deswegen hat Eberius auch mir die Leitung der Expedition übertragen und nicht dir.« Sie lächelte ihn triumphierend an.

Wie aufs Stichwort erschien der Parapsychologe in der Türöffnung. »Die Kammern sind absolut uninteressant. Alle leer, bis auf diesen Block an der Wand. Sie dienen offensichtlich einzig und allein als Ruhestätten.« Sein Blick wanderte zu Georg, der noch immer auf dem Quader saß.

»Was aber nicht bedeutet, dass wir sie jetzt auch als solche nutzen. Wir sollten uns lieber weiter umsehen, ausruhen können wir uns später noch.«

Damit verschwand er in Richtung Ausgang.

»Zwei gegen einen. Das bequemste aller Betten wird noch ein bisschen auf dich warten müssen«, meinte Hannah amüsiert und wandte sich zur Tür.

»Gnadenlos«, wiederholte Georg und folgte ihr nach draußen.

Eberius stand schon an der Wegkreuzung und wartete ungeduldig. »Ich zweifle nicht daran, dass es im Pendant zu den Schlafquartieren ebenfalls nichts Außergewöhnliches zu entdecken gibt, und unser Weg uns eigentlich dorthin führen sollte«. Er deutete auf den Rundtempel.

»Das mag sein, Dr. Eberius, aber wissen werden wir es erst, wenn wir es überprüft haben«, antwortete Hannah ungerührt und schritt an dem Parapsychologen vorbei auf das Tor zum zweiten bogenförmigen Gebäude zu.

»Warum haben Sie es denn so eilig? Wollten Sie nicht alles über die Vergangenen erfahren, ihre ganze Pracht? Das waren doch Ihre Worte.« Georg hoffte, Eberius so ein wenig aus der Reserve locken zu können, vielleicht ließ er sich dazu hinreißen, etwas über seine Pläne zu verraten.

Der Parapsychologe lächelte kühl. »Ich werde alles erfahren, Beyerbach, darauf können Sie sich verlassen.«

Der Eingang entsprach exakt dem Gebäude mit den Schlafkammern, ein schlichtes Tor aus zwei schmucklosen Säulen mit einem Rundbogen darüber. Georg erwartete, auch hinter dieser Metalltür einen langen Flur mit Schlafkammern zu finden, doch als sie hindurchtraten, erkannte er schnell, dass dieses Gebäude einem ganz anderen Zweck diente.

Anstelle eines langen Korridors fanden sie einen großen, hellen Saal, dessen rechte Seite von hohen Fensteröffnungen durchbrochen war, die den Blick auf die Tholos freigaben. Die Wandgestaltung mit den schlanken Halbsäulen jeweils links und rechts von jedem Fenster, erinnerte an den Säulengang des Rundtempels, ein architektonisches Zitat, das eine klare Verbindung zwischen beiden Gebäuden herstellte. Georg stutzte. Hatte er soeben das Dekor des Raumes analysiert? Er war Geologe, kein Kunsthistoriker! Ihn interessierte höchstens das Material, nicht aber der Schmuck von Gebäuden! Und trotzdem waren die Gedanken wie selbstverständlich aufgetaucht, als beschäftigte er sich mit nichts anderem. Irritiert wandte er den Blick ab und widmete sich dem Rest des Saales. In der Mitte erhob sich ein langer, leicht gebogener Tisch, der aus einem einzigen Block gefertigt war und aussah als wäre er aus dem Boden gewachsen. Die beiden langen Bänke zu beiden Seiten des Tisches folgten der Rundung der Tafel und bestanden aus dem demselben Material. Als Georg näher trat und die samtige Oberfläche der Bank vor ihm berührte, gab der Block leicht nach, genau wie die großen Steinquader in den Schlafkammern. Der Tisch allerdings fühlte sich glatt und fest an, obwohl er keinen Unterschied zwischen den Materialien feststellen konnte. Der Stein, oder wie man den Baustoff auch immer bezeichnen wollte, schien »intelligent« zu sein und sich, was Oberfläche und Festigkeit betraf, dem jeweiligen Zweck anzupassen.

»Das ist ein Speisesaal«, stellte Eberius fest. »Wie ich richtig vermutet hatte, ein ebenso uninteressanter Raum wie die gegenüberliegenden Kammern. Können wir nun endlich zu dem Herzstück der Anlage gehen?« Er deutete auf eines der Fenster, durch das die weißen Säulen des Rundtempels schimmerten.

Hannah nickte nachdenklich und Georg konnte förmlich sehen, wie es hinter ihrer Stirn arbeitete.

»Worüber denkst du nach?«, fragte er, als sie Eberius aus dem Saal folgten.

»Ich glaube nicht, dass die beiden Räume so unwichtig sind, wie Eberius denkt. Ich bin nur noch nicht dahintergekommen.«

»Lass uns den Tempel untersuchen, dann sind wir vielleicht schlauer.«

Als Georg aus dem Schatten des Gebäudes trat, durchzuckte ein heftiger Schmerz seinen Kopf. Ein heißes, erbarmungsloses Brennen, das ihn unwillkürlich die Augen schließen ließ.

»Was ist los?«, fragte Hannah.

»Kopfschmerzen«, antwortete er und blieb stehen. Das war die Untertreibung des Jahrhunderts, sein Schädel fühlte sich an, als würde er jeden Moment bersten.

»Wie in dem Raum mit den Leuchtpartikeln?«

»Nein, anders…aber genauso unangenehm.«

»Vielleicht solltest du dich ausruhen, da drüben sind die Schlafkammern –«

»Nein«, unterbrach er sie. »Es geht schon.« Georg würde Hannah nicht mit Eberius allein lassen, und wenn ihm der Kopf zersprang. Er rieb sich die Schläfen und wartete, dass der Schmerz nachließ.

»Dann trink wenigstens etwas.« Hannah öffnete seinen Rucksack und holte die Wasserflasche heraus.

»Hier.« Sie reichte Georg die Flasche.

Als er die Hand herunternahm, klebte ein dünnes Büschel Haare an seinen Fingern.

»Was ist?«

»Nichts.« Schnell wischte er sich die Hand ab und trank. Der Kopfschmerz ließ tatsächlich nach. Georg leerte die Flasche und das Brennen verschwand. Vermutlich war er einfach nur dehydriert gewesen.

»Besser?«

»Ja, danke.« Er nahm den Rucksack ab und verstaute die Feldflasche.

»Wo bleiben Sie denn?«, rief Eberius ungeduldig.

»Wir kommen schon«, antwortete Hannah und ging langsam den Weg entlang.

Georg schnallte sich den Rucksack um und fuhr sich noch einmal über den Haaransatz. Wieder blieb eine dünne Strähne an seinen Fingern hängen. Du wirst alt, Kumpel, dachte er und schüttelte die Haare ab. Früher hast du Stress eindeutig besser weggesteckt!

»Beyerbach! Geht es noch ein bisschen langsamer?«, beschwerte sich der Parapsychologe.

»Bin ja schon da«, brummte Georg. Sein Blick streifte Eberius' Hinterkopf, der vom Licht der Pyramide beleuchtet wurde. Deutlich erkennbar schimmerte die Kopfhaut durch das dünner werdende Haar. Wir werden alle nicht jünger, dachte Georg, aber ganz so schlimm ist es bei mir noch nicht. Er grinste und beeilte sich zu Hannah aufzuschließen.

9

Hannah stieg hinter Eberius die Treppe hinauf. Als sie nach unten blickte, stellte sie überrascht fest, dass in die hellen Steinstufen winzige Leuchtpartikel eingelassen waren, ähnlich denen, die sie schon aus der ersten Pyramide und dem Verbindungsgang kannte. Doch diese waren viel kleiner und das geometrische Muster, das sie auf der Treppe bildeten, so fein und filigran, dass man es nur bei genauem Hinsehen erkennen konnte. Unwillkürlich verlangsamte Hannah ihre Schritte, als ob eine unbedachte Bewegung die schimmernden Plättchen beschädigen könnte. Auch die Säulen waren, wie sie jetzt erkannte, über und über mit den winzigen Lichtern bedeckt, die sanft in Regenbogenfarben schimmerten und die Oberfläche wie Perlmutt glänzen ließen. Mit jeder Stufe schien die Pracht des Gebäudes zuzunehmen. Während die unteren Säulen noch schlicht gearbeitet waren, zierten Schaft und Kapitelle erst zarte, wenige, dann immer komplexere, florale Ornamente, so dass es wirkte, als sähe man den Blättern und Ranken beim Wachsen zu, während man Schritt für Schritt nach oben stieg.

Sie erreichten das Ende der Treppe und traten in den Säulenumgang. Die Außenwand der Cella lag im Schatten, so dass die Leuchtpartikel hier deutlicher zu sehen waren. Sie pulsierten abwechselnd und die schimmernde Oberfläche erinnerte Hannah an frischgefallenen Schnee im Mondlicht. Sie streckte die Hand aus um die Mauer zu berühren und kaum hatten ihre Finger Kontakt mit dem kühlen, glatten Stein, leuchteten die Plättchen kurz auf und verblassten. Die Bewegung breitete sich aus, wie Wellen auf einem Teich, die konzentrischen Lichtimpulse setzten sich fort bis sie die Cella vollständig umrundet hatten und sich überlagerten. Dort wo die schimmernden Ringe aufeinander trafen, veränderte sich plötzlich die Wand. Anstelle der hellen, perlmuttartigen Schicht, traten nun unterschiedliche Farben an die Oberfläche, bunte Flecken, die sich rasend schnell zu Bildern, dann zu ganzen Szenen zusammensetzten. Das beeindruckende Schauspiel dauerte nur wenige Augenblicke und als die Cellawand zur Ruhe kam, schaute Hannah auf eine Fülle an Darstellungen, wie sie sie noch nie gesehen hatte. Die winzigen Partikel fügten sich so nahtlos aneinander, dass sie nicht mehr als einzige Plättchen zu erkennen waren, sondern eine ebenmäßige Fläche bildeten. Wäre Hannah nicht gerade Zeugin dieser Verwandlung geworden, hätte sie die Bilder für Wandmalereien aus der Hochrenaissance gehalten.

Wie schon bei dem Portal mit den Bronzetüren, zeigten die »Fresken« – Hannah wusste sie im Augenblick nicht anders zu benennen – ein solch hohes Maß an Kunstfertigkeit, wie es nicht einmal Genies wie Michelangelo gelungen war.

»Das ist unglaublich«, sagte sie mehr zu sich selbst als zu den anderen.

»Ich bin ganz ihrer Meinung, Hannah«, stimmte Eberius zu und selbst Georg ließ sich zu einem leisen »Wow« hinreißen.

»Das ist die westliche Pyramide«, erkannte Hannah und

trat ein wenig zurück, um die Darstellung besser sehen zu können. Das Bild zeigte eine große Anzahl von Urmenschen, die vor der mit Pflanzen überwucherten Pyramide standen. Ihre ausdrucksstarken Gesichter spiegelten Furcht aber auch Neugier wider, als die ersten den schmalen Felsspalt betraten.

»Ha! Sehen Sie? Es gibt kein Portal oder ähnliches. Der Felsspalt *ist* der Eingang!« Eberius verschränkte triumphierend die Arme vor der Brust.

»Uns mussten Sie auch nicht überzeugen. Semyonov war der Zweifler.« Georgs Bemerkung erinnerte Hannah schlagartig daran, dass sie den Russen hinter der Kristallbarriere zurückgelassen hatten. Mein Gott, sie war von den Eindrücken in der zweiten Pyramide so überwältigt, dass sie ihn völlig vergessen hatte! Ob er inzwischen den Ausgang erreicht und Kontakt zu seinen Leuten aufgenommen hatte? Doch es war sinnlos, weiter darüber nachzudenken, ein Verlassen der Anlage über die westliche Pyramide war für sie nicht möglich, daher verdrängte sie den Gedanken an den Russen und konzentrierte sich wieder auf die Darstellungen vor ihr. Wenn es einen zweiten Ausgang gab, dann waren die Hinweise darauf hier zu finden.

»Die Szene geht weiter«, ignorierte Eberius Georgs Bemerkung und schritt die Cellawand entlang. Übergangslos schloss sich die nächste Szene an: der Gang zum Sternensaal. Einer der Urmenschen schien den Anschluss an die anderen verloren zu haben und blickte sich ängstlich um. Hannah beobachtete Georg aus dem Augenwinkel und sah, wie sich sein Gesichtsausdruck verfinsterte. Sie schaute zurück zu dem Urmenschen, dessen Verunsicherung und Angst sich so deutlich zeigten, dass sie sie spüren konnte. So muss Georg sich gefühlt haben, dachte sie. Orientierungslos und allein. Der Geologe ging hinter ihr vorbei und wandte sich dem nächsten Abschnitt der Malereien zu. Hannah verstand, warum er sich die Szene nicht länger ansehen wollte. Sie folgte ihm. Die Menschengruppe hatte nun den Sternensaal erreicht und drängten sich um den Punkt, an dem die optische Täuschung zu sehen war. Selbst in der Abbildung wirkte die Illusion des Firmaments so echt, als stünde man draußen unter freiem Himmel.

Der Bilderzyklus setzte sich fort, nach dem Sternensaal folgte der Raum mit den Höhlenmalereien. Hannah spürte einen Kloß im Hals. Das erste, was ihr bei der Darstellung auffiel, war, dass sich die Anzahl der Menschen deutlich verringert hatte. Es war noch immer eine große Gruppe, die bei unterschiedlichen Tätigkeiten abgebildet wurden, doch in diesem Saal drängten sich die Menschen nicht mehr so dicht aneinander.

»Sie haben sich verändert«, stellte Georg fest und betrachtete das Gesicht eines Urmenschen im Vordergrund. Hannah folgte seinem Blick und musterte die Gestalt.

»Ja, sie sehen…ich weiß auch nicht, weniger wild aus.«

»Weiterentwickelt«, verbesserte sie Eberius. »Das ist genau das, von dem ich vorhin sprach. Die Suchenden durchlaufen eine beschleunigte Evolution und das spiegelt sich selbstverständlich auch in ihrer Physis wider.«

»Aber warum? Zu welchem Zweck haben die Vergangenen die Evolution vorangetrieben?«

Eberius rückte seine Brille zurecht. »Nun…das«, begann er zögerlich.

»Sie wissen es nicht.« Georg gab sich keine Mühe seine Schadenfreude zu verbergen. »Die Vergangenen haben es

Ihnen nicht gezeigt, nicht wahr?«

»Ich werde schon noch dahinterkommen, machen Sie sich mal keine Sorgen, Beyerbach!«

»Tu ich nicht. Ob Ihre Evolutionstheorie nun stimmt oder nicht oder was auch immer dahintersteckt, ist mir im Moment ziemlich egal. Ich will einen Weg hier raus finden. Das ist alles, was mich interessiert.«

Wieder wurde Hannah schmerzhaft bewusst, dass sie sich noch immer im Inneren der Pyramiden befanden. Auch wenn ihre Umgebung sie etwas anderes glauben machen wollte, sie waren noch immer gefangen.

»Lasst uns weiter gehen, hier muss irgendwo ein Eingang in die Cella sein.« Hannah ließ die beiden Männer stehen und ging weiter. Die Abbildungen hatten nichts an ihrer Ausdruckskraft verloren, doch ihr Interesse an den Darstellungen hatte deutlich abgenommen. Georgs Worte hallten in ihren Ohren wider und sie konnte den Anblick der kunstvollen Bilder einfach nicht mehr genießen. Stattdessen konzentrierte sie sich darauf, einen Zugang zum Innenraum zu finden. Mit schnellen Schritten umrundete sie weiter die Cella und bedachte die Szenen neben ihr nur mit einem flüchtigen Blick. Nach dem Lascaux-Saal war der Mosaiksaal abgebildet, zuerst vor, dann nach der Verwandlung. Es folgte die Darstellung der Treppe nach unten in den Verbindungstunnel, dann der Gang mit dem golden schimmernden Licht und schließlich die Treppe, die zu dem prächtigen Portal mit den Bronzetüren führte. Es war gerade dabei sich zu öffnen, durch einen schmalen Spalt drang helles Licht. Als sich Hannah dem nächsten Bild zu wandte, rechnete sie fest damit, das Innere der östlichen Pyramide zu sehen, doch stattdessen fand sie sich erneut vor der Abbildung der ersten Pyramide wieder. Verwirrt blieb sie stehen und sah sich um. Neben ihr führte die Treppe hinunter auf die Lichtung und den Wald, aus dem sie gekommen waren. Sie hatte die Cella einmal komplett umrundet, ohne einen Eingang gefunden zu haben.

»Ich verstehe das nicht«, sagte sie, als Georg und Eberius zu ihr aufgeschlossen hatten. »Warum kann man nicht in die Cella?«

»Das kann nicht sein, hier muss es einen Eingang geben«, widersprach der Parapsychologe. »Wir müssen ihn übersehen haben.«

»Oder der Tempel ist nur eine Art Galerie«, überlegte Georg.

»Ein bisschen viel Aufwand für ein paar Bilder, findest du nicht?«

Georg zuckte mit den Schultern. »Wäre nicht das erste Mal, dass hier etwas anders ist als draußen.«

»Nein, das kann nicht sein«, wiederholte Eberius entschieden. »Wir müssen etwas übersehen haben!« Seine Hand glitt in seine Jackentasche.

»Was haben Sie da?«, fragte Georg scharf und der Parapsychologe zog schnell die Hand zurück.

»Was meinen Sie?«

»In Ihrer Tasche.«

»Ich? Nichts! Nichts was Sie zu interessieren hat! Und überhaupt, der Inhalt meiner Taschen geht Sie ja wohl nicht das Geringste an!«, protestierte der Parapsychologe.

»Das glaube ich Ihnen nicht.« Georg musterte Eberius. »Zeigen Sie her!« Er machte einen Schritt auf ihn zu und der Parapsychologe wich zurück. »Na hören Sie mal, was erlauben Sie sich!«

»Georg!«, mischte sich nun Hannah ein und baute sich vor dem Geologen auf. »Lass ihn in Ruhe!« Auch sie war Eberius gegenüber misstrauisch, aber eine Durchsuchung seiner Taschen ging eindeutig zu weit!

Ein paar Augenblicke hielt Georg ihrem Blick stand, dann gab er nach und trat zurück.

Eberius lächelte Hannah an und nickte. »Vielen Dank, Hannah.« Dann wandte er sich an Georg. »Damit wenigstens einer von uns beiden seinen guten Willen zeigt: hier.« Er streckte Georg die geschlossene Hand hin. Als er sie öffnete, lag der Kompass darauf. »Sind Sie jetzt zufrieden, Beyerbach?«, spottete er.

Georg presste die Lippen aufeinander und schwieg. Hannah konnte sehen, wie viel Mühe es ihn kostete, seine Wut zu unterdrücken.

»Das ist ein Geschenk meines Großvaters. Ich trage ihn immer bei mir, als eine Art Talisman, mein Glücksbringer.«, erklärte Eberius und steckte den Kompass zurück in seine Tasche. »Haben Sie sonst noch Fragen? Nein? Dann können wir uns ja wieder wirklich wichtigen Dingen zuwenden. Wir müssen in die Cella. Ich schlage vor, jeder von uns untersucht noch einmal die Darstellungen. Wir müssen etwas übersehen haben.«

Hannah nickte und zog Georg am Arm. »Wir fangen im Uhrzeigersinn an«, sagte sie. Der Geologe schüttelte ihren Arm ab und marschierte los. Hannah sah ihm nach und seufzte, als er hinter der Krümmung der Cellawand verschwand.

»Gut, dann gehe ich in die andere Richtung. Viel Glück, Hannah.« Eberius ging nach links und begann, die letzte Szene des Bilderzyklus zu untersuchen.

Hannah zögerte, sie überlegte, ob sie zu Georg gehen und mit ihm reden sollte, doch dann entschied sie sich dagegen. Es war besser, sie ließ ihn in Ruhe, vielleicht sah er ja von selbst ein, dass er überreagiert hatte. Sie beobachtete Eberius aus dem Augenwinkel und sah, wie er mit ausdruckslosem Gesicht die Wand anstarrte. Sein Anblick verursachte ihr eine Gänsehaut. Er hatte die rechte Hand in die Jackentasche gesteckt und hielt den Kompass so fest umklammert, dass die Sehnen an seinem Unterarm hervortraten. Vermutlich hoffte er inständig auf den Beistand seines Großvaters. Hannah schüttelte den Kopf. Wenn er meinte, dass das half...

Sie wandte sich der Darstellung vor ihr zu und begann, jedes noch so kleine Detail der Szene zu untersuchen. Doch irgendetwas lenkte sie ab, sie schaffte es einfach nicht sich zu konzentrieren. Plötzlich hielt sie inne. Das war es! Etwas an Eberius hatte sie irritiert. Sie schaute noch einmal zu ihm hinüber und ihr Verdacht bestätigte sich. Der Parapsychologe hatte den Kompass in der linken Jackentasche verstaut, seine Hand steckte aber in der rechten. Wenn es also nicht der Kompass war, was war es dann?

***

Eberius starrte auf die Abbildung des Portals und wartete auf ein Signal des Artefakts. Doch die kleine Metallplatte reagierte nicht. Möglicherweise stand er nicht an der richtigen Stelle. Er bewegte sich ein kleines Stück nach rechts, dann wieder zurück und weiter nach links. Nichts. Das Artefakt blieb kühl und regte sich nicht. Verunsichert wiederholte er seine Schritte, doch das Ergebnis war dasselbe: keine Reaktion. Eberius betrachtete die Abbildung der Bronzetüren. Das war die richtige Stelle, das musste sie sein! Aber warum gelang es ihm dann nicht, die Tür zu öffnen? Der Parapsychologe wurde unruhig. Bisher hatte das Artefakt ihn doch auch geführt, warum nicht auch jetzt? Hatte er etwas falsch gemacht? Zweifel begannen sich in ihm zu regen, vielleicht hatten die *Vergangenen* das Vertrauen zu ihm verloren? Dieser verfluchte Beyerbach! Mit seiner Bemerkung war es ihm tatsächlich gelungen, ihn zutiefst zu verunsichern, denn in den Visionen, die Eberius im Partikelsaal gehabt hatte, war ihm zwar gezeigt worden, welche Räume er aufzusuchen hatte, doch der Grund war im Verborgenen geblieben, verhüllt, von goldenem Nebel… Eberius schüttelte den Kopf. Nein, das konnte nicht sein, die *Vergangenen* hätten ihn nicht so weit kommen lassen, wenn sie ihn nicht für geeignet hielten, den Pfad zu Ende zu gehen. Er hatte gesehen, was sie mit den Menschen taten, die sie für unwürdig hielten, ihm würde es nicht so ergehen wie Semyonov. Außerdem hatte er eben bewiesen, wie klug er war. Ein Lächeln stahl sich auf seine Lippen, als er an Beyerbachs wütendes Gesicht dachte, als er ihm den alten Kompass unter die Nase gehalten hatte. Wie geschickt er den Inhalt seiner Taschen hinter seinem Rücken vertauscht hatte und wie leicht der Geologe zu täuschen gewesen war! In Zukunft würde er ihn hoffentlich mit seinen Verdächtigungen verschonen! Aber der Vorfall hatte ihm auch gezeigt, dass er ab jetzt vorsichtiger sein musste. Beyerbach war misstrauisch, Eberius musste sich sein weiteres Vorgehen genau überlegen. Hannah hingegen hatte sich klar auf seine Seite gestellt, und damit gegen den Geologen. Das gefiel ihm, konnte es doch nur bedeuten, dass die Archäologin sich nun ihm zuwandte. Sein

Weg war noch nicht zu Ende und vielleicht reichte die Zeit aus, dass sich zwischen ihnen beiden eine Freundschaft entwickelte...oder noch mehr...

Der Parapsychologe wischte den Gedanken beiseite. Jetzt nicht, Peter! Soweit sind wir noch nicht. Im Augenblick galt es, den Innenraum zu betreten, denn darin musste sich der nächste Hinweis auf den Pfad befinden. Noch einmal ließ er die Vision des Kuppelsaals vor seinem geistigen Auge erscheinen, ein seltsamer Raum, was ihn dort wohl erwarten würde?

Hinter Eberius' Stirn begann es zu pochen. Er kannte den Schmerz nur zu gut, schon beim Betreten der westlichen Pyramide hatte er das plötzlich auftretende Brennen bemerkt, doch wenn man die Ursache kannte, waren die Symptome nicht schwer zu ertragen. Dabei war es so klar, so einfach: die Weiterentwicklung lief nicht ohne physische Veränderungen vor sich. Der Geist des Menschen war nicht fähig, all das Wissen aufzunehmen, ohne eine gewisse Modifikation. Er fragte sich, ob dies auch den anderen aufgefallen war, gesagt hatten sie jedenfalls nichts. Möglicherweise trat bei ihnen die Entwicklung verzögert ein. Das Artefakt gab ihm gewissermaßen einen Vorsprung und seitdem er es aus seiner Hülle befreit hatte und ständig bei sich trug, hatte er die ersten Veränderungen bereits gespürt. Begonnen hatte es mit dem Albtraum, der ihn jahrelang gequält hatte und aus dem er sich nun endlich hatte befreien können. Die Evolution fand also nicht nur körperlich statt, betraf nicht nur das Gehirn und andere Organe, nein, auch sein Wesen hatte begonnen, sich zu entwickeln. Endlich konnte er seine Verunsicherung und seine Selbstzweifel ablegen und zu dem Mann werden, der er immer hatte sein wollen. Und niemand würde ihn aufhalten! Ich bin würdig, ich verlange Einlass!, forderte er in Gedanken und richtete seine gesamte Konzentration auf die Abbildung der Bronzetür. Schweiß trat ihm auf die Stirn und die Schmerzen in seinem Kopf tobten heftiger, doch er gab nicht auf. Sie testen deinen Willen, dachte er und ballte die Hände zu Fäusten. Die Ecken des Artefakts bohrten sich tief in sein Fleisch, aber Eberius ließ sich nicht davon ablenken. Mehr! Du musst dich stärker konzentrieren, du musst es noch mehr wollen! Sein Kopf fühlte sich an, als würde er mit Lava gefüllt, das Brennen war kaum noch zu ertragen. *Öffne dich!,* befahl er dem Portal und einen kurzen Augenblick später begann das Artefakt sich zu erwärmen.

***

»Georg!«

Georg wandte sich um und sah Hannah, die aufgeregt auf ihn zukam.

»Willst du mir eine Standpauke halten, weil ich unhöflich zu unserem lieben Doktor war?« fragte er grimmig. Es ärgerte ihn noch immer, dass Hannah sich auf Eberius' Seite gestellt hatte, und das obwohl er doch offensichtlich etwas vor ihnen verheimlichte. Und natürlich konnte sie die Sache auch nicht einfach auf sich beruhen lassen, sondern kam an um mit ihm darüber zu diskutieren.

Sie blieb neben ihm stehen und schüttelte den Kopf.

»Nein, ganz sicher nicht. Ich glaube, du hattest recht.«

Georg sah sie ungläubig an. »Ich hatte recht? Seit wann denn das?«

»Ich habe Eberius vorhin beobachtet, er hat etwas in seiner Tasche. Und es ist nicht der Kompass.«

»Nicht der Kompass?«, wiederholte Georg und verstand nicht, worauf sie hinauswollte.

Hannah seufzte. »Den Kompass hatte er in der *linken* Tasche, da bin ich mir hundertprozentig sicher. Als er aber die Abbildung untersucht hat, was heißt untersucht – angestarrt hat er sie – und dabei hatte er etwas in der Hand. In der *rechten* Jackentasche, verstehst du?«

»Ich glaube schon…du meinst, der Kompass war ein Trick?«

Sie nickte. »Er muss irgendetwas bei sich haben. Etwas, das wir auf gar keinen Fall sehen sollen.«

»Ja, ja das ergibt Sinn«, stimmte Georg nachdenklich zu. »Vermutlich ist es ihm auch damit gelungen, die Korridore zu öffnen, während wir wie Idioten vor den massiven Wänden standen.«

Sie grinste. »Ich nicht. Ich habe auch einen Gang gefunden.«

Georg schüttelte den Kopf. »Nein, er hat dich glauben lassen, du hättest ihn gefunden.«

Hannah überlegte kurz. »Ja«, gab sie zögerlich zu. »Das könnte durchaus sein. Und was machen wir jetzt?«

»Nichts.«

»Nichts? Aber wir können ihm nicht trauen!«

»Ja, aber er soll denken, dass wir seinem merkwürdigen Pfad folgen. Deswegen müssen wir ihn in Sicherheit wiegen.«

»Nach der Aktion vorhin vertraut er dir ganz bestimmt nicht mehr«, meinte Hannah vorwurfsvoll.

Georg verzog das Gesicht. »Nein, vermutlich nicht. Dann musst du eben dafür sorgen, dass er uns seinen Plan verrät.«

Hannah verschränkte empört die Arme vor der Brust.

»Falls du damit andeuten willst, dass ich mich an ihn ran-machen soll, vergiss es, Beyerbach!«

Georg hob abwehrend die Hände. »Das meinte ich auch nicht!« Was nicht stimmte, aber Hannah hatte natürlich recht, das konnte er nicht von ihr verlangen. Es würde dir auch nicht gefallen, sagte eine Stimme in seinem Kopf und Georg musste zugeben, dass sie recht hatte.

»Na gut«, sagte Hannah in versöhnlicherem Tonfall. »Aber ich kann ihm die gelehrige Schülerin vorspielen. Wie viele Männer ist er sehr empfänglich für die Bewunderung einer Frau.«

»Hmm…ich weiß nicht«, meinte Georg skeptisch.

Sie lächelte ihn an. »Bei dir hat es jedenfalls wunderbar funktioniert.«

»Was meint du damit? Du kannst mich doch nicht mit diesem –«

»Hannah! Beyerbach! Kommen Sie her, ich habe den Eingang gefunden!« unterbrach ihn Eberius' Ruf.

»Er hat es schon wieder getan«, sagte Hannah leise.

Georg nickte. »Halten wir uns an den Plan.«

»Einverstanden.« Sie drehte sich um und ging mit schnellen Schritten um die Cella herum. »Wirklich? Das ist ja großartig!« rief sie und warf Georg einen vielsagenden Blick zu.

Das klang ziemlich überzeugend, musste Georg zugeben und fragte sich, wie oft sie ihm schon die »gelehrige Schülerin« vorgespielt hatte.

Als Hannah und Georg bei Eberius ankamen, strahlte der Parapsychologe über das ganze Gesicht und deutete auf die Darstellung des Portals. Er war verschwitzt und sah erschöpft aus, als hätte er schwere körperliche Arbeit hinter sich, stellte Hannah verwundert fest, doch als ihr Blick auf die Abbildung mit dem Portal fiel, vergaß sie Eberius' derangierte Erscheinung. Die beiden Bronzetüren waren verschwunden und an ihrer Stelle klaffte nun eine dunkle Öffnung. Das Portal selbst war nach wie vor gemalt, doch zusammen mit dem Durchgang wirkten sie so echt und realistisch, dass Hannah die Wand berühren musste, um sich zu vergewissern, dass es dieselbe Szene war, an der sie schon zweimal vorbei gegangen war.

»Wie ist das möglich?«, fragte sie erstaunt. »Ich habe mir die Abbildung doch genau angesehen, und da war nichts! Nur helles Licht, das aus den Türen drang.«

»Man hätte zumindest einen Spalt sehen müssen«, wunderte sich Georg. Dann wandte er sich an Eberius. »Wie haben Sie das gemacht?«

Der Parapsychologe zuckte mit den Schultern und wischte sich den Schweiß von der Stirn. »Ich habe die Wand berührt, genau wie Sie vorhin, Hannah, als Sie die Bilder erscheinen ließen.«

Ganz sicher nicht, dachte Hannah, es sieht eher so aus als hätte er die Öffnung eigenhändig in die Wand geschlagen. Aber sie durfte ihn nicht misstrauisch machen. Also lächelte sie Eberius freundlich an und nickte. »Ich verstehe. Nun, worauf warten wir dann noch? Lasst uns endlich hineingehen!«

Hinter der Tür lag eine große Halle, die von einer gewaltigen Kuppel überdacht wurde. Die Krümmung entsprach dem Dach der Tholos, doch das Gewölbe reichte bis auf den Boden, so dass der Raum eine perfekte Halbkugel bildete. Seine Ausmaße waren weit größer als es die Cella von außen vermuten ließ. Hannah schätzte ihn auf etwa 40 Meter im

Durchmesser und 20 Meter hoch. Die Halle war ein erneutes Zeugnis davon, dass das Innere der Pyramiden eigenen Gesetzen folgte, dachte sie und sah sich neugierig um. Leuchtpartikel auf dem Boden dienten als Lichtquelle und tauchten den Raum in ein diffuses, warmes Licht, nicht sehr hell, aber genug, so dass man die gefurchte Oberfläche der Kuppel gut erkennen konnte. Sie bestand aus dunklem, graubraunem Gestein, ähnlich wie Tuff, das von unzähligen Löchern unterschiedlicher Größe durchzogen war. In unregelmäßigen Abständen ragten polygonale Formen hervor oder waren in die Wand eingelassen, so dass der gesamte Raum trotz seines halbkugelförmigen Aussehens nur aus Ecken und Kanten zu bestehen schien. In der Mitte der Halle erhoben sich zwölf runde Podeste von etwa einem halben Meter Höhe, und bildeten einen Kreis. Sie bestanden offensichtlich aus demselben hellen Material wie die Betten in den Schlafkammern und die Sitze im Speisesaal. Hannah strich mit der Hand über eines der Podeste und spürte die weiche, samtige Oberfläche.

»Was ist das hier?«, fragte sie und kaum hatte sie zu Ende gesprochen, setzten sich einige der Vorsprünge in der Wand in Bewegung. Mit einem leisen Knirschen schoben sich ein paar neue Zacken heraus, während gleichzeitig andere in der Wand versanken.

»Die Wand verändert sich«, stellte Eberius überrascht fest und wieder bewegten sich die Vorsprünge.

»Sie scheint auf unsere Worte zu reagieren«, erkannte Georg und beobachtete fasziniert, wie wieder andere Ecken und Zacken in den Raum hineinragten oder sich zurückzogen. »Ich glaube, die Bewegung der Formen dauert immer genau so lange an wie die Sätze, die man spricht.« Wie um seine Vermutung zu bestätigen, ertönte das leise Knirschen der Vorsprünge.

»Wozu dient dieser Raum?«, fragte Hannah und die Kuppelwand setzte sich wieder in Bewegung.

»Das wüsste ich auch gerne«, Georg hatte den Kopf in den Nacken gelegt und ließ seinen Blick über die Innenseite der Kuppel schweifen.

Eberius starrte mit versteinerter Miene auf die sich verändernde Wand vor ihm. Er schien enttäuscht zu sein, als ob dieser Raum nicht das wäre, wonach er gesucht hatte.

»Wissen Sie, was das hier ist, Dr. Eberius?«, sprach Hannah ihn an. Er blinzelte verwirrt. »Wie? Oh, nun, um ehrlich zu sein: nein.«

»Sie wissen es nicht?«, fragte Georg. »Oder wollen Sie es nur nicht sagen?«

»Ich weiß es nicht, Beyerbach«, zischte der Parapsychologe ungehalten und presste wütend die Lippen aufeinander.

»Wir werden es schon noch herausfinden«, sagte Hannah ruhig und warf Georg einen warnenden Blick zu. Übertreib es nicht!

Der Geologe zuckte mit den Schultern und schwieg.

Nachdem die letzten Zacken zur Ruhe gekommen waren, herrschte eine gespenstische Stille in der dunklen Kuppel. Die Ruhe war unangenehm und beinahe körperlich spürbar. Hannah kam sich vor als stünde sie in einer riesigen Maschine, die unerwartet zum Stillstand gekommen war.

»Wir sollten nach draußen gehen«, sagte sie schließlich leise und die Kuppelwand reagierte auf ihre Worte.

»Ich bin dafür. Hier drin gibt es nichts mehr zu sehen.« Georg ging in Richtung Ausgang.

»Kommen Sie, Doktor?« Sie sah Eberius auffordernd an.

Der Parapsychologe seufzte, dann folgte er Hannah nach draußen.

***

»Was ist mit dem Licht?«, fragte Beyerbach, als sie die Kuppelhalle verlassen hatten. Eberius blickte nach oben. Tatsächlich, das strahlende Blau des künstlichen Himmels war einem sanften Rosa gewichen und auch die Intensität des Lichtes hatte merklich nachgelassen. Es dauerte einen Moment, dann begriff der Parapsychologe, was es damit auf sich hatte.

»Die Sonne geht unter«, sagte er fasziniert. Anscheinend reagierten die Leuchtpartikel auf das Licht der Sonne und ahmten dies im Inneren der Pyramide nach. Er schaute auf seine Armbanduhr. 20.48 Uhr. Eberius rechnete kurz und stellte überrascht fest, dass sie sich seit über 9 Stunden in den Pyramiden aufhielten, und doch es kam ihm vor, als hätten sie sie erst vor wenigen Minuten betreten. Wieder einmal wurde ihm bewusst, dass das Innere der Pyramide eigenen Gesetzen folgte und dass sich das offenbar auch auf die Zeit und ihre Konstitution auswirkte. Bisher hatte er weder Hunger noch Durst oder Müdigkeit verspürt, obwohl sie seit Stunden ohne Pause durch die Räume wanderten. Abgesehen von der Erschöpfung nach dem Öffnen der Kuppelhalle, aber das war die Reaktion seines Körpers auf die enorme geistige Anstrengung gewesen, keine Ermüdungserscheinung wie sie sich sonst am Ende eines kräftezehrenden Tages einstellte.

Der Himmel wurde noch ein wenig dunkler, unter der Spitze der Pyramide verfärbte er sich tiefblau und winzige

Leuchtpunkte erschienen. Die Sterne, dachte Eberius und zweifelte nicht daran, dass draußen in der Taiga genau die gleichen Lichter am Firmament erstrahlten. Mit dem Schwinden des Tageslichts wuchs in dem Parapsychologen der Wunsch nach Schlaf und Erholung. Er sah zu den Leuchtpartikeln an den Säulen, die sanft schimmerten, aber stetig dunkler wurden. Bald würde es nicht mehr hell genug sein, um noch etwas erkennen zu können.

»Seid ihr auch so müde?«, fragte Hannah und gähnte. »Ich glaube, das macht die Pyramide.« Sie gähnte noch einmal.

Beyerbach rieb sich die Augen »Mir geht es genauso. Wir sollten uns wirklich ausruhen. Lasst uns in die Schlafkammern gehen, bevor wir hier noch an Ort und Stelle einschlafen.« Jetzt konnte auch er ein Gähnen nicht mehr unterdrücken.

In der Dämmerung leuchtete der Weg zu den Ruheräumen auf. In sanften Wellen strebten die Lichtimpulse zu dem flachen Gebäude.

»Das ist ziemlich eindeutig«, meinte Hannah und zeigte auf die schimmernden Platten. »Lasst uns gehen.«

Eberius spürte es auch, doch er kämpfte gegen die bleierne Müdigkeit an. Er wollte sich nicht ausruhen, die anderen mochten ihre Zeit vergeuden, doch er wollte weiter dem Pfad folgen. Wenn er sich zusammenriss, konnte er dem Drang nach Schlaf sicherlich widerstehen und während Beyerbach und Hannah selig schlummerten, würde er in Ruhe das Geheimnis der Kuppelhalle lüften.

»Ja, Sie haben recht. Wir sollten uns eine Pause gönnen. In der Dunkelheit macht es wenig Sinn, sich weiter umzusehen.« Mit forschen Schritten ging Eberius an Hannah und

Beyerbach vorbei die Treppe hinunter. Er musste vor ihnen bei den Schlafkammern sein, damit er die beziehen konnte, die direkt neben dem Ausgang lag. So würde er sich am leichtesten davonschleichen können, auch wenn die beiden vor lauter Müdigkeit kaum etwas bemerken mochten. Aber sicher war sicher.

***

Georg und Eberius erreichten gleichzeitig den Eingang zu den Schlafquartieren. Er wollte in die vorderste Kammer treten, doch der Parapsychologe war schneller.

»Die hier nehme ich«, verkündete er und tat so, als hätte er nicht bemerkt, dass Georg auf die gleiche Idee gekommen war. Er eilte durch die erste Türöffnung und legte seinen Rucksack auf dem Steinblock ab, der als Bett diente. Prüfend strich er über die Oberfläche. »Ein faszinierendes Material, nicht wahr?« Mit unschuldiger Miene sah er Georg an.

Der Geologe zuckte mit den Schultern und ging weiter den Korridor entlang. Er hatte sich bewusst für die erste Zelle entschieden, denn so wäre es leichter gewesen, ein Auge auf Eberius zu haben. Falls der Parapsychologe einen nächtlichen Alleingang plante, hätte er so an seiner Kammer vorbeikommen müssen. Doch der Parapsychologe war nicht dumm, er hatte sich dasselbe überlegt, aber schneller reagiert. Du hättest ihn einfach beiseitestoßen sollen, ärgerte sich Georg. Leider fiel ihm kein passendes Argument ein, um Eberius aus seinem gewählten Schlafquartier zu vertreiben, ohne dass dieser noch misstrauischer werden würde, als er es ohnehin schon war. Georg seufzte. Dann musste es eben die Kammer daneben sein. So könnte er zumindest hören, falls der Parapsychologe sich davonschlich.

Er betrat die Zelle und legte Rucksack und Jacke ab. Es tat gut, nicht mehr die Last auf seinen Schultern zu spüren, vielleicht könnte er sich sogar genug entspannen, dass die Kopfschmerzen, die ihn jetzt immer häufiger plagten, aufhörten. Wenigstens waren die Anfälle nicht mehr so schlimm wie der vorhin. Er konnte sich nicht erinnern, jemals zuvor solche Kopfschmerzen gehabt – nein, das stimmte nicht. Im Raum mit den Leuchtpartikeln, vor den Visionen, dort war es genauso schlimm gewesen. Nur fühlten sich diese Schmerzen anders an. Während er in dem Mosaiksaal das Gefühl gehabt hatte, sein Geist müsse etwas anderem weichen – ein Vorgang, der mit Schmerzen verbunden war – fühlte es sich nun anders an, als wäre der Schmerz organischen Ursprungs, als ob sein Gehirn sich veränderte und deshalb die Nerven zu starke Impulse aussendeten.

»Georg?«

Er drehte sich um und sah Hannah in der Tür stehen. Sie lächelte unsicher. »Kann ich… kann ich hier bei dir schlafen?«, fragte sie leise.

Georg grinste und machte eine einladende Geste. »Nur zu. Das Bett ist zwar ein wenig schmal, aber wenn wir uns ganz dicht aneinanderschmiegen…«

Sie lachte und schüttelte den Kopf. »Das hättest du wohl gern.«

»Klar.« Georg lachte ebenfalls. »Nein, war nicht ernst gemeint. Du kannst das Bett für dich allein haben.« Er nahm seinen Rucksack und die Jacke und warf sie auf den Boden. »Ich werde sowieso nicht schlafen«, fuhr er mit gedämpfter Stimme fort. »Einer muss schließlich aufpassen, dass unser lieber Doktor nicht auf dumme Gedanken kommt.« Er wies mit dem Kopf auf die Wand, die ihre Kammer von der Eberius' trennte.

»Glaubst du, er sucht ohne uns weiter?« Sie faltete ihre Jacke zu einem Kissen zusammen und legte sie auf das Bett.

Georg zuckte mit den Schultern. »Zutrauen würde ich es ihm. Wer weiß schon, was in seinem Kopf vor sich geht.« Er kramte in seinem Rucksack.

»Was suchst du?«, fragte Hannah. »Deine Kippen?«

»Nein, die Taschenlampe. Es wird immer dunkler. Ah, hab' sie!« Er richtete sich auf und stutzte. »Das ist seltsam…«

»Was meinst du?«

»Seitdem wir hier drinnen sind, habe ich nicht einmal ans Rauchen gedacht.«

»Aber das ist doch gut.«

»Ja, aber, nicht normal. Kein Mensch gewöhnt sich die Qualmerei innerhalb weniger Stunden komplett ab, noch dazu ohne Entzugserscheinungen.«

»Das liegt an den Pyramiden. Sie steuern unsere Bedürfnisse.«

»Das gefällt mir nicht.«

»Sei doch froh, als Nichtraucher sparst du dir eine Menge Geld«, meinte Hannah amüsiert.

»Sehr witzig. Findest du es nicht beunruhigend, dass die Pyramiden entscheiden, wann wir müde sind, oder ob wir Hunger oder Durst haben?«

Sie zuckte mit den Schultern. »Solange es uns nicht schadet. Ich mache mir um ganz andere Dinge Sorgen.«

»Du meinst außer um unseren unberechenbaren Pseudowissenschaftler?« Er deutete mit einer Kopfwendung zur Kammer neben ihnen und grinste.

Sie nickte und ihr Gesicht nahm einen so ernsten Ausdruck an, dass Georgs Lächeln augenblicklich verschwand.

»Wir sind noch immer hier drin gefangen.« Sie ließ sich aufs Bett sinken und sah ihn fragend an. »Ob er es nach draußen geschafft hat?«

»Dimitri? Bestimmt.«

»Und wenn nicht?«

»Dann werden wir ein wenig länger warten müssen. Früher oder später werden die Russen nach uns suchen.«

»Aber wenn sie nicht durch die Kristallbarriere kommen, wie wollen wir dann hier rauskommen? Wir haben immer noch keinen Ausgang gefunden. Und unsere Vorräte reichen auch nicht ewig.« Die Angst ließ ihre Stimme zittern.

Georg setzte sich neben ihr aufs Bett. »Keine Sorge, Hannah. Was unsere Vorräte betrifft, so schnell verhungert und verdurstet man nicht. Wir sollten uns einschränken, für den Fall, dass es wirklich länger dauert, und morgen, wenn wir uns – wenn du dich ausgeruht hast – suchen wir weiter. Wir haben uns noch nicht überall umgesehen, es gibt mit Sicherheit einen Ausgang.« Er nahm ihre Hand und drückte sie sanft. »Wir werden hier rauskommen. Irgendwie.«

Hannah nickte stumm. Plötzlich hob sie die Hände vors Gesicht und begann zu weinen. Sie schluchzte so heftig, dass ihr Körper zitterte. Georg zog sie an sich heran und sie drückte sich fest an seine Brust. Sanft strich er ihr über das Haar und unweigerlich kamen die Erinnerungen an früher zurück, an ihre gemeinsame Zeit und wie er sie auf dieselbe Art getröstet hatte. Es waren Momente wie dieser, in denen sie sich wirklich nahe gewesen waren, die ihn lange hatten zweifeln lassen, ob die Trennung die richtige Entscheidung gewesen war. Er hatte beinahe vergessen, wie es sich angefühlt hatte. Doch nun hielt er Hannah wieder in den Armen und ohne es zu wollen, kehrten die alten Gefühle zurück.

Hannahs Schluchzen wurde leiser. Sie beruhigte sich, hörte auf zu zittern und löste sich vorsichtig aus seiner Umarmung.

»Tut mir leid«, sagte sie und wischte sie die Tränen aus dem Gesicht. Ihre Stimme klang brüchig und heiser.

»Mir nicht«, antwortete Georg und sah sie ernst an. Er wusste nicht ob sie genauso empfand wie er, aber wenn er jetzt nicht ehrlich war, verspielte er vielleicht die einzige Chance, die er hatte.

Hannah hielt seinem Blick stand. Er konnte die Unsicherheit in ihren Augen sehen, doch da war noch etwas anderes. Er strich ihr über die Wange und sie lächelte.

Dann zog er sie an sich heran und –

»Ist alles in Ordnung bei Ihnen? Ich habe jemanden weinen gehört und da – oh!«

Georg ließ Hannah los und stand auf. Mit verschränkten Armen baute er sich vor Eberius auf, der mit hochrotem Kopf in der Türöffnung stand.

»Was wollen Sie?«, knurrte er und hatte Mühe, nicht die Beherrschung zu verlieren.

»Ich, es tut mir leid, ich wusste nicht, dass sie…eh…beschäftigt sind…ich habe Schluchzen gehört und –«

»Raus.«

»Natürlich, ich gehe…« Der Parapsychologe eilte zurück zu seiner Kammer. »Bin schon weg!«, rief er über die Schulter, als er eintrat.

Georg schüttelte den Kopf und unterdrückte den Impuls, gegen die Wand zu boxen. Dieser Idiot hatte wirklich ein beschissenes Timing!

Hannah war ebenfalls aufgestanden. »Hör zu, Georg,

vielleicht ist es besser…«

»Schon gut, vergessen wir es…«

»Wir sollten uns darauf konzentrieren, hier raus zu kommen und nicht –«

Er hob abwehrend die Hand. »Lass es gut sein, Hannah.«

Sie biss sich auf die Lippen und legte sich hin. »Gute Nacht«, sagte sie leise und kauerte sich noch weiter zusammen.

»Gute Nacht«, antwortete Georg kühl und setzte sich auf seine Jacke auf dem Boden. Du Idiot!, schimpfte er mit sich selbst. Als ob wir nicht schon genug Probleme haben! Er griff in seine Jackentasche und holte die Zigarettenschachtel heraus. Von wegen Nichtraucher! Er öffnete sie. Die Schachtel war leer. Verdammt! Er zerknüllte die Packung und warf sie in eine Ecke. Das letzte Licht des Tages verlosch und Dunkelheit breitete sich in der Kammer aus. Georg blickte nach oben an die Decke, wo unzählige, winzige Punkte leuchteten und den nächtlichen Himmel abbildeten. Großartig. Jetzt sitze ich hier im Dunkeln, ohne Kippen, dafür mit einer halbaufgewärmten Beziehung…klingt nach einer langen Nacht. Er streckte sich auf dem Schlafsack aus und begann, die Sterne zu zählen.

10

Eberius lag auf dem Bett und starrte an die Decke, wo winzige helle Punkte und eine kleine weiße Sichel schimmerten: Sterne und Mond, wie am Nachthimmel draußen über den Pyramiden. Ein Anblick, den er unter anderen Umständen genossen und fasziniert die Gestirne beobachtet hätte, aber der Parapsychologe war viel zu aufgewühlt. Nicht wegen seines Plans, die Kuppelhalle allein zu untersuchen, sondern wegen ihr. Hannah. Es hatte ihn erschüttert, sie und Beyerbach in solch inniger Umarmung zu sehen, sie hatte sich doch von ihm abgewandt! Und jetzt lagen sie bestimmt engumschlungen – nein, das wollte er sich gar nicht erst vorstellen. Trotzdem tauchten unweigerlich Bilder der beiden vor seinem geistigen Auge auf und Eberius hatte Mühe, an etwas anderes zu denken. Er ertappte sich wie er in die Dunkelheit lauschte, um seinen Verdacht zu bestätigen, doch aus der Nebenkammer drang kein Laut. Ob er sich doch getäuscht hatte? Möglicherweise hatte er die Szene ja falsch interpretiert. Grübelnd lag Eberius da, bis er einsah, dass ihm das nicht weiterhalf. Ich muss mich auf den Pfad konzentrieren, nur das ist wichtig, ermahnte er sich und richtete sich auf. Vorsichtig tastete er nach seiner Taschenlampe, die er neben dem Bett bereit gelegt hatte. Dann erhob er sich geräuschlos und schlich auf den Flur. Er wagte es nicht, die Lampe einzuschalten, aber da auch hier an der Decke der Sternenhimmel schimmerte, war es nicht völlig dunkel und er konnte gut genug sehen. Der Parapsychologe wandte sich nach links, zum Ausgang, doch dann zögerte er und ging stattdessen langsam zurück. Kurz vor der zweiten Kammer blieb er stehen. Sein Herz schlug wie wild, er atmete tief durch und schlich lautlos bis zum Eingang. Vorsichtig lugte er um die Ecke und erkannte Beyerbachs große Gestalt auf dem Boden sitzend, mit angezogenen Knien und den Kopf auf den darauf verschränkten Armen abgelegt. Sein Oberkörper hob und senkte sich gleichmäßig. Gut, er schlief. Hannah hatte sich auf dem Bett zusammengerollt und wandte ihm den Rücken zu. Auch sie schlief tief und fest. Noch einmal sah er zu Beyerbach, der unverändert in der wenig bequemen Haltung auf dem Boden saß. Interessant, dachte Eberius, sie schlafen nicht in einem Bett. Ein zufriedenes Lächeln stahl sich auf seine Lippen. Also hatten sie sich nicht versöhnt. Sein Blick wanderte wieder zu Hannah. Ganz ruhig lag sie da, ihr langes Haar fiel ihr über die schmalen Schultern und schimmerte im Licht der Miniatursterne. Sie sah wunderschön aus. Alles in ihm schrie danach zu ihr zu gehen und sie zu berühren, doch eine Stimme in Eberius' Kopf hielt ihn zurück. *Noch nicht.* Warum nicht? Widersprach er heftig in Gedanken und überlegte, ob er die Worte der Vergangenen nicht einfach ignorieren sollte. *Noch nicht,* wiederholte die Stimme und klang ein wenig schärfer. Eberius sah ein, dass er sich nicht widersetzen durfte. Nach einem letzten sehnsüchtigen Blick auf die schlafende Archäologin zog er sich leise zurück und ging den Korridor entlang bis zum Ausgang. Leise öffnete er die Tür und schlüpfte hindurch.

Erst als er sich einige Meter von dem Gebäude entfernt hatte, wagte er es, die Taschenlampe einzuschalten. Der dünne Lichtstrahl durchschnitt die Dunkelheit und tastete sich über die Bodenplatte, deren Leuchtpartikel nur noch sanft vor sich hin glommen. Die Anlage wirkte völlig verändert, die hohen Bäume und Sträucher jenseits der Tholos ragten als bedrohliche schwarze Schatten in den dunkelblauen Nachthimmel. Eberius packte die Lampe fester. Unsinn! Hier ist nichts, wovor du dich fürchten musst, schüttelte er seine Angst ab und steuerte auf die große Treppe zu. Oben angekommen traf der Schein seiner Lampe auf die Wandmalereien. Im Dunkel der Nacht schien es, als bewegten sich die Figuren. Mehr als einmal zuckte der Parapsychologe zusammen, als er glaubte, eine Bewegung aus dem Augenwinkel zu erkennen. Doch es war nur eine optische Täuschung. Er wollte gerade die Kuppelhalle betreten, als ihn ein Geräusch zusammenfahren ließ. Erschrocken drehte er sich um und leuchtete hektisch die Stufen hinab. Nichts. Aber er hatte doch ganz deutlich etwas gehört! Eberius versuchte das Geräusch einzuordnen, es war nicht sehr laut gewesen und erinnerte an Schritte, aber nicht an die eines Menschen. Er lauschte in die Dunkelheit, ob sich der Laut wiederholte, doch es blieb alles still. Vielleicht hatte er sich das Geräusch nur eingebildet oder es war die Pyramide, oder der Wind, der durch einen der Luftschächte wehte. Aber Eberius' Intuition sagte ihm, dass es nicht so war. Seit sie die Pyramiden betreten hatten, waren die unterschiedlichsten Laute an sein Ohr gedrungen, manche davon unheimlich und seltsam, doch stets hatte er eine einleuchtende

Erklärung dafür gefunden. Auf jedes Geräusch war eine Reaktion gefolgt, eine Transformation, wie im Sternensaal oder das Auftauchen der Kristalle im Raum mit den Mosaiken. Eberius leuchtete noch einmal in die Dunkelheit. Du hast es dir nur eingebildet, redete er sich ein und betrat die Halle.

**

Georg stand mit dem Rücken an die Wand des Sockels gepresst und wartete, dass sein Puls sich wieder beruhigte. Das war knapp gewesen, um ein Haar hätte Eberius ihn entdeckt. Nach ein paar Augenblicken riskierte er einen Blick und lugte um die Ecke. Der Parapsychologe war verschwunden, doch der sanfte Lichtschein, der aus der Türöffnung drang, verriet ihm, dass er die Kuppelhalle betreten hatte. Ich wusste doch, dass du etwas vorhast, dachte der Geologe und huschte die Stufen hinauf. Eberius mochte geglaubt haben, sich unbemerkt davonmachen zu können, doch Georg hatte sich nicht täuschen lassen. Er hatte ihn gesehen, als er vor ihrer Kammer gestanden und Hannah angestarrt hatte und sich, kaum war Eberius verschwunden, an seine Fersen geheftet.

Der Geologe hatte das Ende der Treppe erreicht und stellte sich, den Rücken fest an die Cellawand gedrückt, neben die Türöffnung. Der Lichtschein tanzte durch den Raum, offensichtlich suchte Eberius die Kuppelwand ab. Georg schaute vorsichtig in die Halle und zog sich schnell wieder zurück, als der Parapsychologe sich umdrehte und die Wand hinter ihm beleuchtete. Georgs Herz raste. Er wartete, dass Eberius aus der Halle trat und ihn wütend zur Rede stellte, doch nichts dergleichen geschah.

Du hast mehr Glück als Verstand, Beyerbach!, dachte Georg erleichtert. Noch einmal wanderte der Lichtkegel der Lampe durch die Halle, dann ertönte ein enttäuschtes Seufzen, gefolgt vom leisen Knirschen der Zacken in der Kuppelwand. Der Schein der Lampe steuerte nun geradewegs auf den Ausgang zu und Georg reagierte sofort. Jetzt aber schnell! Rasch huschte er die Stufen hinab und verbarg sich wieder hinter dem Sockel. Kurze Zeit später erreichte auch Eberius das Ende der Treppe, doch anstatt zu den Ruheräumen zurückzukehren, wandte sich der Parapsychologe nach links und ging langsam am Sockel vorbei in Richtung des Waldes. Du gibst noch nicht auf, wie?, dachte Georg und umrundete den Sockel von der anderen Seite. Er gab Eberius einen kleinen Vorsprung, dann folgte er ihm in die Dunkelheit.

***

Hannah erwachte mit klopfendem Herzen. Sie hatte schlecht geträumt, irgendetwas mit Georg, aber sie konnte sich nicht mehr genau erinnern. Vielleicht war das auch besser so. Sie richtete sich auf und drehte sich zu Georg um. Der Geologe war nicht da, der Platz, an dem er gesessen hatte, war leer. Wo ist er hin?, fragte sie sich und suchte nach ihrer Taschenlampe. Als sie sie fand, leuchtete sie auf den Boden. Georgs Schuhe standen noch da, bestimmt war er nur kurz nach draußen gegangen. Hannah seufzte und holte ihr Tagebuch aus dem Rucksack. Schlafen konnte sie jetzt nicht mehr, dazu war sie zu aufgewühlt. Ein paar Zeilen schreiben würde ihr helfen, ihre Gedanken zu ordnen, das tat es immer.

Wenn ihr jemand vor ein paar Tagen gesagt hätte, welches Chaos sie auf dieser Expedition erwartete, sie hätte ihn ausgelacht. Sie klemmte die Taschenlampe zwischen ihre Knie und las den letzten Eintrag. Verwundert stellte sie fest, dass sie seit den Skizzen im Lascaux-Saal nichts mehr geschrieben hatte. Ich hatte es völlig vergessen, dachte sie. Zeit das nach zu holen. Mit flinker Hand beschrieb sie die anderen Räume der westlichen Pyramide, den Tunnel zur östlichen Pyramide und ihr seltsames Erlebnis auf der Treppe. Mit einem leichten Erschauern erinnerte sie sich an die Visionen der Vergangenen und die widersprüchlichen Gefühle, die das Erlebte in ihr ausgelöst hatte.

Vieles hier macht mir Angst, aber gleichzeitig möchte ich wissen, was die Vergangenen uns hinterlassen haben und mehr über dieses unbekannte Volk erfahren. Wer waren die Vergangenen und warum verfügten sie über ein solch komplexes Wissen? Sie lebten offenbar gleichzeitig mit dem Homo sapiens, doch waren viel höher entwickelt. Soweit wir bis jetzt gesehen haben, übertrifft ihre Technologie – sofern man es so nennen kann – auch die des heutigen Menschen um ein Vielfaches. Wie ist das möglich?

Doch die zentrale und wichtigste Frage ist eine andere: Wozu?

Bisher haben wir den genauen Zweck der Pyramiden noch nicht verstanden, auch wenn wir der Enthüllung dieses Geheimnisses schon ein gutes Stück näher gekommen sind.

Die westliche Pyramide diente offensichtlich der Weiterentwicklung der Urmenschen auf ein Niveau, das in etwa dem heutigen, modernen Menschen entspricht, also eine Art beschleunigte Evolution.

Hannah ließ den Stift sinken und las noch einmal den letzten Satz. Beschleunigte Evolution – das klang absurd und hätte ihr vor wenigen Tagen jemand diese These unterbreitet, sie hätte ihn für verrückt gehalten. Sie schüttelte den Kopf und widmete sich der Beschreibung der zweiten Pyramide.

Die östliche Pyramide ist sogar noch unglaublicher, als die erste. »Unglaublich« ist kein wissenschaftlicher Begriff, aber ich muss zugeben, dass mir langsam die passenden Adjektive ausgehen. Und wie, wenn nicht als »unglaublich«, soll man eine Pyramide bezeichnen, in deren Inneren sich eine Tempelanlage befindet, deren Ausmaße den bekannten physikalischen Gesetzen widersprechen?

Ihr Bericht zu den Schlafkammern und dem Speisesaal fiel sehr kurz aus, doch als sie begann die Kuppelhalle zu beschreiben, hielt sie inne. Sie blätterte zurück und las noch einmal, was sie geschrieben hatte.

In den beiden flachen, bogenförmigen Gebäuden sind Ruheräume und ein großer Speisesaal untergebracht. Die Bewohner der Pyramide sollten versorgt sein, damit die Evolution ungehindert ablaufen konnte.

Grundbedürfnisse. Essen und Schlafen, überlegte Hannah. Nur wenn die Menschen, ausgeruht und satt waren, konnte die Evolution stattfinden…nur in einem gesunden Körper konnte sich der Geist entwickeln…essen und schlafen, das passierte in den bogenförmigen Gebäuden…dann blieb nur noch...*lernen*. Natürlich! Das musste der Zweck der Kuppelhalle sein! Sie packte das Tagebuch zur Seite und schlüpfte in ihre Schuhe. Das musste sie überprüfen, sobald Georg wieder da war – sie stutzte. Er war schon ziemlich lange fort. Zu lange, als dass er nur mal kurz in die Büsche gegangen sein konnte. Hannahs Enthusiasmus verschwand augenblicklich. Hoffentlich war ihm nichts passiert, dachte sie besorgt und schnürte sich die Stiefel zu. Vielleicht wusste Eberius etwas, sie hatte zwar nicht wirklich Lust ihn zu wecken, aber zu zweit konnten sie besser nach Georg suchen.

»Dr. Eberius?«, rief sie, doch sie bekam keine Antwort. Vermutlich schlief er tief und fest.

Hannah nahm die Taschenlampe und verließ die Kammer. An der Türöffnung zu Eberius' Zelle blieb sie stehen und leuchtete kurz hinein. Auch der Schlafplatz des Parapsychologen war verlassen. Ob die beiden zusammen weggegangen waren? Nein, welchen Grund hätten sie gehabt, Hannah zurückzulassen? Viel wahrscheinlicher war es, dass Eberius sich allein auf den Weg gemacht hatte und Georg ihm gefolgt war. Vielleicht hatte der Parapsychologe dieselben Schlussfolgerungen gezogen, wie ich, überlegte sie. Aber das werde ich nur herausfinden, indem ich nachsehe.

***

Eberius blickte unsicher auf die hohe dunkle Wand aus Bäumen und Sträuchern, die sich hinter dem Rundtempel erhob. Die Pflanzen wuchsen hier so dicht und hoch, dass sie eine scheinbar undurchdringliche Einheit bildeten, ein unförmiges, schwarzes Gebilde aus Zweigen, Blättern und Wurzeln, das lauernd in der Finsternis darauf wartete, dass sich jemand hineinwagte. Der Parapsychologe leuchtete mit der Taschenlampe, doch wohin der dünne Lichtkegel auch fiel, er konnte nicht erkennen, was sich hinter dem Dickicht befand. Oder wer. Mit einer unwirschen Geste wischte er den Gedanken beiseite. Du bildest dir das nur ein Peter, hier ist niemand! Hannah und Beyerbach schlafen in ihrem Quartier, du bist völlig allein. Doch das ungute Gefühl, beobachtet zu werden, ließ sich einfach nicht abschütteln. Sein Verstand mochte ihm noch sooft einreden, dass er allein war, seine Intuition sagte ihm etwas anderes. Er drehte sich um und leuchtete hinter sich. Da war nur der Weg, auf dem er hergekommen war. Eberius wartete, doch im Lichtkegel der Lampe rührte sich nichts. Unsicher wandte er sich wieder um und suchte nach einer Stelle, an der das Unterholz nicht ganz so dicht erschien. Vielleicht dort drüben… Er ging langsam weiter und versuchte sich ganz auf einen möglichen Pfad zu konzentrieren, doch es gelang ihm nicht. Seit frühester Jugend hatte er sich auf seine Intuition verlassen, jeder noch so kleinen Gefühlsregung vertraut und nicht ein einziges Mal hatte sie ihn in die Irre geleitet. Bis jetzt! Es muss an der Pyramide liegen, erklärte er sich in Gedanken. Dieser Ort ist etwas Besonderes. Das, was du spürst, ist die Macht der *Vergangenen*. Ihre Energie hat diese Mauern durchdrungen und du bist in der Lage, sie zu fühlen. Eberius nickte. Ja, genau so musste es sein. Erleichtert schob er die Zweige vor ihm auseinander und trat in das Dickicht.

Schon nach wenigen Schritten hatten ihn die Pflanzen vollkommen eingeschlossen. Als er hinter sich leuchtete, sah er nur dunkelgrüne Blätter und Ranken, die Lücke, durch die er gekommen war, hatte sich wieder geschlossen. Für einen Moment fühlte er sich gefangen, das dichte Grün drohte ihn zu ersticken, seine Kehle schnürte sich zu und er rang nach Luft. Doch der Parapsychologe zwang sich weiter zu gehen. Den Blick starr auf den moosbedeckten Boden vor sich gerichtet, schob er sich Stück für Stück vorwärts. Plötzlich schimmerte etwas Helles im Schein der Taschenlampe. Neugierig beugte sich Eberius hinunter und entfernte das Moos. Ein Pflasterstein. Die freigelegte Fläche reagierte auf den Lichtstrahl und begann zu schimmern. Wie schon bei dem Weg zu den Schlafkammern und zum Speisesaal, setzte sich der Lichtimpuls fort und immer mehr Partikel blitzten in der Dunkelheit auf. Fasziniert beobachtete der Parapsychologe, wie sich der leuchtende Pfad weiter und weiter durch das Unterholz schlängelte, bis er schließlich vor einem hohen, von schlanken Säulen flankierten Tor endete. Im Schein der Partikel erkannte Eberius ein Stück einer Mauer, die jedoch wenige Meter neben der Toröffnung von kräftigen Ranken überwuchert und zum Teil eingestürzt war. Der Puls des Parapsychologen beschleunigte sich.

Dahinter musste sich der Raum befinden, nach dem er suchte. Oder wenigstens ein Gang, der zu ihm führte. Er packte die Taschenlampe fester und folgte dem schimmernden Weg.

***

Georg ließ Eberius ein gutes Stück vorauslaufen, dann betrat auch er den leuchtenden Pfad. Glücklicherweise waren die Pflastersteine zum größten Teil von Moos und Gras bedeckt, was ein gleichmäßiges Ausbreiten der Lichterscheinung verhinderte, so dass der neue Impuls, den sein Betreten auslöste, nicht weiter auffiel. Außerdem war Eberius' Blick allein auf den Torbogen gerichtet, für seine Umgebung interessierte er sich nicht. Vorsichtig huschte Georg über die schimmernden Steine, duckte sich hinter Büschen und Sträuchern und versteckte sich hinter Baumstämmen, falls der Parapsychologe doch auf die Idee kam, sich plötzlich umzudrehen. Doch Eberius wandte sich nicht ein einziges Mal um. Mechanisch steuerte er den Torbogen an, bis er endlich vor den zwei schlanken Säulen angekommen war. Der Lichtimpuls der Partikel teilte sich und wanderte zu beiden Seiten die etwa drei Meter hohen Schäfte hinauf, bis sich das Leuchten genau in der Mitte des Bogens wieder traf, kurz an Intensität zunahm und schließlich verblasste.

Georg blickte nach unten, wo ein zweiter Impuls vor ihm in Richtung des Tores lief. Verdammt! Hatte der starke Pflanzenbewuchs auf ebener Strecke noch dafür gesorgt, dass das Schimmern der Partikel unauffällig blieb, würde Eberius spätestens jetzt bemerken, dass noch jemand dem Weg folgte! Rasch duckte sich Georg hinter einen Strauch und sah hilflos zu, wie sich die Leuchtspur unaufhaltsam dem Tor näherte. Nur noch drei Meter…zwei…

In dem Moment, als der Lichtschimmer Eberius' Füße erreichte, trat der Parapsychologe durch das Tor.

Georg wischte sich den Schweiß von der Stirn. Oh Mann. Irgendjemand meinte es wirklich gut mit ihm. Er warf einen Blick nach oben, wo unzählige winzige Lichtpunkte das Dunkel des künstlichen Nachthimmels durchbrachen. Für einen kurzen Augenblick hatte er das Gefühl, dass es nicht nur Glück oder Zufall gewesen war, dass Eberius ihn nicht entdeckt hatte. Wer wusste schon, wozu die Pyramiden alles in der Lage waren…

Er trat zurück auf den Weg und erreichte nach wenigen Schritten den Torbogen.

Hinter dem Bogen schienen die Pflanzen besonders dicht zu wuchern, zweifellos war dies ursprünglich nicht beabsichtigt, denn im schwachen Licht der schimmernden Bodenplatten konnte Georg immer wieder niedrige Einfassungen erkennen, die einzelne Abschnitte voneinander trennten und in denen unterschiedliche Gewächse gepflanzt worden waren. Das muss früher eine Art Garten gewesen sein, fuhr es Georg durch den Kopf, während er Eberius weiter verfolgte. Sein Eindruck bestätigte sich, als sich nach ein paar Metern das Dickicht teilte und den Blick auf ein rundes, filigran erscheinendes Gebäude freigab. Seltsamerweise hatten die üppig wuchernden Pflanzen den Pavillon nicht beeinträchtigt, sondern wuchsen darum herum, als ob sie an den Glaspaneelen, die einen Großteil der Wände einnahmen, keinen Halt fanden. Eberius hatte das entfernt an ein Gewächshaus erinnernde Gebäude bereits betreten, denn der Schein seiner Taschenlampe erhellte den Pavillon und verlieh ihm das Aussehen einer überdimensionalen Laterne. Georg trat näher und beobachtete, wie der Parapsychologe langsam durch das Gewächshaus schritt. Suchend tastete sich der Lichtkegel vorwärts und verschwand hinter einer großen Pflanze, deren dunkelgrüne Blätter bis zum Dach des Glashauses reichten. Von außen konnte Georg nun nichts mehr erkennen, wenn er Eberius nicht aus den Augen verlieren wollte, musste er näher heran. Langsam schlich er zum Eingang. Im Inneren herrschten tropische Temperaturen, es war heiß und schwül, und schon nach wenigen Schritten lief Georg der Schweiß über die Stirn. Vor den

Wänden standen große Kästen, etwa einen Meter hoch, aus denen üppige Pflanzen hervorquollen und sich über weite Teile des Bodens ausgebreitet hatten. Wie schon beim Betreten der östlichen Pyramide, hatte Georg das Gefühl, die Pflanzen wären Variationen der irdischen Flora, er kannte sie, aber nicht in dieser Form. Neben ihm wuchsen Baumsetzlinge, die an einen Ahorn erinnerten, doch die satte Farbe und beachtliche Größe der Blätter, selbst in einem so frühen Stadium des Wachstums, passten zu keinem Exemplar, das Georg je gesehen hatte. In einem anderen Kasten wucherten Gräser und Moose, doch auch deren Textur und Farbe waren irgendwie andersartig und fremd. Fasziniert betrachtete er den nächsten Kasten, als ihn plötzlich ein greller Lichtschein blendete.

Schützend hielt Georg die Hand vors Gesicht.

»Was tun Sie denn hier?«, fragte Eberius und machte keinerlei Anstalten, woanders hinzuleuchten.

»Dasselbe könnte ich Sie auch fragen. Nehmen Sie endlich die Lampe runter.«

Der Parapsychologe gehorchte und leuchtete auf den Boden vor ihnen. Die Schatten verfremdeten sein Gesicht und ließen es hart und kalt wirken.

»Ich suche nach einem Ausgang.«

»Mitten in der Nacht?«

»Ich konnte nicht schlafen, also dachte ich mir, warum nicht die Zeit effizient nutzen.«

»Sicher doch.«

»Und was machen Sie hier?«

»Dasselbe wie Sie.«

»Ohne Schuhe?« Eberius leuchtete auf Georgs Füße.

Touché, dachte Georg. Ein paar Sekunden schwiegen sie

sich an, dann schüttelte der Parapsychologe seufzend den Kopf.

»Das ist doch albern, Beyerbach. Wir wollen doch beide dasselbe. Diese Pyramide verlassen. Warum lassen wir die Spielchen nicht und arbeiten zusammen?«

Georg glaubte ihm kein Wort. Eberius verfolgte eigene Ziele und er würde alles tun, um sie zu erreichen. Er misstraute Georg und würde ihm niemals verraten, was er eigentlich vorhatte. Und er würde in Zukunft vorsichtiger sein. Ein zweites Mal ließe er sich nicht beschatten. Für den Augenblick blieb Georg daher nichts anders übrig, als auf Eberius' Vorschlag einzugehen und darauf zu hoffen, dass Hannah in Erfahrung brachte, was der Parapsychologe plante.

»Na schön, suchen wir gemeinsam nach einem Weg hier raus«, stimmte Georg zu und Eberius quittierte diese Antwort mit einem zufriedenen Lächeln.

In diesem Moment erklang ein Geräusch. Georg fuhr herum und lauschte. Es schien von weit weg zu kommen, und es wiederholte sich, doch nun klang es anders, es war nicht genau derselbe Laut wie zuvor.

»Was ist das? Wo kommt das her?«

Der Parapsychologe schüttelte den Kopf. »Ich weiß es nicht…Vielleicht von den anderen Gebäuden…«

Ein eiskalter Schauer lief Georg über den Rücken. »Hannah!« Ohne zu zögern stürmte er aus dem Glaspavillon.

Eberius rannte hinter ihm her. »Warten Sie, nicht so schnell!«

Georg nahm keine Rücksicht auf den Parapsychologen. Er kämpfte sich durch das dunkle Dickicht, bis er endlich den Weg hinter dem Rundtempel erreicht hatte. Keuchend blieb er stehen und lauschte. Das war nicht möglich! Er spürte, wie ihm das Blut in den Adern gefror. Hinter ihm trat Eberius heftig atmend aus dem Wald.

»Du meine Güte, Beyer–« Als er Georgs entsetztes Gesicht sah, verstummte er und seine Augen weiteten sich. »Das…sind Stimmen«, flüsterte er und hob den Arm. »Sie kommen von dort. Aus der Tholos.«

Georg starrte zu dem Rundtempel empor. Natürlich mussten sie nachsehen, wer oder was sich dort oben befand, doch ein kleiner Teil von ihm weigerte sich hartnäckig, loszugehen und die Tholos zu betreten. Er hatte Angst. Nicht die Art von irrationaler Panik, wie er sie im ersten Gang verspürt hatte, als er die Orientierung verloren hatte, und die verschwand, wenn man lange genug abwartete und schließlich der Verstand wieder einsetzte. Das Gefühl, das ihn jetzt beherrschte, war anders. Furcht, wie er sie noch nie gefühlt hatte. Denn nichts, was er bisher erlebt hatte, konnte ihn auf das vorbereiten, was er möglicherweise in dem Rundtempel fand. Eine Bedrohung, völlig unbekannt und nicht greifbar.

Neben ihm trat Eberius nervös von einem Bein auf das andere. Auch er kämpfte mit sich, das konnte Georg sehen.

»Wir…wir sollten nachsehen…«, sagte er leise und Georg nickte zustimmend. Warum das Unvermeidliche hinauszögern.

Er presste die Lippen aufeinander und ging mit festen Schritten auf die Treppe zu. Eberius folgte ihm.

Je näher sie der Tholos kamen, desto lauter wurden die Stimmen. Es war unmöglich zu sagen, wie viele Sprecher es waren, und auch ob es sich um Männer oder Frauen handelte. Die Worte drangen mal leiser, mal lauter aus der schwach erleuchteten Türöffnung und so sehr sich Georg auch bemühte, er konnte nicht verstehen, was sie sagten. Langsam stieg er die Stufen hinauf, den Blick unablässig auf den Eingang der Cella gerichtet. Jede Faser seines Körpers war gespannt, in Erwartung eines Angriffs, doch er erreichte das Ende der Treppe ohne, dass etwas geschah. Vorsichtig näherte er sich der Türöffnung, doch die Stimmen waren nun so laut, dass sie seine Schritte mühelos übertönten. Ein seltsamer Singsang aus Worten, rhythmisch, doch mit einem sich stetig verändernden Muster, den er keiner ihm bekannten Sprache zuordnen konnte, und der trotzdem vertraut klang. Georg wartete, bis auch Eberius die Stufen hinaufgestiegen war und bedeutete ihm, sich dicht hinter ihm zu halten. Der Parapsychologe nickte und stellte sich neben ihn mit dem Rücken zur Wand.

Georg nahm einen tiefen Atemzug und trat in die Türöffnung.

***

Etwas berührte Hannah an der Schulter. Sie zuckte zusammen und sprang auf. Es war Georg. Sie hatte ihn nicht hereinkommen hören, die Stimmen, die die Echohalle erfüllten, hatten jeden anderen Laut übertönt, doch plötzlich erstarben sie und in der dunklen Kuppel herrschte schlagartig Stille.

»Was tust du hier?«, fragte Georg und schien ebenso überrascht zu sein wie sie. Neben ihm verschob sich knirschend die gezackte Wand.

»Ich habe mir die Kuppel angesehen und als ich mich hingesetzt habe, fingen plötzlich diese Stimmen an.« Wieder reagierten die Polygone.

Eberius erschien in der Türöffnung und schaute sich suchend in dem schwach erleuchteten Raum um.

»Wo sind sie?«

»Wer?«, fragte Hannah.

»Die Vergangenen. Sie müssen hier sein, wir haben sie doch gehört!« Er trat ein und leuchtete mit seiner Taschenlampe den Raum ab.

»Außer uns ist hier niemand«, erklärte Hannah. »Die Stimmen kamen aus der Kuppel.«

Der Parapsychologe blieb stehen und blickte sie verständnislos an. »Was meinen Sie damit?«

Hannah deutete auf das Podest neben ihr. »Ich zeige es Ihnen.« Sie setzte sich und sofort begannen die Vorsprünge der Kuppel sich zu verschieben. Eine fließende, wellenartige Bewegung durchlief den gesamten Raum, bis sie wieder am Ursprung ankam, dann ertönten die Stimmen. Mit jeder Silbe, die zu hören war, traten die Zacken hervor oder zogen sich zurück, sodass die ganze Kuppelwand in Schwingung geriet.

Eberius trat erschrocken von der Wand zurück und auch Georg sah sich überrascht um.

Hannah lächelte. Ihr war es vorhin nicht anders ergangen, als sie den Mechanismus zufällig in Gang gesetzt hatte. Sie erhob sich und einen Augenblick später war es ruhig.

»Sehen Sie? Solange man nicht auf den Podesten sitzt, ist es still.« Sie deutete auf die Polygone, die ihre Worte registriert hatten. »Die Wand zeichnet auf, was gesprochen wird. Und wenn man sich hinsetzt –« Sie ließ sich auf ein Podest nieder und wieder begann die Kuppel zu schwingen und füllte den Raum mit Worten. »– wird das Gesagte wiedergegeben«, rief Hannah über die Stimmen hinweg. Sie stand auf und die Kuppel verstummte.

»Sie…meinen, das sind wir? Das was wir hier drinnen gesagt haben?« Eberius starrte sie an.

Sie nickte. »Ja. Ich habe auch eine Weile gebraucht, um es herauszuhören, aber es stimmt.«

»Das können wir ganz leicht überprüfen.« Georg betrachtete die Wand neben sich. »Mein Name ist Georg A. Beyerbach«, fuhr er mit lauter Stimme fort und die Zacken der Kuppel verschoben sich. »Ich bin Geologe und sitze in einer verdammten Pyramide in der verdammten Taiga fest.«

Eberius quittierte Georgs Testspruch mit einem Stirnrunzeln und Hannah verdrehte die Augen. »Du hast verdammtes Sibirien vergessen.«

»Das wäre dann doch ein bisschen übertrieben, oder?« Georg setzte sich auf das Podest neben ihr. Erneut ertönten die Stimmen und Hannah konzentrierte sich auf das, was er gesagt hatte. Sie schloss die Augen und tatsächlich: »…A. Beyerbach…« Georgs Stimme huschte an ihrem Ohr vorbei und verlor sich dann im hinteren Teil der Kuppel. »…Pyramide…« Wieder eines seiner Worte, dieses Mal aus einer anderen Richtung. Es war seltsam, als bewegte sich Georg rasend schnell in der Kuppel umher und rief ihr von unterschiedlichen Standpunkten aus etwas zu. »…verdammten Taiga…« Fasziniert verfolgte sie den Klang der Worte durch den Raum, bis er wieder auf die Wand auftraf und als verändertes Echo zurückgeworfen wurde. Sie erkannte Georgs Stimme noch immer, doch die Worte waren nun anders und doch seltsam vertraut.

Die Stimmen verstummten und Hannah öffnete die Augen. Georg war aufgestanden und betrachtete fasziniert die Kuppelwand.

Eberius schien nicht überzeugt. »Aber…aber das waren nicht nur unsere Worte, es war viel mehr zu hören, als nur das, was wir gesagt haben.«

Hannah nickte. Sie überlegte, warum ihr Georgs Worte so bekannt vorkamen, obwohl sie sich verändert hatten und plötzlich verstand sie.

»Aber natürlich!«, rief sie und lachte.

Eberius und Georg sahen sie überrascht an. Offensichtlich hatten sie die Funktion der Halle noch nicht verstanden.

»Es sind unsere Stimmen, unsere Worte. Aber nicht nur in unserer Sprache.«

Eberius' Unterkiefer klappte nach unten. »Sie meinen…«

»Ja! Die Halle nimmt nicht nur Worte auf und gibt sie wieder, sie übersetzt sie auch.«

»Übersetzt sie?«, wiederholte Georg. »In welche Sprache?«

»Ich weiß es nicht genau…«

Georg setzte sich wieder und aktivierte den Mechanismus der Kuppelwand. Angestrengt lauschte er in das Gewirr der körperlosen Stimmen. »Das war Englisch«, erklärte Georg mit ungläubigem Blick und versuchte das nächste Echo zuzuordnen. »Spanisch…jetzt irgendeine Osteuropäische Sprache, Polnisch vielleicht.«

»Das war Japanisch…«, meldete sich nun auch Eberius und Hannah glaubte Französisch und Griechisch herauszuhören.

Schließlich erhob sich Georg wieder. »Mann, das ist ganz schön anstrengend.« Er rieb sich die Stirn und auch Hannah war froh, als wieder Ruhe in den Saal eingekehrt war.

»Wie viele Sprachen waren das?«, fragte sie und Georg

zuckte mit den Schultern.

»Keine Ahnung, zwanzig, vierzig…vielleicht sogar alle Sprachen, die es gibt?«

»Ein Universalübersetzer?« Eberius' Augen begannen zu leuchten. »Womöglich übersetzt er auch die Sprache der Vergangenen…das ist fantastisch!« Er wandte sich an Hannah »Wenn das zuträfe, könnten wir alles erfahren! Wir werden alles verstehen…wir werden –« Er brach ab und räusperte sich. Der fanatische Glanz in seinen Augen verschwand. »Das ist eine außergewöhnliche Entdeckung. Das haben Sie sehr gut gemacht, Hannah.«

Hannah warf Georg einen vielsagenden Blick zu und er nickte.

»Dann müssen wir ja nur noch herausfinden, wie man dieses Ding hier steuert. Im Moment wiederholt es einfach nur das, was zuletzt gesagt wurde.«

Eberius verzog das Gesicht. »Müssen Sie immer alles verderben, Beyerbach! Mit Ihrer negativen Einstellung werden wir die Geheimnisse der Vergangenen nie lüften.«

»Ich sage nur, wie es ist.«

»Georg hat recht, wir kennen zwar jetzt die Funktion dieses Raumes aber nicht, wie man ihn bedient.«

»Dann sollten wir hier nicht länger untätig herumstehen! Los, an die Arbeit!« forderte der Parapsychologe sie auf.

Georg hob abwehrend die Hände. »Ohne mich! Mir dröhnt jetzt schon der Schädel!«

»Es steht Ihnen frei zu gehen, Beyerbach.«

Georgs Augen verengten sich zu Schlitzen und Hannah sah, wie sich seine Hände verkrampften.

»Was…« ging sie schnell dazwischen, bevor die beiden Männer wieder zu streiten anfingen. »Was habt ihr eigentlich gemacht, bevor ihr hierhergekommen seid? Als ich aufgestanden bin, wart ihr beide weg…«

»Eberius hat ein Gewächshaus gefunden«, antwortete Georg und grinste spöttisch.

»Es ist eine botanische Anlage. Immerhin mussten die Bewohner der Pyramide mit Nahrung versorgt werden. Ein nicht zu unterschätzender Faktor, wie ich finde.«

»Nahrung?«, fiel ihm Hannah ins Wort, bevor er noch weiter ins Detail ging. »Hier gibt es essbare Pflanzen?« Wenn das stimmte, waren sie wenigstens eine Sorge los! »Was ist mit Wasser?«

»Gibt es vermutlich auch«, erklärte Georg. »So wie die Pflanzen dort wuchern, müssen sie Zugang zu Wasser haben.«

»Und das hast du nicht überprüft?«, frage sie vorwurfsvoll. »Georg, wir sind hier eingesperrt und früher oder später gehen unsere Vorräte zu Ende!«

Der Geologe zuckte mit den Achseln. »Es war dunkel, alles war von Pflanzen überwuchert, man hat kaum etwas gesehen. Und dann haben wir die Stimmen gehört und sind natürlich sofort hergekommen. Es blieb überhaupt keine Zeit, um nach Wasser zu suchen!«

Hannah blitzte ihn wütend an. Typisch Beyerbach! Keine Ahnung von Prioritäten!

»Außerdem«, fuhr er in ruhigerem Ton fort, »werden uns die Russen hier rausgeholt haben lange bevor unsere Vorräte aufgebraucht sind.«

Hannah schüttelte den Kopf. »Darauf will ich mich nicht verlassen. Wir gehen zu diesem Gewächshaus – zu der botanischen Anlage«, verbesserte sie sich schnell, als Eberius zum Protest anhob. »Und zwar jetzt sofort!«

»Aber wir wissen doch noch gar nicht wie der Übersetzer funktioniert«, widersprach Eberius. »Das ist viel wichtiger.«

Hannah schüttelte den Kopf. »Nein, zuerst das Wasser.« Verstand denn niemand außer ihr, was wirklich wichtig war? Was nützte ein Universalübersetzer, wenn man am Verdursten war?

Eberius verschränkte die Arme vor der Brust. »Ich werde auf jeden Fall hier bleiben. Meine Vorräte reichen noch eine Weile. Wenn Sie unbedingt gehen möchten, bitte.«

Hannah wandte sich an Georg, der den Parapsychologen nachdenklich ansah. »Na schön, dann gehen wir beide eben allein.«

Sie wollte zum Ausgang gehen, doch Georg hielt sie zurück.

»Nein.«

»Nein?«, wiederholte Hannah gereizt. Doch Georgs ernster Gesichtsausdruck ließ sie ihren Unmut vergessen.

»Wir gehen zurück zu den Schlafkammern. Wir alle.«

Hannah sah Georg verwundert an, der ihr mit einem raschen Blick zur Seite signalisierte, dass es um Eberius ging. Sie verstand. Er wollte reden und der Parapsychologe sollte auf keinen Fall allein in der Kuppel zurückbleiben.

»Ach ja? Und seit wann leiten Sie diese Expedition?«, fragte Eberius in abfälligem Ton.

»Tu ich nicht. Aber das ist das, was die Pyramide will.«

Der Parapsychologe sah ihn verunsichert an. »Ich verstehe nicht, was meinen Sie damit?«

»Schauen Sie nach draußen, es ist noch immer dunkel«, erklärte Georg. »Die Pyramide sagt, es ist Nacht, also Zeit zum Schlafen. Und genau das werden wir jetzt tun. Uns ausruhen.«

»Ich glaube, Georg hat recht, Dr. Eberius«, kam Hannah ihm zu Hilfe und wandte sich lächelnd an den Parapsychologen. »Wir sollten dem Rhythmus der Pyramide folgen. Was unsere Vorräte betrifft, kommt es auf ein paar Stunden wirklich nicht an und auch die Echohalle wird uns nicht davonlaufen. Sie stimmen mir doch zu, dass nur ein ausgeruhter Geist optimal lernen kann?«

Eberius zögerte, dann nickte er. »Ja, das leuchtet mir ein, Hannah. Wenn die Vergangenen gewollt hätten, dass wir den Übersetzer schon jetzt benutzen, hätten sie uns gezeigt, wie er funktioniert.«

Er warf einen sehnsüchtigen Blick auf die Kuppelwand, deren Polygone mit leisem Knirschen auf seine Worte reagierten und schließlich erstarrten.

»Ein paar Stunden Schlaf werden uns sicherlich guttun«, seufzte er und wandte sich dem Ausgang zu. Georg nickte Hannah zu und sie folgten ihm. Gemeinsam verließen sie die Halle.

»Was ist los?«, fragte Hannah, als sie in ihre Kammer zurückgekehrt waren. Georg legte den Finger an die Lippen und spähte durch die Türöffnung, um sicher zu gehen, dass Eberius sich auch wirklich in seine Zelle zurückgezogen hatte. Dann ließ er sich auf das Bett nieder und bedeutete Hannah sich neben ihn zu setzen.

»Wir müssen Eberius von dem Tempel fernhalten«, begann er leise und sah sie ernst an. »Was auch immer er hier sucht, er hat es noch nicht gefunden.«

»Deswegen wolltest du plötzlich so schnell aus der Echohalle verschwinden, das mit dem Ausruhen war nur ein Vorwand«, erklärte Hannah.

Georg nickte. »Ich weiß nicht, was er vorhat, aber ich fürchte, wenn er erst einmal die fehlenden Informationen hat, wird es ihm ziemlich egal sein, was aus uns wird.«

Hannahs Augen weiteten sich. »Du meinst, er wird uns hier zurücklassen?«

Der Geologe nickte noch einmal. Sein Gesicht verfinsterte sich und seine Stimme war kaum hörbar, als er antwortete: »Oder Schlimmeres.«

Hannah presste die Lippen aufeinander und schwieg. Sie spürte, dass Georg recht hatte, auch sie hatte bemerkt, wie sich Eberius verändert hatte, wie sein Fanatismus immer weiter zunahm. Ein kalter Schauer lief ihr über den Rücken und sie schlang unwillkürlich die Arme um sich. Sie waren nicht nur hier drinnen gefangen, auch Eberius entpuppte sich mehr und mehr als eine Bedrohung.

»Was sollen wir tun?«, fragte sie nach einer Weile und hoffte inständig, dass Georg ihr wenigstens einen Teil ihrer Angst nehmen konnte. Sie war froh, dass er da war, auch wenn ihre Beziehung nicht funktioniert hatte, hatte sie ihm stets vertrauen können und sie tat es immer noch. Er würde sie nicht im Stich lassen.

»Wir teilen uns auf. Du lenkst Eberius ab. Geh mit ihm so weit weg wie möglich.«

»Und du?«

»Ich nehme mir die Kuppelhalle vor. Es wäre doch gelacht, wenn ich dieses Ding nicht dazu bringe, die Informationen auszuspucken, die wir brauchen.«

Hannah schluckte. Kein besonders ausgeklügelter Plan, aber etwas Besseres fiel ihr im Moment auch nicht ein. Es musste einfach funktionieren!

Sie nickte. »Ich werde mit Eberius in den hinteren Teil der

Pyramide gehen, er soll mir das Gewächshaus zeigen und vielleicht gibt es noch irgendetwas anderes. Aus Gründen der Symmetrie müsste auf der gegenüberliegenden Seite eigentlich noch ein Gebäude sein.«

»Gut, so machen wir es.« Er lächelte sie aufmunternd an. »Keine Sorge, Hannah, wir werden hier rauskommen. In ein paar Tagen sitzen wir irgendwo in einem Café und lachen über die ganze Sache.«

Hannah zwang sich zu einem Lächeln. »Ja, das werden wir«, antwortete sie, jedoch ohne Überzeugung. Sie erhob sich.

»Wo willst du hin?« fragte Georg und sah sie überrascht an.

»Ich bin dran mit Wachehalten. Du legst dich schlafen, du musst ausgeruht sein, schließlich musst du den Übersetzer knacken. Eberius abzulenken sollte ich auch mit wenig Schlaf hinbekommen.« Sie setzte sich neben dem Bett auf den Boden, an genau die Stelle, an der zuvor Georg Wache gehalten hatte.

Der Geologe nickte. »Na schön. Aber weck mich, falls etwas ist.«

»Mach ich. Schlaf gut, Georg.«

Er drehte ihr den Rücken zu und schon nach wenigen Augenblicken verrieten seine gleichmäßigen Atemzüge, dass er eingeschlafen war.

Hannah holte ihren Rucksack und nahm ihr Tagebuch heraus. Sie las den letzten Eintrag und begann damit, die Beschreibung der Echohalle zu vervollständigen.

Das wichtigste Bauwerk ist zweifellos die Tholos im Zentrum der Anlage. Ein runder, tempelartiger Bau, dessen Cellawand mit Darstellungen verziert ist, die das zeigen, was wir vermutet hatten: die Weiterentwicklung der Urmenschen in der ersten Pyramide. Im Inneren der Cella befindet sich ein Kuppelsaal, den ich Echohalle genannt habe. Die polygonalen Vorsprünge an der Innenwand zeichnen die Worte auf, die in dem Raum gesprochen werden und können dann wiedergegeben werden, wobei sie in zahlreiche Sprachen übersetzt werden. Ich bin durch Zufall darauf gestoßen, als ich allein in der Halle war. Der Universalübersetzer bringt uns jedoch im Moment nicht weiter, wir haben noch nicht herausgefunden, wie man ihn bedient.

Der Zweck der Anlage und damit die Funktion der zweiten Pyramide ist uns aber schon jetzt klar: Anpassung. Hier drinnen geschieht sozusagen das »Finetuning«, die Menschen werden unterrichtet und, wie mir scheint, vorbereitet…aber worauf?

Pyramide Eins: Entwicklung
Pyramide Zwei: Anpassung
Pyramide: Drei: ?

Hannah starrte auf das Fragezeichen. Was war die Funktion der dritten, der größten Pyramide? Eberius wusste es vermutlich oder hatte eine Ahnung, aber er wollte sein Wissen nicht mit ihnen

teilen… es blieb ihnen daher nichts anders übrig, als ohne ihn hinter das Geheimnis zu kommen. Sie malte ein Kästchen um die letzten drei Zeilen und unterstrich den letzten Satz zweimal. Hinter diesem Fragezeichen verbarg sich der Ausgang, das spürte Hannah, doch im Moment fehlten ihnen die nötigen Informationen. Sie konzentrierte sich wieder auf die Echohalle und schloss die Augen. Sie stellte sich den großen, dunklen Raum vor, die Kuppelwand mit den unzähligen polygonalen Vorsprüngen…wie sie sich bewegten und den Klang der Stimmen durch den Raum schickten, wo er abprallte und als verändertes Echo zurückkehrte… Klang… Irgendetwas störte sie daran. Klang, Stimmen, hören…Hannah wurde das Gefühl nicht los, dass sie etwas übersah… übersehen…sehen! Sie riss die Augen auf. Aber natürlich! Die Bilder! Die Echohalle mochte ein Universalübersetzer sein, doch er diente nicht der Kommunikation! Die Vergangenen benutzen keine Sprache, an keiner einzigen Stelle der Pyramiden waren sie auf Worte gestoßen – aber auf Bilder! Die Leuchtpartikel und die Abbildungen, das war es, womit die Vergangenen den Menschen den Weg zeigten! Sie mussten die Cellawand untersuchen, Hannah war sich nun sicher, dass die Informationen in den Darstellungen verborgen lagen.

Aufgeregt klappte sie das Tagebuch zu und verstaute es in ihrem Rucksack. Sie packte ihre Taschenlampe und stand auf, um Georg zu wecken und ihm alles zu erzählen, doch als sie ihn sah, hielt sie inne und setzte sich leise wieder auf den Boden. Er hatte sich auf den Rücken gedreht und das spärliche Licht der Lampe fiel auf seine von tiefem Schlaf entspannten Züge. Georg sah erschöpft aus, die Nachtwache und die Verfolgung Eberius' hatten ihn offensichtlich viel Kraft gekostet. Hannah beschloss, ihn nicht zu wecken. Sollte er sich noch ein paar Stunden erholen, die Tholos konnte warten.

Sie lehnte sich an die Wand und betrachtete den künstlichen Nachthimmel, dessen tiefdunkles Blau sich wie ein samtener Baldachin über der kleinen Kammer wölbte, und mit unzähligen Miniatursternen übersät war. Alles war ruhig, nur Georgs gleichmäßige Atemzüge waren zu hören.

Und noch etwas. Ein leises, schabendes Geräusch.

Zuerst dachte Hannah, sie hätte es sich nur eingebildet, doch dann wiederholte es sich. Sie lauschte. Ihr Herz begann schneller zu schlagen, als sie erkannte, was das für ein Geräusch war. Schritte. Langsame, schwere Schritte… Ob Eberius sich noch einmal davonschleichen wollte? Sie griff nach der Lampe und stand leise auf. Die Geräusche kamen vom Flur. Langsam ging sie zur Türöffnung, den Lichtkegel mit der Hand abgeschirmt, so dass es gerade hell genug war, um nicht zu stolpern. Mit einem beherzten Schritt trat sie auf den Flur und leuchtete nach links, in den Korridor hinein. Es war niemand da. Sie leuchtete in beide Richtungen, dann schlich sie zu Eberius' Kammer. Vorsichtig spähte sie hinein und erkannte im Dunkeln die schlanke Gestalt des Parapsychologen auf dem Bett. Gleichmäßig hob und senkte sich sein Brustkorb, er schlief tief und fest. Langsam zog sich Hannah zurück. Eberius hätte niemals so ruhig atmend daliegen können, wenn er kurz vor ihr im Korridor herumgeschlichen wäre. Er konnte die Schritte also nicht verursacht haben. Sie blieb stehen und lauschte. Dieses Mal blieb alles ruhig. Keine Schritte, kein Scharren durchbrach die Stille. Du hast dir das doch nur eingebildet, dachte Hannah, auch wenn sie sich vor wenigen Minuten noch völlig sicher gewesen war, die Geräusche tatsächlich gehört zu haben. Bevor sie in ihre Schlafkammer zurückkehrte, fiel der Schein der Taschenlampe auf ein engmaschiges Gitter, das am Ende des Flures knapp über dem Boden in die Wand eingelassen war. Die Öffnung maß etwa einen Meter im Quadrat und diente vermutlich der Belüftung. Sie trat vor und leuchtete hinein. Dahinter führte ein steiler Schacht in die Tiefe, das Licht der Lampe verlor sich bald in der Dunkelheit. Hannah spürte einen leichten Luftzug, begleitet von einem leisen Rauschen. Sie schüttelte den Kopf. Bestimmt hatte sie den Wind im Schacht gehört und es für Schritte gehalten. Wie dumm du manchmal bist, Hannah Walkows!, schalt sie sich und ging zurück in die Schlafkammer.

11

Eberius wog prüfend seinen Rucksack in der Hand. Er hatte alle Ausrüstungsgegenstände, die er für unnötig hielt, herausgenommen und schnallte sich nun zufrieden das um einige Kilogramm leichtere Gepäckstück um. Die winzigen Sterne an der Decke der Kammer waren noch nicht ganz verblasst, aber der künstliche Himmel schimmerte in zartem Blau, die Nacht in der Pyramide war vorüber. Nun hieß es, keine Zeit mehr zu verlieren. Leise verließ der Parapsychologe seine Kammer und wandte sich zur Tür, um die Schlafquartiere zu verlassen.

»Guten Morgen, Dr. Eberius! Haben Sie gut geschlafen?«

Hannahs Begrüßung ließ ihn zusammenzucken. Er drehte sich um und lächelte die Archäologin schief an.

»Eh, ja, in der Tat, das habe ich.«

Sie erwiderte sein Lächeln und deutete auf sein Gepäck.

»Wie ich sehe, haben Sie ihre Ausrüstung schon gepackt, dann können wir ja sofort aufbrechen.«

»Wohin?«, fragte Eberius. Er hatte fest damit gerechnet, sich allein weiter in der Pyramide umsehen zu können, dass Hannah ihn begleiten wollte, durchkreuzte seine Pläne. Er musste sich schnellstens etwas einfallen lassen.

Hannah lachte. »Dorthin, wo Sie und Georg gestern unterbrochen wurden. Die botanische Anlage. Ich muss sie unbedingt sehen.«

»Aha.« Eberius überlegte fieberhaft. Ihn interessierte das Gewächshaus kein bisschen. Auch wenn er gestern Nacht nicht alles untersuchen konnte, hatte das Artefakt ihm in keiner Weise signalisiert, dass sich dort etwas Wichtiges befand. Er wollte zurück in die Kuppelhalle und den Übersetzer benutzen. Unglücklicherweise konnte er Hannah nicht alleine in die Gartenanlage schicken, ohne dass es verdächtig wirkte. Aber vielleicht gab es eine Möglichkeit, sie dort abzulenken, so dass er ohne sie zur Tholos zurückkehren konnte.

»Ja, natürlich. Wir wollen uns noch einmal das Gewächshaus vornehmen.« Er blickte über Hannahs Schulter. »Beyerbach wird sicher auch gleich zu uns stoßen?«

Hannah schüttelte den Kopf. »Nein, Georg schläft wie ein Murmeltier, ich hatte keine Chance ihn zu wecken.« Sie trat einen Schritt näher und lächelte ihn an. »Offensichtlich hat er Ihren nächtlichen Ausflug nicht so gut verkraftet, wie Sie.«

Eberius grinste. »Ja, nicht jeder kommt mit wenig Schlaf aus. Ich bin das durchaus gewohnt. Meine Forschungen verlangen oft, dass ich nachts arbeite und nur selten kann ich die versäumte Nachtruhe am nächsten Tag nachholen.«

Hannah nickte. »Lassen wir ihn einfach schlafen, er wird nachkommen, sobald er halbwegs fit ist.«

»Das wird er wohl...« Eberius gefiel die Idee nicht, Beyerbach allein zurückzulassen, andererseits konnte der Geologe ohne das Artefakt nicht viel ausrichten. Nur Eberius besaß den Schlüssel und nur er würde den Pfad der Vergangenen bis zum Ende gehen.

Zufrieden lächelnd ließ er Hannah den Vortritt und sie

verließen das Schlafquartier.

Bei Tageslicht sah das Dickicht aus wild wuchernden Pflanzen weit weniger furchteinflößend aus als nachts, stellte Eberius fest, als er wenig später mit Hannah vor dem Pfad stand, der zum Gewächshaus führte. Schnell hatte er die Stelle gefunden, an der er wenige Stunden zuvor in den Wald aus Ranken, Blättern und Wurzeln eingedrungen war, deutlich konnte man die Spuren erkennen, die er beim Betreten hinterlassen hatte. Seltsam, dachte der Parapsychologe. Heute Nacht hatte ich das Gefühl, der Wald schließe sich direkt wieder hinter mir, als würden mich die Pflanzen verschlingen, aber jetzt sehe ich ganz deutlich, wo ich entlang gegangen bin.

»Hier sind die gleichen Pflastersteine, wie die, die zu den anderen Gebäuden führen«, rief Hannah, die ein paar Meter vorausgegangen war.

»Sie funktionieren auch auf die gleiche Weise«, antwortete Eberius abwesend und sah sich verunsichert um. Hatte dieser Wald so ausgesehen? War der Weg nicht viel länger gewesen? Er blieb stehen und schüttelte den Kopf. Du bist ein Narr, Peter! Natürlich sieht es anders aus, die Pyramide passt sich an, das hat auch schon die erste getan! Wann hörst du endlich auf, diesen Ort mit irdischen Maßstäben zu messen? Er blickte auf die Pflastersteine zu seinen Füßen und trat darauf. Augenblicklich setzte sich ein Lichtimpuls in Bewegung und zeigte ihm den Pfad durch das Dickicht.

Er folgte der Leuchtspur bis er auf Hannah stieß, die stehen geblieben war und zu Boden blickte.

»Was haben Sie, Hannah?«, fragte er, als er sie erreichte.

»Der Weg teilt sich.« Sie deutete auf den Pfad aus Leuchtsteinen, der sich in zwei Richtungen gabelte.

»Was?« Eberius riss erstaunt die Augen auf. Das war gestern sicherlich nicht so gewesen, eine Weggabelung hätte er bemerkt!

»Die rechte Weg führt zu einem hohen Tor mit einer Mauer«, erklärte Hannah und trat auf den ersten Pflasterstein der Abzweigung. Der Lichtimpuls eilte durch den Wald und endete vor den schlanken Säulen, durch die Eberius die botanische Anlage betreten hatte. Verwirrt blickte der Parapsychologe nach links. Wenn man rechts zum Garten gelangte, wohin führte dann der andere Pfad? Er setzte seinen Fuß darauf und verfolgte mit klopfendem Herzen wie sich das Leuchten durch das dichte Grün der Pflanzen bewegte.

***

Nachdem Hannah und Eberius das Schlafquartier verlassen hatten, wartete Georg ein paar Minuten, dann schlüpfte auch er aus der Tür und bog in Richtung der Tholos ab. Er sah, wie die beiden den Sockel hinter sich ließen und auf den Wald dahinter zusteuerten. Als sie im Dickicht der Pflanzen verschwunden waren, stieg er die Stufen zur Kuppelhalle hinauf.

Bevor sie Eberius abfangen wollte, hatte Hannah ihm in knappen Worten von ihrer These berichtet, dass der Schlüssel zum Geheimnis der Pyramiden in den Abbildungen auf der Cellawand zu finden sei. Deswegen ignorierte der Geologe zunächst den Eingang zur Kuppelhalle und widmete sich der Darstellung rechts neben der Tür. Er untersuchte die Bilder genauer und sah sich jedes noch so kleine Detail an, er umrundete die Cella und kam wieder beim Eingang zur Kuppel an, ohne etwas entdeckt zu haben, was ihnen weiterhalf. Der Bilderzyklus zeigte den Weg der Menschen durch die erste Pyramide, aber was war mit der zweiten, oder der dritten? Georg seufzte. Die Darstellungen halfen ihnen nicht weiter, sie zeigten nur, was sie bereits wussten, die Abschnitte des »Pfades«, die sie bereits hinter sich gebracht hatten. Aber sie mussten wissen, was vor ihnen lag, und vor allem, wie sie die Pyramiden wieder verlassen konnten! Georg dachte angestrengt nach. Wenn er beim Äußeren der Cella nicht weiterkam, musste er im Inneren beginnen, mit der Echohalle.

Er betrat den dunklen Saal und betrachtete die zerfurchte Kuppelwand. Die Polygone waren in der Lage, jedes gesprochene Wort aufzunehmen, zu übersetzen und wiederzugeben, aber warum? Und woher hatten die Vergangenen gewusst, wie sich die Sprachen, die sich erst viele Tausend Jahre später entwickeln sollten, anhörten? Er hätte sich gern auf eines der Podeste gesetzt, um sich den Mechanismus der Halle noch einmal anzuhören, doch noch wagte er es nicht. Hannah und Eberius waren vermutlich noch nicht bei dem Glaspavillon angekommen und er hatte keine Lust, dass der Parapsychologe angestürmt kam und ihn bei seiner Untersuchung störte. Also erst einmal ohne Ton, dachte Georg und amüsierte sich über seine Wortwahl. Dann stutzte er. Ohne Ton…Worte…ohne Ton…Moment mal, war das vielleicht sogar die Lösung? Erstaunt hielt er inne und versuchte die Idee, die blitzartig in seinem Kopf aufgetaucht war, zu verstehen. Eine Sprache, die man nicht hörte, die man nur sah und dachte…je länger er sich darüber Gedanken machte, desto mehr Sinn ergab es. Er erinnerte sich an die Visionen aus dem Raum mit den Leuchtpartikeln und erkannte, dass sein Geist die Antwort bereits gekannt hatte, er bisher nur nicht die richtige Frage gestellt hatte. Verblüfft sah sich Georg in der Halle um und ordnete seine Gedanken, bis er alles klar vor Augen hatte: Die Funktion der Echohalle war nicht die, zu übersetzen, sie sollte den Zuhörenden vielmehr den Übergang zwischen einer gesprochenen Sprache, und zwar jede erdenkliche Form davon, und der »Sprache« der Vergangenen ermöglichen, die nur aus Bildern und Gedanken bestand. Wer auch immer sich auf die Podeste setzte, würde früher oder später lernen, die Abbildungen, die überall in den Pyramiden zu finden waren, zu steuern, damit sie das anzeigten, was der Betrachter sehen wollte.

Der Geologe zögerte nicht länger, mochte Eberius sich aufgrund der Stimmen sofort auf den Weg zur Tholos machen, er musste es versuchen! Er ließ sich auf einem der Podeste nieder, schloss die Augen und lauschte den Stimmen, die um ihn herum erschallten und ihn einhüllten.

***

Hannah folgte Eberius den linken Pfad entlang durch den dicht gewachsenen Wald. Sie hatte Mühe mit dem Parapsychologen mitzuhalten, so schnell kämpfte er sich durch das Dickicht.

»Dieser Weg war heute Nacht wohl noch nicht da?« rief sie nach vorn und duckte sich unter einem zurückschnellenden Zweig hinweg.

»Nein, nur der Pfad zum Gewächshaus«, antwortete der Parapsychologe knapp, ohne sich umzudrehen.

Hannah verzichtete auf weitere Fragen, Eberius war offensichtlich nicht in der Stimmung, Informationen preiszugeben. Sie musste abwarten, bis sie diesen Urwald hinter sich gelassen hatten. Dann könnte sie selbst sehen, was sich dahinter verbarg. Der leuchtende Weg wurde deutlicher und der Pflanzenwuchs lichter. Helle Flecken schimmerten durch das Unterholz und Hannahs Herz schlug schneller. Sie war nun genauso aufgeregt wie der Parapsychologe, gleich wären sich durch das Dickicht hindurch.

Als sie aus dem Unterholz neben Eberius trat, glaubte Hannah ihren Augen nicht zu trauen. Vor ihnen, auf einer kleinen Lichtung, war ein riesiges ovales Becken in den Boden eingelassen. Etwa 50 Meter lang und 30 Meter breit, schätzte sie die Größe des Bassins. An der gegenüberliegenden Seite, flankiert von schlanken, weißen Säulen, erhoben sich zwanzig Podeste, auf denen überlebensgroße Statuen im klassischen Stil der griechischen Antike standen, alterslos erscheinende Männer und Frauen in fließenden Gewändern, die große Amphoren auf den Schultern trugen, aus denen vor langer Zeit Wasser in das Becken geströmt sein musste, wie Hannah an den grünlich schimmernden Ablagerungen am Hals der Gefäße erkennen konnte. In den Podesten waren Fächer eingelassen, in denen sorgsam zusammengelegte Stoffstücke lagerten. Als Hannah eines davon auseinanderfaltete, erkannte sie, dass es sich um Tuniken handelte, dieselben Gewänder wie sie die Menschen auf den Abbildungen trugen, die sie außen an der Cella gesehen hatten.

»Das ist ein Nymphäum«, sagte Hannah mehr zu sich selbst als zu Eberius, und legte die Tunika zurück in das Fach. Sie überlegte, warum ihr das Bauwerk vertraut und gleichzeitig fremd erschien. Wie alles innerhalb der Pyramiden, erinnerten Architektur und Stil an die ihr bekannten

Epochen, doch sie ähnelten einander nur, es war nicht dasselbe. Als hätten die Erbauer zwar denselben Ausgangspunkt gehabt, sich dann aber in unterschiedliche Richtungen entwickelt. Evolution, dachte Hannah, aber nicht, wie sie bei uns abgelaufen ist, sondern anders…

Sie trat näher und warf einen Blick auf das Becken. Wände und Boden waren mit Kacheln in unterschiedlichen Blau- und Grüntönen gefliest, die eine Vielfalt an Wasserpflanzen und Meerestieren abbildeten. Das Bassin war leer, doch Hannah stellte sich vor, dass die Darstellungen täuschend echt wirken mussten, wenn das Becken erst mit Wasser gefüllt war.

»Das ist ein Schwimmbecken«, meinte Eberius, der neben sie an den Rand des Bassins getreten war und seinem Gesicht war die Enttäuschung deutlich abzulesen. Offensichtlich hatte er sich etwas anderes erhofft und die Schönheit des Nymphäums konnte ihn nicht beeindrucken.

»Hygiene«, dachte Hannah laut und stellte zufrieden fest, dass diese Anlage ihre These der Bedürfniserfüllung weiter stützte.

Der Parapsychologe sah sie fragend an.

»Ein weiteres Grundbedürfnis«, erklärte sie und er nickte zustimmend.

»Ja, vermutlich.«

»Haben Sie etwas anderes erwartet?« Hannah beobachtete Eberius genau.

Er schnaubte verächtlich. »Einen Ausgang natürlich, worauf hatten Sie denn gehofft? Oder wollen Sie jetzt doch hier drinnen bleiben?«

Sie schüttelte den Kopf.

»Na also.« Der Parapsychologe seufzte. »Ich denke, hier

ist nichts Interessantes. Wir sollten zur Tholos zurückkehren und uns dort umsehen. Wir müssen etwas übersehen haben.«

In diesem Moment erklang ein seltsames Rauschen, das tief aus dem Inneren der Pyramide zu kommen schien. Das Geräusch kam rasch näher und Hannah spürte, wie der Boden leicht bebte.

»Das klingt wie...« begann Eberius und noch bevor er seinen Gedanken zu Ende sprechen konnte, schoss ein gewaltiger Wasserstrahl aus der Amphore der Statue, die ihnen am nächsten stand. Erschrocken wich Hannah zurück und sah zu, wie sich das Wasser in hohem Bogen in das Becken ergoss. Es folgte die zweite Amphore, dann die dritte, und nach wenigen Augenblicken rauschte aus allen Gefäßen weiß schäumendes Wasser in das Bassin.

»Wasser«, vollendete Eberius seinen angefangenen Satz und starrte in das Becken, das bereits zu einem Drittel gefüllt war.

Hannah betrachtete die Ornamente auf den grünen und blauen Kacheln und fand ihre Vermutung bestätigt. Sobald das Bassin gefüllt war, schienen die Darstellungen zum Leben zu erwachen. Durch die Bewegung der Wasseroberfläche sah es tatsächlich so aus, als schwämmen Fische in dem Becken, ihre Schuppen glitzerten im Tageslicht und die Wasserpflanzen wiegten sich sanft in der Strömung.

»Fantastisch«, sagte sie leise und konnte kaum den Blick abwenden, so nahm sie die optische Täuschung gefangen.

»Finden Sie?« Eberius war offensichtlich nicht ihrer Meinung. »Na gut, es ist in der Tat hübsch anzusehen, aber die Funktion des Nymphäums bleibt dennoch höchst profan. Ich bin immer noch dafür, zurück zu gehen und uns der

Kuppelhalle zu widmen.« Sein Blick fiel auf die Statue einer makellos schönen Frau. Dann wandte er sich an Hannah und grinste. »Es sei denn, sie möchten zuerst das Schwimmbecken benutzen. In diesem Fall würde ich selbstverständlich auf Sie warten.«

Hannah rang sich ein Lächeln ab. Der Ausdruck in Eberius' Augen ließ keinen Zweifel an seinen wahren Absichten und allein bei dem Gedanken, sich vor dem Parapsychologen auszuziehen und schwimmen zu gehen, wurde ihr übel. »Nein danke, vielleicht später«, meinte sie knapp. »Aber ich würde mir gerne vorher noch das Gewächshaus ansehen.«

Eberius wirkte unzufrieden. »Wie Sie meinen. Aber Sie werden enttäuscht sein, dort gibt es eben so wenig etwas Besonderes, wie hier.«

»Aber ist nicht alles in diesen Pyramiden besonders?«, fragte Hannah. »Immerhin haben die Vergangenen sie erschaffen, und alles, was darin ist, ist wichtig und dient einem bestimmten Zweck, nämlich dem Suchenden den Pfad zu zeigen, damit er ihn bis zum Ende gehen kann. Und auch wenn die Hinweise verborgen scheinen, können sie dennoch entdeckt und richtig gedeutet werden.« Sie lächelte. »Und wer, wenn nicht Sie, wird diese versteckten Botschaften finden?«

Eberius' offensichtliches Interesse an ihr gefiel Hannah ganz und gar nicht. Sie wollte ihn nicht ermuntern, aber ohne ihm zu schmeicheln, würde sie weder etwas aus ihm herausbekommen, noch konnte sie Georg die Zeit verschaffen, die er benötigte.

Der Parapsychologe überlegte kurz, dann lächelte er ebenfalls und nickte eifrig. »Sie haben natürlich völlig recht, Hannah. Ich darf nicht immer so ungeduldig sein. Lassen

Sie uns die botanische Anlage besichtigen, vielleicht habe ich ja gestern im Dunkeln etwas übersehen.«

Obwohl ihr Plan funktioniert hatte, spürte Hannah einen eiskalten Schauer. Hoffentlich gelang es Georg in der Zwischenzeit die Abbildungen zu entschlüsseln! Sie wollte nicht länger als nötig mit Eberius allein sein. Mit Unbehagen folgte sie dem Parapsychologen zurück auf den Weg.

***

Georg glaubte, sein Kopf müsse zerspringen. Mit zusammengebissenen Zähnen hörte er den Worten zu, die durch die Kuppel hallten, an den Wänden auftrafen und verändert zurückgeworfen wurden. Anfangs hatte er noch versucht, sich auf einzelne Ausdrücke zu konzentrieren, doch das hatte er schnell aufgegeben. Es war unmöglich, nur einem bestimmten Wort zu folgen. Der Orkan an Stimmen, wie es sich für ihn anhörte, brauste und tobte und Georg spürte, wie seine Kräfte nachließen. Halte durch, dachte er und kämpfte gegen das Schwinden seiner Sinne. *Wehr dich nicht*, hörte er plötzlich eine leise Stimme, die nicht aus der Halle kam, sondern direkt in seinem Kopf zu sein schien. *Öffne deinen Geist.* Georg wusste nicht wie. Die Vielzahl der Stimmen machte es ihm unmöglich, sie hüllten ihn ein, erdrückten ihn mit ihrer Kraft, wie um alles in der Welt sollte er da seinen Geist öffnen? *Es ist dir schon einmal gelungen*, antwortete die Stimme, und Georg glaubte, dass sie immer leiser wurde. Nein! dachte er, geh nicht weg! »*Sag mir wie!*« Den letzten Satz hatte er ohne es zu wollen laut ausgesprochen und trotz des tosenden Sturms der Worte um ihn herum, klang der Satz deutlich hervor. Wie ein Leuchtfeuer inmitten des Ozeans schwebte er in der Mitte der Kuppel. Georg öffnete die Augen. Da waren sie, seine Worte. Golden schimmernd schwebten sie in der Mitte der Kuppel. Jedoch nicht als Buchstaben, sondern als reines Licht, die Essenz des Satzes, den er gesprochen hatte…oder hatte er das gar nicht? Das schimmernde Licht begann zu verblassen und langsam wurden auch die Stimmen um ihn herum leiser, bis die Kuppelhalle schließlich verstummte. Georg erhob sich. Er war nassgeschwitzt und sein Puls raste, als hätte er sich körperlich völlig verausgabt. Ungläubig sah er zu, wie sein erster Satz in der Sprache der Vergangenen endgültig erlosch. Verdammt, dachte er. Wie zum Teufel habe ich das gemacht?

Doch die Kuppel blieb still. Die Polygone rührten sich nicht, kein goldenes Licht erschien.

Georg wischte sich den Schweiß von der Stirn und verließ die Echohalle. Draußen atmete er tief ein und er spürte, wie sich sein Herzschlag wieder normalisierte. Nach dem Stimmengewirr tat es gut, nur den Wind in den Bäumen rauschen zu hören, auch wenn das Geräusch nun anders klang als vorher. Ob das der Nachhall der Echos war? Nein, das Rauschen kam eindeutig aus einer bestimmten Richtung. Georg umrundete die Cella, bis er den urwüchsigen Teil der Pyramide überblicken konnte. Dort lag der Glaspavillon, wohin Hannah mit Eberius gegangen war. Aber was konnte die Ursache des Rauschens sein? Es klang wie Wasser, aber gestern Nacht hatte er nichts Derartiges gesehen, weder einen Wasserfall noch eine Quelle oder Ähnliches. Seltsam… aber das musste warten. Hannah lenkte den Parapsychologen ab, damit er die Abbildungen entschlüsseln konnte, er musste sich auf diese Aufgabe konzentrieren, er konnte auch noch später untersuchen, was das Rauschen verursachte.

Georg ging zurück, bis er wieder vor der ersten Szene des Bilderzyklus stand. Sein Blick fiel auf den Urmenschen, der gerade den Felsspalt betrat. Er starrte auf den gezackten Riss, der in die Tiefe führte. Das Bild wirkte so echt, als wäre die Mauer an dieser Stelle wirklich geborsten. Der Beginn des Pfades, dachte Georg und konzentrierte sich auf den Weg, der ihnen noch unbekannt war. Wie geht es weiter? Was müssen wir als nächstes tun? Sein Kopf begann zu schmerzen und Schweißperlen bildeten sich auf seiner Stirn. Georg erinnerte sich an das Gefühl in der Kuppelhalle, als das Gewirr der Echos unerträglich schien. Wehr dich nicht, wiederholte er die Worte der leisen Stimme in seinem Kopf. Öffne deinen Geist…*Zeige mir den Weg.* Plötzlich leuchtete ein schwacher Lichtschein vor ihm auf, verharrte vor seinem Gesicht und drang dann in die Abbildung vor ihm ein. Georg hob die Hand und berührte die Öffnung im Gestein. Die Wand fühlte sich rau und uneben an, genau wie die Außenmauer der Pyramiden, dann begann sie zu flirren, seine Umgebung verschwomm und mit einem Mal fand sich Georg in dem engen Eingang zur Pyramide wieder. Er spürte den rauen Fels um sich, die beklemmende Enge und schob sich mühsam vorwärts. Wie im Zeitraffer durchlebte er noch einmal die ersten Schritte ins Innere der Pyramide, das Betreten der scheinbar natürlich entstandenen Höhle und deren Transformation in den Sternensaal. Er durchschritt den Raum mit den Höhlenmalereien, suchte Schutz vor den herabfallenden Felsbrocken und bestaunte die filigrane Deckenkonstruktion nach der Verwandlung. Dann folgte der Saal mit den Leuchtpartikeln, wieder sah er die Visionen, dieses Mal klarer, doch zu kurz, um alles begreifen zu können. Erneut veränderte sich der Raum, die Kristallbarriere trennte Dimitri von den anderen und schließlich öffneten sie den Tunnel, der sie in die östliche Pyramide führte. Es folgte der Weg, den sie in der zweiten Pyramide zurückgelegt hatten, die Schlafkammern, der Speisesaal, das Gewächshaus und endlich die Tholos mit der Echohalle. Als er die Kuppel verließ und wieder vor der Cellawand stand, hörte es auf. Die Illusion verschwand genauso plötzlich wie sie gekommen war, als hätte die Vergangenheit die Gegenwart wieder eingeholt. Georg schwitzte und keuchte, er fühlte sich körperlich erschöpft, ohne sich auch nur einen Zentimeter bewegt zu haben. Mit einer fahrigen Geste wischte er sich über die schweißnasse Stirn und seine Handfläche verfärbte sich dunkel. Verwundert betrachtete Georg seine Hände. Die linke war trocken und an einigen Stellen von feinem, grauen Staub bedeckt, als hätte er tatsächlich verwitterten Fels berührt. Er hob den Blick und erstarrte. Die Cellawand hatte sich verändert. Die Abbildungen der Urmenschen waren verschwunden, stattdessen zierten nun neue Darstellungen die runde Außenmauer der Kuppelhalle. Der Bilderzyklus begann mit den Schlafkammern. Unter dem künstlichen Nachthimmel ruhten die Schlafenden, keine Urmenschen, sondern moderne Menschen, die sich, abgesehen von den hellen Gewändern nicht von Georg, Hannah oder Eberius unterschieden. Daneben der nächste Abschnitt die Bewohner der Pyramide beim gemeinsamen Mahl, auf der langen Tafel des Speisesaals reihten sich Schalen mit Früchten aneinander, Obst und Gemüse, das Georg kannte, aber auch Gewächse, die er noch nie zuvor gesehen hatte. Die darauffolgende Darstellung zeigte die Kuppelhalle, in deren Mitte sich die Lernenden auf den Podesten niedergelassen hatten und den Stimmen lauschten. Beinahe glaubte Georg, das Echo zu hören, so echt wirkte die Abbildung. Er hatte ein gutes Drittel der Cella umrundet, als er auf ein Motiv stieß, das ihm unbekannt war. Georgs Augen weiteten sich vor Erstaunen, als er die Szene vor sich erblickte.

***

Eberius und Hannah erreichten die Weggabelung und betraten den rechten Pfad, der deutlich stärker von Pflanzen überwuchert war. Der Lichtimpuls, den sie ausgelöst hatten, verschwand mehrmals unter Moos und Gras, tauchte dann wieder auf und zeigte ihnen den Weg. Beyerbach und er hatten in der Nacht deutlich Spuren hinterlassen, überall hingen abgeknickte Zweige und kleine Äste von den Bäumen und Sträuchern, so dass es ihnen keinerlei Mühe bereitete diesen, ehemals undurchdringlichen Teil der Pyramide zu durchqueren. Eberius überlegte noch immer, wie er Hannah ablenken und die Tholos allein untersuchen konnte, und seine Finger umklammerten das Artefakt wie um Beistand zu erbitten. *Du kannst ihnen nicht trauen*, glaubte er eine leise Stimme in seinem Kopf zu hören. Waren das seine Gedanken? Oder sprach das Artefakt zu ihm? Verwirrt verlangsamte er seine Schritte und lauschte in sich hinein. *Sie werden dich hintergehen*, fuhr die Stimme fort und der Parapsychologe stellte fest, dass es keine Rolle spielte, ob dies nun seinem Geist entsprang oder der Macht der *Vergangenen*, früher oder später, bald gehörte er zu ihnen, also konnte das, was er hörte, nur die Wahrheit sein. Aus den Augenwinkeln beobachtete er Hannah, die nun zu ihm aufgeschlossen hatte und interessiert die Bäume und Sträucher um sie herum betrachtete. Warum sollte die Archäologin ihn belügen? Kaum hatte er sich diese Frage gestellt, formte sich vor seinem geistigen Auge auch schon die Antwort darauf. Natürlich, dachte Eberius und presste die Lippen aufeinander. Beyerbach. Dem Geologen musste es gelungen sein, Hannah wieder auf seine Seite zu ziehen und nun wollte er Eberius zuvorkommen und vor ihm die dritte Pyramide betreten. Und er hätte sich beinahe täuschen lassen! Bestimmt untersuchte Beyerbach in diesem Augenblick die Tholos, während er mit Hannah auf dem Weg zur botanischen Anlage war! Wütend beschleunigte der Parapsychologe seine Schritte, so dass Hannah sich zu ihm umwandte und ebenfalls schneller ging.

»Ist alles in Ordnung?«, erkundigte sie sich.

Eberius unterdrückte rasch seinen Zorn und marschierte langsamer. »Oh, aber natürlich. Ich bin nur schrecklich ungeduldig,« erklärte er mit einem entschuldigenden Lächeln. «Der Weg zum Glaspavillon kommt mir um so viel länger vor, als gestern Abend und ich bin es ehrlich gesagt leid, mich ständig durch dieses Dickicht kämpfen zu müssen.« Er riss einen dünnen Zweig ab und warf ihn demonstrativ zu Boden.

»Verstehe. Aber weit kann es nicht mehr sein, nicht wahr?«

Der Parapsychologe schüttelte den Kopf. »Nein, sicher nicht. Sehen Sie doch, da vorne!« Er deutete auf die Sträucher vor ihnen und tatsächlich schimmerten helle Flecken durch die Blätter.

In Hannahs Augen blitzte es auf. »Jetzt bin ich aber wirklich gespannt.«

Eberius' Finger strichen sanft über die feinen Linien des Artefakts in seiner Jackentasche. Der Schlüssel hatte ihn gewarnt, jetzt lag es an ihm, eine Lösung für das Problem zu finden. Zuerst würde er sich um Hannah kümmern, dann um Beyerbach.

***

Als Hannah hinter Eberius eine weniger dicht bewachsene Stelle erreichte, sah sie vor sich eine Mauer aufragen. Große Teile davon waren von Pflanzen überwuchert, doch das Tor, durch das der Parapsychologe nun die botanische Anlage betrat, war unversehrt. Hannah beobachtete, wie der Lichtimpuls sich teilte, die beiden Säulen hinaufwanderte, sich in der Mitte wieder vereinte und dann verblasste, bevor auch sie durch die hohe Maueröffnung schritt.

Von der ursprünglichen Gestaltung der Anlage war nicht mehr viel zu sehen. Ungehindert hatten sich die Pflanzen ausgebreitet und Mauern und Wege unter sich begraben. Eberius führte sie weiter, bis sie vor einem erstaunlich filigranen Gebäude standen. Georgs Vergleich war passend, dachte Hannah schmunzelnd, als sie den Pavillon vor sich betrachtete. Die Wände bestanden aus Glas, das trotz der langen Zeit, die das Gewächshaus nicht mehr benutzt worden sein musste, klar und unbeschädigt war. Überhaupt schien es, als hätten die umgebenden Pflanzen das Gebäude verschont, als wäre dies ein Ort, den es zu schützen galt. Hannah erinnerte sich, dass sie schon beim ersten Anblick der Pyramiden das Gefühl gehabt hatte, die Pflanzen verhielten sich anders, als bei anderen Ruinen, als bewahrten sie die Gebäude, anstatt sie zu korrodieren. Denselben Eindruck machte auch der gläserne Pavillon. Das grüne Dickicht bildete eine schützende Barriere darum, wie ein Kokon aus Blättern und Ranken.

»Hier drüben ist der Eingang«, unterbrach Eberius ihre Gedanken und deutete auf eine schmale Öffnung. Er ging voraus und verschwand im Inneren des Pavillons.

Die Luft war feucht und stickig, und die Temperaturen deutlich höher als draußen. Der Geruch, den die Pflanzen verströmten, war schwer und aufdringlich, fast schon übermächtig, so dass Hannah das Atmen schwerfiel und ihr der Schweiß auf die Stirn trat. Nach ein paar Augenblicken gewöhnte sich ihr Körper zwar an die veränderten Bedingungen, doch das unbehagliche Gefühl, nicht genug Luft zu bekommen, blieb und sie wollte trotzdem nicht mehr Zeit als nötig in dem Gewächshaus verbringen.

Das Innere des Pavillons entpuppte sich als erstaunlich weitläufig, unzählige hohe Kästen, in denen die unterschiedlichsten Pflanzen wuchsen, fanden darin Platz, allein vor ihr zählte Hannah zehn solcher Gefäße. Ein richtiger Dschungel, dachte sie und war von der Fülle der Blätter, Ranken und Blüten überwältigt. Sie schritt langsam vorwärts und begutachtete die Pflanzgefäße, manche waren unter dem üppigen Bewuchs der Gewächse gar nicht mehr zu erkennen, andere hingegen beherbergten nur kleine Setzlinge. Zwischen den Kästen mag es ursprünglich genug Platz gegeben haben um bequem hindurchzugehen, inzwischen hatten die wuchernden Pflanzen jedoch auch weite Teile der Laufwege für sich beansprucht, so dass sich Hannah mehr als einmal durch ein Dickicht aus Ranken und Blättern kämpfen musste. Als sie an einem wenig bewachsenen Kasten vorbeikam, hielt sie inne. Etwas darin hatte ihre Aufmerksamkeit erregt. Sie betrachtete die kleine Pflanze, die nur wenige Zentimeter hoch über den Rand ragte. Die Miniaturausgabe eines Apfelbaums. Hannah beugte sich vor, um sicher zu gehen, dass ihre Augen sie nicht täuschten. Sie sah die zarten Wurzeln, den Stamm, die winzigen Äste, Zweige und Blätter. Vorsichtig berührte sie die Pflanze und stellte überrascht fest, dass der Baum stabiler war, als er schien. Die Äste bogen sich leicht unter dem Druck ihrer Fingerspitzen und gaben den Blick auf ein paar hellrote Punkte frei: Äpfel, jeder nicht größer als der Kopf einer Stecknadel.

Neben dem Apfelbaum wuchsen noch weitere, klein und filigran, doch als sie Hannah genauer betrachtete, erkannte sie, dass die Bäume sich zwar ähnlich sahen, sich aber deutlich unterschieden. Die erste Pflanze war eindeutig ein Apfelbaum wie Hannah ihn kannte, abgesehen von seiner Größe. Der zweite Baum sah fast genauso aus, doch Früchte und Laub hatten eine andere Farbe, dunkler und intensiver. Hannah hätte dies mit unterschiedlichen Sorten erklären können, wären da nicht die anderen Bäume gewesen. Schrittweise veränderten sich die Pflanzen zu einer vollkommen fremden Art. Ihr Blick wanderte zu dem letzten Gewächs in dem Kasten. Der Baum war nicht größer als die anderen, doch sein Laub war von einer smaragdgrünen Farbe, wie sie es noch nie bei einer Pflanze gesehen hatte. Die Blätter schimmerten als würden sie vom Wind bewegt, doch kein Hauch störte die stickige feuchte Luft im Inneren des Pavillons. Das Laub leuchtete, als bestünde es aus denselben Partikeln, wie sie sie überall in den Pyramiden vorgefunden hatten. Auch die winzigen Äpfel glühten in unwirklichem Rot, fast pink, sie waren größer und schwerer, denn die Äste bogen sich deutlich unter ihrem Gewicht.

Hannah richtete sich auf. Offensichtlich entwickelten sich nicht nur die Bewohner der Pyramiden weiter, sondern auch die Pflanzen. Seltsam, sie hatte nicht damit gerechnet, dass sich die Anpassung in der östlichen Pyramide auch auf die Nahrung bezog. Das ergab doch keinen Sinn, die weiterentwickelten Menschen benötigten doch keine spezielle Nahrung. Oder doch? Ein ungutes Gefühl breitete sich in Hannah aus, als sie den Gedanken weiterspann. Veränderte Nahrung für veränderte Menschen, das ging über bloße Anpassung hinaus. Es bedeutete, dass die Pflanzen, so wie sie außerhalb der Pyramide wuchsen, nicht mehr verzehrt werden sollten…oder konnten… Ihr Unwohlsein verstärkte sich und sie verglich noch einmal den ersten und letzten Miniaturbaum. Die Unterschiede waren wirklich zu deutlich, um nur von bloßer Anpassung zu sprechen. Wenn sich also die Urmenschen innerhalb kürzester Zeit zu modernen Menschen entwickelten, sie dann aber auch modifizierte Nahrung bekamen, konnte das nur eines bedeuten: die Entwicklung dauerte an. Sie fand nicht nur in der westlichen Pyramide statt, sondern auch noch hier, in der östlichen, und die Menschen veränderten sich in einem viel stärkerem Maße, wie sie es bisher angenommen hatte. Hannah streifte ihren Rucksack ab und holte ihr Tagebuch heraus. Sie schlug es auf und suchte mit zitternden Finger nach ihrem letzten Eintrag. Pyramide Eins: Entwicklung, las sie. Pyramide Zwei: Anpassung. Pyramide: Drei: *Umwandlung*, vervollständigte sie die Aufzählung und vor ihrem geistigen Auge tauchten plötzlich die Visionen auf, die ihr auf der Treppe erschienen waren. Große, überirdische Gestalten…Die Bilder, deren Bedeutung sie damals nicht verstanden hatte, wurden klarer, sie fügten sich zusammen und mit einem Mal erkannte Hannah, was die eigentliche Funktion der Pyramiden-Anlage war.

Mit einem Mal wurde ihr schwindlig und sie musste sich für einen Moment an dem Kasten neben ihr festhalten.

»Ist Ihnen nicht gut?«, fragte Eberius.

Die Vergangenen…die Menschen werden zu Vergangenen…Sie erschaffen sich Nachkommen!

Hannah blickte hoch und sah den Parapsychologen an. Das war es also, was Eberius vorhatte!

»Sie haben es gewusst, nicht wahr?«

Eberius schüttelte den Kopf. »Ich verstehe nicht, was Sie meinen…«

»Was in den Pyramiden geschieht, was mit uns geschieht.«

»Ich fürchte, ich kann Ihnen noch immer nicht folgen…« Ein Flackern in seinen Augen verriet, dass er log.

Hannah spürte wie Wut in ihr aufstieg. »Hören Sie auf! Sie wissen genau, wovon ich rede! Und Sie wussten es schon vorher. Wie lange, Eberius? Schon bevor wir nach Sibirien aufgebrochen sind?«

Seine Augen verengten sich zu Schlitzen. Er taxierte Hannah und schien zu überlegen.

»Sie verwandeln Menschen in Vergangene, als Nachkommen«, schleuderte sie ihm entgegen, als er noch immer nicht antwortete.

Einen Moment lang rührte sich Eberius nicht. Der Parapsychologe stand da wie erstarrt, dann veränderten sich seine Züge. Seine Augen begannen zu funkeln und ein böses Lächeln umspielte seine Lippen. Unwillkürlich wich Hannah zurück. Wie ein Schauspieler, der seine Maske ablegte, zeigte Eberius sein wahres Gesicht. Er richtete sich auf und straffte die Schultern. Nichts erinnerte mehr an den schmächtigen, tollpatschigen Pseudowissenschaftler, den niemand ernst nahm.

»Gut Hannah, Sie haben es endlich verstanden.« Sogar seine Stimme hatte sich verändert. Sie klang dunkler und voller.

»Allerdings kann ich Ihnen Ihre Frage nicht beantworten. Den genauen Ablauf der Transformation habe ich nicht gesehen…aber wenn die Zeit reif ist, werde ich es erfahren.«

»*Sie* werden es erfahren?«

Eberius lächelte milde. »Nicht jeder ist dafür geeignet, den Pfad zu Ende zu gehen. Nur die Besten können zu einem der ihren werden, zu einem Nachkommen dieses erhabenen Volkes!« Seine Stimme dröhnte durch den Pavillon und ein unheimlicher Glanz trat in seine Augen.

Hannah gefror das Blut in den Adern. Dieser Mann war vollkommen verrückt! Seine Besessenheit, sich in ein höheres Wesen verwandeln zu wollen, machte ihr Angst.

»Sie haben es doch auch gesehen, erinnern Sie sich, Hannah!«

Die Abbildungen in der ersten Pyramide, dachte sie. Von Raum zu Raum zeigten die Bilder immer weniger Bewohner. Mein Gott, er hatte recht! Panik stieg in ihr auf und drohte sie zu überwältigen, doch Hannah wusste, dass sie ruhig bleiben musste. Sie durfte Eberius nicht zeigen, wie sehr sie sich fürchtete.

»Und was haben Sie jetzt vor?« Trotzig reckte sie das Kinn vor und stemmte die Hände in die Hüften. »Wollen Sie Georg und mich hier zurücklassen, falls wir den Ansprüchen der Vergangenen nicht genügen?«

Der Parapsychologe lachte. »Beyerbach! Ja, auf den kann ich getrost verzichten. Aber Sie...« Er trat einen Schritt näher, in seinen Augen funkelte es begierig. »Sie haben das Zeug dazu, ebenfalls auserwählt zu werden. Sie könnten den Weg zu Ende gehen. Mit mir.« Er baute sich vor ihr auf und musterte sie unverhohlen.

Hannah spürte, wie sich ihr Magen verkrampfte. Sie löste sich von dem Kasten und schaute sich um. Der Parapsychologe stand zwischen ihr und dem Ausgang. Die Kästen standen zu dicht, als dass sie daran vorbeikommen konnte.

»Hier gibt es keinen Hinterausgang, Hannah«, machte Eberius ihre Hoffnung auf einen anderen Fluchtweg zunichte. Er kam näher, ein böses Lächeln umspielte seine Lippen.

Hannah wich weiter zurück. Obwohl der Parapsychologe von schlanker Gestalt war, war er ihr körperlich mit Sicherheit überlegen, vor allem auf so engem Raum. In ihrem Kopf arbeitete es fieberhaft, wie kam sie hier raus? Georg! Natürlich! Wenn Sie laut genug rief, würde er sie hören!

»Georg!« Ihr Schrei hallte durch den Pavillon und brach sich an den Fensterscheiben. Hannah wartete. Hatte er es gehört? »Georg!« rief sie noch einmal.

Eberius lachte. »Ich glaube nicht, dass er sie hören kann.« Er deutete mit einer Kopfwendung auf die Glasscheiben. Dieser Pavillon ist ein Ort der Ruhe und des Wachsens. Nichts soll die Pflanzen am Gedeihen hindern, kein Lärm, keine unnötigen Geräusche. Sehen Sie doch einmal genauer hin.«

Automatisch wanderte Hannahs Blick zum Fenster. Bisher hatte sie dem Glas keine Beachtung geschenkt, doch jetzt erkannte sie, dass in den dünnen Rahmen nicht nur eine Scheibe, sondern mehrere dünne Scheiben übereinander eingelassen waren.

»Die Glaspaneele sind so konstruiert, dass sie alle Geräusche dämpfen«, fuhr Eberius fort. »Das funktioniert natürlich auch anders herum. Kein Laut dringt nach draußen. Sie können also getrost aufhören zu schreien.« Er deutete mit einer Kopfwendung zum Eingang. «Oh und sehen Sie! Jemand hat praktischerweise die Tür geschlossen. Sie können also getrost Ihre Stimme schonen.«

Hannah versuchte es trotzdem weiter. Doch das Echo ihrer Schreie verhallte.

Eberius grinste amüsiert. »Sie sind ganz schön hartnäckig, wie? Das gefällt mir.« Dann wurde er schlagartig ernst. »Aber es nützt nichts. Selbst wenn Beyerbach etwas hört, er wird kaum darauf achten, so…*beschäftigt* wie er ist.«

Hannah spürte, wie alle Farbe aus ihrem Gesicht wich. Eberius wusste von ihrem Plan?

»Haben Sie wirklich geglaubt, Sie und ihr armseliger Kollege könnten mich hereinlegen? Ihr Ablenkungsmanöver hat mich nicht eine Sekunde täuschen können. Ich wusste von Anfang an, dass sich Beyerbach ohne mich zur Kuppelhalle aufmachen würde.«

Hannah war nun fast an der Rückseite des Pavillons angekommen. Die Pflanzkästen reihten sich hier lückenlos an der Wand entlang, es gab kein Entkommen. Eberius kam näher. »Und doch habe ich Sie beide gewähren lassen. Zugegeben, nicht ohne Grund.« Wieder erschien der begierige Ausdruck in seinen Augen. »Ich verstehe, dass mein Vorschlag ein wenig überraschend kommt, aber denken Sie doch einmal darüber nach. Sie und ich – zwei Vergangene! Denken Sie an die Macht, die wir haben werden: wir werden klüger, stärker und besser sein, als alle anderen Menschen auf der Erde. Wir werden Götter sein!« Seine Stimme dröhnte durch den Pavillon. Hannah schüttelte den Kopf. »Niemals!«, rief sie. »Sie sind vollkommen verrückt!«

Eberius' Lächeln verschwand. Er sah sie hasserfüllt an. »Das bin ich also, verrückt?« wiederholte er in schneidendem Tonfall.

Hannah ging noch einen Schritt zurück. Ihre Füße stießen gegen eine Unebenheit. Sie schaute hinunter und entdeckte ein großes Gitter, das in den Boden eingelassen war. Darunter führte ein dunkler Schacht in die Tiefe. Hannah schluckte. Sie konnte nicht sehen, wie weit es hinunterging, aber der Blick in die bodenlose Schwärze ließ sie erschauern.

Eberius lächelte nun wieder. »Ich gebe Ihnen eine letzte Chance, Hannah. Kommen Sie mit mir.« Er streckte ihr die rechte Hand entgegen.

»Niemals«, wiederholte Hannah und sprang nach vorn, um an Eberius vorbei zur Tür zu gelangen.

Mit einem heftigen Stoß warf er sie zurück und sie fiel rücklings auf das Gitter. Der Aufprall war hart und schmerzhaft.

»Wirklich schade«, meinte Eberius und blickte sie bedauernd an. Mit der rechten Hand griff er in seine Jackentasche und holte eine kleine Metallplatte hervor. Die feinen Linien auf der Oberfläche schimmerten hell.

»Was haben Sie mit mir vor?«, fragte Hannah und versuchte sich aufzurappeln, doch als sie sich abstützen wollte, stellte sie überrascht fest, dass das Material des Gitters sich veränderte. Es wurde biegsam und ließ sich verformen. Hannah startete einen neuen Versuch und stemmte sich gegen das Geflecht, aber es gelang ihr nicht, aufzustehen.

Die flexible Struktur des Gitters bot nicht genug Widerstand, sie verlor das Gleichgewicht und fiel wieder zurück auf den Rücken. Sie schlüpfte aus den Trägern ihres Rucksacks und warf ihn zur Seite. Vielleicht gelang es ihr jetzt, die Kante zu erreichen. Ihre Finger glitten nur wenige Zentimeter am Rand des Schachtes vorbei.

»Wollen Sie mir ewig dabei zusehen, wie ich versuche wieder aufzustehen?«, fuhr sie Eberius an. Warum ließ er sie auf dem Gitter zappeln wie eine Fliege in einem Spinnennetz?

Der Parapsychologe schüttelte den Kopf. »Haben Sie sich je gefragt, was mit denen passiert, die sich als unwürdig erweisen?«

Hannahs Augen weiteten sich vor Entsetzen. Sie spürte, wie das Material unter ihr nachgab und sie langsam, aber stetig in der Mitte einsank. »Was…was ist das?« Ihr Blick fiel auf Eberius der mit zufriedener Miene zusah, wie sie immer tiefer sank. Panisch suchte sie nach einem Halt, nach irgendeiner Möglichkeit, sich hochzuziehen, während die Kante des Schachtes beständig nach oben wanderte. Sie befand sich nun schon etwa einen halben Meter unterhalb des Bodenniveaus.

»Eberius! Helfen Sie mir!«, flehte sie uns streckte ihm die Hand entgegen.

Der Parapsychologe trat einen Schritt näher, ohne ihre Hand zu ergreifen. Mit Bedauern blickte er auf sie herab. »Leben Sie wohl, Hannah«, sagte er leise und seufzte. »Wirklich schade.«

Hannah spürte die Dehnung des Gewebes, wie das Material an die Grenzen seiner Belastbarkeit stieß und ihrem Gewicht kaum mehr standhielt. Verzweifelt stemmte sie sich gegen das weiche Geflecht und griff nach der Kante des Schachtes. Ihre Finger krallten sich in das Gitter, sie zog sich hoch – dann riss das Gewebe und sie stürzte in die Tiefe.

***

Georg streckte die Finger aus und berührte die Abbildung vor ihm. Die Wand fühlte sich kühl und glatt an, doch die Darstellung der Wasseroberfläche wirkte so echt, dass es ihn nicht überrascht hätte, wenn seine Hand nass geworden wäre. Das ovale Becken, dessen reich mit Pflanzen und Tieren verzierte Kacheln in unzähligen Grün- und Blautönen schimmerten, wurde von hellen, schlanken Säulen eingerahmt, in deren Zwischenräume antik anmutenden Statuen mit Amphoren standen, aus denen sich Wasser sprudelnd in das Bassin ergoss. Das Rauschen, dachte er, wandte sich kurz um und blickte zu dem Wald hinter der Tholos, wo sich das Becken befinden musste. Die Pyramide lässt Wasser in das Bassin strömen…

Er widmete sich wieder der Darstellung vor ihm. Im und um das Becken herum tummelten sich einige Gestalten in kurzen, weißen Gewändern, sie strahlten und genossen zweifellos das Bad in dem kristallklaren Wasser. Eine friedliche Szene, deren Anblick Georg für einen Moment vergessen ließ, in welcher Situation er sich befand. Sein Blick wanderte weiter und er erkannte den Leuchtpfad, auf dem er in der Nacht Eberius verfolgt hatte. Schlagartig verschwand das wohlige Gefühl von Sicherheit und Ruhe und unwillkürlich ballte er die Fäuste. Vergiss nicht, warum du hier bist, ermahnte er sich selbst und konzentrierte sich wieder auf seine Aufgabe. Je schneller er herausfand, was sich in der dritten Pyramide befand und wie sie diesen verdammten Ort wieder verlassen konnten, desto schneller könnte er Hannah aus den Klauen dieses Verrückten befreien!

Georg folgte dem Leuchtpfad in den ihm schon bekannten Teil der Pyramide, jenseits der Tholos. So hatte die botanische Anlage also ursprünglich ausgesehen, dachte er. Wie wenig das wuchernde Pflanzendickicht, durch das er sich vor wenigen Stunden kämpfen musste, damit gemein hatte. Harmonisch schmiegten sich Pflanzen unterschiedlicher Wuchshöhe an den Pfad, der zu dem Glaspavillon führte. Die nächste Darstellung zeigte das Innere des Gewächshauses, in dem sich zahlreiche Kästen mit unterschiedlichsten Pflanzen aneinanderreihten. Erneut war Georg fasziniert von der realistischen Abbildung selbst kleinster Details, die es ihm erlaubte, sogar die winzigen Früchte der Miniaturbäume in dem ersten Pflanzgefäß zu erkennen. Doch so beeindruckend der Anblick auch war, hier würde er nicht finden wonach er suchte. Er schritt weiter die Cellawand entlang, bis er die nächste Abbildung erreichte. Der Übergang geschah beinahe unmerklich, das dunkle Grün der üppig wachsenden Bäume verwandelte sich in ein tiefes Nachtblau, das wie die Morgendämmerung langsam aber stetig heller wurde und schließlich einen Raum beleuchtete, der Georg völlig fremd war. Sein Puls beschleunigte sich, als er die blassen Umrisse der größten Pyramide erkannte, mit den beiden anderen dahinter. Er begriff, dass der riesige Saal, vor dem er nun stand, sich im Inneren der dritten Pyramide befinden musste. Er hatte es gefunden.an

Das Herzstück der Taiga-Pyramiden bildete ein einziger Raum, dessen nach oben spitzzulaufende Mauern anzeigten, dass er die gesamte mittlere Pyramide ausfüllen musste.

Die dunklen, schmucklosen Wände wirkten wie eine Schutzhülle für das, was sich im Zentrum des Saales befand: ein achteckiges Podest, in dessen Mitte ein filigranes Muster aus unzähligen Linien eingraviert war. Abgesehen davon war der Raum leer. Ungläubig starrte Georg auf die Abbildung. Das war alles? Ein achteckiger Sockel mit einem Muster? Wie um seine Frage zu beantworten, erschienen winzige Leuchtpunkte an den Wänden des Saals. Immer mehr Lichter erhellten den Raum und in den Schatten zeichneten sich plötzlich Gestalten ab. Erschrocken trat Georg von der Wand weg, dann fasste er sich wieder und sah fasziniert dem Schauspiel zu. Die Wände glichen nun der Decke des Sternensaals, nur dass man jetzt nicht den Eindruck hatte, nach oben in den Nachthimmel zu blicken, sondern ein Teil davon zu sein. Als stünde man mitten im Kosmos, Boden, Decke und Wände waren noch erkennbar, doch sie schienen nur aus Energie zu bestehen, einer Art Kraftfeld in Form einer Pyramide. In der Mitte schwebte das achteckige Podest, dessen Muster nun auch zu leuchten begann. Heller und heller strahlten die Linien, verschmolzen zu einem weißglühenden Ball aus Licht, der sich nach oben ausdehnte bis er die Spitze der Pyramide erreichte. Im hellen Schein der Lichtsäule konnte Georg die schattenhaften Gestalten nun genauer erkennen. Drei Figuren standen rechts neben dem Podest, die langen, fließenden Gewänder und die dünnen Metallreifen auf den Köpfen wiesen sie eindeutig als Vergangene aus. Auf der linken Seite standen zwei Figuren, die ebenfalls wie Vergangene aussahen, nur ihre Kleidung war anders…Georg brauchte einen Moment bis er begriff: das waren Menschen! Die beiden trugen dieselben Togen wie die Gestalten auf den anderen Abbildungen. Er betrachtete die schlanken Körper und die haarlosen Köpfe. Nein, das waren keine Menschen. Nicht mehr. Sie waren Vergangene. Ein eiskalter Schauer lief Georg den Rücken hinunter. Plötzlich erzitterte die Darstellung vor ihm und das Bild veränderte sich. Die Figuren begannen sich zu bewegen. Georg war wie erstarrt. Unfähig sich zu rühren sah er zu, wie die drei Vergangenen das Podest hinaufstiegen. Als der erste die Lichtsäule erreicht hatte, blieb er stehen und hob die rechte Hand an seine Stirn. Als er sie sinken ließ, wurde ein kleines, silbern schimmerndes Quadrat sichtbar, das nun seinen Stirnreif zierte. Der Vergangene zögerte kurz, dann trat er in die Lichtsäule – und verschwand. Georg sog scharf die Luft ein. Die zweite hochgewachsene Gestalt stellte sich vor den leuchtenden Strahl und dieses Mal konnte Georg einen schwachen Lichtimpuls erkennen, der unmittelbar nach Betreten der Säule rasend schnell nach oben schoss und in der Spitze der Pyramide verschwand. Der dritte Vergangene wartete. Erst als die beiden Figuren auf der linken Seite ebenfalls das Podest erklommen hatten und sich vor die Säule stellten, bedeutete er ihnen mit einer einladenden Geste, in das Licht zu treten. Der erste Mensch, der nun keiner mehr war, gehorchte augenblicklich. Ohne zu zögern schritt er nach vorn, verschwand und ein neuer Lichtimpuls jagte hinauf bis er nicht mehr zu erkennen war.

Georg starrte auf die Szene vor ihm. Die mittlere Pyramide, fügten sich seine Gedanken zu der Antwort auf seine Frage zusammen. Sie verwandelt die Menschen nicht, das geschieht schon vorher…sie bringt sie fort. Es ist ein Portal, ein Transporter! Fassungslos schaute Georg noch einmal zu, wie auch die letzte Gestalt in die Lichtsäule trat und verschwand. Er brauchte einen Moment, bis er die gesamte

Tragweite seiner Entdeckung verstand: wenn die mittlere Pyramide ein Transporter ist, werden sie dort keinen Ausgang finden. Ein eiskalter Schauer lief ihm über den Rücken. Nein, das konnte nicht sein! Es musste einen anderen Weg aus den Pyramiden geben! Georg fiel die Kristallbarriere wieder ein, die ihnen den Zugang zu dem Felsspalt verwehrte. Verdammt! Wie kommen wir hier raus! Er schlug mit der flachen Hand gegen die Cellawand, doch natürlich half ihm das nicht weiter. Okay Beyerbach, ganz ruhig. Er atmete ein paar Mal tief durch, dann schloss er die Augen und konzentrierte sich wieder auf die Abbildung vor ihm. *Ausgang*, dachte er in der Sprache der Vergangenen. Er öffnete die Augen und die Szene wiederholte sich. Die Figuren traten in das Licht und verschwanden. Nein, nein, nein! Nicht *diesen* Ausgang! Frustriert wollte Georg erneut gegen die Wand schlagen, doch er besann sich eines Besseren. Nochmal… aber dieses Mal anders, und präziser! Er nahm einen tiefen Atemzug und konzentrierte sich. *Kontrolle Pyramide.* Als er die Augen öffnete, sah er, dass sich die Szene nicht verändert hatte. Nein, das stimmte nicht. Einer der Vergangenen, der, der Lichtsäule am nächsten stand, hatte sich zu ihm umgewandt und blickte ihm direkt in die Augen. Georg zuckte zusammen und trat unwillkürlich einen Schritt zurück. Dann hob der Vergangene die Hand und deutete auf seine Stirn. Die kleine Metallplatte in der Mitte seines Stirnreifs leuchtete auf.

»Das ist es!« rief Georg. Das ist der Schlüssel, mit dem man die Pyramiden steuern kann! Und er wusste genau, wo er die kleine Metallplatte zu suchen hatte. Eberius.

Georg wollte sich schon abwenden, um den Parapsychologen zu konfrontieren, als er innehielt. Eine Frage blieb noch ungeklärt. Warum das Ganze? Warum hatten die Vergangenen diese Anlage gebaut?

Er stellte sich vor die Wand und atmete tief ein und aus. Dann schloss er die Augen und konzentrierte sich auf einen einzigen Gedanken: *Warum?*

12

Hannah öffnete die Augen. Sie lag auf dem Rücken, um sie herum herrschte fahles Dämmerlicht und ihre Sicht war verschwommen. Sie blinzelte ein paar Mal, dann konnte sie etwas erkennen. Über ihr erstreckte sich grauer Fels, an einigen Stellen dunkle, seltsam gleichmäßig geformte Flecken…was mochte das sein? Als sie versuchte sich aufzurichten, zuckten grelle Blitze vor ihren Augen, und sie legte sich wieder hin. Ruhig atmend versuchte sie sich zu erinnern, was passiert war. Das Gewächshaus…Eberius…das Gitter im Boden…sie war durch das Gitter gestürzt… Vorsichtig startete Hannah einen neuen Versuch und dieses Mal gelang es ihr, sich aufzusetzen. Jeder Knochen in ihrem Körper schmerzte, doch sie hatte Glück gehabt: offensichtlich hatte sie sich bei dem Sturz nichts gebrochen. Bis auf ein paar Schürfwunden und Prellungen war sie unverletzt. Sie blickte nach oben. Wie tief sie wohl gefallen war? Drei Meter? Oder Vier? Im Halbdunkel konnte sie die Entfernung zur Decke schlecht schätzen und an den Sturz selbst hatte sie keine Erinnerung mehr, alles ging viel zu schnell. Doch viel wichtiger war, wie sie hier wieder herauskam. Wo war sie überhaupt? Hannahs Augen hatten sich mittlerweile an das spärliche Licht gewöhnt und sie konnte ihre Umgebung nun besser erkennen. Sie saß in der Mitte einer Art Höhle, unregelmäßige Felswände ragten zu allen Seiten auf, dunkler, unbearbeiteter Stein, wie sie ihn im ersten Gang der westlichen Pyramide gefunden hatten. Leuchtpartikel sorgten für das schwache Licht, doch anders als oben in der Pyramide, bildeten sie keine komplizierten Muster, sondern waren in unregelmäßigen Abständen in Wände und Decke eingelassen. Manche schimmerten nur noch schwach, andere hatten ihre Leuchtkraft vollständig verloren. Auf dem Boden lag loses Geröll, anscheinend waren Teile der Decke eingestürzt. Die gleichmäßig geformten Flecken an der Decke und im oberen Drittel der Wände, entpuppten sich als Öffnungen. Ein schwacher Luftstrom drang daraus hervor und ein kaum wahrnehmbarer Geruch nach Erde und Pflanzen. Die Schächte mussten eine Verbindung mit der Oberfläche haben und nach oben führen! Hoffnung keimte in Hannah auf. Vielleicht gelang es ihr eine davon zu erreichen! Sie wollte aufstehen, doch das lose Geröll, auf dem sie saß, rutschte nach und sie landete wieder auf dem Hosenboden. Die Steine fühlten sich seltsam an. Was ist das für Zeug?, dachte Hannah und hob einen der kleinen Felsbrocken auf. Er war ungewöhnlich leicht, besaß eine merkwürdige längliche Form und eine glatte Oberfläche. Sie drehte den Stein und entdeckte ein Loch an einer Seite. Das ist kein Fels, überlegte Hannah und drehte das Objekt weiter. Plötzlich wusste sie, was sie da in den Händen hielt. Mit einem Schrei warf sie es weg und sprang auf. Sie rutschte und stolperte, doch trotz ihrer Panik gelang es ihr von dem Geröllhaufen herunter zu klettern. Sie presste sich mit dem Rücken an die Höhlenwand und starrte entsetzt auf die Stelle, an der sie gesessen hatte. Das, was sie für Steine, für loses Geröll gehalten hatte, waren verwitterte Knochen! Sie erkannte zerbrochene Rippen und Oberschenkel und ...Schädel. Hannahs Magen drehte sich um und ihr wurde schwindlig. Es waren menschliche Überreste! Sie wandte sich ab und keuchte. Ich muss hier raus, dachte sie und kämpfte gegen die Übelkeit. Als sie den Kopf hob und zu den Lichtschächten aufblickte, riss es ihr fast den Boden unter den Füßen weg. Unter jeder der schwach erleuchteten Öffnungen, türmten sich Knochen und schimmerten bleich im fahlen Licht. Sie schloss die Augen, doch der Anblick der menschlichen Überreste schien sich in ihre Netzhaut gebrannt zu haben, Panik stieg in ihr auf und die Angst schnürte ihr die Kehle zu. Nein!, sagte eine leise Stimme in ihrem Kopf. Du musst dich zusammenreißen! Die Worte drangen kaum zu ihr durch. Hannah wusste, dass sie sich nicht von ihrer Furcht kontrollieren lassen durfte. Sie konzentrierte sich darauf, tief und ruhig zu atmen. Einatmen – ausatmen. Ihr Körper zitterte und wehrte sich gegen die aufgezwungene Ruhe. Einatmen, ausatmen. Einatmen. Ausatmen. Es funktionierte. Sie spürte, wie ihr Entsetzen und die körperliche Reaktion darauf tatsächlich nachließ und die Panikattacke verging. Die Furcht war noch da, aber sie würde sie nicht mehr kontrollieren. Nach ein paar Minuten, in denen sie sich nur auf das Atmen fokussiert hatte, hatte sich Hannah wieder im Griff und konnte klar denken.

Sie öffnete die Augen und richtete sich langsam auf. Zögernd drehte sie den Kopf und schaute zu den angehäuften Knochen. Wieder verursachte ihr der Anblick eine Gänsehaut, doch sie schaffte es, die Furcht zu unterdrücken und näherte sich langsam den Gebeinen.

Das ist nicht das erste Mal, dass du es mit menschlichen Überresten zu tun hast, beruhigte sie sich weiter. Vielleicht ist es ein Friedhof? Doch mit jedem Schritt, den sie näherkam, wusste sie, dass es sich bei der Höhle, in der sie sich befand, nicht um eine letzte Ruhestätte für die Toten handelte. Die achtlos aufgetürmten Knochen, allein schon die große Anzahl, erinnerte sie an eine Abfallgrube, in der lästiger Unrat entsorgt wurden. Zitternd blieb sie am Rand des Knochenhaufens stehen. Dann presste sie die Lippen aufeinander, bückte sich und hob einen der Knochen auf. Es handelte sich vermutlich um ein Bruchstück eines Oberschenkels, aber ganz sicher war sich Hannah nicht. Sie untersuchte den großen Splitter, doch sie konnte nichts Auffälliges entdecken. Er musste sehr alt sein, vielleicht sogar Tausende von Jahren alt, aber für eine zuverlässige Datierung benötigte sie ein Labor. Doch viel wichtiger als das Alter der Gebeine war, wie sie hier wieder herauskam. Sie suchte die Wände und Decke ab, doch alle Öffnungen waren zu hoch um sie ohne Hilfsmittel erreichen zu können. Die niedrigste befand sich etwa zweieinhalb Meter oberhalb des Knochenhaufens, auf dem sie zu sich gekommen war. Möglicherweise könnte sie aber den Abstand verringern…Mit heftigem Widerwillen schätzte sie, wie viele weitere Knochen sie anhäufen musste, um den Berg so weit zu erhöhen, dass sie an die Kante des Schachtes herankommen konnte. Erneut stieg Übelkeit in ihr hoch, doch sie hatte keine andere Wahl. Sie ging zu einem etwas kleineren Knochenhaufen und griff mit beiden Händen in die Überreste. Dann schaffte sie ihr schauriges Baumaterial zu dem großen Hügel, stieg hinauf und setzte ihre Last ab. Die zweieinhalb Meter bis zu Kante blieben unverändert. Verdammt. So würde es ewig dauern, bis sie genug angehäuft hatte! Hannah trat einen Schritt zurück und vergrub ihre Hände in den Knochen vor ihr. Dann schob sie die Gebeine nach vorne, die Splitter rutschten ihr ins Gesicht und sich schloss schnell die Augen, damit sie sich nicht verletzte. Sie kämpfte gegen den Würgereiz und schob weiter, bis es nicht mehr ging. Dann richtete sie sich auf und begutachtete ihr Werk. Der zu überbrückenden Abstand hatte sich nicht viel verändert, aber diese Methode erwies sich trotzdem als effizienter.

Sie schob noch einige Male die Knochen zusammen, bis ihr der Schweiß von der Stirn tropfte und sie erschöpft Pause machte.

Neben ihrem Fuß schimmerte etwas. Hannah schob die Knochen beiseite und entdeckte einen kleinen Pflasterstein. Sie war ohne es zu bemerken darauf getreten und hatte ihn so aktiviert. Das musste der gleiche Stein sein, mit dem auch die Wege über ihr gepflastert waren. Nur dass dieser hier viel kleiner war und unregelmäßige Kanten aufwies. Ein fehlerhaftes Exemplar, dachte Hannah und schob mit dem Fuß weiter Knochen zur Seite. Sie entdeckte eine zweite Platte, ebenso asymmetrisch, und kurz darauf eine dritte und eine vierte.

Die Steine, mittlerweile hatte Hannah zwölf Stück davon entdeckt, führten zu einer der Felswände. Erst als sie direkt davor stand, erkannte Hannah eine Einbuchtung, etwa zwei Meter hoch und breit und einen Meter tief. Die Kanten wiesen Werkzeugspuren auf, waren jedoch grob behauen, als hätte der Erbauer sein Werk nicht vollenden können. Verwundert trat Hannah vor und betrachtete die Felsen an der Rückwand. Das Gestein war heller und glatter, als hätte man es mit einer dünnen Schicht verputzt. Sie streckte die Hand aus und tastete über die Oberfläche. Warum hatte man hier diese seltsame Nische in den Stein gehauen?

Wie um ihre Frage zu beantworten, begann die Rückwand zu schimmern. Unregelmäßig verteilte Leuchtpartikel glommen auf, ein ähnliches Schauspiel wie bei der Cella der Tholos, nur wirkte die Transformation dieser Wand unfertig und provisorisch. Auch hier erschienen Bilder, doch sie machten einen skizzenhaften Eindruck, flüchtige Szenen, vom Realismus der Abbildungen am Rundtempel weit entfernt. Und es gab noch einen gravierenden Unterschied: die Bilder waren nicht statisch. Fasziniert sah Hannah zu, wie die skizzenhaften Figuren mit abgehakten Bewegungen durch die Szene führten, beinahe wie bei einem Daumenkino. Schauplatz war die westliche Pyramide, deutlich waren die Umrisse der beiden anderen im Hintergrund zu erkennen. Eine Menschenmenge bewegte sich durch die unterschiedlichen Räume und im ersten Moment glaubte Hannah, die Szene entspräche der an der Cellawand, doch als sie sah, wie ein Teil der Gruppe plötzlich stehen blieb und ein Hindernis aus dem Boden wuchs, weiteten sich ihre Augen vor Entsetzen. Die Kristallbarriere, schoss es ihr durch den Kopf. Wie bei Semyonov! Die Szene veränderte sich, die Pyramide schien zu schrumpfen, doch dann begriff Hannah, dass nur der Bildausschnitt wechselte. Die Darstellung zeigte nun das gesamte Bauwerk im Querschnitt und Teile der Umgebung. Die Figuren, nun winzig klein, und in zwei Gruppen aufgeteilt, setzten ihren Weg fort. Die einen stiegen die goldenen Stufen hinab, um zur östlichen Pyramide zu gelangen, während die anderen, zurückgingen, die westliche Pyramide verließen und schließlich im Dickicht der umliegenden Bäume verschwanden. Sie haben sie gehen lassen, dachte Hannah erleichtert. Das Rätsel um die schwindende Zahl der Bewohner schien gelöst. Diejenigen, die – aus welchen Gründen auch immer – für eine beschleunigte Evolution nicht in Frage kamen, durften das Gebäude verlassen. Wieder erfolgte ein Szenenwechsel und die östliche Pyramide stand wieder im Fokus. Die Menschengruppe, nun deutlich kleiner und weiterentwickelt, durchlief die unterschiedlichen Stationen, und Hannah sah ihre These von den Grundbedürfnissen bestätigt. Nahrung in der botanischen Anlage und im Speisesaal, Hygiene im Nymphäum, Ruhe in den Schlafkammern und Lernen in der Echohalle. Zuerst schien alles in Ordnung zu sein, bis plötzlich eine der Figuren begann, sich seltsam zu verhalten. Der Mann störte die Gruppe, er verhielt sich immer aggressiv und drohte den anderen Gestalten. Auch physisch veränderte er sich, sein Körper wurde massiger, er ging gebückt und stützte sich beim Gehen mit den Händen am Boden ab. Wie ein Tier, dachte Hannah und erschauerte. Statt sich stetig weiterzuentwickeln, wie die anderen Bewohner es taten, passierte mit diesem Mann das genaue Gegenteil: er degenerierte. Als die Situation zu eskalieren drohte, setzte der Schutzmechanismus der Pyramide ein. Wieder erhoben sich die Kristalle aus dem Boden um den Mann zu isolieren. Er wich zurück und suchte nach einer Möglichkeit, zu den anderen zurück zu gelangen, doch die Barriere hielt ihn erbarmungslos davon ab. Mehr noch, erstaunt sah Hannah zu, wie die Kristallsäulen auch an anderen Stellen aus dem Boden wuchsen und den Gefangenen langsam in Richtung Ausgang trieben. Als der Urmensch schließlich den Felsspalt erreichte und die Pyramide verließ, zogen sich die Kristallsäulen eine nach der anderen wieder in den Boden zurück, zuletzt die Barriere, die den Ausgang versperrt hatte. Hannah starrte auf die Abbildung. Konnte das wirklich sein? Gab es eine Möglichkeit, dass die Kristallsäulen, die ihnen den Rückweg versperrten, in der Zwischenzeit wieder im Boden versunken waren? Ihre Gedanken rasten, wenn Semyonov der Störfaktor war, den es zu beseitigen galt, dann musste doch die Pyramide den Weg wieder freigeben, sobald er sie verlassen hatte! Aufgeregt und voller Hoffnung trat sie von der Wand weg und wandte sich um. Die Ernüchterung traf sie wie eine Faust in die Magengrube. Sie war gefangen, hier unten, in einer Höhle voller menschlicher Überreste. Ihre Nackenhaare richteten sich auf, als ihr Blick den Knochenhaufen streifte, der sich nur wenige Meter vor ihr auftürmte. Ein Schädel schien sie aus leeren Augenhöhlen anzublicken und hämisch zu grinsen. Hannah spürte, wie ihre Knie weich wurden. Die Abbildung konnte nicht stimmen. Wenn alle, die ungeeignet waren, die Pyramiden verlassen durften, warum lagen hier dann die Überreste Tausender und Abertausender Menschen? Hannah ließ sich neben der Wand auf den Boden sinken. Keiner war je aus dieser Höhle entkommen. Sie waren gefangen, genau wie sie.

***

Eberius stand an der Kante des beschädigten Gitters und schaute hinab in die Dunkelheit des Schachtes. Als das Artefakt in seiner Tasche zu beben begonnen hatte, waren seine Finger ganz automatisch zu der kleinen Metallscheibe gewandert. Er hatte nicht damit gerechnet, dass er mit seiner Hilfe die Struktur des Gitters manipulieren konnte. Doch es war so geschehen und es konnte nur einen Grund geben, warum ihm das Artefakt signalisiert hatte, es zu benutzten. Hannah Walkows war unwürdig. Sie war nicht auserwählt, auch die letzten Geheimnisse der Pyramiden zu erfahren und eine Göttin zu werden. Er schaute auf seine Handfläche, in der die kleine Platte ruhte, nun kühl und unbewegt, dann wanderte sein Blick wieder zu dem schwarzen Loch, in dem die Archäologin verschwunden war. Sie hatte nicht einmal geschrien, dachte der Parapsychologe und schüttelte dann den Kopf. Wirklich bedauerlich, er hatte sie schon an seiner Seite gesehen, doch Hannah hatte ihre Chance nicht genutzt. Sie hat ihr Schicksal selbst gewählt, er hatte nur ein wenig nachgeholfen. Er warf einen letzten Blick in die Dunkelheit zu seinen Füßen, dann trat er zurück und ging zwischen den überwucherten Pflanzgefäßen zum Ausgang des Pavillons. Zeit sich die Tholos anzusehen.

Eberius hatte schon ein gutes Stück auf dem Pfad zurückgelegt, als er plötzlich ein Knacken im Unterholz vernahm. Verwundert blieb er stehen, und Beyerbach kam hinter einem Baumstamm auf ihn zu geeilt. Der Geologe blieb ebenfalls stehen und sah ihn überrascht an. Verdammt! Mit Beyerbach hatte er nicht gerechnet. Die Gedanken in seinem Kopf überschlugen sich, formten sich zu einem genialen Plan und innerhalb von Sekundenbruchteilen, wusste der Parapsychologe, was zu tun war.

»Beyerbach!«, rief er und keuchte erleichtert auf. »Gottseidank, dass Sie da sind!«

»Was ist passiert?«, fragte der Geologe misstrauisch und schaute an Eberius' Schulter vorbei. »Wo ist Hannah?«

»Das ist es ja!« Eberius deutete auf den Weg hinter sich. »Im Pavillon, da hinten…sie…sie ist gestürzt!«

»Was?« Beyerbach sprang vor und packte den Parapsychologen am Kragen. »Ist sie verletzt? Nun reden Sie schon!«

»Ich…also…«

Der Geologe schüttelte ihn und Eberius unterdrückt mit

Mühe den Drang, ihm eine Ohrfeige zu verpassen. Er durfte nicht aus der Rolle fallen, alles musste absolut glaubwürdig wirken.

»Ich weiß es nicht!« schrie er voller Verzweiflung und riss sich los. »Wir haben uns die Pflanzen angesehen und plötzlich ein Schrei…und sie war weg…und das Loch!«

»Loch?« wiederholte Beyerbach verständnislos und die wachsende Sorge um Hannah stand ihm deutlich ins Gesicht geschrieben.

»Ein…ein…Schacht, oder so etwas. Im Pavillon. Kommen Sie doch endlich, wir müssen ihr helfen!«

Der Geologe stürmte an Eberius vorbei den Pfad entlang. Mit einem zufriedenen Lächeln richtete sich der Parapsychologe den Kragen, dann folgte er Beyerbach zum Pavillon.

Er erreichte kurz nach dem Geologen das Gitter. Beyerbach hielt Hannas Rucksack in der Hand und starrte in den Schacht. »Hannah!«, rief er. »Hannah bist du dort unten?«

Ja, das ist sie, dachte Eberius und lächelte. Und du wirst ihr doch sicherlich zu Hilfe kommen, nicht wahr? Er setzte wieder eine besorgte Miene auf und trat neben Beyerbach an das Gitter.

»Sie antwortet nicht«, sagte der Geologe tonlos.

»Was sollen wir tun?«

»Wir klettern hinunter, vielleicht ist sie ohnmächtig oder verletzt. Sie braucht unsere Hilfe!«

»Dort hinab? Haben Sie denn ein Seil dabei?«, fragte Eberius skeptisch.

»Nein, verdammt! Meine Ausrüstung ist noch in der Kammer. Ein Seil zu holen dauert zu lange!«

»Aber ohne wird es schwierig werden, vor allem, wenn

wir Hannah wieder nach oben befördern wollen«, gab der Parapsychologe zu bedenken und genoss es innerlich, wie er Beyerbachs Hoffnung, die Archäologin zu retten, Stück für Stück zunichtemachte.

Hektisch sah sich der Geologe um. Dann griff er nach einer der dicken Ranken, die sich an der Wand des Pavillons entlangwand. Er prüfte ihre Dicke und riss sie mit einem kräftigen Ruck ab.

»Damit wird es funktionieren.«

Eberius hob die Augenbrauen.

»Los, helfen Sie mir!«, fuhr Beyerbach ihn an und griff nach einer zweiten Ranke.

Der Parapsychologe zerrte an einer dritten Ranke, doch die Schlingpflanze ließ sich nicht lösen.

»Hier. Nehmen Sie das.« Der Geologe reichte Eberius sein Taschenmesser. »Und beeilen Sie sich!«

Eberius klappte die Klinge aus und säbelte eine der Pflanzen ab. Die Fasern waren hart und widerspenstig, es kostete ihn erstaunlich viel Mühe eine der Ranken durchzuschneiden.

»Geben Sie schon her!« Ungeduldig riss ihm Beyerbach die Pflanze aus der Hand. Geschickt verknotete er alle drei Schlingpflanzen miteinander und band sie um einen der Baustämme. Er prüfte, ob die Pflanzen sein Gewicht trugen, dann zog er seine Jacke aus und schob sie unter die Stelle, an der die Ranke an der Kante auflag. Er holte Hannahs Taschenlampe aus dem Rucksack, schlang sich das provisorische Seil um den Körper und ließ die Pflanze in den Schacht hinab.

Dann stellte er sich an den Rand des Gitters. »Sie bleiben hier oben, ich rufe nach Ihnen, wenn ich unten bin«, wandte er sich an Eberius. »Ich helfe Hannah und Sie ziehen sie nach oben.«

»Und falls ich Sie nicht hören kann? Der Schacht scheint mir ziemlich tief zu sein…«

»Dann ziehe ich am Seil, die Bewegung werden Sie sehen.«

»In Ordnung.«

Der Geologe nickte ihm grimmig zu, stopfte sich die Taschenlampe in den Hosenbund und stieg vorsichtig in den Schacht hinab.

Eberius wartete und hörte zu, wie sich Beyerbach durch den engen Gang nach unten arbeitete. In seiner Hand lag noch immer das Taschenmesser, der Geologe hatte ganz vergessen, es zurückzufordern. Der Parapsychologe betrachtete die spiegelnde Klinge, dann das schwankende Seil. Beyerbach hatte gute Arbeit geleistet. Die Schlingpflanzen waren stabil genug, sein Gewicht zu tragen und die Knoten hielten. Sogar an die Reibung hatte er gedacht und die Jacke an die Kante untergelegt. Wieder streifte sein Blick die Messerklinge und ein böses Lächeln umspielte Eberius' Lippen. Er ging neben dem Schacht in die Hocke und begann, die Ranke durchzuschneiden.

»He, was ist los?« meldete sich Beyerbach, der etwa zwei Meter weit gekommen war. »Was machen Sie da?«

Eberius ließ sich nicht aus der Ruhe bringen. »Was meinen Sie denn, Beyerbach? Ich durchtrenne die Ranke. Danke übrigens für das Messer.«

»Was? Sind Sie verrückt geworden, was soll das?«

»Sie wollten doch so schnell wie möglich zu Hannah. Ich bin Ihnen nur dabei behilflich.« Jetzt hatte er schon die Hälfte geschafft. Die Fasern spannten sich und begannen zu reißen.

Der Geologe begann, wieder nach oben zu klettern. »Hören Sie auf, Eberius!«, brüllte er. Seine hektischen Bewegungen belasteten die beschädigte Schlingpflanze zusätzlich. Es gab einen Ruck und die Ranke riss weiter ein. Beyerbach sackte nach unten. »Sie elender Mistkerl!«

»Leben Sie wohl, Beyerbach« verabschiedete sich Eberius, als er die letzten verbleibenden Fasern durchtrennte. Für den Bruchteil einer Sekunde hing der Geologe in dem Schacht, dann rutschte er nach unten in die Dunkelheit.

Zufrieden wischte sich Eberius den Schweiß von der Stirn und erhob sich. Er klappte das Messer ein und steckte es in seine Jackentasche, dann verließ er den Pavillon und ging langsam und ohne Eile den Pfad entlang. Wie perfekt sich alles gefügt hatte. Beyerbach war zu ihm gekommen, wie das Opferlamm zum Altar, es war so einfach gewesen ihn loszuwerden. Jetzt konnte er endlich ohne weitere Störungen die letzten Schritte auf dem Pfad der *Vergangenen* zu Ende gehen.

Als er an der Wegkreuzung ankam, zögerte er. Das Rauschen des Wassers im Nymphäum drang zu ihm herüber und ohne zu überlegen folgte er dem Klang, bis er vor dem großen Bassin stand. Das Becken war nun bis zum Rand mit klarem Wasser gefüllt und die Ornamente auf den Wand- und Bodenkacheln wirkten so lebensecht, als blicke er ins Meer. Eberius schaute an sich herunter. Seiner Kleidung waren die Stunden in der Taiga deutlich anzusehen, dunkle Flecken an den Knien und kleine Risse in seiner Jacke zeugten von den Strapazen, die er hinter sich gebracht hatte. Nein, so konnte er unmöglich das Herz der Anlage betreten. So sah kein Auserwählter aus! Eberius legte seine Kleider ab, faltete alles sorgfältig zusammen und verstaute den Stapel in einem der leeren Podeste. Dann ging er zu den Stufen, die in das Becken führten, und stieg langsam hinein. Das Wasser war kalt, aber er fror nicht, sondern genoss das Gefühl von Reinheit, das ihn augenblicklich durchströmte. Er nahm einen tiefen Atemzug, dann tauchte er unter.

***

Georg fiel. Es war stockdunkel, er konnte nicht erkennen, wie tief der Schacht war. Vergeblich versuchte er sich an der Wand festzuhalten, doch seine Finger glitten am rauen Fels ab. Dann trafen seine Füße hart auf und er rutschte nun in einem steilen Winkel nach unten. Auch jetzt gelang es ihm nicht, seinen Fall zu bremsen. Der Schacht änderte noch zweimal seine Richtung, dann erschien ein graues Rechteck unter seinen Füßen. Es wurde rasch größer und heller und bevor er sich gegen den Aufprall wappnen konnte, stürzte er aus der Öffnung und landete unsanft auf einem Geröllhaufen. Er drehte sich ein paar Mal und kam dann keuchend auf dem Rücken zum Liegen. Mühsam rappelte er sich auf und sah sich um. Er befand sich in einer großen Höhle mit kargen Felswänden, an denen vereinzelte Leuchtplättchen nur schwaches Licht spendeten. An der Decke gab es zahlreiche dunkle Öffnungen und darunter türmten sich Geröllhaufen auf dem lehmbedeckten Boden. Andere Schächte, fuhr es ihm durch den Kopf. Wo war er hier gelandet? In einer Abfallgrube?

»Georg?«

Der Geologe fuhr herum. Ein Schatten löste sich von der Wand und trat vor.

»Hannah!« Er rutschte den Geröllhaufen herunter und lief auf sie zu.

Sie warf sich ihm in die Arme und drückte sich an ihn. »Gottseidank! Ich dachte schon…«

»Ist alles in Ordnung? Bist du verletzt?« fragte er, als sie sich aus seiner Umarmung löste.

»Ja, nur ein paar Kratzer.« Sie sah an ihm vorbei auf die Schlingpflanze, die unterhalb der Öffnung lag, aus der Georg herabgestürzt war.

»Was ist mit dir? Du bist nicht gerade sanft gelandet.«

Der Geologe zuckte mit den Schultern. »Alles okay, aber so war mein Auftritt eigentlich nicht geplant.« Seine Augen verengten sich zu Schlitzen. »Eberius, dieser Mistkerl hat die Ranke durchgeschnitten. Dieses Schwein hat mich reingelegt!«

Er trat gegen einen der Steine, der ein paar Meter weit flog, zweimal vom Boden abprallte und schließlich vor der Höhlenwand zum Liegen kam.

Hannah lachte grimmig. »Dann hat er ja jetzt freie Bahn. Wir werden ihm bei seinem irren Plan, sich in einen Vergangenen zu verwandeln nicht mehr in die Quere kommen.«

Georg schnaubte abfällig. »Er hatte das von Anfang an vor. Von wegen, *die Entdeckung einer unbekannten Hochkultur wird eine wissenschaftliche Sensation!* Es ging ihm immer nur um Macht, nur für sich selbst und niemanden sonst!«

»Und er wird sie auch bekommen«, fuhr Hannah leise fort. »Er muss nur noch den Zugang zur dritten Pyramide finden und die Transformation zu Ende bringen. Das ist der Zweck dieser ganzen Anlage, Georg. Die Vergangenen erschaffen sich mit ihrer Hilfe Nachkommen, das hat mir Eberius selbst gesagt…bevor er mich in dieses Loch hier fallen ließ.«

»Nachkommen…« wiederholte Georg nachdenklich. Er erinnerte sich an die Visionen im Mosaiksaal und die Abbildungen an der Cellawand. Plötzlich ergab alles einen Sinn. »Dort, wo sie leben, können sie keine Nachkommen zeugen, also holen sie sich Menschen von der Erde, entwickeln sie weiter, bis sie zu einem der ihren werden und kehren zurück.«

»Sie kehren zurück? Wie meinst du das?«

»Die dritte Pyramide ist ein Transporter.«

»Ein Transporter?« Hannah sah ihn mit großen Augen an. »Wohin?«

Der Geologe zuckte mit den Schultern. »Ich weiß es nicht. In ihre Welt, wo auch immer das sein mag. Auf jeden Fall findet die Umwandlung schon vorher statt, in den beiden kleineren Pyramiden. Evolution in der ersten«, begann Georg aufzuzählen.

»Anpassung in der zweiten.« Hannah nickte.

»Und zwar in allen Bereichen, Nahrung, Sprache, Aussehen… um dann mit Hilfe der dritten Pyramide die Erde zu verlassen«, schloss Georg.

»Woher weißt du das?«

Er lächelte. »Ich habe die Kuppelhalle zum Laufen gebracht und sie benutzt. Sie ist nicht nur ein Übersetzer, sie lehrt die Sprache der Vergangenen.«

»Aber sie kommunizieren nicht mit Worten, sondern mit Bildern«, widersprach Hannah.

Der Geologe nickte. »So ist es, aber diese Bilder lassen sich lenken, man kann sie beeinflussen, einem das zu zeigen, was man wissen will. Ich habe es an der Cellawand ausprobiert, und es hat funktioniert.«

»Die Darstellungen haben dir gezeigt, dass die dritte Pyramide ein Transporter ist.«

»Richtig. Aber nicht nur das. Ich weiß jetzt auch, wie Eberius es geschafft hat, die Zugänge in den Pyramiden erscheinen zu lassen. Er besitzt eine Art Schlüssel, ein Artefakt oder so etwas, mit dem sich die Pyramiden steuern lassen.«

»Ein kleines, silbern schimmerndes Quadrat.«

Georg sah Hannah überrascht an. »Ja, genau. Woher weißt du das?«

»Eberius hat es benutzt, um die Struktur des Gitters zu verändern, durch das ich nach unten gestürzt bin«, antwortete sie. »Das ist es auch, was er immer in seiner Jackentasche versteckt hält.«

Der Geologe kämpfte gegen die Wut, die in ihm aufstieg. Eberius würde für all dies bezahlen! Aber zuerst mussten sie hier raus.

»Wir brauchen diesen Schlüssel, vielleicht können wir damit die Kristallbarriere verschwinden lassen. Oder einen anderen Zugang finden.«

Hannah überlegte. »Falls die Barriere überhaupt noch da ist.«

»Wie meinst du das?«

Mit einer Kopfwendung deutete sie zum hinteren Teil der Höhle. »Komm mit, ich muss dir etwas zeigen.«

Hannah führte ihn zu einem kurzen Pfad aus leuchtenden Pflastersteinen, der seltsam fehl am Platz erschien und vor einer Felsennische endete. Sie deutete auf eine Abbildung an der Rückwand. »Was ist das?«, fragte Georg und musterte die Darstellung. Sie wirkte flüchtiger, wie eine Skizze, oder als hätte der Künstler nur wenig Zeit gehabt.

Hannah zuckte mit den Schultern. »Im Prinzip dasselbe wie oben, an der Cellawand. Nur nicht so ausgereift.« Sie streckte die Hand aus und berührte die Wand.

Sofort begann der Bilderzyklus von Neuem, die Teilung der Urmenschen durch die Kristallbarriere, die Degeneration des Mannes und seine Vertreibung aus der Pyramide.

»Wow«, meinte Georg nachdem die bewegten Bilder zum Stillstand gekommen waren. »Anscheinend funktioniert die beschleunigte Evolution nicht bei jedem. Und alle, die für die Weiterentwicklung nicht geeignet sind, müssen die Pyramide verlassen. Das heißt, dass sobald Semyonov draußen war, haben sich die Kristalle wieder zurückgezogen. Wir können hier raus, Hannah!« Er wandte sich zu ihr um, doch ihr ernstes Gesicht ließ seine Erleichterung schnell verschwinden.

»Nicht unbedingt«, sagte sie leise. »Irgendetwas stimmt nicht, Georg. Die Abbildungen zeigen nicht die Wahrheit. Unzählige haben es nicht aus den Pyramiden geschafft.«

»Wie kommst du denn darauf? Warum sollten die Bilder lügen?«

»Warum sollte sie jemand hier unten anbringen?«

Georgs Nackenhaare richteten sich auf. Hannah hatte recht.

»Anstatt die Pyramiden zu verlassen, sind sie hier gelandet.«

Sie deutete auf das Geröll zu seinen Füßen.

»Ich verstehe nicht, was du meinst.« Er folgte ihrem Blick. Was hatten die Steine damit zu tun?

Der Geologe bückte sich und hob einen davon auf. Als er den Felsbrocken genauer betrachtete, erkannte er, dass es sich um einen Knochen handelte. Sein Blick glitt über den

Boden, zu den anderen Steinhaufen, die keine waren. Sein Magen verkrampfte sich. Knochen, Abertausende von Knochen!

»Die ganze Höhle ist voll davon«, bestätigte Hannah.

»Ist das ein Friedhof?«, fragte Georg keuchend. Er atmete ein paar Mal tief durch. Die Übelkeit verschwand.

Sie schüttelte den Kopf. »So bestattet man keine Toten. Diese Höhle hier ist eine Abfallgrube.«

»Aber das ergibt doch alles keinen Sinn!« Der Geologe deutete auf die Malereien. »Warum haben sie die Ungeeigneten hier festgehalten?«

»Ich weiß es nicht, Georg!« Hannah zuckte frustriert mit den Schultern und starrte auf die Wand vor ihr. »Aber was mich noch mehr beunruhigt, wenn die Menschen, bei denen die beschleunigte Evolution nicht funktioniert hat, sich stattdessen zurückentwickelt haben, waren sie wohl kaum dazu in der Lage, so etwas zu erschaffen.« Sie sah Georg mit besorgter Miene an. »Von wem stammen dann diese Bilder?«

Der Geologe schwieg. Er wusste keine Antwort darauf, es passte einfach nicht zusammen.

Ein seltsames Scharren riss ihn aus seinen Überlegungen und ließ beide erschrocken herumfahren. Das Geräusch schien von oben zu kommen.

»Was war das?«, flüsterte Hannah und suchte die Decke nach der Quelle ab. Auch Georg konnte nichts entdecken. Da! Schon wieder! Sein Blick heftete sich an einen der Knochenhaufen, unterhalb einer Öffnung, nur wenige Meter von ihnen entfernt. Hatte sich dort nicht gerade etwas bewegt? Er fixierte die Gebeine, doch nichts geschah. Das Scharren ertönte erneut, etwas lauter, dann erzitterten die oben aufliegenden Splitter und ein Knochen rollte hinunter. Hannah trat neben Georg und umfasste seinen Arm. Er schob sie sanft in die Nische hinein und stellte sich schützend vor sie. Wieder hörten sie das Geräusch, es kam eindeutig aus der Öffnung. Georg ließ das dunkle Rechteck nicht aus den Augen. Seine Muskeln spannten sich und seine Hände ballten sich zu Fäusten. Ein paar kleine Steine fielen heraus und landeten auf den Knochen darunter. Dann erschien eine dunkle, massige Gestalt an der Kante, sah sich kurz um und sprang nach unten.

Unwillkürlich wich Georg zurück. Sein Puls beschleunigte sich und sein Herzschlag dröhnte in seinen Ohren. Das Dämmerlicht in der Höhle reichte nicht aus, um die dunkle Gestalt genau erkennen zu können, doch die Art, wie sie sich bewegte, ließ keinen Zweifel zu: das war kein Mensch. Die Kreatur ging gebückt, wobei sie sich mit den Fingerknöcheln auf dem Boden abstützte. Suchend sah sich das Wesen um, blieb stehen und hob den Kopf, als würde es Witterung aufnehmen. Dann wandte es sich um und sah in ihre Richtung.

Georg hörte, wie Hannah erschrocken die Luft einsog. Sie standen im Schatten der Nische, vielleicht hatten sie Glück und die Kreatur entdeckte sie nicht! Mit bedächtigen Schritten kam das Wesen näher. Plötzlich leuchtete der Boden auf. Die Kreatur jaulte leise auf und hielt sich schützend den Arm vors Gesicht. Der Schein des Pflastersteins beleuchtete für einen Moment die massige Gestalt. Georg erkannte fahles, strähniges Haar und schwarze Kleidung, die zerschlissen am Körper hing. Was zum Teufel war das? Das Wesen machte einen Schritt vorwärts und aktivierte den nächsten Stein, doch dieses Mal erschrak es nicht über die plötzliche

Helligkeit und das Licht beleuchtete ungehindert das Gesicht der Kreatur. Georg keuchte. Nein! Das war unmöglich! Das Wesen blickte genau in ihre Richtung. Die hellen Augen funkelten böse, und aus seiner Kehle drang ein tiefes Knurren.

»Semyonov!« stieß der Geologe entsetzt hervor und die Kreatur blieb stehen.

Der Russe hatte sich auf eine grauenvolle Art verändert, er wirkte kaum mehr menschlich. Die Gesichtszüge glichen einem wilden Tier und auch die Haltung, stark nach vorne gebeugt, als würde ihm der aufrechte Gang schwerfallen, erinnerten eher an einen Affen, als an einen Menschen.

Georg hob langsam die Hände, die Innenflächen von sich weggedreht, damit Semyonov sehen konnte, dass er unbewaffnet war. »Dimitri«, sagte er ruhig und hoffte, dass der Russe darauf reagierte. »Erkennst du mich? Ich bin es, Georg.«

Semyonov blieb stehen und legte den Kopf schief, als ob ihm der Klang des Namens bekannt vorkam.

»Wir sind Freunde«, fuhr Georg fort und ging langsam vorwärts, um den Russen von der Nische wegzuführen. Semyonov verfolgte jede seiner Bewegungen. Es gelang ihm, sich von der Wand zu entfernen, ohne dass der Russe Hannah bemerkte. Während sich der Geologe weiter auf die Mitte der Höhle zubewegte, suchte er in den entstellten Gesichtszügen nach einem Zeichen des Erkennens. Vergeblich.

Ich brauche eine Waffe! Grimmig dachte er an das Taschenmesser, das er Eberius überlassen hatte. Es musste noch etwas anderes geben. Sein Blick streifte den Boden zu seinen Füßen. Vielleicht konnte er einen der Steine benutzen. Langsam, die Augen wieder auf Semyonov gerichtet, ging er in die Knie.

Die Bewegung schien den Russen nervös zu machen. Immer wieder zuckte sein Mund, er bleckte die Zähne und fuhr sich mit der Zunge über die Lippen. Wie ein Raubtier, das seine Beute beobachtet. Mit der rechten Hand tastete er nach einem geeigneten Felsen, während er die Linke noch immer schützend vor sich ausgestreckt hielt. Seine Finger fanden einen langen, schmalen Felssplitter, dessen Ende spitz zulief. Vorsichtig hob er ihn auf.

Ein seltsames Knurren drang aus der Kehle des Russen, dunkel und bedrohlich, und Georg hielt inne.

»Ganz ruhig, Dimitri«, versuchte Georg Semyonov zu beruhigen und richtete sich auf, den Stein fest umklammert.

Plötzlich stieß der Russe ein kehliges Brüllen aus und sprang nach vorn. Mit einem gewaltigen Satz stürzte er sich auf Georg. Der Geologe hob abwehrend den Stein und traf Semyonov am Oberarm. Er spürte, wie die Spitze die Jacke durchdrang und sich in weiches Fleisch bohrte. Der Russe schrie auf, dann versetzte er Georg einen heftigen Schlag in die Magengrube. Es fühlte sich an, als hätte ihn ein Vorschlaghammer getroffen. Für einen Augenblick wurde Georg schwarz vor Augen und er fiel zurück. Bevor er wieder klar sehen konnte, hatte Semyonov auch schon seinen Hals gepackt und drückte zu. Georg keuchte und stemmte sich mit aller Kraft gegen das Gewicht seines Angreifers. Doch der Russe war zu schwer. Seine Kehle brannte wie Feuer und Georg spürte, wie ihm die Sinne schwanden. Plötzlich krachte etwas gegen den Kopf des Hünen. Der Griff um seinen Hals lockerte sich und mit einem Tritt, der ihn seine letzte Kraft kostete, gelang es Georg, Semyonov zur Seite zu stoßen. Jaulend hielt sich der Russe die Stirn und unter seinen schmutzverkrusteten Fingern quoll Blut hervor. Georg hustete und blicke nach oben. Hannah stand neben ihm, in der Hand einen großen Stein, dessen Oberfläche dunkelrot schimmerte.

Georg wappnete sich gegen einen erneuten Angriff, doch der Russe rührte sich nicht. Er starrte Hannah verunsichert an, die drohend den Felsbrocken hob, dann betastete er seine Stirnwunde. Sein Blick wanderte zu Georg, der noch immer den blutigen Stein in der Hand hielt und er wich ängstlich zurück. Er mochte mehr Tier als Mensch sein, aber dass er gegen Hannah und Georg mit ihren Waffen keine Chance hatte, verstand sogar er. Rückwärts und ohne die beiden aus den Augen zu lassen, rutschte er den Geröllhaufen nach unten. Dann wandte er sich um und steuerte eine Öffnung an, die etwa drei Meter über dem Boden in die Wand eingelassen war. Trotz seiner Verletzung gelang es Semyonov, die raue Felswand hinaufzuklettern, er zog sich in den Schacht und verschwand.

Georg ließ den Splitter fallen und keuchte. Seine Kehle brannte noch immer und als er seinen Hals befühlte, zuckte er schmerzhaft zusammen.

Hannah ließ sich neben ihm auf die Knie nieder und strich ihm über die Stirn.

»Alles in Ordnung?«, fragte sie besorgt.

»Ja…«, antwortete Georg mit kratziger Stimme. »Danke, das war verdammt knapp.« Langsam stand er auf. »Oh Mann, Semyonov hätte mich fast umgebracht.« Er sah zu der Öffnung, in der der Russe verschwunden war. »Oder besser die Kreatur, zu der Semyonov geworden ist. Verdammt, das ist doch nicht möglich!«

»Beschleunigte Degeneration, wie auf den Abbildungen«,

sagte Hannah und folgte seinem Blick. »Glaubst du, dass er zurückkommt?«

Der Geologe schüttelte den Kopf. »Nein, vorerst nicht. Er wird sich in irgendein Loch verkriechen und seine Wunden lecken.« Er wandte sich ab. »Aber sein Auftauchen bedeutet, dass der Ausgang noch immer blockiert ist. Die Kristallbarriere hat sich nicht zurückgezogen.«

Hannah schlang die Arme um sich und blickte Georg besorgt an.

»Aber warum?«

Der Geologe überlegte. Etwas, was Hannah vorhin gesagt hatte, fiel ihm wieder ein. Etwas, das wichtig sein könnte. Die Darstellungen in der Nische funktionierten genau wie die an der Cellawand. Dort war es ihm gelungen, neue Bilder erscheinen zu lassen, die seine Fragen beantworteten. Möglicherweise gelang ihm das auch hier unten.

Er ging zu der Felsennische und stellte sich vor die Wand.

»Was hast du vor?«, fragte Hannah, die ihm gefolgt war.

»Ich versuche deine Frage zu beantworten: warum lässt die Pyramide niemanden gehen.«

Wie bei der Cellawand, dachte Georg schloss die Augen. Er spürte, wie sein Geist sich öffnete, dieses Mal leichter und schneller als zuvor. Er konzentrierte sich auf seine Frage: *Was ist passiert?* Seine Gedanken formten sich zu Worten, dann zu Bildern und schließlich zu goldener Energie.

Neben ihm sog Hannah scharf die Luft ein und als Georg die Augen wieder öffnete, hatten sich die Wand vor ihm verändert. Die Skizzen schimmerten in einem seltsamen roten Licht, das ihn an eine Warnleuchte erinnerte. Als wäre etwas nicht in Ordnung…

Die neue Szene zeigte die westliche Pyramide, wieder

wurde die Menschengruppe getrennt, doch dieses Mal ließ die Pyramide die Ungeeigneten nicht gehen. Die Kristalle trieben sie auf einen der Schächte zu, bis ihnen nichts mehr anderes übrigblieb, als zu springen. Ein schneller Wechsel und wieder erschien die westliche Pyramide im Querschnitt. Im oberen Teil verlief alles nach Plan, während unten, in der Abfallgrube, unzählige Menschen gefangen gehalten wurden. Einige lagen reglos auf dem Boden, sie waren tot oder verletzt, andere versuchten vergeblich aus der Höhle zu entkommen. Die einen zeigten ganz deutlich unterschiedliche Stadien der Degeneration, während andere so weit entwickelt waren, dass sie sich kaum noch von den Vergangenen unterschieden.

Georgs Blick wanderte nach oben zu den Figuren, die sich plötzlich hektisch durch die Pyramide bewegten. Wahllos trennten die Kristalle einzelne Personen oder Gruppen ab und ließen sie in die Schächte stürzen. Das war keine geordnete Selektion zum Schutz der Vergangenen und der Pyramiden, das war eine unkontrollierte Auslöschung.

Noch einmal änderte sich die Szene. Georg erkannte sofort, wo sich das Geschehen abspielte: im Transporterraum. Noch verlief alles reibungslos, einer der Vergangenen aktivierte das Podest mithilfe einer kleinen Metallplatte und trat in die Lichtsäule. Dann folgte ein weiterentwickelter Mensch, dann wieder ein Vergangener. Jedes Mal erstrahlte das Zentrum des Transporters in weißem Licht, bevor ein leuchtender Impuls nach oben raste und verschwand.

»So verlassen sie also die Pyramide«, dachte Hannah laut, als eine weitere Gestalt, zweifellos ebenfalls ein neuer Vergangener, vortrat. Er – oder war es eine sie? – schien verunsichert, zögernd betrachtete er die Lichtsäule und blieb dann stehen. Der Vergangene auf der anderen Seite des Transporters deutete auf das Leuchten, und nickte, nicht ungeduldig, sondern freundlich und aufmunternd. Die Gestalt nickte nun ebenfalls, streckte sich und ging nach vorn. Doch kaum hatte ihr Körper Kontakt mit dem Leuchten veränderte sich die Farbe des Lichtstrahls. Statt hellem, reinem Weiß, pulsierte die Säule in blutigem Rot. Der Vergangene trat erschrocken einen Schritt zurück und beobachtete, wie sich die Gestalt im Inneren der Säule krümmte. Den Mund zu einem stummen Schrei geöffnet wand sich der Körper und versuchte vergeblich sich zu befreien. Die Qualen, die der Unglückliche in seinem Todeskampf erlitt, mussten unvorstellbar sein. Hannah hatte die Hände vors Gesicht geschlagen, um nicht weiter zusehen zu müssen und auch Georg konnte den Anblick kaum ertragen. Endlich begann die Szene zu verblassen, und formte sich zu neuen Bildern. Georg berührte Hannah sanft am Arm. Sie löste die Hände von ihrem Gesicht und wischte sich über die Augen.

Dieses Mal erschien eine rasche Abfolge unterschiedlicher kurzer Szenen, so als hätte jemand in aller Hast die wichtigsten Informationen auf die Wand projiziert. Doch Georg verstand, was die Vergangenen ihnen mitteilen wollten. Die Pyramiden funktionierten nicht mehr und obwohl ihre Erbauer sich bemüht hatten, den Fehler zu finden, verloren sie nach und nach die Kontrolle über die Anlage, die sich schließlich sogar gegen sie selbst richtete. Einer der Vergangenen wurde in die Knochengrube gestürzt, zu den anderen, die als ungeeignet eingestuft worden waren. Er war es auch, der die Bilder an der Wand hinterlassen hatte. Die letzte Szene zeigte, wie sich die verbliebenen Vergangenen um den Transporter versammelten. Alle trugen kleine Metallplatten an ihren Stirnreifen, offensichtlich schützten die Artefakte sie vor einer Fehleinschätzung durch die Pyramide. Nacheinander traten sie in den leuchtenden Strahl und verschwanden. Bis auf einen. Er sah dem letzten Lichtimpuls zu, wie er oben in der Spitze verschwand, dann wandte er sich um und folgte dem Pfad der Vergangenen zurück. Die kleine Metallplatte an seiner Stirn schimmerte sanft und die Pyramiden ließen ihn gewähren. Er verließ die Anlage durch den schmalen Felsspalt, schloss den Zugang hinter sich und verschwand in den hohen Bäumen der umliegenden Taiga.

Die Szene verblasste erneut, doch es tauchten keine neuen Bilder auf. Die Wand blieb leer.

»Sie haben die Pyramiden aufgegeben«, sagte Hannah leise. »Und sind nie mehr zurückgekehrt.«

Georg nickte. »Nur einer von Ihnen ist auf der Erde geblieben. Das muss sein Artefakt sein, Eberius hat es gefunden und benutzt es jetzt.«

»Dann wird er damit verschwinden, und wir bleiben hier gefangen!« Hannas Augen weiteten sich vor Entsetzen.

»Wir müssen ihn aufhalten! Wir brauchen das Artefakt!« Georg war nicht bereit, aufzugeben. In seinem Kopf rasten die Gedanken. Sein Blick fiel auf die Ranke, die unterhalb des Schachtes am Boden lag. Wenn es nur gelänge, die Pflanze oben zu befestigen…Hannah war leichter als er…einen Anker…

»So könnte es funktionieren.« Mit schnellen Schritten ging er zu der Schlingpflanze und hob sie auf.

Hannah folgte ihm. »Was hast du vor?«

»Wir brauchen einen Anker. Einen langen, stabilen Knochen.«

Hannah half ihm beim Suchen und nach kurzer Zeit fanden sie einen passenden Knochen.

Georg knotete das Ende der Ranke sorgfältig darum und wickelte die Pflanze auf.

»Der Schacht verläuft den größten Teil schräg, man kann also hinaufklettern. Es ist zwar mühsam, aber es ist zu schaffen. Das Problem sind die zwei, drei Meter unterhalb des Gitters. Sie führen fast senkrecht nach unten und deswegen brauchen wir das hier.« Er hob den Knochen mit der darum gewickelten Pflanze hoch.

»Ich hebe dich zum Schacht hoch, du kletterst nach oben und wirfst dann den Knochen nach oben durch die Öffnung. Wenn wir Glück haben, verhakt sich der Knochen am Schachtrand und du kannst rausklettern. Dann verlängerst du das Seil um – sagen wir vier Meter – und lässt es zu mir runter.«

Hannah sah erst den Knochen und dann Georg skeptisch an. »Und du glaubst wirklich, dass das funktioniert? Was wenn ich es nicht schaffe?«

Der Geologe nickte ihr aufmunternd zu. »Wenn ich in den letzten Tagen eines gelernt habe, dann das, dass ich dich immer unterschätzt habe. Du hast so viel erreicht, du schaffst auch das.« Er lächelte sie an und sie errötete leicht. Georgs Worte sollten Hannah nicht nur Zuversicht schenken, er meinte, was er gesagt hatte.

»Und wenn nicht?«

»Du schaffst das«, wiederholte er und reichte ihr das provisorische Seil.

Sie lächelte ihn an und nickte. »Du hast recht, ich schaffe das.« Hannah packte die Ranke und ließ sich von Georg zur

Öffnung hinaufheben. Mit seiner Unterstützung gelang es ihr, sich nach oben zu ziehen.

»Viel Glück«, rief ihr der Geologe hinterher. »Und lass mich ja nicht hier unten zurück!«

»Keine Sorge, ohne dich gehe ich nirgendwo hin!« Sie wandte sich noch einmal zu ihm um, lächelte ihn an und verschwand dann in der Dunkelheit.

13

Eberius beendete sein Bad und stieg aus dem Becken. In winzigen Tropfen perlte das klare Wasser von seiner Haut und er fühlte sich so rein wie noch nie zuvor. Als hätte er mit dem Schmutz auch sein altes Leben abgespült, sich gesäubert von einem unwürdigen Dasein als Mensch. Er lächelte und ging zu einem der Podeste, in dem die Kleidung der *Vergangenen* aufbewahrt wurde. Er breitete eines der langen, an eine Tunika erinnernden Gewänder aus, und als das Licht auf den strahlend weißen Stoff fiel, schien er wie Perlmutt zu schimmern. Nach all diesen Jahren ist die Kleidung noch immer makellos, dachte Eberius und schlüpfte hinein. Der Stoff war schwer und robust, gleichzeitig fühlte er sich aber unglaublich weich an und schmiegte sich an den Körper ohne ihn auch nur im Geringsten zu beschweren. Mit einem schmalen Stoffstreifen band er das Gewand an der Taille zusammen und ging zum Rand des Beckens, um sein Spiegelbild im Wasser zu betrachten. Das Gewand passte perfekt, aber wie konnte es auch anders sein. Sein Blick fiel auf sein Haar, das inzwischen deutlich dünner geworden war. Eine Nebenwirkung der Evolution, wusste Eberius und fuhr sich über den Kopf. Dicke Haarbüschel verfingen sich zwischen den Fingern und ließen lichte Stellen zurück. Stirnrunzelnd musterte er sein Abbild. Nein, so konnte er nicht gehen. Er holte Beyerbachs Taschenmesser aus seiner Jacke und klappte die Klinge auf. Dann kniete er sich über das Becken und fuhr sich über die verbliebenen Haarbüschel und rasierte sich den Schädel. Dunkelrotes Blut tropfte in das klare Wasser, als die Klinge seine Kopfhaut aufritzte, doch Eberius ignorierte den Schmerz und machte weiter. Er vollendete sein Werk, wusch sich den Kopf und betrachtete dann erneut sein Spiegelbild. Zufrieden klappte er das Messer zu. Ja, so war es gut. So konnte er die dritte Pyramide betreten und die Transformation beenden. Er holte das Artefakt aus seiner Jackentasche und verließ das Nymphäum.

***

Hannah schob sich durch den engen Schacht. Der Winkel, in dem der Gang nach oben führte, war nicht so steil, wie sie befürchtet hatte, und war mit Sicherheit auch der Grund, warum sie sich bei ihrem Sturz in die Knochengrube keine schlimmeren Verletzungen als ein paar Schürfwunden und Prellungen zugezogen hatte. Das, und ihre Landung auf einem riesigen Haufen menschlicher Überreste. Schon nach ein paar Minuten hatte sie ihr Zeitgefühl verloren, die Dunkelheit vor ihr schien kein Ende zu nehmen. Wie um ihren Eindruck Lügen zu strafen, erkannte sie wenige Meter vor sich einen hellegrauen Fleck. Das musste der senkrechte Teil des Schachtes sein, mit der Öffnung, die zum Glaspavillon führte! Hannah presste das Rankenbündel fester an ihren Körper und kroch schneller. Tatsächlich, ihre Augen hatten sie nicht getäuscht. Sie drehte den Kopf und konnte über sich das helle Quadrat des Ausgangs sehen, auf der einen Seite hing das ausgerissene Geflecht des Gitters. Jetzt kam der schwierigste Teil. Mühsam änderte sie ihre Position bis sie genug Platz hatte, um den schaurigen Haken nach oben zu werfen, sie schätzte die Höhe auf gute zwei Meter und wickelte eine entsprechende Strecke der Schlingpflanze ab. Dann packte sie den Knochen und warf ihn mit ganzer Kraft nach oben. Der provisorische Anker flog bis knapp unterhalb der Kante, stieß gegen die Schachtwand und fiel wieder zurück. Hannah hatte gerade noch Zeit, ihren Kopf zu schützen, da krachte der Knochen auch schon auf ihren Unterarm. Sie biss die Zähne zusammen und ignorierte den brennenden Schmerz. Verdammt! Aber viel hatte nicht gefehlt. Sie atmete ein paar Mal tief durch, dann versuchte sie es erneut. Der Knochen schoss nach oben, über die Kante des Schachtes, landete neben dem Gitter und blieb liegen. Vorsichtig zog Hannah an der Ranke. Die Pflanze hielt. Sie zog kräftiger und hängte sich mit einem Teil ihres Gewichtes daran, jederzeit darauf gefasst, zurück in den Schacht zu stürzen. Die Schlingpflanze schwankte leicht, aber trug sie. Ja! Hannah stützte sich an der Schachtwand ab und kletterte die letzten Meter nach oben.

**

Eberius hatte den Pfad zum Nymphäum hinter sich gelassen und steuerte die Tholos an. Jetzt musste er nur noch den Zugang finden, aber das würde sich nicht als allzu schwer erweisen. Bis jetzt hatte er alle Hindernisse aus dem Weg geräumt, da würde ihm dies auch noch gelingen. Er konnte es kaum erwarten, den Transformationssaal zu betreten. Immer wieder rief er sich die Visionen ins Gedächtnis, jede noch so kleine Einzelheit konnte wichtig sein. Er wusste genau wie der Saal, den er suchte, aussah. Und er wusste auch, dass der Eingang in der Kuppelhalle verborgen lag. Dieses Wissen trug er schon so lange mit sich herum, tief verborgen in seinem Unterbewusstsein, und erst jetzt war er in der Lage, das vor langer Zeit Gesehene zu verstehen. Sein Geist hatte erst wachsen müssen, er hatte sich entwickeln müssen und nur hier, in den Pyramiden war dies möglich gewesen. Wie dumm er doch am Anfang gewesen war, als er geglaubt hatte, das Ziel seiner Mission wäre die bloße Entdeckung einer unbekannten Hochkultur! Wie kurzsichtig, dass es seine Aufgabe sei, der Menschheit von den *Vergangenen* zu berichten! Dabei hatte das Artefakt ihm schon bei ihrem ersten Kontakt gezeigt, was seine wahre Bestimmung war: selbst zu einem höherentwickelten Wesen zu werden.

Er hatte den Sockel erreicht und stieg die Stufen zum Rundtempel empor, den Blick unablässig auf die Tholos gerichtet. Plötzlich verlangsamte er seine Schritte und fixierte die bunten Abbildungen über ihm. Konnte das sein? Er stieg noch ein paar Stufen hinauf, dann blieb er verblüfft stehen. Nein, es war keine Täuschung, die Cellawand hatte sich verändert! Die Bilder zeigten nun völlig andere Szenen! Aufgeregt eilte er die Treppe nach oben und starrte nach Atem ringend auf die Darstellung vor ihm. Das Herzstück! Da war es! Endlich offenbarten ihm die *Vergangenen*, wonach er so lange gesucht hatte! Ehrfürchtig betrachtete er den Transformationsraum. Die dunkle, sternenübersäte Pyramide mit dem hell schimmernden Sockel in der Mitte. Auf der linken Seite stand ein Anwärter, ein Suchender, wie er, Eberius. Er war offensichtlich gerade dabei, in die Lichtsäule zu treten. Auf der rechten Seite stand ein *Vergangener*, zweifellos hatte dieser gerade die Transformation erfahren dürfen und wartete nun auf seinen Begleiter.

Der Blick des Parapsychologen wanderte wieder zurück zu der Lichtsäule. Wie schön sie ist, dachte Eberius, und streckte die Hand aus, um sie zu berühren, doch er wagte es nicht. Mit einem leisen Seufzen ließ er die Hand wieder sinken. So wurde also aus einem Menschen ein Gott…

Einen Moment verlor sich Eberius in der Vorstellung, wie die Verwandlung ablaufen würde, was er sehen, hören, fühlen würde, doch dazu musste er den Transformationssaal erst einmal betreten! Er umrundete die Cella und betrachtete die Abbildungen. Der neue Bilderzyklus zeigte all die Stationen, die auch er durchlaufen hatte, und endete vor dem Eingang zur Kuppelhalle. Wie ich es erwartet hatte, dachte der Parapsychologe und trat ein. Beinahe augenblicklich erwärmte sich das Artefakt in seiner Hand. Eberius blieb stehen und sah, dass sich die unzähligen Polygone in die Wand zurückzogen. Die Kuppel erzitterte leicht und eine seltsame helle Flüssigkeit trat aus den winzigen kleinen Löchern und Poren des Gesteins und legte sich wie eine Schicht über die raue, zerklüftete Oberfläche. Rasend schnell bedeckte die schimmernde Substanz jede noch so kleine Unebenheit, so dass sich nach wenigen Augenblicken das Aussehen der Halle völlig verändert hatte. Statt dunklem, porösem Gestein, glänzte die Kuppelwand nun wie Perlmutt. An der höchsten Stelle der Kuppel, genau über der Mitte des Raumes, erstrahlten Leuchtpartikel und tauchten den Saal in angenehmes, warmes Licht. Eberius trat staunend näher, doch plötzlich begannen die ringförmig angeordneten Podeste leicht zu beben. Sie schoben sich nach außen, so dass ein großflächiges rundes Muster sichtbar wurde. Um einen kleineren Kreis im Zentrum waren zahlreiche Linien angeordnet, die strahlenförmig nach außen liefen und von einem zweiten, größeren Kreis begrenzt wurden. Die Linien erhellten sich, und wurden breiter und es dauerte einen Moment, bis Eberius verstand, was vor ihm passierte. Bei dem Muster handelte es sich um Stufen, die sich nun der Reihe nach in den Boden senkten und eine gewundene Treppe bildeten.

Wie hypnotisiert schaute der Parapsychologe zu, wie sich der Zugang zur dritten Pyramide öffnete. Endlich!, dachte er, betrat die sanft schimmernden Stufen und folgte ihnen in die Tiefe.

***

Ächzend zog sich Georg über die Kante des Schachtes und richtete sich auf. Die Luft im Pavillon war heiß und feucht, trotzdem atmete er tief durch, alles war besser als dieses Loch voller Knochen!

»Ich wusste, du kriegst das hin«, wandte er sich an Hannah.

»Wir müssen die Ranke nach oben ziehen«, meinte sie und begann die Schlingpflanze einzuholen. »Nicht, dass Semyonov uns folgt.«

Georg nickte. Er hatte den Russen ganz vergessen, aber er war die letzten Minuten auch mit Klettern beschäftigt gewesen. Er ging Hannah zur Hand und schnell hatten sie die Ranke vollständig nach oben gezogen.

»Das wird nicht reichen«, meinte Georg mit einem prüfenden Blick in den Schacht. »Semyonov ist stark, kann gut sein, dass er auch ohne Hilfe hier raufklettern kann.« Suchend sah er sich um. Neben ihm standen die hohen Pflanzgefäße. Damit könnte er den Schacht vielleicht blockieren.

»Hilf mir mal.«

Hannah half ihm einen der schweren Kästen umzukippen. Die Setzlinge und Erde ergoss sich in den Schacht und rutschte leise rieselnd hinunter.

»Noch einen, vorsichtshalber.«

Sie verkeilten einen zweiten Kasten über der Öffnung, die nun fast vollständig unter den schweren Gefäßen verschwand.

»Das sollte genügen«, meinte Georg und wischte sich den Schweiß von der Stirn. »Ich glaube, da kommt niemand durch, nicht einmal Semyonov.«

»Wie wollen wir Eberius das Artefakt eigentlich abnehmen?«, fragte Hannah unvermittelt.

Georg zögerte. Er musste zugeben, sich darüber noch keine Gedanken gemacht zu haben. Solange sie noch in der Knochengrube festgesessen hatten, hatte er sich nur auf den Fluchtweg konzentriert. Aber Hannah hatte natürlich recht, einfach so würde ihnen der Parapsychologe die kleine Metallscheibe sicher nicht überlassen.

»Wir müssen ihn überlisten«, begann er. »Er rechnet nicht damit, dass wir dieses Loch verlassen konnten. Ein Überraschungsangriff.«

»Wenn der Transporterraum so aussieht, wie auf den Abbildungen, sieht er uns lange kommen, bevor wir ihn erreicht haben«, warf Hannah ein.

»Dann brauchen wir eben eine Ablenkung« er sah sie auffordernd an.«

»Schon wieder ich?«

»Du kannst das mit Sicherheit besser. Vielleicht hört er auf dich und gibt uns das Artefakt freiwillig.«

Hannah schüttelte den Kopf. »Das glaubst du doch selbst

nicht! Du hast doch gesehen, dass er völlig übergeschnappt ist.«

»Gut, dann rede mit ihm, erzähl ihm irgendwas. Und ich schleiche mich unbemerkt an ihn heran und hole mir das Artefakt.« Georg hoffte inständig, dass der Raum irgendeine Möglichkeit zur Deckung bot. Sonst würde er improvisieren müssen.

Hannah überlegte kurz, dann nickte sie zustimmend. »Okay, hoffen wir, dass es funktioniert.« Sie steuerte den Ausgang des Pavillons an.

Georg warf einen letzten Blick auf den verbarrikadierten Schacht, dann folgte er ihr.

***

Eberius schritt langsam und würdevoll die Treppe hinab. Er konnte schon das Ende der gewundenen Stufen sehen, und obwohl er am liebsten losgerannt wäre, hielt er sich zurück. Dies waren die letzten Schritte des Pfades, das Ziel, nach dem er schon sein ganzes Leben lang strebte, war zum Greifen nah. Da schickte es sich nicht, wie ein ungestümer Schuljunge nach vorne zu preschen. Er kicherte bei dem Vergleich, verbot sich aber augenblicklich diese unpassende Reaktion und setzte eine ernste, hoheitsvolle Miene auf.

Er erreichte das Ende der Treppe und stand in einem runden Raum, an dessen Stirnseite sich ein hoher Torbogen öffnete. Die beiden mächtigen Säulen zur Linken und Rechten des Durchgangs schimmerten golden, und waren mit filigranen Mustern aus Leuchtpartikeln verziert. Dahinter erstreckte sich ein langer Korridor, dessen Wände ebenfalls mit goldenen Plättchen verziert waren. Warmes, angenehmes Licht strömte ihm entgegen und Eberius lächelte selig, als er den Gang betrat. Er wusste, dass er es nun fast geschafft hatte. Am Ende dieses golddurchfluteten Korridors lag der Eingang zur dritten Pyramide, dem Herzstück der Anlage.

Der goldene Gang stellte seine Geduld ein letztes Mal auf die Probe. Obwohl Eberius mit gleichbleibender Geschwindigkeit voranschritt, erschien ihm das Tor, das ihn am Ende des Korridors erwartete, mal näher, mal weiter entfernt zu sein. Ein Effekt, den er bereits kannte und der ihn nur noch mehr darin bestärkte, dass die Pyramide ihn auserwählt hatte. Denn er ließ sich nicht verunsichern, setzte sicher einen Fuß vor den anderen und erreichte schließlich die doppelte Flügeltür. Mindestens drei Meter hoch erhob sich das Portal, das, wie schon der Zugang zur zweiten Pyramide, von einem dreieckigen Giebelfeld bekrönt wurde. Hoch oben standen die makellosen Abbilder zweier *Vergangener*, so überirdisch schön und perfekt, als würden die beiden jeden Moment aus ihrer Starre erwachen und zu ihm herabsteigen. Der Parapsychologe neigte kurz den Kopf, dann streckte er die Hände aus, um die bronzenen Flügeltüren zu öffnen. Ohne sein Zutun schwang das Portal auf, ohne dass seine Hände es berührten.

Leicht und völlig geräuschlos gaben die Türen den Blick auf einen großen, dunklen Saal frei. Eberius' Augen brauchten einen Moment, bis sie sich an das spärliche Licht gewöhnt hatten, doch dann erkannte er die ganze Pracht des Raumes.

Der Transformationssaal übertraf alle seine Erwartungen. Mit vor Staunen weit aufgerissenen Augen trat der Parapsychologe ein und die schweren Türen schlossen sich wieder hinter ihm. Die Halle musste die gesamte Pyramide einnehmen, oder sogar noch größer sein, denn nur weit entfernt ließen sich die spitzzulaufenden Wände erahnen. Oder war das nur eine Illusion? Gab es überhaupt eine stoffliche Begrenzung für diesen Raum? Eberius erinnerte sich an die Abbildung an der Cellawand, er wusste, wie dieser Raum aussah, doch ihn nun tatsächlich zu betreten, war etwas anderes. Er sah nicht nur, er spürte die Kraft und Energie, die nur darauf wartete, von ihm entfesselt zu werden. In der Mitte des Saales, erhob sich die achteckige Plattform und schien inmitten der von Sternen durchbrochenen Dunkelheit zu schweben. Das filigrane Muster der Oberfläche schimmerte sanft im Schein der unzähligen Lichtpunkte. Eberius ging bis zu den vier Stufen, dann zögerte er. Jetzt musste er nur noch das Podest aktivieren, den Lichtstrahl betreten und die Verwandlung vollenden. Sein Puls beschleunigte sich, nervös tasteten seine schweißnassen Finger nach dem Artefakt. Die kleine Metallscheibe in seiner Hand erwärmte sich und vibrierte leicht. Langsam stieg der Parapsychologe die Stufen hinauf. Das Artefakt wurde wärmer und das Zittern stärker. Beinahe tanzte das dünne Metallplättchen auf seiner Handfläche. Eberius schluckte, sein Herz schien vor Aufregung aus seiner Brust zu springen, als er die Hand ausstreckte und das Artefakt über das Muster hielt.

Die feinen Gravuren begannen zu glimmen, langsam aber deutlich erhellte sich das Muster und Eberius spürte, wie die Energie aus allen Winkeln der Pyramide zum Podest hinströmte um den Transformator zu aktivieren.

***

Als Hannah und Georg die Stufen zur Tholos erreichten, blieben sie stehen und rangen nach Atem. Die Anstrengungen der letzten Stunden forderten langsam ihren Tribut.

»Und du bist dir sicher, dass der Zugang zur dritten Pyramide in der Echohalle ist?«, fragte Hannah keuchend.

»Wenn wir uns irren, verlieren wir kostbare Zeit.« Eberius hatte den Transporterraum sicherlich schon entdeckt, womöglich war er gerade dabei, ihn zu aktivieren.

»Ich bin mir sicher, ich habe es gesehen«, antwortete der Geologe zwischen zwei Atemzügen. »Im Mosaiksaal. Die ganzen Visionen, endlich ergibt das alles einen Sinn.«

Hannah erinnerte sich daran, dass ihre Visionen nicht so eindeutig gewesen waren, aber als sie darüber nachdachte, verstand sie, weshalb. Die Vergangenen hatten die Informationen aufgeteilt. Jeder von ihnen hatte unterschiedliche Bilder gesehen und alle zusammengenommen erklärten alles, was sie wissen mussten. Bei Georg und ihr hatte der Informationsaustausch funktioniert, Eberius dagegen hatte seine Erkenntnisse für sich behalten. Doch im Gegenzug wusste er nun auch nicht alles. Zum Beispiel, dass es sich bei der Lichtsäule in Wahrheit um ein Portal handelte.

Plötzlich erzitterte der Boden. Nicht wie bei einem Erdbeben, sondern nur schwach und kurz, als wäre tief unter ihnen eine riesige Maschine angesprungen. Ein tiefes Dröhnen erklang und Hannah hatte das Gefühl, dass alles um sie herum vibrierte.

»Eberius«, knurrte Georg. »Er hat den Transporter gefunden. Und jetzt startet er das verdammte Ding!«

»Dann los, lass uns keine Zeit verlieren!« Hannah stürmte die Treppen nach oben, Georg dicht hinter ihr.

Sie warf nur einen kurzen Blick auf den neuen Bilderzyklus an der Cellawand, und bedauerte, dass sie sich die Darstellungen nicht genauer ansehen konnte, dann wandte sie sich nach rechts zum Eingang der Echohalle.

Gleichzeitig mit Georg betrat sie den Saal, der sich völlig verändert hatte. Hell leuchtete die Kuppelwand, mit einer schillernden Oberfläche, als wäre sie aus Perlmutt. Die Podeste hatten sich nach außen verschoben und einer Wendeltreppe Platz gemacht, deren schimmernde Stufen in die Tiefe führten.

Georg schob sie sanft auf die Treppe zu. »Uns bleibt leider keine Zeit für Sightseeing«, meinte er und stieg die Stufen hinab. Wie um seine Worte zu unterstreichen, beschleunigte sich der Rhythmus des dunklen Dröhnens und Hannah beeilte sich, zu Georg aufzuschließen.

***

Eberius stand mit weit ausgebreiteten Armen vor dem schmalen Lichtstrahl, der sich vor ihm gebildet hatte. Jede Faser seines Körpers spürte die Energie, die aus allen Winkeln der Pyramide an diesem einen Punkt zusammenströmte. Immer mehr Leuchtpartikel sammelten sich vor ihm und setzten sich zu einer hellen, sanft pulsierenden Lichtssäule zusammen. Zuerst war es nur ein schimmernder Hauch gewesen, nicht viel dicker als ein Haar, doch der Strahl wuchs und wuchs. Jetzt war er schon armdick und erstreckte sich bis zur Spitze der Pyramide. Ein tiefes Dröhnen, wie der Herzschlag eines gigantischen Tieres untermalte das Schauspiel und sorgte dafür, dass Eberius' Puls sich beschleunigte.

Seine Aufregung wuchs, er konnte es kaum noch erwarten und mehr als einmal hatte er vor lauter Ungeduld die Hand ausgestreckt und beinahe das Licht berührt. Geduld, Peter, ermahnte er sich, es dauert nicht mehr lange. So viele Jahre hatte er auf diesen Augenblick gewartet, so viele Entbehrungen und Mühsal auf sich genommen und jetzt war es fast so weit. Vor seinem geistigen Auge ließ er sein ganzes bisheriges Leben Revue passieren, alle Erlebnisse, die zu diesem Moment geführt hatten. Den Spott und die Demütigungen seines Vaters, seiner Mitschüler, später seiner Kommilitonen und seiner Kollegen, keiner hatte je an ihn geglaubt und keiner hätte es je für möglich gehalten, dass ausgerechnet er, Peter Eberius, die großartigste Entdeckung der Menschheit machen würde! *Ihm* war es gelungen, das Geheimnis der Taiga-Pyramiden zu lüften, *er* hatte es geschafft, den Pfad der *Vergangenen* zu Ende zu gehen und nur *er* allein würde die Transformation vollenden und endlich das werden, wozu er schon von Anfang an auserkoren war: ein Gott! Eberius lachte leise. Und dann würde er zurückkehren und alle, die je an ihm gezweifelt hatten, würden sich vor ihm zu Füßen werfen, sich winden und im Staub kriechen! Der Parapsychologe genoss die Vorstellung, die er so lebhaft vor Augen hatte, als geschehe dies alles tatsächlich.

Das Podest, auf dem Eberius stand, begann nun ebenfalls leicht zu vibrieren und als er die Augen wieder öffnete, sah er, dass die Lichtsäule nun fast den Umfang wie auf der Abbildung an der Cellawand erreicht hatte. Er atmete tief durch und ließ die Arme sinken. Sein Blick fiel auf das Artefakt in seiner Handfläche, dessen Linien im selben Rhythmus pulsierten, wie der Lichtstrahl vor ihm. Der Schlüssel, dachte Eberius und betrachtete das kleine Metallplättchen, ohne das er nicht hier stehen würde, mit einer Mischung aus Ehrfurcht und Stolz. *Mein* Schlüssel, korrigierte er sich lächelnd. Zeit ihn zu benutzen.

*∗∗∗

»Dr. Eberius!«

Hannahs Ruf hallte durch den Raum. Die Gestalt, deren dunkler Umriss sich deutlich von dem hellen Lichtstrahl abhob und die gerade dabei war, nach vorne zu treten, wandte sich ruckartig um.

Hannah atmete erleichtert aus. Das war knapp gewesen. Eberius war in ein weißes Gewand gekleidet, wie die Menschen auf den Abbildungen. Der helle Stoff schimmerte bei jeder Bewegung und reflektierte das Licht der Säule. Der Kopf des Parapsychologen war kahlgeschoren, an einigen Stellen klebte getrocknetes Blut. Er ist wahnsinnig, dachte Hannah. Er wird uns das Artefakt niemals freiwillig überlassen.

»Hannah!« Eberius klang überrascht. Dann sah er sich um. Hannah hielt den Atem an. Georg hatte sich hinter der linken Flügeltür verborgen, hoffentlich konnte ihn der Parapsychologe von seinem Standort aus nicht sehen!

»Sind Sie allein? Wo ist Beyerbach?«

Sie presste die Lippen aufeinander und schüttelten den Kopf.

»Unten«, antwortete sie leise. »Er…er hat es nicht geschafft.«

Eberius sah sie eine Weile prüfend an, dann nickte er. Er schien ihr die Lüge abzukaufen.

»Aber Sie haben es aus dem Schacht geschafft.« In Eberius' Stimme schwang Bewunderung mit. Offensichtlich hatte er ihr das nicht zugetraut. »Und jetzt sind Sie gekommen, um mir bei meiner Verwandlung zuzusehen?«, fragte der Parapsychologe.

»Nein. Ich bin gekommen, um Sie zu warnen.«

»Warnen? Wovor?«

»Sie machen einen Fehler, Dr. Eberius.«

Aus den Augenwinkeln nahm Hannah eine Bewegung wahr und sie zwang sich, nicht darauf zu reagieren. Georg näherte sich im Schatten der nachtblauen Pyramidenwand dem Podest, während es ihre Aufgabe war, Eberius abzulenken, bis der Geologe nahe genug herankam, um den Parapsychologen schnell zu überwältigen. Ein äußerst riskanter Plan, aber ihre einzige Chance.

»Ich? Ausgerechnet ich?« Eberius lachte und achtete nicht auf die leise Bewegung zu seiner Rechten.

Hannahs Puls beschleunigte sich, aber sie durfte sich nichts anmerken lassen. Es kostete sie einiges an Kraft, ruhig zu bleiben und Georgs Anwesenheit nicht unabsichtlich zu verraten.

»Der Lichtstrahl ist nicht das, wofür Sie ihn halten«, begann sie. »Sie haben die Bilder falsch gedeutet.«

In Eberius' Augen blitzte es zornig auf. »Wohl kaum«, sagte er kalt. »Ich kenne mich mit den Vergangenen besser aus, als jeder andere Mensch, warum sollte ausgerechnet ich die Bedeutung der Bilder missverstehen?«

Hannah schüttelte den Kopf. »Sie haben nur einen Teil der Szene gesehen, aber nicht alles. In der Pyramide werden Sie zu einem Vergangenen, das ist richtig, aber Sie werden nicht hierbleiben. Das dort –«, sie deutete auf den Lichtstrahl. »– ist ein Portal, ein Transporter!«

Für den Bruchteil einer Sekunde verschwand das selbstsichere Grinsen aus dem Gesicht des Parapsychologen, doch die Verunsicherung währte nicht lange. Er lächelte sie an. »Ich durchschaue Sie, Hannah. Sie wollen verhindern, dass ich in das Licht trete und meiner wahren Bestimmung folge. Durch die Transformation in einen Vergangenen werde ich wiedergeboren – als ein Gott!«

Aus dem Augenwinkel sah sie, wie sich Georg langsam vorwärtsbewegte. Sie musste ihm mehr Zeit verschaffen! Hannahs Gedanken überschlugen sich. Eberius strebte nach Macht, danach, über allen anderen zu stehen. Sie musste ihn davon überzeugen, dass ihm das nicht gelingen würde, sollte er den Transporter benutzen. Sie musste ihn mit seiner größten Angst konfrontieren.

»Ja, das mag sein, aber Sie werden nicht auf der Erde bleiben!«

Wieder erkannte sie Unsicherheit in seinem Blick. Er zögerte.

»Sie werden an einen anderen Ort geschickt, weit, weit weg von hier«, fuhr sie fort. »Und dort werden Sie wieder nur einer von vielen sein. Oder noch Schlimmeres.«

Nun hatte sie Eberius' volle Aufmerksamkeit. »Was meinen Sie damit?«

Georg hatte inzwischen fast den Fuß des Podests erreicht. Nur noch zwei Schritte trennten ihn von den Stufen.

Hannah trat vor und fixierte Eberius. »Was glauben Sie, passiert mit Ihnen, sollten Sie sich als ungeeignet herausstellen?«

Die Frage verfehlte nicht ihre Wirkung. Der Parapsychologe riss entsetzt die Augen auf. Er senkte den Blick und betrachtete das Artefakt in seiner Hand, als wäre es im Begriff, ihn zu verraten.

Jetzt!, dachte Hannah und schaute zu Georg. Doch der Geologe rührte sich nicht. Entsetzt starrte er in die Schatten hinter Eberius.

Als sie seinem Blick folgte, erkannte auch sie die dunkle Gestalt, die auf den Parapsychologen zukroch. Hannah war wie gelähmt. Sie wollte schreien, doch ihr Körper reagierte nicht. Unfähig sich zu bewegen musste sie zusehen, wie der dunkle Schemen näherkam. Semyonov. Aber wie war es ihm nur gelungen, aus der Höhle zu entkommen? Sie hatten den Schacht doch blockiert! Er musste kurz nach ihnen nach oben geklettert sein und sie verfolgt haben. Wie sonst hätte er den Weg hierher finden sollen?

Das Licht des Transporters fiel nun auf seine entsetzlich verzerrten Züge. Der Verfall war noch weiter vorangeschritten und hatte das ehemals menschliche Gesicht zu einer tierischen Fratze entstellt, in der nichts mehr an den russischen Soldaten erinnerte. Mit einem gewaltigen Satz sprang er auf das Podest.

Mit vor Entsetzen geweiteten Augen starrte Eberius auf die Gestalt vor ihm. »Das ist nicht möglich...Semyonov!« Trotz seines entstellten Aussehens hatte der Parapsychologe ihn erkannt.

Der Russe reagierte nicht, als er seinen Namen hörte. Langsam kam er näher.

»Was willst du?« fragte Eberius mit krächzender Stimme und wich zurück. Ohne Vorwarnung schlug Semyonov nach ihm. Eberius duckte sich und riss schützend die Arme hoch. Das Artefakt rutschte ihm aus der Hand und fiel mit einem metallischen Klirren zu Boden.

Als hätte der Klang den Bann gebrochen, fiel die Lähmung von Hannah ab und sie rannte auf das Podest zu. Im gleichen Moment eilte auch Georg die Stufen hinauf. Er griff nach der kleinen Metallplatte, doch bevor er sie zu fassen bekam, unternahm Semyonov einen neuen Angriff und versetzte Eberius einen gewaltigen Schlag gegen die Brust. Der Parapsychologe keuchte und krümmte sich, er taumelte und stieß mit der Fußspitze gegen das Artefakt, das über die Kante des Podests rutschte und zu Boden fiel. Schnell lief Hannah zu der Stelle, wo sie den Schlüssel vermutete. Hektisch suchten ihre Augen die Schatten zu Füßen des Podestes ab, doch es war viel zu dunkel, um etwas erkennen zu können. Georg eilte zu ihr und auf Händen und Knien tasteten sie über den kalten, glatten Stein. Über ihr hörte sie die erstickten Laute des ungleichen Kampfes, doch sie durfte sich nicht ablenken lassen. Plötzlich stießen Hannahs Finger gegen einen kleinen Gegenstand. Das Artefakt! Sie hob die kleine Metallplatte auf, die so stark vibrierte, dass sie ihr beinahe aus der Hand gefallen wäre.

»Ich habe es!«, rief sie Georg zu.

Der Geologe nickte. »Nichts wie raus hier!«

Hannah zögerte und blickte nach oben auf die beiden Kämpfenden. Semyonov hatte Eberius mit beiden Armen gepackt und hielt ihn fest umklammert. Der Parapsychologe verzog schmerzhaft das Gesicht und versuchte mit aller Kraft sich zu befreien. Aus einer Wunde über seinem rechten Auge quoll Blut und lief ihm die Wange hinunter. Hannah schluckte. Ein Teil von ihr wollte Eberius helfen, obwohl er Georg und sie hatte töten wollen, aber ihr Verstand sagte ihr, dass sie keine Zeit mehr verlieren durften. Der Parapsychologe war verloren, sie jedoch hatten noch eine Chance. Wenn sie jetzt nicht gingen, würden sie die Pyramiden niemals verlassen.

»Los, komm jetzt!«, trieb Georg sie an. Hannah nickte und wollte gehen, als ein Schrei durch den Raum hallte. Es war ein unheimlicher, unmenschlicher Laut, voller Wut, Hass und Verzweiflung. Hannah fuhr herum und sah, dass es Eberius irgendwie gelungen war, sich aus der Umklammerung des Russen zu befreien. Doch Semyonov gab nicht auf. Er stürzte sich erneut auf den Parapsychologen, dieser wich ihm aus und der Angriff ging ins Leere. Semyonov stolperte, verlor das Gleichgewicht und fiel in den Lichtstrahl.

Sofort veränderte sich die leuchtende Säule. Das strahlendweiße Licht verfärbte sich blutrot. Grelle Blitze zuckten um Semyonovs Körper und hüllten ihn ein. Der Russe schrie gellend, krümmte sich und versuchte vergeblich, die leuchtenden Fesseln abzustreifen.

Entsetzt sah Hannah, wie die rotglühenden Blitze sich immer enger um den Körper des Russen wanden und in sein Fleisch schnitten. Seine schrillen Schmerzensschreie drangen bis in jeden Winkel der Halle. Es war zu viel für Hannah. Sie wandte sich ab und hielt sich die Ohren zu. Doch selbst durch ihre Hände hindurch konnte sie Semyonovs Kreischen hören.

Plötzlich war alles still.

Hannah ließ die Hände sinken und drehte sich langsam um. Semyonov war fort. Das Portal leuchtete wieder in reinem Weiß und tauchte das Podest in schimmerndes Licht. Dunkelrotes Blut lief in Schlieren über die Kante und tropfte auf den Boden. Eberius' Kleidung war blutbespritzt, er stand regungslos da und starrte mit weit aufgerissenen Augen auf die leuchtende Säule.

Hannah spürte eine sanfte Bewegung am Arm und zuckte zusammen. Georg legte den Finger auf die Lippen und deutete mit einer Kopfwendung nach hinten.

Sie nickte und setzte sich in Bewegung.

»Keinen Schritt weiter!«, gellte Eberius Stimme durch den Raum.

Georg zog Hannah weiter. »Hör nicht auf ihn.«

»Ich sagte: keinen Schritt weiter!«

Ein lauter Knall ertönte und etwas schlug direkt neben Georg in die Wand ein. Schimmernde Gesteinsbrocken lösten sich heraus und fielen auf den Boden, wo die Leuchtpartikel augenblicklich erloschen.

Erschrocken drehten sie sich um. Eberius stand vor dem Podest, in der rechten Hand hielt er Semyonovs Pistole. Sie hatte völlig vergessen, dass der Russe bewaffnet gewesen war. Eberius musste sie während des Kampfes an sich gebracht haben, bevor Semyonov in den Lichtstrahl gestürzt war. Ihr Lauf war abwechselnd auf Georg und auf Hannah gerichtet.

»Geben Sie mir das Artefakt.«

Unwillkürlich schlossen sich Hannahs Finger fester um die kleine Metallplatte. Eberius bemerkte die unbewusste Geste und zielte mit der Waffe auf sie.

»Geben Sie es her«, wiederholte er seine Forderung.

Georg trat einen Schritt nach vorn und sofort richtete der Parapsychologe die Waffe auf ihn. »Sie bleiben, wo sie sind.«

Georg hob langsam die Hände. »Wir sitzen doch alle im selben Boot, Eberius«, begann er.

Doch der Parapsychologe schnitt ihm mit einer herrischen Geste das Wort ab.

»Ganz sicher nicht. Sie werden mir das Artefakt aushändigen und dann werde ich in den Lichtstrahl treten. Was aus Ihnen beiden wird, interessiert mich nicht.«

»Sie wollen wirklich den Transporter benutzen? Haben Sie nicht gesehen, was gerade mit Semyonov passiert ist?«, fragte Hannah ungläubig.

Georg schüttelte den Kopf. »Seien Sie kein Narr, Eberius. Kommen Sie mit uns, wir verlassen alle diesen gottverdammten Ort.«

Der Parapsychologe blieb unbeeindruckt. »Diese Option kommt nicht in Frage.«

»Wir werden jedenfalls gehen«, sagte Georg nachdrücklich.

Eberius wandte sich an Hannah. »Seien wenigstens Sie vernünftig, Hannah. Geben Sie mir das Artefakt.«

Sie zögerte. Der Parapsychologe konnte es doch unmöglich riskieren, dass ihn dasselbe Schicksal ereilte wie Semyonov.

»Sie sollten wirklich mit uns kommen, Dr. Eberius«, versuchte sie ihn zu überreden.

Hannah sah das Mündungsfeuer bevor sie den Schuss hörte. Sie zuckte zusammen und wandte sich zu Georg, der ungläubig auf sein Hemd blickte. Unterhalb der linken Brust verfärbte sich der Stoff rot. Der Geologe schwankte, dann brach er zusammen.

»Nein!«, schrie Hannah und fiel neben ihm auf die Knie. »Georg!«

Er atmete schwer. Vorsichtig hob sie seine Hand an und öffnete das Hemd. Die Wunde war nicht sehr groß, blutete aber stark. Hannah presste ihre Hand darauf und hoffte, so die Blutung stoppen zu können. »Es wird alles gut, Georg.« Sie beugte sich vor und küsste ihn. »Du schaffst das, hörst du?« Tränen stiegen ihr in die Augen, schnell wischte sie sie weg.

»Geh…«, flüsterte er schwach.

Sie schüttelte den Kopf. »Nicht ohne dich!«

Ein Schatten fiel auf sie und als sie aufblickte, stand Eberius neben ihr.

»Sie hätten es mir einfach nur geben müssen«, sagte er ohne den geringsten Anflug von Reue.

»Und dann hätten Sie uns beide erschossen?« Noch nie hatte Hannah solchen Hass gespürt. Nur Georgs blutende Wunde hielt sie davon ab, sich auf den Parapsychologen zu stürzen.

Eberius überlegte kurz, dann zuckte er mit den Achseln. »Ja, vermutlich. Das wäre die einfachste Lösung. Es sei denn, Sie überlegen es sich doch noch anders und begleiten mich. Ich muss zugeben, Ihre Hartnäckigkeit imponiert mir. Sie geben nicht auf, genau wie ich. Wir sind uns ähnlicher, als Sie glauben. Sie und ich, Hannah, wir wären das perfekte Paar! Wir könnten gemeinsam über die Erde herrschen oder – sollten Sie tatsächlich die Wahrheit gesagt haben und bei dem Licht handelt es sich wirklich um ein Portal – wäre es doch ganz nett, ein wenig Gesellschaft zu haben. Wir könnten gemeinsam zu den Vergangenen reisen…« Er grinste sie an.

Hannah schnaubte verächtlich. »Ich habe Ihr Angebot bereits abgelehnt, Eberius. Und nichts, was Sie tun, wird meine Meinung je ändern! Lieber sterbe ich hier, als dass ich mit Ihnen irgendwo hingehe!« Ihre Worte hallten durch die Pyramide.

Wut blitzte in Eberius' Augen auf und er hob die Pistole. »Wie Sie wollen.« Er streckte die freie Hand aus. »Und jetzt geben Sie mir endlich das Artefakt!«

Hannah hatte gar nicht bemerkt, dass sie die kleine Metallplatte noch immer umklammert hielt. Sie legte sie in seine Hand. »Fahren Sie zur Hölle.«

Der Parapsychologe lachte und schloss die Finger. »Wohl kaum!«

Er zielte auf Hannahs Kopf und sie schloss die Augen.

Plötzlich schrie der Parapsychologe auf und ein leises Klirren ertönte.

Hannah riss die Augen auf. Eberius' Gesicht war schmerzverzerrt, er hielt das rechte Handgelenk umklammert und keuchte. Auf dem Boden, nur wenige Zentimeter neben Hannah, lag das Artefakt. Es glühte.

»Was…warum?« Der Parapsychologe öffnete die verkrampften Finger seiner Hand. Die Innenseite hatte sich dunkelrot verfärbt und war mit Blasen überzogen. Eberius sank auf die Knie und wimmerte leise.

Hannah blickte auf die Metallscheibe, deren Oberfläche nun wieder silbrig schimmerte.

Langsam streckte sie die Hand aus und berührte das Artefakt. Es war kühl. Sie hob es auf und betrachtete die feinen Linien.

Geh, hörte sie eine Stimme in ihrem Kopf. Sie zögerte und blickte zu Georg, der mit geschlossenen Augen da lag. Schweiß glänzte auf seiner Stirn und jeder Atemzug kostete ihn Kraft.

Nicht ohne dich, wiederholte sie ihren Satz von vorher in Gedanken und beugte sich über ihn.

»Georg«, sagte sie sanft und strich ihm über das Haar.

Der Geologe öffnete die Augen und lächelte sie an. »Was tust du noch hier, geh endlich…« Seine Stimme wurde leiser.

»Wir werden beide gehen.« Sie nahm ihre Hand von der Wunde und legte seine darauf. »Fest draufdrücken.«

Dann ergriff sie seinen Arm und zog ihn hoch. Georg stöhnte, aber mit Hannahs Hilfe gelang es ihm, sich aufzurichten. Er versuchte aufzustehen, doch seine Beine trugen ihn nicht und er sackte zusammen. Hannah stützte ihn, aber lange würde sie sein Gewicht nicht halten können. Georg schüttelte den Kopf. »Ich … ich schaffe es nicht. Lass mich hier.«

»Nein«, widersprach Hannah sanft. »Wir gehen beide.« Sie wusste, dass er recht hatte. Seine Verletzung war zu schwer. Er würde es niemals den ganzen Weg zurück und aus der Pyramide schaffen.

Ihr Blick wanderte von der offenen Flügeltür hinüber zum Podest, wo noch immer die helle Lichtsäule bis in die Spitze der Pyramide ragte.

Sie lächelte, umfasste Georg fester und schob ihn in Richtung der Stufen. »Es sind nur ein paar Schritte, das schaffst du.«

Der Geologe stöhnte auf, doch er setzte gehorsam einen Fuß vor den anderen.

»Nein!«, schrie Eberius und rappelte sich auf. Er hob die Pistole auf und zielte auf sie. Die Waffe zitterte in seiner Hand. »Sie…Sie werden nicht gehen!« Er drückte ab, doch die Pistole gab nur ein leises Klicken von sich.

Hannah und Georg ignorierten ihn und gingen weiter auf das Podest zu.

Eberius schleuderte die Pistole weg und stellte sich ihnen mit weit ausgebreiteten Armen in den Weg. Die schreckliche Brandwunde auf seiner Hand schimmerte blutrot. »Stehenbleiben! Sofort!«, kreischte er.

Hannah blieb stehen und blickte ihn ruhig an.

»Sehen Sie es ein, Eberius, Sie haben versagt. Ihre unnötige Grausamkeit hat Sie Ihre Bestimmung gekostet.« Sie deutete mit einer Kopfbewegung auf seine verletzte Hand. »Das Artefakt verweigert sich Ihnen und ohne den Schlüssel können Sie den Transporter nicht benutzen. Und wissen Sie auch warum? Sie sind... *unwürdig.*«

Eberius blickte auf seine verbrannte Handfläche. »Aber ich...«

Hannah ging an ihm vorbei und zog Georg die Stufen hinauf. Sie schaute in die helle Lichtsäule, dann wandte sie sich zu Georg.

»Nur noch ein Schritt.« Zärtlich strich sie ihm über das Haar und küsste ihn. »Wir sehen uns auf der anderen Seite. Wo auch immer das sein mag.«

»Wo auch immer das sein mag«, wiederholte Georg leise und lächelte sie an.

Hannah umfasste das Artefakt und trat zusammen mit Georg in das Licht.

***

»Nein!« Eberius' Schrei füllte den gesamten Raum aus. Mit Entsetzen sah er zu, wie sich die beiden Gestalten auflösten und zwei helle Lichtimpulse nach oben in die Spitze der Pyramide jagten. Er stürzte die Stufen hinauf zu dem Transporter und wollte hinterher, doch im letzten Moment wich er zurück. Die schrecklichen Bilder von Semyonovs zerrissenem Körper zogen an seinem geistigen Auge vorbei und er verstand, dass es ihm nicht anders ergehen würde. Sein Blick glitt den Lichtstrahl entlang nach oben, wohin Hannah und Beyerbach verschwunden waren. Sie waren fort. Und mit Ihnen das Artefakt. Langsam begriff Eberius, dass es tatsächlich vorbei war. Erschöpft sank er vor dem Lichtstrahl auf die Knie und sah auf seine verbrannte Handfläche. Die Brandwunde schmerzte beinahe unerträglich, doch nichts war so schlimm, wie das Gefühl der Leere in ihm. Er hatte versagt. Das Artefakt hatte ihn als unwürdig gebrandmarkt. Er würde nie ein *Vergangener* werden.

Eberius merkte kaum, wie ihm die Tränen über die Wangen liefen. Langsam verlosch der Lichtstrahl des Transporters und die Dunkelheit tauchte die Pyramide in nachtblaue Schatten.

14

Guacaya, Kolumbien, 7. Juli 2019

Dr. Alexandra Benett starrte auf das Display ihres Laptops. Der Schweiß stand ihr auf der Stirn, nicht wegen der Daten, die sie las, sondern wegen der beinahe unerträglichen Hitze, gepaart mit unangenehm hoher Luftfeuchtigkeit, für die der südamerikanische Dschungel berüchtigt war. Wäre es nach ihr gegangen, hätte sie sich eine Grabung im Süden Englands ausgesucht, Wales oder Cornwall, das Klima dort gefiel ihr eindeutig besser. Mit einer unbewussten Geste wischte sie sich über die Stirn, ohne den Bildschirm aus den Augen zu lassen.

»Wie sieht es aus, Doc?«, fragte eine tiefe Stimme hinter ihr. Alexandra seufzte. Wie oft hatte sie ihm schon gesagt, er solle sie nicht »Doc« nennen? Offensichtlich nicht oft genug. Sie wandte sich um und blickte in Max' grinsendes Gesicht. Alexandra konnte nicht anders und erwiderte sein Lächeln. Außer einem brillanten Geist, besaß Dr. Maximilian Turner nämlich auch einen umwerfenden Charme, der es ihr unmöglich machte, ihm böse zu sein. Ganz im Gegenteil.

»Es läuft alles nach Plan. Wir sollten morgen früh durchbrechen.«

»Perfektes Timing«, antwortete Max und beugte sich vor, um besser auf den Bildschirm sehen zu können.

»Wofür?«, fragte Alexandra überrascht.

»Lasarew kommt heute Nachmittag und will sich seine Grabungsstelle ansehen.«

»Er kommt hier her? Heute?« Ein leichter Anflug von Panik schwang in Alexandras Stimme mit. Sie warf einen Blick auf ihren Schreibtisch, der unter einer Unmenge von Ausdrucken, Fotos und anderer Unterlagen begraben lag. Dann sah sie sich im Rest ihres Zeltes um, das nicht viel besser aussah und überschlug, wie lange sie brauchen würde, um das Chaos zu beseitigen. Lasarews unangekündigter Besuch kam ihr mehr als ungelegen. Sie hatte vorgehabt, noch einmal alles zu überprüfen, bevor sie ihn über den Stand ihrer Arbeit unterrichtete, stattdessen musste sie ihren Arbeitsplatz aufräumen, um keinen schlechten Eindruck zu machen. Selbst schuld, Alexandra Benett!

»Für wann genau hat er sich denn angekündigt?«, fragte sie, griff wahllos nach dem erstbesten Papierstapel und stopfte ihn in die Schreibtischschublade.

Max zuckte mit den Schultern. »Keine Ahnung, er meinte nur, heute Nachmittag.«

»Warum hat er nicht mit mir gesprochen?«, fragte Alexandra und ließ einen Stapel Fotos in ihrer Aktentasche verschwinden.

»Du warst unten bei den Ruinen.«

Alexandra nickte. So nahe bei den Felsen hatte ihr Handy keinen Empfang.

Suchend blickte sie sich nach einer Möglichkeit um, wo sie die restlichen Unterlagen verschwinden lassen konnte.

Ihre Wahl fiel auf das Feldbett, das in einer Ecke stand. Schnell schob sie den Papierstapel darunter, breitete die Wolldecke aus und drapierte sie so, dass sie die Unterlagen verdeckte. Fast. Der Stoff war nicht groß genug. Eine kleine Lücke blieb übrig. Genervt schnappte sich Alexandra ihren Laborkittel, den sie sowieso nie trug und legte ihn wie zufällig auf dem Bett ab, wobei sie genau darauf achtete, dass wirklich nichts mehr von den Unterlagen zu sehen war. Zufrieden betrachtete sie ihr Werk. Das provisorische Büro sah nun beinahe ordentlich aus.

»Beeindruckend«, kommentierte Max grinsend. »Du solltest einen Ratgeber schreiben: How to fake a clean office.«

»Ich kann das ja im Hinterkopf behalten, falls Lasarew mit meiner Arbeit nicht zufrieden ist.«

»Du machst dir zu viele Sorgen, Alex. Du bist eine hervorragende Geologin. Unordentlich, aber brillant.«

»Ja…danke für das Kompliment.« Sie lächelte schief.

In der Ferne ertönte das rhythmische Schlagen eines sich nähernden Hubschraubers.

Lasarew, dachte Alexandra und spürte, wie ihre Hände feucht wurden. Hoffentlich bleibt er nicht all zu lange. Nicht nur dass der russische Milliardär mit nur einem Anruf ihre ganze Karriere zerstören konnte, er war auch ein sehr seltsamer Mensch. Alexandra konnte sich nicht erinnern, es jemals mit einem so undurchsichtigen Charakter zu tun gehabt zu haben.

Die Rotorblätter des Hubschraubers waren noch nicht zum Stillstand gekommen, als sich die Tür öffnete und ein großer, kahler Mann in einem maßgeschneiderten schwarzen

Anzug herauskletterte. Trotz seiner fast zwei Meter Körpergröße bewegte sich Michail Lasarew mit der Geschmeidigkeit und Eleganz einer Raubkatze. Ein passender Vergleich, dachte Alexandra, als sie den hochgewachsenen Russen auf sich zukommen sah. Ein leichter Schauer lief ihr über den Rücken, wie jedes Mal, wenn sie auf Lasarew traf. Schon bei ihrem ersten Treffen vor vier Monaten hatte sie es gespürt, die Kälte und Unnachgiebigkeit, die viele Männer in seiner Position umgab. Vermutlich waren sie der Grund für die beinahe grenzenlosen finanziellen Mittel des Russen, mit Güte und Freundlichkeit ließ sich ein Firmenimperium wie das Lasarews kaum regieren. Sein Reichtum ermöglichte ihm außerdem eine Reihe außergewöhnlicher Hobbys, wie etwa sein Faible für Archäologie. Lasarew interessierte sich für alte Kulturen und mysteriöse Orte, bereits bekannte und welche, die erst noch entdeckt werden mussten.

Im Laufe der letzten Jahre hatte er fünf Grabungen rund um den Erdball finanziert, mit unterschiedlichem Erfolg. Die erste, im Norden der russischen Taiga, war ein Fehlschlag gewesen. Ein Erdbeben hatte das Gebiet vollkommen zerstört und keiner der Funde konnte geborgen werden. Glücklicherweise waren dabei keine Menschen zu Schaden gekommen. Bei der letzten Expedition, nach Südchina, hatte es eine Explosion gegeben, die auf einen technischen Defekt bei einem der Generatoren zurückzuführen gewesen war. Auch hier gab es zum Glück weder Verletzte noch Tote, aber die gesamte Grabungsstätte war unwiederbringlich verloren. Jeder andere hätte sich nach solch verheerenden Misserfolgen einem anderen Hobby gewidmet, nicht aber Michail Lasarew. Die gescheiterten Expeditionen mussten ihn ein Vermögen gekostet haben und trotzdem machte er immer weiter.

»Dr. Benett, Dr. Turner.«, begrüßte sie der Russe in akzentfreiem Englisch und schüttelte ihre Hand. »Wie geht es voran?« Er lächelte, doch in seinen Augen lagen weder Freundlichkeit noch Wärme.

»Sehr gut, Mr. Lasarew", antwortete Alexandra. »Sie hätten sich keinen besseren Zeitpunkt für Ihren Besuch aussuchen können. Wir stehen kurz vor dem Durchbruch.«

Lasarew nickte zufrieden. »Genau das wollte ich hören. Kann ich sie sehen?«

Alexandra warf Max einen überraschten Blick zu, der ratlos mit den Schultern zuckte.

»Sie wollen zu den Ruinen? Jetzt gleich?«

»Spricht etwas dagegen?«

»Nein, natürlich nicht. Ich dachte nur, Sie wollen vielleicht erst…«

»Führen Sie mich zur Grabungsstelle, Dr. Benett. Bitte.«

»Okay, dann folgen Sie mir. Hier entlang.«

»Du hast dein Chaos ganz umsonst aufgeräumt«, zischte Max ihr zu, als sie Lasarew auf dem schmalen Pfad zur Grabungsstätte führten.

»Warum hat er es so eilig?«, flüsterte sie zurück.

»Vielleicht hat er Angst, dass wieder etwas schiefgeht.«

»Hör bloß auf!« Das hatte ihr gerade noch gefehlt! Sie funkelte Max wütend an, der ihren Blick mit einem charmanten Grinsen quittierte.

Die Grabungsstätte glich auf dem ersten Blick eher einer Großbaustelle als einer archäologischen Unternehmung. Am Rande des Areals standen noch immer Schaufelbagger und Kipplaster zwischen dem zu hohen Bergen aufgetürmten Aushub. Vor ihnen lagen die drei Pyramiden, die mittlere und östliche, noch halb im Erdreich verborgen, während die westliche zum größten Teil freigelegt worden war. Wie jedes Mal, wenn sie sie sah, war Alexandra von ihrem Anblick fasziniert: Pyramiden mitten im kolumbianischen Dschungel. Sie erinnerte sich noch genau, als sie zum ersten Mal die Auswertung der Sensoren auf dem Bildschirm gesehen hatte: drei Dreiecke, das mittlere etwas größer als die beiden anderen, tief verborgen unter einer meterdicken Schicht aus Erdreich. Das Freilegen der Pyramiden hatte dank Max' hervorragender Arbeit viel weniger Zeit in Anspruch genommen als üblicherweise notwendig war. Seine Berechnungen waren so präzise gewesen, dass sie mit den Baggern bis auf wenige Meter an die Mauern heran graben konnten.

Die letzte Schicht Erde hatten sie manuell beseitigt, um die Gebäude nicht zu beschädigen. Jetzt lag nur noch eine Ecke der Pyramide im Erdreich vergraben, doch Alexandra ging nicht davon aus, dass sich der Zugang ausgerechnet in diesen wenigen Metern befand. Es hatte sie gewundert, dass Lasarew darauf bestanden hatte, zuerst die westliche Pyramide freizulegen, vor allem, da die östliche leichter zu erreichen gewesen wäre. Doch er bezahlte für alles, also konnte auch er über den Ablauf der Grabung entscheiden. Eine Erklärung dafür hatte er Alexandra nicht geliefert, er wüsste genau, was er tat, war seine Antwort gewesen. Sie hatte das ohne Widerspruch akzeptiert und nicht weiter nachgefragt, es hätte nichts gebracht. Wenn Lasarew sie nicht in seine Beweggründe einweihen wollte, konnte ihn niemand dazu bringen, sein Schweigen zu brechen.

»Wie Sie sehen können, sind wir mit den Arbeiten an der

westlichen Pyramide fast fertig«, erklärte Alexandra als sie am Fuß der Pyramide ankamen.

Lasarew nickte ohne den Blick von der Konstruktion aus grau-braunen Gestein abzuwenden. Er fixierte das Bauwerk und griff in seine rechte Jackentasche. Als er die Hand wenige Augenblicke später herauszog war sie leer, doch die Miene des Russen verriet höchste Zufriedenheit.

»Gute Arbeit, Dr. Benett. Sie auch, Dr. Turner«, lobte er Alexandra und Max, bevor er sich zu seinem Assistenten umwandte. Er gab ihm ein paar Anweisungen auf Russisch, die Alexandra nicht verstand, woraufhin sich der Mann umdrehte und in Bewegung setzte. Offenbar hatte ihm Lasarew befohlen, ins Lager zurückzukehren.

Dann trat er dicht an die Pyramide heran, senkte den Kopf und legte die Hände auf den Stein.

Alexandra beobachtete ihn leicht irritiert. »Was macht er da?«, flüsterte sie Max zu. Er schüttelte den Kopf. »Ich habe keine Ahnung. Vielleicht irgendein russisches Oligarchen-Ritual?« Er grinste sie an.

Alexandra verdrehte die Augen. »Sehr witzig«, zischte sie und sah zu, wie Lasarew noch einmal in seine Jackentasche griff. Was hat er da drin?, dachte sie, doch der Russe tat ihr nicht den Gefallen, das Geheimnis zu lüften. Wieder war seine Hand leer, als er sie zurückzog. Plötzlich richtete er sich auf und drehte sich zu Alexandra und Max um.

»Gehen Sie bitte zurück ins Lager, mein Assistent möchte Ihnen etwas aushändigen.«

»Gut«, begann Alexandra verwundert, »Sie sind der Boss. Lassen Sie uns zurückgehen.« Lasarews Verhalten wurde immer merkwürdiger. Alexandra wusste nicht, was sie davon halten sollte.

Der Russe schüttelte den kahlen Kopf. »Nein, Sie haben mich missverstanden. *Sie* gehen zurück. Sie beide. Ich bleibe hier.«

»Aber warum, ich verstehe nicht –«

Mit einer herrischen Geste schnitt ihr Lasarew das Wort ab. »Meine Anweisungen waren doch klar, Dr. Benett? Sie und Dr. Turner kehren jetzt zurück ins Lager und wenden sich an meinen Assistenten.« Er sprach in ruhigem Ton, aber in seiner Stimme lag eine gewisse Schärfe, die keinen Widerspruch duldete. Das und Unmut darüber, dass seine Anweisungen nicht augenblicklich befolgt wurden.

Alexandra lief ein kalter Schauer über den Rücken und als Max sie sanft am Arm nahm, folgte sie ihm wortlos.

Bevor sie den Pfad betraten, sah sich Alexandra noch einmal um und erkannte die dunkle Gestalt des Russen vor der Pyramide. Er stand genau in der Mitte und hatte die rechte Hand erhoben, als wolle er nach etwas greifen. Doch dann zögerte er und wandte sich um. Er sah Alexandra direkt in die Augen. Schnell drehte sie sich um und beschleunigte ihre Schritte. Sie hatte das Gefühl, als läge noch immer Lasarews eiskalter Blick auf ihr und unwillkürlich schlang sie die Arme um sich. Sie wagte es nicht, sich noch einmal umzudrehen. Der Russe hatte ihr direkt in die Augen gesehen, als hätte er gespürt, dass sie ihn beobachtete! Aber das war doch unmöglich! Mit schnellen Schritten eilte Alexandra den Pfad hinauf zu ihrem Zelt.

»Warum bist du denn so gerannt?«, fragte Max, als sie sich ein wenig außer Atem auf ihren Schreibtischstuhl fallen ließ.

»Ich…mit Lasarew stimmt etwas nicht.«

Max hob fragend die Augenbrauen. »Ja, sein Verhalten ist

seltsam, aber ich kenne keinen Superreichen, der keine Spleens hat.«

»Das meine ich nicht, Max.«

»Sondern?«

»Warum schickt er uns weg?«

»Vielleicht will er mit seinem Fund allein sein, ich habe schon Seltsameres erlebt. Einmal, in Japan, da –«

Alexandra schüttelte den Kopf. »Als wir weggegangen sind, hat er irgendwas an der Pyramide gemacht. Er hat uns den Rücken zugekehrt, aber als ich ihn beobachtet habe, hat er sich plötzlich umgedreht und mich angesehen. Direkt in die Augen! So als wüsste er, dass ich ihn beobachte.«

»Und was hat er an der Pyramide gemacht?«

Alexandra zuckte mit den Schultern. »Ich konnte es nicht genau sehen, wir waren schon zu weit weg. Es sah so aus, als hätte er nach etwas gegriffen.«

»Aber da ist nichts, die Oberfläche ist vollkommen glatt«, überlegte Max. »Abgesehen von den Fugen zwischen den Felsblöcken, aber selbst die sind nicht tiefer als einen halben Zentimeter.«

Alexandra schloss die Augen und rief sich die Szene noch einmal vor Augen. Lasarew steht vor der Pyramide. Er hat den Arm ausgestreckt und…

Sie öffnete die Augen und sah Max triumphierend an. «Er hatte etwas in der Hand.«

»Und was?«

»Das konnte ich nicht sehen. Aber es hat geglänzt, wie Metall.«

Max lachte. »Bestimmt hat er etwas fotografiert und das was du gesehen hast, war irgend so ein neues Smartphone, das erst in einem halben Jahr auf den Markt kommt.«

Alexandra stemmte die Hände in die Hüfte. »Max Turner! Ich weiß doch, wie ein Handy aussieht!«

»Ach? Du kennst also sämtliche Modelle, die je produziert wurden?«

»Nein, aber –«

Ein lautes Grollen unterbrach Alexandra und ließ sie erschrocken zusammenfahren. Es klang wie ein weitentferntes Gewitter, doch das tiefe Dröhnen kam von unten, aus der Erde. Plötzlich begannen die Geräte auf ihrem Schreibtisch zu zittern und sie konnte spüren, wie der Boden unter ihren Füßen bebte.

»Raus hier!«, rief Max und zog sie am Arm, doch Alexandra riss sich los, stürzte zum Schreibtisch und packte den Laptop.

Max schob sie aus dem Zelt und gemeinsam rannten sie auf die freie Fläche in der Mitte des Lagers, wo sie vor herabstürzenden Gegenständen sicher wären. Die anderen Mitglieder des Grabungsteams hatten ebenfalls ihre Zelte verlassen und versammelten sich auf dem Platz. Die Angst stand deutlich in ihre Gesichter geschrieben.

»Was war das?«

»Ein Erdbeben!«

»Nein, eine Explosion!«

Alle redeten wild durcheinander, jeder vermutete eine andere Ursache für das Beben.

»Ruhe!«, rief Max, doch die aufgebrachte Menge hörte ihn nicht.

»Ruhe!«, wiederholte er lauter. Die anderen verstummten und sahen ihn verunsichert an.

»Es hat aufgehört«, erklärte Max nun in normaler Lautstärke und erst jetzt bemerkte Alexandra, dass der Boden tatsächlich nicht mehr zitterte. »Sind alle da? Gibt es Verletzte?«

Prüfend sahen sich die Mitglieder des Grabungsteams um.

Lasarew!, fuhr es Alexandra durch den Kopf. Der Russe war noch unten bei den Pyramiden, wenn sich durch das Beben Felsen gelöst hatten – sie wagte es nicht, den Gedanken zu Ende zu denken.

»Wir müssen zu den Pyramiden, Max! Lasarew ist noch da unten!« Sie rannte los, den Pfad zur Grabungsstätte hinunter.

Max folgte ihr. »Warte, Alex, das ist…gefährlich. Die letzten Worte kamen nur stockend über seine Lippen. Er blieb abrupt stehen und blickte entsetzt auf die Pyramiden zu ihren Füßen, oder viel mehr auf die Stelle, an der sich die Pyramiden befunden hatten.

Dort, wo die drei Gipfel aus grauem Stein aus dem Erdreich geragt hatten, befand sich nur noch Schutt und Asche. Rauch lag in der Luft und schwebte wie dunkler Nebel über der Grabungsstätte. Zwischen den Felsbrocken flackerten an einigen Stellen niedrige Flammen, und auch das Gras und die Bäume um den ehemaligen Standort der Pyramiden herum waren angesengt. Das ganze Areal sah aus wie ein Kriegsschauplatz.

»Das…das ist unmöglich!« Alexandra konnte nicht glauben was sie da sah. Neben ihr stand Max und starrte genauso fassungslos auf die verwüstete Grabungsstätte. »Das gibt es doch nicht«, murmelte er. »Was zum Teufel ist passiert?«

Hinter ihnen traten nun auch andere Mitglieder der Grabungscrew heran und begannen aufgeregt miteinander zu reden. Die Nachricht von der Zerstörung der Ruinen verbreitete sich wie ein Lauffeuer. Einige Männer liefen zu den flackernden Feuerherden und löschten die Flammen, während andere den Schutt vorsichtig nach Michail Lasarew absuchten. Doch bald war klar, dass der Russe, sollte er sich bei den Pyramiden befunden haben, die Explosion unmöglich überlebt haben konnte. Keiner der übriggebliebenen Felsbrocken war sehr viel größer als ein Fußball, was auch immer an der Grabungsstätte detoniert war, es hatte die Pyramiden förmlich pulverisiert. Die Auswirkungen auf einen menschlichen Körper mochte sich Alexandra gar nicht vorstellen.

»Die Polizei ist unterwegs«, verkündete Max, als er zu ihr in das Zelt trat.

»Danke, Max. Ich weiß nicht, ob ich eine halbwegs glaubwürdige Erklärung zustande gebracht hätte.«

Er lächelte sie an. »Na ja, wirklich erklärt habe ich ihnen auch nichts. Die Beamten sollen sich ruhig selbst ein Bild machen.«

Alexandra starrte auf ihren Laptop, der nun wieder auf dem Schreibtisch stand. »Wenn ich nur wüsste, was passiert ist…«

Plötzlich hob sie den Kopf. »Die Kameras!«

Max sah sie fragend an.

»Ich habe Lauren heute Morgen gebeten, die neuen Kameras zu installieren, ich weiß allerdings nicht, ob sie schon dazu gekommen ist.« Sie sprang auf und eilte an den Schreibtisch.

Ihre Finger flogen über die Tasten und wenige Augenblicke später erschienen drei kleine Fenster auf dem Display. Jedes zeigte die Pyramiden aus einer anderen Perspektive.

»Sehr gut, Lauren«, murmelte Alexandra und startete die

Videoaufnahmen. »Dann wollen wir doch mal sehen…«

Max schnappte sich einen Stuhl und setzte sich neben sie. Gespannt beobachtete er den Bildschirm.

»Okay, das ist von vorhin«, Alexandra beendete den Suchlauf. »Das sind wir und Lasarew…«

Die Aufnahmen liefen nun in normaler Geschwindigkeit ab und zeigten das kurze Gespräch, dass die beiden Wissenschaftler mit dem Russen geführt hatten.

»Jetzt schickt er uns weg.«

Auf dem linken Fenster war zu sehen, wie Alexandra und Max die Ruinen verließen.

»Ha!« rief Alexandra triumphierend aus. «Siehst du? Er hat etwas in der Hand…« Sie stoppte das Video und zoomte näher heran.

»Tut mir leid, ich kann nicht erkennen, was das ist.« Max schüttelte bedauernd den Kopf.

»Verdammt. Ich auch nicht. Es ist eine kleine Metallplatte…ein Amulett vielleicht?« Sie seufzte frustriert. »Die Aufnahmen sind zu schlecht. Aber dafür sind die Kameras ja auch nicht ausgelegt.«

»Lass das Video weiterlaufen, ich will wissen, was er dann gemacht hat.«

Alexandra gehorchte. Lasarew stand vor der Pyramide und starrte die Wand an. Dann plötzlich rieselten kleine Steine herab und ein Riss spaltete die Felsen. Er wurde breiter und breiter, bis die Öffnung groß genug war, um hineinzugehen. Lasarew zögerte, drehte sich noch einmal um, als wollte er sichergehen, dass ihn niemand beobachtete, dann betrat er die Pyramide.

»Er ist hineingegangen«, sagte Alexandra ungläubig. »Wie hat er das gemacht?«

Max schnaubte. »Keine Ahnung. Der Riss ist jedenfalls nicht zufällig entstanden.«

»Aber dafür muss es doch eine vernünftige Erklärung geben, möglicherweise war der Spalt vorher schon da und wir haben ihn einfach nur übersehen.«

»Wir sind die Daten doch gemeinsam durchgegangen, Alexandra. Da war nichts.«

Alexandra nickte. Max hatte recht. Der Riss in der Wand dürfte eigentlich nicht existieren.

Plötzlich drang helles Licht aus den drei Fenstern, in denen die Videos der Überwachungskameras angezeigt wurden. Alexandra hielt sich schützend den Arm vors Gesicht und wandte sich ab. Als sie einige Sekunden später wieder auf den Bildschirm blickte, waren die Fenster dunkel,

»Kein Signal« stand in der Mitte.

Entsetzt schlug Alexandra die Hand vor den Mund und auch Max sog scharf die Luft ein.

»Er war noch drin, als die Pyramiden explodiert sind«, sagte sie leise.

Max starrte mit versteinerter Miene auf das Display. Dann beugte er sich vor und fuhr das Video einige Sekunden zurück.

»Was ist das?« fragte er und ließ das Video, das die mittlere Pyramide zeigte, in Zeitlupe ablaufen. Zuerst war nichts zu sehen, dann glühte die Spitze kurz auf und ein Lichtimpuls wanderte nach oben in den Himmel und verschwand.

»Ich weiß es nicht« antwortete Alexandra, ohne das Video aus den Augen zu lassen.

»Dr. Benett?«

Alexandra fuhr herum und klappte beinahe automatisch das Display zu. Lasarews Assistent stand im Eingang des

Zeltes, in Begleitung zweier uniformierter Polizisten.

»Ich habe bereits mit den beiden Beamten über den Vorfall gesprochen«, begann der junge Mann ohne Umschweife. »Es ist alles geklärt.«

»Was? Aber –«

Lasarews Assistent unterbrach sie mit einer Geste.

»Es handelt sich um einen bedauerlichen Unfall.«

»Aber Lasarew –«

Erneut schnitt ihr der junge Mann das Wort ab. »Mr. Lasarew hatte die Anlage bereits verlassen, bevor es zu der Explosion kam. Außerdem kann ich Ihnen versichern, dass weder Sie noch Ihr Team Schuld an dem Unglück trifft. Meine Mitarbeiter haben das Areal bereits gründlich untersucht, es handelt sich um einen technischen Defekt.«

»Wann haben Sie die Grabungsstätte untersucht? Die Explosion ist gerade mal eine Stunde her«, wollte Max wissen.

Lasarews Assistent zuckte mit den Schultern. »Wir arbeiten schnell und gründlich, Dr. Turner.«

Dann wandte er sich an die beiden Polizisten. In akzentfreiem Spanisch fragte er die Beamten, ob sie noch Fragen an Alexandra und Max hätten und als sie dies verneinten, wandte er sich wieder an die beiden Wissenschaftler.

»Ich darf mich dann von Ihnen verabschieden. Morgen erhalten Sie Instruktionen, was an der Grabungsstätte noch zu tun ist, bevor Sie zurück in die Staaten gebracht werden.« Die Art wie er sprach machte deutlich, dass es keine Änderungen des Ablaufs geben würde.

Bevor er sich zum Gehen wandte, hielt er Alexandra einen kleinen, schwarzen Aktenkoffer entgegen. »Mr. Lasarew hat mich angewiesen, Ihnen das hier auszuhändigen.«

Alexandra nahm den Koffer entgegen. »Wo ist er?«

Der Assistent schüttelte den Kopf. »Das kann ich Ihnen bedauerlicherweise nicht sagen.«

Willst du nicht, oder kannst du es wirklich nicht, dachte Alexandra.

Der junge Mann wies mit einer Kopfwendung auf den schmalen, schwarzen Koffer ins Alexandras Händen. »Aber Mr. Lasarew versicherte mir, dass Ihnen der Inhalt dieses Koffers zumindest einen Teil Ihrer Fragen beantworten wird.«

Er streckte die Hand aus. »Leben Sie wohl, Dr. Benett.«

Mechanisch schüttelte Alexandra seine Hand. Die Gedanken in ihrem Kopf überschlugen sich. Was hatte das alles zu bedeuten?

Er nickte Max zu »Dr. Turner.« Ohne ein weiteres Wort drehte er sich um und verließ das Zelt.

Alexandra starrte hinter ihm her. Dann legte sie den Koffer auf dem Schreibtisch ab und öffnete ihn. Darin lag ein schmales, in Leder gebundenes Buch. Die Oberfläche war abgegriffen und rissig und zeigte deutliche Gebrauchsspuren.

Alexandra nahm es heraus und öffnete es. »Expeditionstagebuch von Hannah Walkows« stand in einer fein geschwungenen Frauenhandschrift auf der ersten Seite, darunter eine Ortsangabe und ein Datum: »Igarka, 7. Juli 1979.«

»Das ist deutsch. Hannah Walkows. Sagt dir der Name etwas?«, fragte Max.

Alexandra schüttelte den Kopf. »Nein, nicht dass ich wüsste.« Sie konnte sich nicht erinnern je von einer Deutschen namens Hannah Walkows gehört zu haben.

In der Ferne ertönte das laute Schlagen der Rotorblätter und wenig später flog der Helikopter über sie hinweg.

»1979...das war vor genau 40 Jahren. Warum gibt mir Lasarew ein vierzig Jahre altes Tagebuch einer deutschen Wissenschaftlerin?«

Sie begann in dem Buch zu blättern. Alexandra sprach zwar ein wenig Deutsch, doch ihre Kenntnisse reichten nicht aus, um Hannahs Aufzeichnungen vollständig übersetzen und verstehen zu können.

»Hannah Walkows, Georg A. Beyerbach und Dr. Peter Eberius«, las Max in seinem Smartphone. »Das sind drei deutsche Forscher, die vor vierzig Jahren spurlos in der sibirischen Taiga verschwunden sind. Zumindest steht das hier...«

Als Alexandra die nächste Seite umblätterte, gefror ihr das Blut in den Adern. »Mein Gott...«

»Was ist?«

Wortlos deutete sie auf eine Zeichnung und hielt Max das Buch hin.

Er sog scharf die Luft ein, als er erkannte, was die Abbildung zeigte. Es war eine Skizze von drei steilaufragenden Gipfeln inmitten einer üppig bewachsenen Landschaft. Drei Pyramiden.

Hektisch blätterte Alexandra weiter, bis sie auf eine Seite stieß, deren Schriftbild sich deutlich von den anderen unterschied. Jemand hatte etwas zu Hannahs Aufzeichnungen hinzugefügt, die Schrift wirkte gröber, weniger geschwungen und feminin, vermutlich die eines Mannes. Die ersten Zeilen waren in Deutsch und schienen ebenso alt zu sein, wie der Rest des Buches. Dann folgten mehrere Einträge, die offensichtlich über einen längeren Zeitraum hinweg mit unterschiedlichen Stiften und in Russisch geschrieben worden waren. Die letzten beiden Seiten dagegen sahen neu aus, sie waren in englischer Sprache verfasst und die Tinte wirkte frisch. Trotz der Unterschiede bestand kein Zweifel: der Urheber der letzten Einträge war unverkennbar immer ein und dieselbe Person.

Mit pochendem Herzen las Alexandra die letzten, in Englisch geschriebenen Worte:

Moskau, 6. Juli 2019

Da dies meine letzten Zeilen hier auf Erden sind, möchte ich sie mit den beiden Namen unterzeichnen, unter denen mich die Welt, die ich verlassen werde, gekannt hat. Den ersten gaben mir meine Eltern, den zweiten habe ich selbst gewählt, als Zeichen meiner Wiedergeburt. Mein altes Ich habe ich an dem Ort zurückgelassen, an dem ich glaubte, meiner wahren Bestimmung zu folgen: inmitten der sibirischen Taiga.

Wie sehr ich mich doch geirrt hatte! Es war nie mein Schicksal, das Geheimnis der Pyramiden zu lüften, um es der Menschheit mitzuteilen, noch war es vorgesehen, dass ich dort zu einem der ihren werde: Die Pyramiden in der Taiga waren nie für mich bestimmt. Ich habe lange gebraucht, um das zu begreifen und noch länger, um meine wahre Bestimmung zu erkennen. Daher erschien es mir angemessen, mein Schicksal unter einem neuen Namen zu erfüllen und alles andere hinter mir zu lassen.

Ich erinnere mich noch genau an die dunklen Stunden in den Pyramiden, in denen ich glaubte, alles sei verloren. Doch ich habe eine zweite Chance bekommen und ich werde sie nutzen, meine Fehler wiedergutzumachen und das zu Ende zu bringen, was den Vergangenen nicht gelungen war: die Zerstörung der Pyramiden. Aller Pyramiden.

Vor 19.000 Jahren errichteten die Vergangenen auf der Erde drei Pyramiden-Anlagen an drei unterschiedlichen Standorten, um Nachkommen für ihr Volk zu erschaffen. Jahrhundertelang funktionierten die Pyramiden einwandfrei, doch plötzlich wandten sie sich gegen ihre Erbauer, mit entsetzlichen Folgen für alle, die sich darin befanden. Der Grund ist erschreckend einfach: die Menschen sind zu unberechenbar. Selbst ein hochentwickeltes Volk wie die Vergangenen hatte keine Kontrolle darüber, wie die Umwandlung sich auswirken würde. Nicht jeder Mensch war geeignet, bei manchen kam es zu physischen Fehlentwicklungen, bei anderen zu psychischen. Anfangs konnten die Pyramiden damit umgehen, doch als die Veränderungen immer häufiger auftraten, funktionierte das komplexe System der Anlage nicht mehr und stellte schließlich eine Bedrohung dar. Nicht nur für die Bewohner, sondern für alle Menschen, denn früher oder später würden sie sich die Technologie zu Nutze machen und gegeneinander einsetzen.

Ich selbst habe am eigenen Leib erfahren, wozu ein Mensch werden kann, wenn er die Macht der Pyramiden zu spüren bekommt. Ich selbst wurde zu einem Monster, gewissenlos und machtgierig – unwürdig, ein Vergangener zu werden. Und ich musste dafür bezahlen.

Doch ich habe aus meinen Fehlern gelernt, habe das Monster in den Pyramiden zurückgelassen und konnte dank meiner Fähigkeiten ein neues Leben beginnen, mit dem einzigen Ziel, *meinem wahren Pfad zu den Vergangenen zu folgen.*

Vierzig Jahre hat es gedauert, die beiden fehlenden Artefakte aufzuspüren, die Anlagen zu finden und dafür zu sorgen, dass sie niemals wieder benutzt werden können. Nun ist es vollbracht, ich habe die Pyramiden zerstört, sowie eines der Artefakte.

Das letzte werde ich benutzen, um die Welt, zu der ich schon lange nicht mehr gehöre, zu verlassen und zu den Vergangenen zu reisen.

Ich hoffe, ich erweise mich als würdig.

Dr. Peter Eberius / Michail Lasarew

Über die Autoren

Xenia Jungwirth, geboren 1978 in Straubing, ist gelernte Mediendesignerin und war schon als Kind von Märchen und Mythen fasziniert. Während ihres Studiums der Kunstgeschichte entdeckte sie ihre Leidenschaft für das Schreiben. Reale und fantastische Elemente bilden die perfekte Mischung für ihre Geschichten: Der Leser soll in eine Welt eintauchen, die ihm vertraut ist - und doch ganz anders. Xenia Jungwirth arbeitet als freie Autorin. Sie ist verheiratet und lebt mit ihrem Mann und ihrem Sohn in der Nähe von München.

Xenia Jungwirth veröffentlichte die sechsteilige Serie »JACK DEVERAUX - DER DÄMONENJÄGER" (dotbooks, Bastei Lübbe) sowie die siebenteilige Serie »MYSTERY DIARIES« (dotbooks)

Autorenseite auf facebook:
https://www.facebook.com/xeniajungwirth/

Florian Jungwirth, geboren 1976 in München, arbeitet seit 1993 bei namhaften Produktionsfirmen der Medien-Branche. Er hat als Produzent von Hörspielen und Hörbüchern bereits einige hochwertige Audio-Serien unter dem Label »aurelia« für Bastei Lübbe veröffentlicht, darunter Formate wie »JACK DEVERAUX – DER DÄMONENJÄGER«.

Printed in Great Britain
by Amazon

36831679R00241